ZEITBRAND: GENESIS

ERYX VAIL

Content Notes / Inhaltswarnung

Dieser Text enthält explizite Darstellungen von Gewalt, sexualisierter Gewalt und Vergewaltigung.

Leser:innen sollten sich bewusst sein, dass Themen wie sexuelle und psychische Gewalt, Inzest, familiärer Missbrauch, psychologische Manipulation, staatliche Repression, Verlust durch Fehlgeburt sowie tiefgreifende Traumatisierung und Ohnmacht intensiv behandelt werden.

Diese Inhalte werden nicht verharmlost oder ästhetisiert, sondern kritisch kontextualisiert. Dennoch enthält der Text explizite Szenen und Beschreibungen, die emotional stark belasten oder retraumatisierend wirken können. Personen, die auf solche Themen empfindlich reagieren oder gefährdet sind, sollten dies vor der Lektüre sorgfältig abwägen.

PHANTORION
VERLAG

Über den Autor

Eryx Vail ist ein jung gebliebener deutscher Autor, dessen Schreiben von Klassikern wie *Dune* von Frank Herbert, *1984* von George Orwell sowie *American Psycho* von Bret Easton Ellis beeinflusst wurde. In seinen Romanen spiegeln sich zudem Einflüsse von Philip K. Dick, Gillian Flynn sowie unzähligen deutschen Klassikern wider.

Die Werke von Eryx Vail betrachten unsere Welt kritisch durch eine phantastische Linse. Er ist bekannt dafür, den Leserinnen und Lesern keine einfachen Antworten zu liefern, und gleichzeitig die wichtigen Fragen unserer Zeit in den Mittelpunkt zu stellen.

Ein Buch von Eryx Vail zu lesen, heißt selten, dass man sich wohlfühlt, sondern vielmehr erwarten muss, dass er den Finger genau in die tiefste Wunde des menschlichen Seins legt.

ZEITBRAND: GENESIS

ERYX VAIL

PHANTORION
VERLAG

Zeitbrand: Genesis

1. Auflage, August 2025

Herausgeber & Verlag
Phantorion Verlag
Ludwigswinkel

Kontakt
contact@phantorion.de
www.phantorion.de

Satz: Phantorion Verlag
Lektorat & Korrektorat: Katharina Glück
Coverdesign: Daniela Szegedi
Illustrationen: Lisa Dahlmann

ISBN: 978-3-911884-03-7

Für alle, die sich selbst verlieren müssen,
um mit dem Namen eines anderen die Welt zu verändern.

1. PROLOG

Die warmen Sonnenstrahlen suchten sich ihren Weg durch das kleine Fenster der Taverne und fanden die Haut von Bruder Sylen, der sich gerade zu einem älteren Mütterchen nahe des Eingangs aufgemacht hatte. Sie hatte offensichtlich nur ein dünnes Süppchen gegessen, und als sie es zahlen wollte, bemerkte sie, dass all die Münzen gestohlen worden waren, die sie in ihrem kleinen Lederbeutel gesammelt hatte. Ihr erschöpfter Blick, als sie beim Umdrehen des Beutels den Schlitz an der Unterseite betrachtete, war das Erste, das Bruder Sylen gesehen hatte, als er durch die Tür getreten war. Ohne ein Wort zu sprechen, griff er in die Tasche aus Leinen, die über seiner Schulter hing, und nahm einige Scheiben Brot und ein paar Kaerther heraus, damit sie zumindest etwas zum Essen und zum Zahlen hatte. Im Vorbeigehen legte er sie auf den Tisch der Frau.

»Es ist das, was die Ewige Flamme verlangen würde«, sagte er leise und setzte seinen Weg fort, ohne eine Antwort zu erwarten.

»Aber Ihr könnt …«, rief ihm das Mütterchen mit heiserer Stimme hinterher, »das wäre …«

Bruder Sylen drehte sich mit einem warmen Lächeln im Gesicht um. »Doch, denn es ist richtig so.«

»Ich danke Euch.«

Ihre Augen hatten dieses Funkeln, das er mehr wertschätzte als alle Kaerther Thalmarks zusammen. Diese ehrliche Dankbarkeit war der Grund, warum er Glaubensbruder geworden war. Und die Überzeugung, dass man anderen Menschen in Not beispringen musste – ohne Gegenleistung.

Nicht wie damals in Altholm. Er, der zu jener Zeit als junger Mann noch seinen bürgerlichen Namen Rainer Muller getragen hatte und der unbedeutende fünfte von fünf Söhnen einer Familie gewesen war, in der es nicht auf jeden Kaerther ankam. An diesem winterlichen Abend war er auf der Durchreise gewesen. Oder vielmehr auf der Suche. Nach einem Sinn für sein Leben jenseits des Erbes, das seinen Weg normalerweise vorbestimmt hätte. Der Schnee türmte sich in den Straßen der Stadt beinahe bis zu den Knien, und Rainer war so durchgefroren, dass er schnellstens einen Ort aufsuchen wollte, um sich aufzuwärmen. Er fand ihn in einer Teestube.

Vor ihr kauerte ein junges Mädchen, barfüßig, zehn, vielleicht elf Winter alt. Die Menschen gingen vorbei. Auch er, obwohl er zögerte, aber dennoch eilte er weiter ins warme Innere.

Dort trank er heißen Tee, aß süßes Gebäck, zahlte beinahe fünfzig Kaerther. Und als er nach einer Stunde wieder hinaustrat, war das Mädchen nicht mehr da. Niemand hatte etwas getan. Auch er nicht.

Rainer konnte sie nicht vergessen. Sie rief sich von da an jede Nacht in seinen Träumen in Erinnerung. Zitternd. Frierend. Anklagend. Als würde sie fragen: »Warum hast du mir nicht geholfen?« Irgendwann, es waren vielleicht zwei, möglicherweise auch drei Mondzyklen seit dem Abend in Altholm vergangen, fiel es ihm wie Schuppen von den Augen: Seine Ignoranz war schlimmer als die Kälte, als der Schnee. Und wahrscheinlich sogar tödlicher.

Noch am selben Tag trat er den Glaubensgeschwistern der Ewigen Flamme bei, bezog wenig später seine kleine

Kemenate im Arkanen Refugium Silcum und übte sich in Gesang und Predigt, in Mitgefühl und Barmherzigkeit. Jeder Tag war eine neue Prüfung und gleichzeitig damit verbunden, die Worte der Ewigen Flamme besser zu verstehen und nach ihnen zu leben.

Aber seit aus Rainer Muller Bruder Sylen geworden war, hatte der auch gelernt, wie viele Menschen die Überzeugung in sich trugen, dass diese Welt schlecht war, verkommen und ohne Hoffnung. Nicht nur einmal hatten ihm Bauern von der schweren Feldarbeit berichtet, die es tagein, tagaus zu verrichten galt, Väter von ihren faulen Söhnen und Mütter von ihren zu vorlauten Töchtern. Immer wieder kamen einfache Arbeiter, unbarmherzige Soldaten oder reiche Edelleute, um über dieses oder jenes Leiden zu wehklagen, und nicht selten weinten sie in seinen Armen.

Doch das war nicht die Welt, die sich Bruder Sylen wünschte. Oder die, die er zu hinterlassen gedachte, wenn er eines Tages in den Schoß der Ewigen Flamme zurückkehren würde. Denn er liebte jeden Morgen, jeden Abend und jeden weiteren Tag. Und so fasste er den Entschluss: Dort, wo andere nur Dunkelheit sahen und Kälte spürten, wollte er das Feuer der Ewigen Flamme in ihre Herzen zurückbringen. Nicht nur, weil es als Glaubensbruder seine Aufgabe war, die Worte der Schöpferin zu verbreiten, sondern vielmehr, weil es seine Überzeugung war, vielleicht sogar seine Berufung. Oder seine Buße für sein Verhalten gegenüber dem kleinen Mädchen vor dem Teehaus in Altholm.

Nachdem Bruder Sylen in der Taverne an einem der Tische Platz genommen hatte – noch während er den Beutel neben sich ablegte –, eilte ein weißblonder Junge zu ihm, die Augen so leuchtend tiefblau wie das Raue Meer im Mondschein, seine Gesichtszüge weich, das Lächeln warm, und begrüßte ihn mit den Worten: »Werter Herr, ich bin Elian, meines Zeichens Sohn des Schankwirts und verantwortlich für den Tisch, an dem Ihr sitzt.«

»Es freut mich, deine Bekanntschaft zu machen«, entgegnete Bruder Sylen ihm mit der gleichen Wärme in der Stimme. »Das ist das herzlichste Willkommen, das ich seit Langem gehört habe, mein Sohn.«

Der Junge errötete, senkte hastig seinen Blick.

Bruder Sylen griff in den Beutel, nahm einige getrocknete Datteln und streckte sie ihm entgegen. Elian schüttelte den Kopf.

»Wolltest du mich nicht fragen, was du mir Gutes tun kannst?«

»Nun ... also ...«, stotterte der Junge, »normalerweise würde ich ... also ... mich erkundigen ... was Ihr trinken wollt.«

Bruder Sylen lächelte. »Es scheint mir, dass in dieser Taverne die Wünsche der Gäste an erster Stelle stehen.«

Elian nickte knapp, noch immer ohne den Blick zu heben.

»Siehst du«, fuhr Bruder Sylen zufrieden fort. »Mein Wunsch ist es, dass du eine kleine Pause machst und die Datteln isst. Und erst, wenn keine mehr übrig ist, würde ich mich über ein Bier freuen.«

Einige Sekunden vergingen, bevor Elian zögerlich seinen Arm ausstreckte und nach den Naschereien in Bruder Sylens Hand griff.

»Vielen Dank.«

»Das ist, was die Ewige Flamme verlangt.«

Während der Junge mit strahlender Miene und laut schmatzen davoneilte, trat ein Mann an Bruder Sylens Tisch. Er hatte breite Schultern und ein Gesicht, dessen Falten von der harten Arbeit erzählten, die er zu verrichten hatte.

»Bruder«, sagte er vorsichtig, »darf ich Euch um etwas bitten?«

»Um alles. Und ich werde versuchen, Eurem Wunsch nachzukommen.«

»Könnt Ihr uns aus der Heiligen Schrift der Ewigen Flamme lesen?«

»Natürlich, mein Sohn«, entgegnete Bruder Sylen, erleichtert, dass er dieser suchenden Seele weiterhelfen konnte, und zeigte auf die ihm gegenüberstehende Bank. »Nehmt Platz.«

»Kommt«, rief der Mann mit einer auffordernden Handbewegung in Richtung zweier junger Frauen, »schnell, er wird es tun.«

»Eure Töchter?«, fragte Bruder Sylen und griff mit beinahe feierlicher Geste nach seiner Leinentasche.

Stumm nickend setzte der Mann sich ihm gegenüber.

Bruder Sylen schob die Hand in die Tasche, vorbei an den Leckereien und den etlichen Schriften, die er für die seit gestern andauernde Pilgerreise gesammelt hatte, und zog ein großes, schweres Buch hervor. Der Einband war aus dunklem Leder, die Ecken abgerundet und die Nähte fein gearbeitet. Goldgeprägte Lettern zierten die Vorderseite. Er hatte dieses Werk schon so oft in der Hand gehabt.

Während sich die Töchter neben den Vater setzten, legte Bruder Sylen das Buch auf den Tisch, tastete langsam nach dem Lederverschluss, der die Buchdeckel zusammenhielt, und öffnete ihn vorsichtig. Dann schlug er die erste Seite auf, räusperte sich und begann, zu lesen.

Im Anfang schuf die Ewige Flamme Zeit und Raum.
Doch Zeit und Raum waren wüst und leer.
Finsternis lag über dem Grund der Dinge,
und der Odem der Ewigen Flamme schwebte über der Tiefe.

Und die Ewige Flamme sprach:
»Es werde Ordnung.«
Und es ward Ordnung.
Und sie sah, dass die Ordnung gut war.

Und die Ewige Flamme sprach:
»Es werde Wandel.«
Und es ward Wandel.
Und sie sah, dass der Wandel gut war.

Der Mond ging auf, der Mond ging unter: erster Tag.

Elian kam zurück an den Tisch. Mit seiner Rechten stemmte er einen großen, bis zum Rand gefüllten Bierkrug. Ein unüberhörbares Geräusch schallte durch die kleine Taverne, als der Ton auf das Holz traf.

»Wie viele Kaerther bekommt Ihr, mein Sohn?«, erkundigte Bruder Sylen sich.

Elian schüttelte den Kopf. »Ich werde dieses Bier von meinem Taschengeld bezahlen.«

»Auf keinen Fall«, protestierte er kopfschüttelnd. »Das kann ich nicht zulassen.« Er griff in seinen Beutel und legte zehn Münzen auf den Tisch. Aus den Augenwinkeln erkannte er das Leuchten im Gesicht des Vaters.

Elian verschränkte die Arme vor der Brust. »Das ist viel zu viel. Außerdem dürft ihr nicht nur geben, sondern müsst auch nehmen. Das hat mir meine Mutter beigebracht.«

Bruder Sylen seufzte. Er würde einen anderen Weg finden, aber er würde niemals akzeptieren, dass der Junge seine Rechnung übernahm. Also zeigte er auf den Platz neben sich und sprach mit sanfter Stimme: »Dann bestehe ich allerdings darauf, mein Sohn, dass du dich zu uns setzt und auch den Worten der Ewigen Flamme lauschst.«

Elian nickte knapp. »Das würde mir sehr gut gefallen.« Nachdem er sich gesetzt hatte, fuhr Bruder Sylen fort.

Und die Ewige Flamme sprach:
»Es sei Leben in Zeit und Raum,
und es soll meinen Atem tragen«
Und das Wesen des Drachen ward geschaffen.

Und die Ewige Flamme schied das eine vom anderen.
Sie nannte das eine Kaerthas, das andere Nyssari.
Kaerthas war wie der Glanz des Morgens.
Und seine Farbe war Blau.
Nyssari war wie das Feuer des Abends.
Und ihre Farbe war Rot.

Und die Ewige Flamme sprach:
»Wenn der Drache den Himmel beherrscht,
soll der Mensch über den Boden gebieten.«
Und sie formte den Menschen aus Staub und Odem,
nach dem Maß der Stunden und der Zahl der Jahre,
nach der Ordnung und dem Wandel in der Zeit und dem Raum.

Der Mond ging auf, der Mond ging unter: zweiter Tag.

Und der Mensch ward geschaffen in zwei Linien
nach dem Geiste der Drachen.
In der Linie Kaerthas', die maß und ordnete.
In der Linie Nyssaris, die teilte und einte.

Kaerthas sah die Ordnung der Leistenden und sprach:
»Ein jeder mehre nach seinem Erwerben
und behalte nach seinem Verdienst.«

Nyssari sah die Gemeinschaft der Herzen und sprach:
»Ein jeder gebe nach seinem Vermögen
und empfange nach seinem Bedürfnis.«

Der Mond ging auf, der Mond ging unter: dritter Tag.

»Hat die Ewige Flamme wirklich die Drachen erschaffen?«, unterbrach Elian ihn.

Bruder Sylen nickte. »Ja, so steht es geschrieben, so muss es gewesen sein.«

»War sie auch einer?«

»Nein, das nicht.«

Elian schnitt eine Grimasse. »Was war sie denn dann?«

»Die Ewige Flamme«, entgegnete Bruder Sylen, »ist der Anfang und das Ende, das Alles und das Nichts. Sie ist überall, in jedem lebendigen Wesen und in jedem toten Stein. Sie war, bevor wir waren, selbst bevor der erste Drache gewesen ist, und sie wird noch sein, wenn keiner mehr ist.«

Die Töchter starrten ihn mit großen Augen an, während Elian sanft und voller Zufriedenheit lächelte. »Jetzt verstehe ich, wieso sie Euch so viel bedeutet.«

Der kleine Junge hatte schon mehr verstanden als die meisten Menschen dort draußen. Es machte auf Bruder Sylen beinahe den Eindruck, als brennte die Ewige Flamme besonders hell in ihm.

»Bitte, lest weiter«, bat der Vater weniger fordernd als vielmehr flehend.

Und wie es kommen musste,
aus dem Wesen der Drachen und dem Geist der Geteilten
ward Uneinigkeit. Und Kampf.

Da schied die Ewige Flamme ihre Pfade,
auf dass kein Chaos werde in Zeit und Raum.
Und sie sprach:

»Es sei ein Reich für jeden:
Ein Reich der Ordnung und Zahlen, das sei Thalmark.
Ein Reich der Gabe und Gleichheit, das sei Korlandia.«

Der Mond ging auf, der Mond ging unter: vierter Tag.

Thalmark ward das Land des Marktes,
wo Gold gemessen wurde
und der Stand sich aus der Zahl ergab.

Korlandia ward das Land des Planes,
wo Gemeinschaft heilig war
und der Stand sich aus Gleichheit ergab.

Und zwischen ihnen lag eine Grenze,
aus Feuer und aus Stein.

Der Mond ging auf, der Mond ging unter: fünfter Tag.

Und die Ewige Flamme sprach:
»Mischet nicht, was ich geschieden habe.
Denn wer die Linien kreuzt,
der stört das Fundament,
auf dem Zeit und Raum, Ordnung und Wandel,
Kaerthas und Nyssari, Thalmark und Korlandia ruhen.

Und das Violett, das aus der Kreuzung wird,
ist nicht Fruchtbarkeit, sondern Tod.«

Und so wurden zwei Drachen, zwei Völker, zwei Wege.
Und die Trennung ward heilig. Und der Riss ward Gesetz.

Die Menschen vergaßen den gemeinsamen Odem, aus dem sie kamen.
Und keiner sah im anderen mehr den Bruder, nur noch den Fremden.
Aus Vergessen wuchs Misstrauen.
Aus Misstrauen wurde Feindschaft.
Aus Feindschaft wurde Krieg.
Und der Krieg wurde zur Natur von Zeit und Raum.

Und der Mond sah den Krieg,
ging auf und unter, bis in alle Ewigkeit.

Als Bruder Sylen den letzten Satz beendet hatte, schaute er auf in die Gesichter derer, die ihn umgaben. Niemandem kam auch nur der Hauch einer Silbe über die Lippe. Der weißblonde Junge neben ihm hatte sogar den Atem angehalten.

Sekunden vergingen. Noch immer sagte keiner etwas. Und das war gut so. Denn die Worte der Ewigen Flamme mussten für sich stehen, ohne Zutun dessen sprechen, was von ihr geschöpft worden war. Und niemals durften sie gedeutet werden. Davon war Bruder Sylen seit der ersten Strophe überzeugt, die er im Arkanen Refugium gesungen hatte. Und um den letzten Zweifel zu erlöschen, der möglicherweise noch irgendwo in ihm wieder aufzuglimmen gedachte, hatte er diese Pilgerreise angetreten.

»Ihr habt wundervoll gelesen, Bruder«, bedankte sich der Vater schließlich, nickte seinen Töchtern zu und die drei erhoben sich. »Wir wollen Eure Lebenszeit nicht länger stehlen, Ihr seid sicher müde oder habt zumindest anderes zu tun.«

Während Bruder Sylen beobachtete, wie Elian verträumt auf das Buch starrte, lächelte er milde und entgegnete: »Macht Euch keine Sorgen um mich, Ihr habt mir nicht eine einzige Minute gestohlen.«

Ein auf den Boden fallender Bierkrug, der mit einem lauten Knall zerbarst, ließ Elian zusammenzucken. »Ich … also, vielleicht …«, stotterte er und sprang dann wie von einer Wespe gestochen auf. »Die anderen wollen sicher auch noch Bier.«

Bruder Sylen erhob sich, öffnete die Arme, als wollte er alle Menschen in der Taverne an seine Brust drücken, und sagte mit beinahe feierlicher Stimme: »Geht, meine Töchter und Söhne, und tragt das Wort der Ewigen Flamme hinaus, auf dass sich in der Dunkelheit der Herzen ein kleiner Funke entfache, der zu einem großen Feuer genährt wird.«

Die einzige Antwort, die Bruder Sylen erhielt, war das Krächzen eines Eichelhähers irgendwo draußen im Wald.

11. RHEA

Der Himmel brach entzwei wie die Verbindung zwischen Kaerthas und Nyssari, als sie von der Ewigen Flamme geschieden wurde, und Rhea durchbrach auf dem Rücken ihres Drachen Firor die dicke Wolkendecke. Vor wenigen Augenblicken hatte die untergehende Sonne ihre Rüstung noch in ein sanftes Rot getaucht. Und selbst wenn dieses Licht nun verloschen war, brannte die Entschlossenheit in ihren Augen umso heller.

Sie liebte diese Momente. Es war die Ruhe vor dem Sturm, in der sie auf die Erde niederging, als hätte Kaerthas selbst sie aus dem Himmel gesandt, um ihn zu verteidigen oder seine Lehre weiterzutragen. Als wäre sie die Speerspitze des uralten Drachen, dessen Namen ein jeder Thalmarkier seit Jahrhunderten raunte. Und tief in ihrem Inneren fand sie die Gewissheit, dass es sogar er gewesen sein musste, der sie losgeschickt hatte. Es war ihre Bestimmung.

Mit dieser Überzeugung schoss Rhea auf das kleine Dorf Korel nieder, das – allein schon aufgrund der Entfernung zu Meierstein – der schwarze Wappenadler ihrer Familie kaum noch mit seinen weit aufgespannten Flügeln zu umspannen vermochte. Und doch standen selbst diese wenigen, für den Fortbestand oder die Prosperität der familiären Ländereien unbedeutenden Seelen fest unter dem Schutz der van Meiers. Unter dem Schutz von Rhea van Meier.

Firor und sie waren auf einem ihrer üblichen Patrouillenflüge an der Reichsgrenze gewesen, als sie ein kleiner Kleiber eingeholt hatte. Es gab keine besseren Informanten als diese gedrungenen Singvögel mit ihren kräftigen Schnäbeln, die neugieriger waren als ein jedes Kind. Wenn in den Ländereien der van Meiers, nein, wenn in Thalmark etwas nicht mit rechten Dingen zuging, dann wussten sie es vor allen anderen. So war es auch in diesem Fall gewesen.

Das Kleiberweibchen hatte Rhea gezwitschert, dass ein kleiner Trupp Korlandianer über die Grenze gekommen war und sich dem Dorf nährte. Wahrscheinlich waren es irgendwelche unbedeutenden Späher. Ohne zu zögern, waren Firor und sie aufgebrochen, um nach Korel zu fliegen. Um die Menschen, die in ihren Ländereien wohnten, zu beschützen. Denn der Herr schützt, was ihn ernährt, und der Bauer ernährt, wer ihn schützt. So war es seit Jahrhunderten. So würde es noch Jahrtausende sein.

Der kleine Piepmatz hatte recht, hallte Firors basslastige Stimme durch Rheas Geist. *Ich rieche Tod.*

»Dann werden wir verhindern, dass sich der Geruch weiter ausbreitet. Zumindest unter unseren Leuten.« Rhea atmete tief durch, bevor sie das Visier des Helms schloss. Im Gegensatz zu der gesunden Anspannung, die sie wie immer vor solchen Abenteuern ergriff, wurde das leise Klacken des einrastenden Scharniers vom Wind davongetragen.

Firor sog schnaubend die Luft durch seine Nüstern ein und atmete sie dann umso länger aus, bevor er seine Beobachtung mit Rheas Geist teilte: *Du musst nicht nervös sein. Korlandia hat keine Drachenreiter mitgebracht.*

»Ich bin nicht nervös.« Rhea schluckte. Sie schluckte jedes Mal, wenn sie nervös war, es sich aber nicht eingestehen wollte. Oder es zumindest dieser unerbittliche, alte Dickkopf eines Drachen nicht bemerken sollte. »Ich bin nur angespannt. Das darf eine Frau ja wohl vor einer Schlacht sein. Oder ist das auch verboten?«, ergänzte sie deshalb hastig.

Wie lange besteht unsere Bindung jetzt bereits? Fünfzehn Jahre? Hast du dich nach all der Zeit noch immer nicht daran gewöhnt, dass ich nicht weniger als du selbst spüre, was du fühlst? Und genauso laut höre, was du denkst?

Rhea wollte antworten, vielleicht sogar aufs Heftigste protestieren, aber Firor kippte genau in diesem Moment und ohne Vorwarnung mit einem kräftigen Flügelschlag zur rechten Seite. Ihre Welt geriet in Schräglage. Reflexartig klammerte sie sich an den Sattelknauf. Ihr Körper wurde von dem Ruck, der sie mit sich riss, gegen die schuppige Rückenpartie ihres Drachen geschleudert. Sie stöhnte kurz, richtete sich dann aber wieder auf.

»Was …«

Bevor sie die Frage ausformulieren konnte, flog die Antwort an ihr vorbei. Wie ein Schwarm wild gewordene Hornissen zischten Pfeile durch die Luft, querten genau in die Flugbahn, die sie eben erst verlassen hatten.

Entschuldigung, grollte Firor. *Ich wollte dir das Leben retten. Oder hätte ich das besser lassen sollen?*

Rhea seufzte. Dieser Drache trieb sie mit an Sicherheit grenzender Wahrscheinlichkeit in den Wahnsinn. Und das eher heute als morgen.

Aber nur, wenn du diesen Kampf überlebst, spottete er unterdessen, um dann mit ernsterem Ton hinzuzufügen: *Dort unten! Im Schatten der alten Windmühle.*

Sie riss den Kopf zur Seite. Zwischen den Trümmern des Gebäudes schälten sich dunkle Gestalten aus dem Staub. Sie hatte die Zahl nicht einmal erkannt, da sangen die Bögen der Korlandianer erneut. Wieder wurde sie kräftig durchgeschüttelt, als Firor abrupt die Flugrichtung änderte.

»Bist du dir sicher, dass du keine anderen Drachen spürst?«, fragte Rhea, während sie sich festklammerte.

Er antwortete nicht. Wahrscheinlich war er schon wieder genervt, dass sie sich noch einmal versichern wollte. Wie könnte sie auch nicht? Es ging schließlich um ihr Leben.

Rhea rief harscher, als sie beabsichtigt hatte: »Firor?«

Die Reiterin mag entschuldigen, dass wir zum aktuellen Zeitpunkt keine Snacks reichen können, aber ich bin gerade wie so oft damit beschäftigt, uns allen das Leben zu …

Wieder machte Firor eine Ausfallbewegung, dieses Mal nach links.

Verdammt noch mal! Was haben die für ein Problem? Er stieß ein Kreischen aus.

»Nein«, befahl Rhea, denn sie ahnte, was sich dort anbahnte. »Tu es nicht! Sonst legst du das ganze Dorf in Schutt und Asche.«

Wenn du meinst. Du weißt ja immer alles besser. Firor schüttelte sich, ohne sein Flugtempo zu reduzieren. *Zu deiner Frage: Ich rieche nur Menschen.*

Es waren also wirklich keine Drachen hier. Rhea schwankte zwischen Erleichterung und Anspannung, aber das war genauso wenig ein bedeutungsloser Spähtrupp, wie es die Ankündigung des Kleiberweibchens hatte vermuten lassen. Diese Angriffe waren seltener geworden, seit Korlandia durch die thalmarkischen Truppen immer weiter in die Defensive gedrängt wurde. Umso brennender interessierte sie, was der Sinn und Zweck dieser Operation war.

Vielleicht solltest du dich eher mit dem Zurückschießen beschäftigen als mit philosophischen Fragen, schlug Firor vor. *Mir wurde es ja verboten.*

Ein unfreiwilliges Grunzen entwich Rhea. »Wenn ich dich nicht hätte! Danke für deine Unterstützung.«

Gerne.

Rhea hob kopfschüttelnd ihre Hand. Drei der Finger waren ausgestreckt, zwei angewinkelt. Sie lehnte sich nach vorne und flüsterte: »Dreißig Jahre sollten genügen.«

Wahrscheinlich. Sonst hättest du mich auch gleich das ganze Dorf niederbrennen lassen können, entgegnete Firor.

Rhea spannte jeden Muskel an. Ein immer heißer werdendes Knistern lief über ihre Haut wie ein Strom geschmolzenen Metalls. Ihr Mund wurde trocken, ein Zittern setzte ein. Firor knurrte leise, nur um dann von einem kurzen Beben ergriffen zu werden, als die magischen Reserven sein Reservoir verließen.

Sekunden vergingen, während Rhea spürte, wie die endlose Macht sie durchströmte. Es war ein unbeschreibliches Gefühl, als könnte sie mit einem kleinen Fingerschnipsen die ganze Welt zerreißen. Sie lächelte zufrieden. Mächtig. Dann schleuderte sie die erhobene Hand nach vorne und schrie inbrünstig: »Pur-akontizo.«

Die Luft riss auf. Ein gleißender Strahl schoss aus ihren Fingern, nicht nur zu schnell für die Augen, sondern auch zu heiß für die Umgebung. Bei der alten Mühle, wo er den Boden berührte, gab es keinen Schrei. Nur Licht. Eine stumme Explosion. Dann Asche.

Vögel, die in den nahe stehenden Bäumen saßen, flogen laut zwitschernd empor, weg vom Einschlagsort. Rheas Augen verfolgten für wenige Augenblicke ein aufgeschrecktes Reh, das sichtlich verwirrt über den Dorfplatz von Korel rannte. Die Natur spürte jedes Leben, das genommen wurde, ganz gleich, ob es das eines Korlandianers oder das eines Thalmarkiers war. Und sie nahm viele Leben.

Ein dünner Film aus Schweiß lag auf Rheas Stirn. Jeder Zauber kostete Kraft. Ihre Fingerspitzen kribbelten, als würde noch immer Hitze durch sie pulsieren. Oder Tod.

Bevor sie in der Lage war, sich vollständig zu sammeln, setzte Firor schon wieder zum Sturzflug an und folgte dem Weg, den die Feuerlanze genommen hatte.

Das waren noch nicht alle, stellte er stoisch fest, ohne dass Rhea den Spott in seiner Stimme hätte überhören können, selbst wenn es ihre Absicht gewesen wäre.

Wieder flog ein Pfeil durch die Luft, dieses Mal aus einer anderen Richtung. Es war zu spät, um auszuweichen. Das Geschoss bohrte sich in Firors Flügel und blieb dort stecken.

Sie haben sich verschanzt.

»Dann ist Handarbeit angesagt«, seufzte Rhea, »sonst müssen wir wirklich das ganze Dorf niederbrennen. Und das wäre ein teuerer Spaß.«

Pfff! Ich hätte ihn mir gerne gemacht.

»Ich weiß, aber bring mich trotzdem besser runter.«

Firor gab ein kehliges, unverständliches Grollen von sich, das tief aus seiner Brust kam. Es war weniger das Geräusch, das Rhea mit den Ohren hörte, als vielmehr die Vibrationen seines Körpers, die sich auf ihre Schenkel übertrugen.

»Was ist?«

Er verweigerte ihr eine Antwort, klappte seine mächtigen Schwingen dicht an den Leib und schoss wieder nach unten. Der Wind riss an Rhea, pfiff durch die Öffnungen ihrer Rüstung und verfing sich in ihrem grünen Umhang. Die Zeit schien stillzustehen, während sie gegen ihren Magen kämpfte. Sie hasste solche spontanen Manöver maximalen Falls, das hatte sie ihm schon oft gesagt. Aber er musste immer gleich beleidigt reagieren und sich verhalten wie ein dreijähriges Mädchen, das man zum Pferdemisten in den Stall geschickt hatte. So war es seit dem Tag, an dem er sie auserwählt hatte. Jedes Mal dieselbe Reaktion, wenn sie ihn um etwas bat. Ihr Herz pochte schneller, je näher der Boden kam.

Im letzten Moment, kurz bevor sie aufgeschlagen wären, riss Firor die Flügel auf. Ein dröhnender Luftstoß fegte über den kleinen Dorfplatz und wirbelte Staub auf. Mit einem donnernden Krachen setzten seine Klauen auf. Der Aufprall vibrierte durch Rheas Körper und brachte das Metall ihrer strahlend weißen Rüstung zum Klirren.

Mit einem eleganten Satz sprang Rhea aus dem Sattel und zog das lange Schwert aus der Scheide an ihrem Gürtel. »Behalte du den Überblick von oben.«

Wenn du glaubst, dass dir das am meisten hilft.

Ohne eine Antwort abzuwarten, hob Firor mit sanftem Flügelschlag wieder ab. Er hatte sich immer noch nicht beruhigt. Dieser Drache war eine solche Diva.

Ein lauter Kampfschrei verhinderte, dass Rhea sich weiter mit dem Gedanken beschäftigen konnte. Ihre Aufmerksamkeit war im Hier und Jetzt gefragt. Leichtfüßig drehte sie sich um. Ein auf den ersten Blick vielmehr für die Jagd als für die Schlacht gerüsteter Soldat mit grimmiger Miene rannte auf sie zu. In den Händen hielt er einen langen Holzspeer, die metallene Spitze auf ihre Brust gerichtet.

Da kommt einer, warnte Firor sie trocken.

Sie hob die freie Linke, ließ die Finger an der Klinge in ihrer Rechten entlanggleiten. Die Worte kamen fast lautlos: »Machaira-entallo.«

Die Luft um die Schneide ihres Schwerts flimmerte, dann begann die Waffe zu glimmen, dunkelblau und pulsierend wie ein Herzschlag.

Rhea setzte dem Korlandianer entgegen. Jeder ihrer schnellen Tritte wirbelte Staub auf. Sie sah dem Mann tief in die Augen. Er wirkte kaum älter als ihr kleiner Bruder. Zu jung zum Sterben? Nein. Er war alt genug, um zu beweisen, dass Schwäche immer Schwäche blieb. Denn Mitleid, hatte ihr Großvater auf seinem Sterbebett gesagt, war in dieser Welt fehl am Platz. Hier zählten nur Macht und Erfolg. Das hatte Kaerthas stets gelehrt und Behar vorgelebt. Und beides würden sie und mit ihr die gesamte Familie van Meier einbüßen, würde dieses Dorf von Korlandia ausgeraubt werden.

Die metallene Spitze des Speers funkelte und zuckte nach vorne. Rhea duckte sich. Ein sanfter Luftzug wehte durch das Visier. Sie richtete sich auf, trat einen schnellen Schritt zur Seite. Dann schlug sie zu. Ihr Breitschwert durchtrennte den Speer mit einem gellenden Knall. Holzsplitter flogen umher, während das Echo des Aufpralls über den Platz jagte.

Obwohl der Soldat noch taumelte, tastete er schon nach dem Messer an seinem Gürtel. Er war zu langsam. Rheas zweiter Hieb traf ihn quer am ungeschützten Hals. Die Magie zischte, als sie das Fleisch berührte. Blaues Feuer fraß sich in die Haut. In den Augen des jungen Mannes lag ein stummer Schrei, als sein Kopf nach links sank und sein Körper reglos in die entgegengesetzte Richtung stürzte. Kein einziger Tropfen Blut spritzte.

Sie stand still. Ihr Atem ging flach. Das Breitschwert in ihrer Rechten vibrierte noch immer. Unnachgiebig nagte das Feuer an den menschlichen Überresten. Sekunden später war nichts übrig, nicht einmal Asche, nur flimmernde Luft und eine genauso vage wie unbedeutende Erinnerung an die Augen des jungen Mannes.

Rhea atmete langsam aus. Wieder einer. Für ihren Erfolg und den ihrer Familie. Nach Kaerthas' Lehre. Ihr Großvater wäre stolz gewesen. Zumindest hoffte sie es.

Noch zwei, raunte Firor. *Hinter dem Brunnen auf der anderen Seite.*

Sofort wandte Rhea sich um. Ein Mann und eine Frau kamen auf sie zu. Er eine menschliche Festung aus Fleisch und

Stahl, breitschultrig, mit Kettenhemd und schweren Stiefeln. Sie kaum mehr als eine Silhouette mit gezücktem Bogen, ihre Kleidung wohl eher Nachthemd und weniger Rüstung, ihre Schuhe flach und aus Leder gebunden.

Ehe Rhea sich versah, flog ein von der Frau geschossener Pfeil in ihre Richtung. Sie wich aus, taumelte, konnte sich gerade noch auf den Füßen halten. Der Mann stürmte auf sie zu, das Schwert erst gen Himmel gestreckt, dann in Anschlag gebracht.

Drei weitere. In deinem Rücken.

»Teichos-genoito«, schrie Rhea und zog ihre Linke nach oben. Ohne sich umzudrehen, rannte sie dem Mann entgegen. Die Erde bebte. Staub flirrte. Plötzlich schoss ein Fels hinter ihr empor und begrub die drei grölenden Recken unter sich.

Das waren wieder fünfzig Jahre.

Der Schweiß rann Rhea in Strömen von der Stirn. Ihr Körper zitterte vor Erschöpfung. Es schien manchmal so viel zu kosten, Leben zu nehmen, obwohl es in Wirklichkeit doch einfach war.

Du hältst das nicht mehr lange durch.

Sie schüttelte innerlich den Kopf. Ihr war klar, dass Firor recht hatte. Aber was sollte sie tun? Die Menschen in diesem Dorf den Schergen der Fünf Schwestern opfern? Korlandia gewinnen lassen? Nein! Sie wollte, dass ihr toter Großvater unrecht hatte. Dass sie sehr wohl in Kaerthas' Linie stehen konnte. In Behars. Sie musste es beweisen. Jeden Tag aufs Neue.

Rhea imitierte mit ihrer freien Hand eine Kralle und sprach: »Kautos'sphaira-morfae.«

Ein kleiner Feuerball formte sich, warm und lebendig. Fast ein Herzschlag aus Licht. Für einen Atemzug hielt sie ihn fest, betrachtete das sanfte Flackern, das ihre Finger umspielte. Dann stieß sie den Arm nach vorne, beinah zärtlich, als würde sie ihn in die Welt entlassen.

Das Geschoss löste sich lautlos, glitt über den Platz. Es wirkte nicht wie eine Waffe, vielmehr wie ein verirrter Stern auf der Suche nach einem Ort, an dem er verglühen durfte. Der kleine Feuerball zog eine Spur hinter sich her, ein tanzendes Licht, das sich mühelos durch jede Finsternis wand.

Eine letzte Sekunde verstrich, dann berührte er sein Ziel.

Die Bogenschützin stieß einen grellen Schrei aus, der weniger nach einem Menschen klang als vielmehr wie das Kreischen eines kleinen Hundes, der lebendig gehäutet wurde. Es war die schönste aller möglichen Musiken in Rheas Ohren. Die Haut der Frau platzte an mehreren Stellen auf, als sich das Feuer durch die Kleidung fraß. Das Nachthemd verschmolz mit dem Körper. Brennende Haarbüschel flogen durch die Luft. Dampfendes Fleisch löste sich von den Knochen. Mit offenen Armen rannte die Frau – noch immer vor quälenden Schmerzen schreiend – gegen eine Hauswand. Ihr Umriss brannte sich als die letzte Spur eines ausgelöschten Seins in den Stein. Dann gaben ihre Beine nach und sie kippte zur Seite und schlug mit dem Kopf im Staub des Weges auf. Die lauten Schreie wurden zu einem leisen Wimmern, gefolgt von einem sanften Zucken, das zu einer Stille verkam, die mehr sprach, als Worte zu sagen vermocht hätten. Das Einzige, das unaufhörlich weiter knisterte, war das Feuer, das unnachgiebig an dem leblosen Körper nagte. Erst nährte es sich vom restlichen Fleisch, danach von den Innereien, schließlich, als nur noch ein Skelett übrig war, von den Knochen. Zum Schluss blieb einzig der Geruch von verbrannter Menschlichkeit, der Rhea auf dem Weg begleitete, bis sie den Breitschultrigen erreichte, der weiterhin bereit zum Kampf auf sie zuhielt.

Der Mann schwang sein Schwert in ihre Richtung. Sie machte einen Satz nach hinten, doch es reichte nicht aus. Die Klinge traf krachend ihre Rüstung.

Rheas Körper wurde von dem Aufprall erschüttert. Sie verlor den Halt, stürzte rücklings auf den Boden. Der Mund ihres Angreifers verzog sich, als er den schweren Stiefel auf ihre Brust drückte. Die Luft blieb ihr weg. Verzweifelt versuchte sie, Worte zu formen, Magie zu erzwingen, doch ihr entwich lediglich ein sanfter Hauch. Zu wenig, um ihn aus seinen Schuhen zu fegen. Der Korlandianer holte mit seinem Schwert aus. Der Stahl blitzte. Er war bereit, zu Ende zu bringen, was er begonnen hatte.

Frauen waren zu weich für den Kampf, hatte Rheas Großvater immer gesagt. Zu schwach, um Kaerthas' Linie zu verteidigen. Sie waren nicht wie Behar. Rhea hatte nie das hämische Grinsen vergessen, das er ihr entgegengeschleudert hatte, als sie von einem fünf Jahre älteren Jungen im Schwertkampf grün und blau gedroschen worden war. Es war dieses Lachen, das sie täglich daran erinnerte, dass weder er noch Behar noch Kaerthas Ausreden duldeten.

Rhea sah, wie der Einhänder auf sie niedersauste. Sie verkrampfte.

Da stürzte ein Schatten vom Himmel. Firor! Noch bevor das Schwert sie traf, packte er den Angreifer mit den Klauen, hob ihn hoch in die Lüfte und schleuderte den Mann wie einen Ball durch Korel.

Da war einer auf dir. Hast du den nicht gesehen?

Firors Stimme in ihrem Geist triefte vor Ironie, während der Breitschultrige einige Meter entfernt in eine Wand schlug, was einen unerfreulichen Knall erzeugte, bevor der Körper des Mannes aufplatzte wie ein überreifer Kürbis. Fleischfetzen und Knochensplitter spritzten durch die Luft.

Das war der Letzte.

Rhea schloss schwer atmend die Augen, aber sie sah hinter ihren Lidern keine Dunkelheit, sondern nur ihren Großvater. Er stand einfach da mit seinem langen, weißen Bart, seiner engen Robe und dem breiten Gürtel und schüttelte mit vorwurfsvoller Miene den Kopf, nur um sie zu fragen: »Glaubst du, dass das reicht, Kindchen? Denkst du, Kaerthas ist mit dem zufrieden, was du hier tust? Meinst du wirklich, Behar hätte das stolz gemacht? Du armes Ding.« Dann lachte er und verschwand in der Finsternis.

Sie wusste, dass er recht hatte. Es war nicht genug. Es konnte niemals genug sein. Sie würde es im Leben nicht sein. Nicht, wenn sie sich so verhielt, wie alle es erwarteten, und ein höriges Familienmitglied blieb. Es gab nur einen Weg, ihren Großvater Lügen zu strafen: Sie musste Königin von Thalmark werden. Herrscherin über das ganze Land.

Da gibt es nur ein kleines Problem, mischte sich Firor wieder in ihre Gedanken. *Vielleicht ist es nicht einmal so klein. Eher schwergewichtig. Solange der fette Umbold auf dem Thron sitzt, wird kein Nachfolger gesucht.*

Rhea legte die Hände auf den Boden, drückte sich nach oben und lächelte Firor an, während sie sanft seine Schnauze streichelte.

»Aber du weißt doch, dass in Thalmark seit jeher die Nachfrage immer das Angebot beherrscht. Und manchmal muss man die einfach schaffen.«

Firor schnaubte leise. *Du willst also wirklich den König …*

Das Lachen eines Mädchens mit schwarzer Haut, kurzen Haaren und dunkelbraunen Augen unterbrach seinen Gedanken in ihrem Kopf. Die Kleine rannte auf die beiden zu, in ihrer linken Hand ein Püppchen, die Nachbildung eines Drachen in Azur. Ihr Vater, der vergebens versuchte, sie einzufangen, konnte sie spätestens dann nicht mehr zurückhalten, als sie Firor sah und begeistert rief: »Da ist einer! Ich will ihn streicheln!«

Wie bitte? Auf keinen Fall! Er fauchte laut. *Ich bin ein gefährliches Raubtier.*

Das Mädchen setzte unbeeindruckt seinen Weg fort. Rhea grinste wortlos. Es war nicht nötig, etwas zu sagen, was er bereits wusste. Und dennoch genoss sie die Vorstellung, wie Firor von einem Kind gestreichelt werden würde.

Nein. Seine Stimme in ihrem Kopf war grummeliger, als sie es erwartet hatte. *Komm, lass uns von hier verschwinden, sonst fresse ich noch jemanden!*

Rhea entschied sich, seinem Wunsch nachzugeben. Gerade als sie auf den Rücken ihres Drachen springen wollte, rief ein Mann: »Habt Dank, Herrin van Meier!« Es war weniger seine Erkenntlichkeit, die sie innehalten ließ – von Dankbarkeit konnte man sich bekanntlich nichts kaufen –, sondern vielmehr die nächste Frage: »Wie können wir Euch das vergelten?«

Das klang vielversprechend. Rhea wandte sich zu ihm um. »Vergelten?« Aus den Augenwinkeln beobachtete sie, wie sich das kleine Mädchen an Firors Schuppen schmuste. Sie ignorierte sein Katzengejammer, das durch ihren Kopf schallte. Es gab Wichtigeres.

»Ja, Herrin van Meier«, fuhr der Mann fort, »wir schulden Euch mehr als nur unseren Dank, habt Ihr doch all diese Leben gerettet.«

Rhea nickte in dem Wissen, wie recht er hatte. Wenigstens kannten diese Bauern ihren Stand. Und ihre Pflicht. Wer wäre sie, nicht anzunehmen, was die Welt ihr bot? Ein Unmensch? Nein. Deshalb stellte sie fest: »Es war ein sehr kostspieliger Kampf.«

»Wie teuer?«

»Weit über 100 Jahre. Also ...« Sie rechnete. »Mindestens zehntausend, vielleicht sogar fünfzehntausend Kaerther.«

Der Mann schluckte. »Eine so große Menge haben wir nicht. Nicht einmal alle gemeinsam.« Rhea konnte förmlich sehen, wie er nachdachte, bevor er auf das Gebäude auf der anderen Seite des Platzes zeigte, an dem noch immer die Reste des Breitschultrigen klebten. »In den Zellen des Dorfs sitzen drei Verbrecher. Sie können zusammen sechzig Jahre liefern.«

»Ja!«, schrie eine Frau. »Das Gesindel braucht keine Lebenszeit.«

»Das ist eine gute Idee«, entgegnete Rhea zufrieden, »auch wenn es nicht die gesamten verbrauchten Jahre ersetzen wird. Wir werden einen Karren schicken, um die Ware abzuholen.«

Das Mädchen, das mit Firor kuschelte, lachte so laut und glücklich, dass Rhea kurz zusammenzuckte. Sie beneidete die Kleine um ihre unbeschwerte Jugend. Und doch tat sie ihr leid. Niemals würde sie erfahren, was es bedeutete, reich zu sein. Oder mächtig.

Aber mich bedauerst du nicht, dass ich armer, alter Drache den Gaukler für dieses ... Ding da spielen muss.

Zu Rheas Erleichterung musste sie dem störrischen Tier nicht antworten, sondern konnte sich um eine in der zweiten Reihe stehende Frau kümmern, die rief: »Und ich weiß, dass es in einem benachbarten Dorf ebenfalls eine Familie gibt, die Lebenszeit verkaufen würde, wenn sie dafür entschädigt wird.«

»Ja!«, bestätigte ein Mann, »in Esterlyn wohnen die.«

Rhea trat einen Schritt auf die Frau zu. »Junges Fräulein, erzählt mir mehr darüber.«

Aber bitte schnell, warf der Drache ein. *Ich ertrage das nicht länger.*

III. LEYCON

Fromme Männer kannten kein Misstrauen, und genau das war ihre größte Schwäche.

Wieder einmal hatte sich diese Erkenntnis bestätigt. Glücklicherweise. Und während sie in Leycons Geist einsickerte wie warmes Öl in trockenes Leder, zog er langsam das Messer aus dem Hals des Glaubensbruders. Ein leises, fast klagendes Röcheln entwich dessen Kehle, als hätte selbst der Tod die Stimme verloren. Blut drückte sich in dicken, trägen Schüben aus der klaffenden Wunde und ergoss sich über die helle Haut des Mannes. Rasch bedeckte Leycon das von ihm geschaffene Kunstwerk mit einem Stofffetzen. Jetzt galt es, zu küren, wo die Pflicht so erfolgreich abgeschlossen worden war.

Die Robe, die den Körper des Glaubensbruders kleidete, musste so reinweiß bleiben, wie es das Arkane Refugium, in dessen Namen er sie trug, den Menschen immerzu weismachen wollte, zu sein. Und wenn sie doch beschmutzt werden würde? Das Kleidungsstück wäre dann nutzlos, ein stumpfes Schwert in Leycons Kampf gegen Thalmark. Es würde ihn wieder zurück an den Anfang werfen. Die Fünf Schwestern verziehen keine Rückschritte. Sie vergaben nicht den kleinsten Fehler, und niemals würden die Führerinnen von Korlandia bei einem solch großen Nachsicht zeigen.

Für einen Moment kreisten Leycons Gedanken um die Männer und Frauen, die gerade im nahe gelegenen Korel niedergemetzelt worden waren. Oder noch immer wurden. Sie waren ein notwendiges Opfer für die Gemeinschaft, ohne Zweifel.

Sie waren gemeinsam mit ihm an den Grenzbefestigungen Thalmarks vorbeigeschlüpft, leicht bewaffnet, unauffällig eben. Dann hatten sich ihre Wege getrennt. Die Todgeweihten hatten nach einem schlecht bewachten Dorf gesucht, Leycon nach einem Opfer. So war es von ihm geplant worden, so musste es geschehen, denn er hatte die Falle perfekt vorbereitet.

Und Rhea van Meier? Sie war die junge Kriegerin, genauso machtbesessen wie dumm, die sich nach dem sinnlosen Kampf um ein noch sinnloseres Dorf zu einer Rast niederlassen musste, die die Lebenszeitreserven ihres Drachen auffüllen würde, nicht ahnend, dass er den Dolch gewetzt und auch schon gezückt hatte.

Leycon atmete langsam aus. Das nicht so metaphorische Messer – das, mit dem er gerade den Glaubensbruder getötet hatte – glitt aus seiner Hand ins feuchte Gras, neben den Leinenbeutel, der von der Schulter des Mannes gerutscht war. Als die Klinge den Boden berührte und ein sanfter Luftzug einige der Schriften aus dem Beutel wehte, schien nicht nur der Aufprall, sondern auch das kaum hörbare Rascheln der Blätter im Wind lauter zu sein als das Röcheln des Sterbenden. Er betrachtete die Waffe, dann schmunzelte er kurz. Weniger vor Freude, mehr vor Stolz. Das Töten hatte ihm noch nie etwas ausgemacht.

Wie vielen Augen war er in seinem Leben schon begegnet, die in ihren letzten Momenten sein Gesicht gesehen hatten, bevor die Körper, die sie trugen, in den warmen Schoß der Ewigen Flamme zurückgekehrt waren. Er hatte längst aufgehört, die Frauen und Männer zu zählen. Wieso sollte er auch? Der Weg zu Korlandias Vorherrschaft und Thalmarks

Untergang war weder mit Reue noch Mitleid gepflastert, sondern vielmehr mit toten Anhängern Kaerthas'.

Ohne die rechte Hand, die den Stofffetzen hielt, von der Wunde zu nehmen, fuhr Leycon mit der Linken durch die feuchten Grashalme, streifte Blut ab, prüfte die Finger, jeden Spalt zwischen den Nägeln, mit einem kritischen Blick, wischte erneut durch das Grün und inspizierte wieder. Erst als kein Rot mehr zu sehen war, beugte er sich zurück über den Glaubensbruder und knöpfte einhändig dessen Robe auf. Die Finger zitterten nicht. Sie taten, was sie tun mussten, denn professionelles Arbeiten war gefragt. Wie immer. Der Körper des Mannes strahlte noch Wärme ab, die Haut war feucht vom Schweiß, der Geruch des Blutes eine Mischung zwischen Süße und Metall.

Nachdem Leycon die Robe von ihrem Träger befreit und zur Seite gelegt hatte, nahm er die Rechte mit dem blutverschmierten Tuch vom Hals des Mannes und steckte es in einen kleinen Lederbeutel, den er mit der sauberen Hand vom Gürtel löste. Wieder nutzte er das feuchte Gras, um Blut abzustreifen.

Dann entkleidete Leycon sich. Er warf alles ab, bis auf die Kette um seinen Hals. Der kühle Morgenwind, der auffrischte und immer mehr Blätter umherwehte, strich über seine Haut, doch er hatte keine Zeit für das Frösteln, das ihn überkommen wollte. Die Kälte gehörte zum widerwärtigen Übergang, der aus dem stolzen Korlandianer einen reinweißen Glaubensbruder machte, aus einem Jünger Nyssaris einen, der keiner Lehre folgte außer der Schöpfung selbst. Und ein neuer Mann brauchte eine frische Hülle, wenn auch nur für die Zeit, in der er nicht erkannt werden wollte.

Als Leycon den Gürtel mit dem Schwert auf der nackten Haut verzurrt und die weiße Robe übergestülpt hatte, überkam ihn einmal mehr dieses Gefühl, das ihn immerzu einholte, wenn er sich in fremde Gewänder hüllte: Als wäre er ein Kind, das das erste Mal den honigsüßen Geschmack der Lüge auf der Zunge schmeckte.

Mit einem zufriedenen Lächeln blickte Leycon auf die weiße Robe hinab. Die Seide schmiegte sich sanft an seinen Körper, ohne dass auch nur ein einziger Faltenwurf den Eindruck erweckte, als wäre er dem Zufall überlassen worden. Das Kleidungsstück schien beinah zu seiner zweiten Haut zu werden. Und genau das war Leycons Ziel gewesen. Von diesem Moment an trug er nicht nur den Namen seines Opfers, sondern übernahm geradezu vollständig dessen Persönlichkeit: Er war zu Bruder Sylen geworden, Teil der Glaubensgemeinschaft der Ewigen Flamme, Mitglied des Arkanen Refugiums Silcum, das nahe des verwunschenen Spiegelwalds in Thalmark heimisch war. Denn Identitäten und Namen zählten für ihn genauso viel wie die Menschenleben, die er genommen hatte: überhaupt nicht.

Nach getaner Arbeit trat Leycon einen Schritt zurück und betrachtete sein Werk. Selbst bei diesem Anblick war in seinem Herzen kein Platz für übermäßigen Hochmut oder große Zweifel. Es beheimatete lediglich die Überzeugung, den nächsten Zug machen zu müssen.

Er kehrte zu dem weißen Wallach zurück, den er an einem nahe stehenden Baum angebunden hatte. Das Tier wieherte leise, als es ihn bemerkte und offenkundig einen Moment lang für einen Fremden hielt. Dabei kannten sie sich schon seit Stunden.

»Ich bin es«, besänftigte Leycon das Pferd und strich ihm langsam über den Kopf. Nach einigen Streicheleinheiten drang ein leises, fast vertrautes Schnauben aus den Nüstern. Der Wallach hatte sich beruhigt, und er sattelte auf.

Das Wichtigste im Leben eines überzeugten Korlandianers – und als ein solcher sah Leycon sich – war es, dass nach einer jeden klugen Tat für die Gemeinschaft eine weitere folgte. So hatte er es von klein auf gelernt. So lebte er. So würde er auch heute handeln. Denn die Fünf Schwestern schätzten seinen aufopferungsvollen Einsatz für das gemeinsame Kollektiv. In ganz Korlandia war er dafür bekannt, obwohl er wahrlich nur tat, was notwendig war.

Hinter ihm würden die Schriften aus der Leinentasche verweht werden und das Gras langsam unter dem Blut des im Schatten liegenden Mannes verdorren, der ihm zuletzt vertraut hatte. Und dabei war Vertrauen ein so kostbares Gut. Kostbarer als Lebenszeit.

Mit diesem Gedanken gab Leycon dem Wallach die Sporen.

Keine Sekunde zu früh, denn das Kreischen eines Drachen ließ seinen Blick über die Ebene vor ihm streifen, in der Korel lag. Diese Viecher schrien immer dermaßen, als müssten sie die Welt an ihre Existenz erinnern. Zu seinem Leidwesen unterschieden sie sich in dieser Sache nicht, ganz gleich, ob sie Kaerthas oder Nyssari ihren Vorfahren nannten. Wären sie nur alle tot.

Nachdem das Gekreische zu Leycons Erleichterung endlich von dem kleinen Wald hinter ihm verschluckt worden war, erhob sich aus dem Dorf Rhea van Meier auf dem Rücken ihrer Bestie. Er durfte nun keine Zeit mehr vergeuden und musste Korel so schnell wie möglich erreichen, um zu erfahren, was das nächstes Ziel seines Ziels war.

Während Leycon den Wallach antrieb, erinnerte er sich an den ersten Drachen, den er getötet hatte. Er hatte dafür weder einen langen Speer noch eine überdimensionierte Armbrust auf Rädern gebraucht. Das war nicht seine Art. Nicht nur zu anstrengend, sondern auch viel zu gefährlich. Unzählige Frauen und Männer hatte er schon sterben sehen beim erfolglosen Kampf gegen Reiter und Biest. Kein erfreulicher Anblick. So sinnlos. Hätten sie doch ihren Kopf benutzt anstatt ihrer Muskulatur.

Es gab einen wesentlich einfacheren Weg, die Viecher zu beseitigen. Einen, den Leycon vor unzählbaren Jahren von seinem Meister gelernt hatte. Er war der Mann, der ihm beigebracht hatte, in den Schatten zu leben. In ihnen zu atmen. Mit ihnen zu verschmelzen. Er hatte ihm gezeigt, dass man nur die Lebensjahre eines Menschen vergiften musste, bevor der Drache sie dem Spender entzog, um sie in seinem magischen Reservoir zu speichern. Ein kleines Schnäpschen für den Auserwählten – oder auch die Auserwählte, denn das Geschlecht war beim Töten so unwichtig wie der Name –, das gleich drei Opfer forderte: das Leben des Biestes selbst, das des Reiters, der mit dem Tier verbunden war, und natürlich das des Lebenszeitlieferanten.

Reflexartig griff er zu der Kette an seinem Hals.

»Eins, zwei, drei …«

Leycon zählte leise flüsternd vor sich hin. Vierundzwanzig Steinchen waren es. Einer für jeden thalmarkischen Drachen, den er getötet hatte. Einer für jeden Schritt, den Korlandia durch ihn näher zum Ziel gekommen war, diesen Sumpf trockenzulegen. Er grinste. Ein weiterer Stein würde bald folgen, dann, wenn er Rhea van Meiers Reittier zum Schweigen gebracht haben würde.

Nicht zuletzt die tiefe Verstrickung der Lebenslinien von Drache und Drachenreiter war der Grund, weshalb Leycon bodenständiger ritt. Ein sterbendes Pferd konnte der Reiter überleben. Vielleicht. Schmunzelnd blickte er bei dem Gedanken nach unten. Der Gaul zwischen seinen Schenkeln war ein kürzlich gestohlener Wallach, den irgendwer Goldherz getauft hatte. Lächerlich. Er nannte ihn Stutenversteher. Und Stutenversteher galoppierte verdammt schnell.

Nach einiger Zeit, aber noch bevor er den Grenzstein von Korel erreicht hatte, kamen ihm an einer Weggabelung ein Mann und eine Frau aus Richtung entgegen, in der Aven lag. Sie waren in einfaches Leinen gekleidet und ihre Augen erzählten von dem anstrengenden Leben, das sie führten.

Als die beiden auf den Weg eingebogen waren, verlangsamte Leycon den Galopp des Wallachs, um sie nicht direkt niederzureiten. Er senkte dezent das Haupt, in der Hoffnung, sich ein sinnloses Gespräch zu ersparen, das seine Reise nach Korel nur verzögern würde.

»Bruder!«, rief ihm die Frau zu, obwohl sie noch viel zu weit für eine ernsthafte Unterhaltung entfernt war, und nahm ihm damit die Illusion. Ihr Mann hob die Hand zum Gruß.

Leycon seufzte leise genug, dass es unbemerkt bleiben musste, bevor er – nicht zuletzt um seine Tarnung als Glaubensbruder aufrechtzuerhalten – die Gebärde erwiderte. Es wäre schade gewesen, bereits nach wenigen Metern negativ aufzufallen, selbst wenn es bedeutete, sich solchen Gesprächen zu ergeben. Was er nicht alles tat, um Rhea van Meier zu töten.

Als sich die beiden und er so weit angenähert hatten, dass es möglich war, miteinander zu sprechen, ohne dass es gleich bis nach Korel schallte, setzte die Frau auch sofort an: »Seid Ihr wegen diesen …«, sie hielt für einen kurzen Augenblick kopfschüttelnd inne, »… hierhergekommen?«

Leycon strich durch seinen Bart und verschaffte sich mit einem gespielten Husten Zeit. Er hatte absolut keinen Schimmer, wovon die Frau sprach. »Das Feuer der Ewigen Flamme hat viele Ziele, Tochter«, philosophierte er schließlich in der Hoffnung, damit seine Unwissenheit zu verschleiern. »Vielleicht wollt Ihr mir sagen, von welchem Ihr sprecht?«

»Na … Ihr … also«, stammelte sie.

Die Augen des Mannes verengten sich. »Meine Frau spricht von dem Bruder und der Schwester aus Aven. Sie war diejenige, die die beiden erwischt hat, als er gerade in sie eingedrungen ist. Draußen am See.« Er spie auf den Boden. »Ekelhaft!«

»Ach, davon sprecht Ihr.«

Die Frau nickte. »Wir haben es dem Glaubensbruder gemeldet. Er meinte, es würde jemand kommen und sich um die beiden kümmern.«

»Es muss!«, fügte der Mann mit hochrotem Kopf hinzu. »Zwischen Schwester und Bruder kann niemals Liebe sein! Die Trennung von Geschwistern ist genauso heilig wie die von Kaerthas und Nyssari! Man stelle sich nur vor, was für eine Abart er in ihren Bauch pflanzen könnte!«

»Diese Kunde hat mich noch nicht erreicht. Mein Auftrag ist ein anderer«, entgegnete Leycon. »Aber ich verstehe Eure Reaktion. Dennoch könnt Ihr Euch sicher sein, dass der Bruder der Schwester niemals etwas in den Bauch zu pflanzen vermag, denn dafür braucht es wahre Liebe. Und wahre Liebe hat es auch zwischen den Geschwistern Nyssari und Kaerthas nicht gegeben. Wie sollte es sie dann bei einfachen Menschen geben?«

Die Frau nickte. »Ihr habt recht.«

»Und doch«, sagte der Mann, »darf nicht ungestraft bleiben, was die Schwester an jenem See getan hat.«

Leycon schüttelte den Kopf aus voller Überzeugung, denn der Mann hatte recht. Eine solche Vermischung zwischen Geschwistern war zutiefst gegen die Ordnung der EwigenFlamme. »Natürlich darf das nicht ungestraft bleiben, aber ich bin mir sicher, die Frauen und Männer in Aven haben die Möglichkeiten, die Schwester selbst und ohne meine Hilfe einem violetten Gericht zu unterziehen.«

»Haben wir denn Eure Zustimmung dazu?«, erkundigte er sich.

»Seid Euch nicht nur meiner Zustimmung gewiss, sondern auch der der Ewigen Flamme.«

Ein zufriedenes Lächeln huschte über das Gesicht der Frau. »Vielen Dank, Bruder!«

»Gerne, aber habt Verständnis dafür, dass ich nun weiterziehen muss, um mich um andere Angelegenheiten der Ewigen Flamme zu kümmern.«

»Natürlich«, sagte der Mann und rief Leycon hinterher, der Stutenversteher schon wieder lostrotten ließ. »Nur eine Frage noch: Auf wen dürfen wir uns berufen? Wie ist euer Name?«

Ohne sich umzudrehen oder sich zu vergewissern, dass die beiden ihn auch hörten, schrie er gegen den Wind: »Bruder Sylen.«

Als Leycon und Stutenversteher schließlich auf dem Dorfplatz angekommen waren, fiel ihm zuerst eine Frau ins Auge, die einen Besen in der Hand hielt. Doch anstatt zu fegen, tauchte sie ihn immer wieder in einen Eimer und schrubbte die blutverschmierte Wand eines Hauses ab. Er ritt näher zu ihr. Als sie ihn bemerkte, wandte sie sich um, fiel auf die Knie und verbeugte sich mehrmals.

»Bruder!«

Leycon musterte sie für einen Augenblick. Das Gesicht der Frau war verlebt, die Haut wettergegerbt und faltig, die Augen leer. Es war der Preis, den ein Leben in Thalmark forderte. Beinah empfand er Abscheu – oder sogar Mitleid –, doch das hätte vorausgesetzt, dass sich in ihm überhaupt etwas Thalmarkiern gegenüber regte. Das tat es nicht. Niemand bei Sinnen konnte mit ihnen fühlen.

»Erhebt Euch, meine Tochter«, antwortete Leycon und strich sich durch den langen Bart.

Die Frau schaute ihn mit großen Augen an, als wäre er der Mann, mit dem sie all ihre Geheimnisse zu teilen gedachte. Zu seinem Leidwesen war er das tatsächlich – das Schicksal eines Glaubensbruders, selbst eines verkleideten. Doch es galt, die Tarnung nicht auffliegen zu lassen. Das war der einzige Grund, wieso Leycon fragte, worauf er die Antwort bereits kannte: »Sagt mir, was ist in diesem Dorf vorgefallen?«

»Korlandia ist gekommen, um uns zu holen. Uns alle!«

Die Frau redete. Und redete. Und redete. Aber so sehr Leycon sich auch bemühte, er schaffte es nicht, ihren Worten genug Aufmerksamkeit zu schenken, als dass sie ihn hätten erreichen können. Geschweige denn, dass er verstand, was sie da von sich gab. Er beschränkte sich auf ein freundliches Lächeln, unterstrichen von einem sich gelegentlich wiederholenden Nicken.

Nachdem sie ihren Monolog beendet hatte, zeigte er auf die Wand. »Und die Korlandianer haben es geschafft, Leben zu nehmen?«

»Ja, Bruder, einige wenige, aber wir wurden beschützt. Rechtzeitig. Von Herrin van Meier. Sie und ihr Drache haben uns verteidigt. Mit Schweiß und Magie. So etwas …«

Die Frau redete schon wieder. Endlos. Was für ein nutzloses Gespräch! Sie war eine dumme Bäuerin ohne nennenswerte Informationen, eine Verschwendung seiner Lebenszeit. Im wahrsten Sinne des Wortes. Hätte Leycon sie verkauft, wären wenigstens einige Kaerther dabei rumgekommen. Aber so? Alles, was blieb, war Geschwätz. Und selbst wenn sie Wichtiges wusste, es war gut verborgen unter einem Berg von Belanglosem.

»Bruder!«

Es war die unsichere Stimme eines Mannes, die die Frau verstummen ließ und Leycon endlich Erlösung aus der

Unterhaltung bot. Unterhaltung? Nein. Dafür brauchte es zwei. Ohne seine Erleichterung zu zeigen, drehte er sich um und schaute in die Richtung, aus der der Ruf gekommen war.

»Wer ruft mich?« Leycons Stimme schallte über den Dorfplatz. Sekunden vergingen, aber niemand meldete sich. Er räusperte sich. »Tritt ins Licht!«, setzte er nach, lauter, getrieben von der Angst, die Frau würde ihren Monolog der Belanglosigkeiten fortsetzen.

Die Blicke derer, die sich auf und um den Platz befanden, richteten sich auf einen jungen Mann, der im Schatten hinter dem Brunnen stand, fast so, als wollte er verhindern, dass er gesehen wurde, obwohl es unmöglich war, ihn zu übersehen. Gezwungen von all den Blicken hob er zögerlich die Hand.

»Ich, Bruder.«

Leycon nickte zufrieden. Er hatte seinen Ausweg gefunden. Mit einem letzten freundlichen Lächeln verabschiedete er sich von der Frau, dann trabte Stutenversteher langsam zu dem jungen Mann, während sich die übrige Dorfbevölkerung wieder an ihr Tagwerk begab. Oder an die Aufräumarbeiten, die vielleicht doch nicht allzu alltäglich waren.

»Wie heißt Ihr, mein Sohn?«, erkundigte Leycon sich, als er den Mann erreicht hatte. Im Gegensatz zu der Frau schien dieser hier etwas zu wissen. Die Erfahrung hatte Leycon gelehrt, dass jemand, der sich so gebar, meistens ein Geheimnis mit sich umhertrug.

Der junge Mann verbeugte sich, wie es sich bei der Ankunft eines Glaubensbruders geziemte. »Man nennt mich Zenil, Bruder.«

Leycon nickte und versuchte, dabei so wohlwollend dreinzuschauen wie nur irgend möglich. »Und wie kann ich Euch helfen, Zenil aus Korel?«

»Ein Gespräch.« Der Mann blickte mit einer unverkennbaren Nervosität nach links und rechts, ohne seinen Kopf merklich zu bewegen. »Aber nicht hier. Vertraulich. Zwischen Bruder und einfachem Gläubigen.«

Das war Musik in Leycons Ohren. Er hatte sich also nicht getäuscht. Nur jemand, der etwas zu sagen hatte, wollte in dieser Art und Weise mit einem Glaubensbruder sprechen. Während er sich auf ein spannenderes Gespräch freute, als er es zuvor hatte ertragen müssen, fragte er: »Und wo können wir uns ungestört unterhalten?«

»Folgt mir, Bruder, in meine Hütte.« Der Mann zeigte auf ein heruntergekommenes Bauwerk am Rande des Platzes. Das Strohdach schien mehr vom guten Willen oder dem Glauben an die Ewige Flamme gehalten zu werden als von Handwerkskunst. Das Gebälk, aus dem die Wände bestanden, wirkte nicht nur auf den ersten Blick morsch, der Lehm brüchig. Manchmal fand man die wertvollsten Schätze in den größten Wracks.

Als Leycon auf Stutenverstehers Rücken reitend gemeinsam mit Zenil aus Korel die Hütte erreicht hatte, sattelte er ab, streichelte den Wallach ein letztes Mal und folgte dem Gastgeber über die Türschwelle in sein trautes Heim.

Der junge Mann entzündete eine Kerze, stellte zwei Trinkgefäße auf den schalen Tisch und setzte sich auf eine klapprige Bank, während er Leycon bedeutete, gegenüber Platz zu nehmen. Aus dem Krug stieg der leckere Duft von Hopfen. So saßen sie da und schauten sich gegenseitig an, ohne dass jemand einen Schluck trank oder etwas sagte.

Nachdem minutenlang Stille geherrscht hatte, erhob Leycon seine Stimme. »Zenil aus Korel, was wolltet Ihr mir denn berichten?«

Der junge Mann schluckte viel zu laut. Dann brachte er stotternd hervor: »Ich … also, Bruder, man könnte … Wie soll ich es ausdrücken? … Ich glaube, dass ich Unrecht getan habe.«

Er fingerte an dem Krug herum. Leycon gab ihm Zeit, erhob das Gefäß, das vor ihm stand, stemmte es in die Höhe und wartete, bis auch der andere einen Schluck nahm. Bier lockerte bekanntlich eine jede Zunge.

»Unrecht?«, wiederholte Leycon, als die Krüge wieder auf den Tisch zurückgestellt worden waren, mit stoischer Stimme, die seine innere Neugierde gekonnt überdeckte. »Welches Unrecht denn, mein Sohn?«

Zenil blickte noch immer nervös umher, spielte unablässig mit seinen Fingern, aber brachte nicht ein weiteres Wort hervor. Es war der Tag der Gegensätze. Eine Frau, die redete, ohne dass sie dabei etwas zu sagen gehabt hätte, und ein Mann, der etwas zu sagen hatte, ohne dass er redete. Ein Treppenwitz des Schicksals. Und wahrlich kein guter.

Aber Leycon war bereit, diesen hier zu motivieren. Er schob deshalb die Krüge beiseite und legte die Hände auf die des jungen Mannes. Sie waren kalt und rau, geschunden von der ewigen Feldarbeit, die ein jeder thalmarkischer Bauer sein Tagwerk nannte. Zumindest wenn sie nicht gerade Gedärme von der Wand wischten oder die Asche von Verbrannten auffegten.

»Also?«, fragte Leycon erneut, »was habt Ihr getan, mein Sohn?«

Der Mann presste die Lippen zusammen, dann holte er tief Luft. Seine Augen brannten vor Sorge. »Die Korlandianer.«

Jetzt wurde es interessant. »Was ist mit ihnen?«

»Der Angriff auf Korel.« Er zitterte. »Das alles, es war meine Schuld.«

»Habt Ihr denn eine Waffe getragen? Oder einen Zauber gesprochen?«

Der junge Mann schüttelte den Kopf. Natürlich nicht. Wie hätte dieser Schatten auch kämpfen können?

»Ich habe den Soldaten den Weg zu dem Dorf gezeigt. Meinetwegen wurden wir angegriffen.«

Leycon nickte verständnisvoll. »Aber ist jemand zu Schaden gekommen?«

»Ja. Meine Schwester. Sie haben sie getötet.«

Zenil begann, zu weinen. Erbärmlich. Und dennoch, ein Thalmarkier, der seine eigene Familie für die korlandianische Gemeinschaft verraten hatte? Natürlich gab es derlei immer wieder. Und doch war es jedes Mal eine Sternstunde für Leycon. Einen solchen Mann, der der Sache der Fünf Schwestern bereits gedient hatte, konnte er formen. Vor allem, wenn er die Mission schon unterstützt hatte, ohne es zu wissen. Seine Hingabe würde am Ende einen Drachen töten, durch Leycons Hand.

Zenil war ein gutes Werkzeug. Sicherlich kein scharfes Schwert, aber zumindest eines, das, nachdem es durch einen talentierten Werkzeugschmied bearbeitet worden war, dazu genutzt werden konnte, um daraus eine andere, tödlichere Klinge zu schmieden. Nun galt es, feinfühlig vorzugehen, um nicht zu zerbrechen, was so fragil war und möglicherweise noch gebraucht wurde.

»Und Ihr gebt Euch die Schuld dafür?«, fragte Leycon.

Zenil nickte. »Wer sollte sie sonst auf seinen Schultern tragen?«

Genug des Mitleids. Nun musste herausgefunden werden, was den jungen Mann zu einer solchen Entscheidung bewogen hatte, damit man seine Nützlichkeit für die Gemeinschaft wiederholen konnte.

»Warum habt Ihr das getan?«

Zenil schaute auf, nur um danach eine große Handbewegung zu vollführen. »Habt Ihr nicht gesehen, wie die Hütte aussieht? Wir haben jeden Tag Angst, dass sie in sich zusammenfällt.« Er griff hinter sich, nach einem Beutel, den er klirrend auf den Tisch stellte. »Ohne die Kaerther, die sie mir angeboten haben, wäre …«

Einige der Münzen fielen heraus. Das Gold schimmerte im einfallenden Licht. Jeder in Korlandia wusste, dass in Wirklichkeit nicht König Umbold der Herrscher von Thalmark war, sondern diese kleinen, runden Metallstücke mit Kaerthas auf der einen Seite und der Ewigen Flamme auf der anderen. Für sich genommen nicht schwerer als ein Dutzend Weizenkörner, und doch bewegten sie in Massen Menschen und ermöglichten sogar Magie. Sie waren die Macht in diesem Reich. Korlandia hingegen kannte zu Leycons Pläsier keine solche Herrschaftsgewalt. In seinem Zuhause galten nur die Gemeinschaft und die Worte der Fünf Schwestern.

»Wie viele habt Ihr erhalten, mein Sohn?«, fragte er schließlich.

Bevor der junge Mann antwortete, erfüllte ein leises Rascheln den Raum, als die Tür zum Nebenzimmer aufgestoßen wurde und eine ältere Frau eintrat, die sich auf einen Stock stützte. Ihr Körper war nur von einem dünnen Nachtkleid verhüllt, das erfolglos versuchte, zu verbergen, was niemand hätte sehen wollen.

»Du hast was getan?«, schrie sie Zenil an.

Wie unhöflich, schoss Leycon durch den Kopf. Sie hatte sich nicht einmal vorgestellt. Und das, obwohl sie dieses wichtige Gespräch zwischen einem Glaubensbruder und ihrem Sohn störte.

»Mutter, ich …« Zenil stammelte wieder. Was auch sonst?

Sie fuchtelte mit dem Stock und warf dabei das Säckchen mit den Kaerthern auf den Boden. »Schande über dich! Deine Schwester für ein paar Münzen zu verhökern. Ihre Lebenszeit wäre mehr wert gewesen, hätten wir sie direkt an die van Meiers verkauft.«

»Ich dachte nicht, dass …«

»Du denkst nie!« Die Mutter ging auf Zenil los.

Leycon hätte ihr nicht so viel Kraft zugetraut. Er beschloss, dass es Zeit war, einzuschreiten.

»Gute Frau«, erhob er besänftigend seine Stimme, die von gespielter Wärme und falschem Mitgefühl geschwängert war, »Euer Sohn erzählte mir das im Vertrauen, einem Glaubensbruder. Er wollte sein Gewissen erleichtern.«

»In meinem Haus gibt es keine Geheimnisse.« Die Frau würdigte Leycon nicht einmal eines kurzen Blicks. »Schon gar nicht vor mir.«

Er erhob sich, ging einige Schritte auf die Mutter zu, um endlich ihre Aufmerksamkeit zu erhaschen. »Ihr müsst Euch beruhigen, gute Frau.«

»Nein, das werde ich nicht.« Sie fuchtelte mit ihrem Stock vor seinem Gesicht, dann zeigte sie auf Zenil. »Er ist eine Schande. Für seine Familie. Für das ganze Dorf. Ich werde es erzählen, damit sie ihn hinrichten.«

Eine Sackgasse also. Für diese Mutter war die thalmarkische Ehre ein hohes Gut. Leycon suchte nach einer anderen Möglichkeit, um sie zu beruhigen, weshalb er feststellte: »Aber Ihr braucht ihn.«

»Diesen Taugenichts?«

»Wer soll sonst das Feld pflügen? Für das Essen sorgen?«

Noch bevor sie antworten konnte, mischte sich Zenil wieder ein. »Mutter, bitte, der Glaubensbruder hat recht. Wir können nur gemeinsam stark sein. Vor allem jetzt, wo …« Er schluchzte erneut. Nicht sehr hilfreich. Vielleicht hatte die Frau nicht ganz unrecht. Der junge Mann wirkte tatsächlich wie ein Taugenichts.

»Ich habe vor dir gelebt, ich werde nach dir leben. Mit dieser Schande jedoch werde ich niemals leben. Du hast den Weg Kaerthas' verlassen, aber nicht den Nyssaris eingeschlagen. Du hast gemischt, was die Ewige Flamme getrennt hat.« Die Mutter wandte sich Leycon zu. »Ihr müsst das erkennen, Bruder. Er hat gegen die göttliche Ordnung gehandelt. Das kann keinen Bestand haben. Er darf nicht weiterleben.«

Wie sollte er vorgehen? Den Mann schützen, der der korlandianischen Sache gedient hatte? Der ihr wieder dienen könnte? Dann wäre er ein Glaubensbruder, der sich nicht so verhielt, wie der Glauben es lehrte. Er würde seine Tarnung riskieren und damit die Aufgabe, die er von den Fünf Schwestern erhalten hatte. War Zenil das wert? Wohl kaum.

Leycon bedauerte die verpasste Chance, einen Mitstreiter zu finden, aber es gab nur den einen Weg. Manchmal brauchte die Gemeinschaft ein Opfer. Und an manch einem Tag – an einem wie heute – mehr als an einem anderen. Das war der Lauf der Dinge.

Leycon sah den Mann an. »Eure Mutter hat recht. Ihr habt die Gebote der Ewigen Flamme missachtet. Dafür gibt es nur eine gerechte Strafe: das violette Gericht.«

»Bitte«, stammelte Zenil, »Bruder, tut das …«

»Darüber kann nicht mehr verhandelt werden. Ihr habt das Urteil selbst über Euch gesprochen, als ihr vermischt habt, was die Ewige Flamme einst getrennt hat.«

Zenil sprang in die Höhe, doch bevor er Reißaus nehmen konnte, traf ihn der beherzte Stockschlag seiner Mutter auf den Kopf, die dann ankündigte: »Ich werde die anderen im Dorf benachrichtigen.« Sie humpelte in Richtung der Tür, drehte sich aber noch einmal kurz um. »Bitte, Bruder, läutert meinen Sohn. Auf dass er seine Schwester wiedersehe, wo er hingeht, und sie ihm heimzahle, was er sich hat zu Schulden kommen lassen.«

Leycon nickte. Sie war die erste Thalmarkierin, für die er etwas empfand. Etwas, das man sogar fast Respekt hätte nennen können. Eine Frau, die ihren eigenen Sohn gab, nachdem ihre Tochter genommen worden war, nur wegen der Überzeugung tief in ihrem Herzen. Tiefer, als die Liebe zu ihren Kindern. Das hinterließ Eindruck. Selbst bei ihm. Deshalb würde er ihr helfen. Und weil er keine andere Wahl hatte.

IV. RHEA

Gemächlich durchschritt Rhea einen der langen, breiten Flure auf Meierstein. Ihre blonden Haare waren zu Zöpfen geflochten, die um ihren Kopf gewickelt waren und den Kranz einer Siegerin bildeten. Die schwere Rüstung, die sie noch vor wenigen Stunden im Kampf um Korel getragen hatte, war ihrem langen, roten Kleid gewichen, das im Wind wehte, den ihr schneller, barfüßiger Gang erzeugte.

Hinter der nächsten Abzweigung sah Rhea schon die am Ende des Flurs stehenden Gardisten. Die beiden Männer standen in schweren Rüstungen und grünen Umhängen vor der großen, mit schwarzem Eisen beschlagenen Holzpfote. Über ihren Schultern hingen thalmarkische Einzellader, Gewehre mit langem, bronzenen Lauf und geschnitzten Kolben aus dunklem Ebenholz. Diese erst seit Kurzem – Rhea war selbst an der Entwicklung der Waffen vor wenigen Wintern beteiligt gewesen – und auch nur für die Soldaten der Familie van Meier verfügbaren Kriegsgeräte waren eingeführt worden, um noch effektiver nicht nur gegen die korlandianischen Fußtruppen, sondern genauso gegen deren Drachen und die Reiter vorzugehen.

Kurz bevor Rhea die beiden Männer erreicht hatte, öffneten sie stumm die Flügel der Tür. Ohne innezuhalten oder diese bedeutungslosen Kreaturen gar zu grüßen, die für sie nur ein fleischgewordener Schutzwall im Kampf gegen Korlandia und die Fünf Schwestern waren, trat sie über die Schwelle. Kaum hatte sie den Ratssaal betreten, umgab sie wie jedes Mal eine fast unnatürliche Stille, die das Gewicht der gesamten Geschichte ihrer Familie in sich trug. Das Einzige, was diese Ruhe unterbrach, war das Geräusch des Riegels hinter ihr, als die Tür wieder ins Schloss gezogen wurde.

Der Saal hatte noch immer die genauso eindrucksvolle Wirkung auf Rhea wie damals, als sie ihn mit ihrem Großvater das erste Mal betreten hatte. Die hohe Decke, eine Konstruktion aus gewölbtem Stein, erhob sich über ihrem Kopf wie das Innere eines uralten Arkanen Refugiums und wurde von großen, klassischen Säulen – verziert mit goldenen Ornamenten – getragen, deren Enden sich im Halbdunkeln verloren.

Rhea marschierte auf den riesigen, runden Tisch in der Mitte des Saals zu. Er war vor Jahrzehnten von einem in ganz Thalmark bekannten Schreiner aus dem dunklen Holz des Stammes eines alten Nussbaums gezimmert worden und bot genug Platz, dass alle van Meiers zusammenkommen konnten. Auf der Tischplatte war für jedes Familienmitglied, das jemals an einer Ratssitzung teilgenommen hatte, ein kleines Siegel eingeschnitzt. Gemeinsam umsäumten sie den großen Adler mit seinen weit ausgebreiteten Schwingen. Die Sitzgelegenheiten, die um den Tisch angeordnet waren, sahen aus wie Throne: Sie hatten hohe Lehnen und waren mit grünem Samt bezogen.

Der Stuhl, den Rhea nach hinten zog, gab ein lautes Knarren von sich. Dass diese Teile so schwer sein mussten, hatte sie nie verstanden. Der Schreiner hätte auch ein leichteres Material verwenden können. Sei es drum. Sie ließ sich auf dem Thron nieder und atmete langsam aus. Es war der erste entspannte Moment seit dem Angriff auf Korel gestern Abend. Und sie genoss ihn.

Immer wieder wehte ein Luftzug durch den Ratssaal, umspielte ihre Nase und wiegte die grünen Banner mit dem Familienwappen hin und her, die zwischen den Fackeln an den

Säulen hingen. Hätte Rhea es nicht besser gewusst, wäre sie sich sicher gewesen, dass der Raum ihre Anwesenheit wahrnahm.

Am Ende des Saals brannte ein Feuer in einem gewaltigen Kamin. Es knisterte leise und warf einen sanften Schein in den Ratssaal. Der aus dunkelgrauen Steinen bestehende Rahmen des Kamins war mit Drachen und uralten Runen verziert. In seiner Nähe standen Büsten aus weißem Marmor – die Gesichter ihrer Ahnen –, über die das flackernde Licht geheimnisvolle Schatten legte.

Rhea wendete ihren Blick ab. Sie hatte keinen Sinn für diese Belanglosigkeiten, sondern starrte lieber nach unten. Die Buntglasfenster zauberten farbige Lichtmuster auf den kalten Boden. Es war dieses Farbenspiel, das sie an vergangene Träume erinnerte.

Ihr Blick wanderte weiter, auf das Fenster, das für den Zauber verantwortlich war. Sie würde diesen Anblick niemals vergessen. Genauso wenig wie die Geschichten, die das Glas erzählte. Ihr Großvater hatte sie in ihrer Kindheit täglich in diesen Saal gezerrt und von ihr verlangt, die alten Mythen der Familie van Meier aufzusagen. Einmal hatte sie sich nicht erinnern können, was er ihr beigebracht hatte. Wieder einer der Tage, an denen sie grün und blau gedroschen worden war. Aber es hatte geholfen. Danach hatte sie keine Geschichte mehr vergessen.

Rhea blickte auf das Fenster, das nicht nur ihrem Körper am nächsten war, sondern auch ihrem Herzen: Ein großer Drache, Jorkan, war dort abgebildet mit seinem Reiter, Behar van Meier, der sein Schwert umringt von Feinden gen Himmel streckte. Das Buntglasfenster bildete den Sieg ab, der den Mythos ihrer gesamten Familie begründete. Der junge Mann hatte, so hatte es ihr Großvater immer erzählt – und so raunte es ein jeder, mit dem Rhea darüber gesprochen hatte –, alleine gegen eine Überzahl korlandianischer Soldaten unter der Führung von Aven Meldor gekämpft, die ins Reich Kaerthas eingedrungen waren. Zwei Tage vor dieser heroischen Tat, die gemeinhin als das Massaker von Falin bezeichnet wurde, hatten die Truppen, die in Nyssaris Linie kämpften, eine große thalmarkische Armee besiegt. Der damalige König, ein starker Mann mit militärischem Weitblick und strategischem Geschick, Zoran der Jüngere, war genauso überraschend wie vernichtend geschlagen und getötet worden. Die Hoffnung in den Herzen der Menschen von Thalmark war an diesem Tag zerbrochen. Sie fürchteten landauf, landab um ihr Leben. Und da schwang sich Behar, der noch nicht einmal volljährig war und außerhalb des Trainingsplatzes der königlichen Garde keine Kampferfahrung aufweisen konnte, auf seinen Drachen und flog dem auf die Hauptstadt zumarschierenden Meldor ohne Unterstützung entgegen.

Jorkan verbrannte Tausende. Behar metzelte Hunderte gnadenlos nieder. Ein einziges Abschlachten. Am Ende stand der junge Mann knietief im Blut seiner Feinde.

Nachdem er dann in einem epischen Luftkampf den feindlichen Heerführer – oder vielmehr dessen Drachen – niedergestreckt hatte, flohen die übrigen korlandianischen Bastarde. Es war ein vernichtender Sieg.

Als Belohnung hatte der neue König Behar die Burg Meierstein und die Ländereien übertragen, die sie noch heute umgaben. Darüber hinaus hatte er ihm das Recht gewährt, sein eigenes Wappen zu tragen, und ihn mit siebzehn Kutschen voller Kaerther entlohnt. Seitdem war der Name van Meier gleichbedeutend mit Wohlstand. Sie waren das Schild des Reiches, die Mauer gegen Korlandia. Gegen die fünf Schwestern. Gegen Nyssari.

Rhea seufzte leise, als ihr Blick auf das danebenliegende Fenster fiel. Darauf küssten sich Galax und Ara innig.

Sie zwang sich, wegzusehen, um sich nicht an deren Erzählung erinnern zu müssen, führte ihr die Liebesgeschichte des Pärchens doch immerzu ihre eigene Einsamkeit vor Augen. Unbestritten, sie hatte Firor, einen launischen Drachen, der sie immer in den falschen Momenten wirklich verstand, anstatt ihr in den richtigen ein Licht in der Dunkelheit zu sein. Ihr Vater? Ihre Brüder? Sie waren schwache Männer. Rhea konnte sich nie sicher sein, ob sie tatsächlich geistig anwesend waren oder ob ihre Körper nur die Sonne verdunkelten und einen Schatten auf sie warfen. Früher hatte sie noch ihren Großvater gehabt. Ohne Zweifel ein Mensch, der mit harter Hand lehrte, vielleicht genauso liebte, aber auch einer, der ihr Herz mit seiner Kälte erobert hatte. Doch er war gegangen. Und sonst? Niemand. Sie konnte kaum die unzähligen Lustknaben dazuzählen, mit denen sie öfter ihre Nächte verbrachte, um das Gefühl ihrer mentalen Vereinsamung zu betäuben.

Sicherlich, die jungen Männer mühten sich redlich. Immerzu und allesamt. Benutzten ihre Zunge, ihre Finger, ihre Männlichkeit geschickt, beinahe verzehrend, als wären sie bessere Werkzeuge, um eine Frau zu durchbohren, als manch ein Holzpfahl. Ob das ihr Wunsch war? Nein. Vielmehr war es eine Notwendigkeit. Und doch fragte sie sich immer wieder, wieso sie niemals einen kennengelernt hatte wie Behar. Sie schüttelte den Kopf. Die, die sie kannte, waren nicht einmal ein Schatten dessen, nach dem ihr dürstete. Weicheier ohne Ziel. Männer, die nur sie besteigen wollten, aber nicht den thalmarkischen Thron.

Behar hingegen musste einer gewesen sein, wie ihn die Ewige Flamme selbst in einem Anfall von wilder Lust geformt hatte. So wie die Chronisten ihn beschrieben, sah Rhea diesen jungen Mann, wenn sie die Lider schloss: mit schwarzem Haar, so dicht und glänzend wie frisch vergossenes

Pech, dunklen Augen, in denen eine Glut brannte, die nicht einmal Wasser zu löschen vermochte, und Schultern, die den Eindruck erweckten, als könnten sie neben ganzen Welten auch Ambitionen tragen.

Er hätte Rhea nicht fallen lassen, er hätte sie hochgehoben. Und niedergedrückt. Seine Größe – über zwei Meter – musste das unheimliche Versprechen von Autorität und Präsenz gewesen sein, der sie sich ergeben wollte, ohne Fragen zu stellen.

Warmes, feuchtes Verlangen stieg in Rheas Innerstem auf. Es war die einzige Macht, der sie sich zu unterwerfen bereit war. Ihr Atem beschleunigte sich. Unwillkürlich streckte sie die Hand nach dem Fenster aus, das Behar abbildete, als könnte sie ihn dadurch spüren. Seiner Hitze. Seine Haut. Seine Macht.

Rhea stellte sich vor, wie er sie ansah. Nicht mit der Überheblichkeit, die ihm vielleicht sogar zugestanden hätte, sondern mit diesem gefährlichen Selbstverständnis eines Mannes, der ganz genau wusste, wie man eine Frau zum Beben brachte. Minutenlang. Stundenlang. Über dessen weiche Lippen keine Fragen kamen, nur Befehle. Der eroberte, wen er begehrte. Der nahm, wer ihn interessierte. Der unterwarf, wen er besitzen wollte. Ohne Wenn. Ohne Aber.

Es kam Rhea so vor, als fühlte sie seine Hände an ihren Brüsten, groß, stark, fordernd, die geschaffen waren, um zuzupacken. Zu drücken. Zu halten. Währenddessen hätte sein Mund verlangt. Und sein Körper genommen, was ihm längst gehörte. Sie. Wenn Rhea seine Stimme in ihrem Ohr hörte, dann war es der Befehl, den sie sich von ihm ersehnte. Rau. Ein Versprechen, das jede Tochter ihren eigenen Eltern verheimlicht hätte. Immer.

Rhea wollte Behar nicht nur kennenlernen. Nein, sie musste ihn spüren. Tief. Ihn in sich aufnehmen, ihn schmecken.

Seine Haut auf ihrer Zunge, seine Hüfte an ihrer. Seine Hitze. Seine Wucht. Seine rohe, männliche Gier. Er war für sie kein Mann aus Geschichten – er war das fleischgewordene Verlangen, das über Jahrhunderte loderte. Und in ihr war ein Feuer entzündet worden, das nichts als ihn wollte. Ihn. Ganz. Jetzt.

»Tochter!«

Der Schrei ihres Vaters ließ Rheas Hände aus ihrem Schoß auf die Tischplatte schnellen und minderte ihre Lust auf einen Schlag. Zu ihrem Bedauern war die Linderung nicht so groß, wie sie es sich erhofft hatte. Mit einer kurzen Bewegung bedeckte sie ihr Gesicht, versuchte, zu verbergen, dass sie errötete, während Raegon van Meier auf dem Stuhl ihr gegenüber Platz nahm. Wie konnte sie Behar so verfallen sein, dass sie sogar die schweren Schritte des Vaters überhört hatte?

»Du wolltest etwas besprechen?«

Rhea nickte und spähte zwischen den Fingern hindurch direkt in seine eiskalten Augen, in denen sie immer wieder die Strenge ihres Großvaters sah, als würde der sie auch nach seinem Tod weiter beobachten. Als wäre er niemals gestorben. Und doch gehörten diese Augen einem schwachen Mann.

Ihr Vater schüttelte kurz, aber intensiv den Kopf. »Und?«

»Korlandia hat Korel angegriffen.«

Er nickte, bevor er ein Brummen von sich gab und fragte: »Wie viele Kaerther hast du für die Verteidigung des Dorfes verschwendet?«

»Es waren nur um die einhundert Lebensjahre«, entgegnete sie. Ihr Vater hasste Verschwendung. Vielleicht seine einzige positive Eigenschaft.

Er lehnte sich nach vorne. »Zu viel für ein so unbedeutendes Dorf.«

»Sorge dich nicht, Vater. Ich habe bereits für Ersatz gesorgt.«

»Hat dein Drache sein Reservoir schon aufgeladen?«, fragte er mit Schärfe in der Stimme.

»Noch nicht, wir müssen die Ware erst abholen.« Rhea grinste. »Und ich werde ein paar weitere Jahre in einem anderen Kaff einsammeln.«

»Die zahlst du aus deiner eigenen Kasse!« Der Vater schüttelte den Kopf, dann seufzte er leise. »Warst du bei der Verteidigung der Bauern wenigstens erfolgreich? Ist das Dorf gerettet worden? Oder hast du höhere Kosten verursacht, als du uns Nutzen eingebracht hast?«

»Nein. Der Kampf um Korel war ein Erfolg. Nur wenige Thalmarkier wurden getötet. Eine junge Frau, ein älterer Mann. Keine Verluste von Wert.«

Er runzelte die Stirn. »Und wieso bin ich dann hier?«

»Ich brauche die Karren, um Ware von dort abzuholen, die sie im Austausch feilgeboten haben.«

»Auch das ist deine Angelegenheit. Solltest du nur wegen dieser Belanglosigkeiten mit mir ein Gespräch gesucht haben, dann würde ich jetzt gehen und dir zuliebe vergessen, wie viel meiner Zeit du wieder einmal verschwendet hast.« Ihr Vater erhob sich aus dem Stuhl. »Oder willst du ein Lob? Dafür, dass du getan hast, was deine Aufgabe ist? Bist du deshalb zu mir gekommen?«

Er machte eine kurze Pause, aber nicht lang genug, als dass Rhea ihr Anliegen anzubringen vermochte. Jedes Mal musste ihr Vater sich so aufspielen. Der Großvater hätte ihn genauso geprügelt, wie er sie geprügelt hatte. Zu Recht, bei diesem Sohn.

»Hast du etwa immer noch nicht gelernt, dass man sich von Anerkennung nichts kaufen kann? In Thalmark zählt nur …«

»Wenn Firor die Lebenszeitreserven wieder aufgeladen hat«, unterbrach sie ihn mit einer Stimme, die viel entschlossener war, als sie sich fühlte, »dann will ich einen Angriff auf Korlandia führen.«

Lediglich die bedeutungsschwangere Stille blieb im Ratssaal zurück, nachdem die letzte Silbe von Rheas Worten verhallt war. Nicht wegen dem, was sie gesagt hatte. Vielmehr wie sie es getan hatte. Niemand unterbrach den Vater, schon gar nicht seine einzige Tochter. Er glaubte, das Oberhaupt zu sein, das Gesetz. Und sie wusste, wie er darauf reagieren würde. Deshalb tat sie es immer wieder. Sie wollte ihn erniedrigen, seinen Stolz beschmutzen. Damit er das tat, was er in diesen Augenblicken immer wieder tat.

Wortlos trat der Vater auf Rhea zu. Jeder Schritt schallte wie ein stummes Urteil durch den Saal, schwer wie Blei. Er blieb direkt vor ihr stehen, so nah, dass sie seinen Atem spürte. Seine Brust hob und senkte sich flach, doch seine Augen offenbarten seine wahren Gedanken, ohne dass es ein einziges Wort gebraucht hätte: respektlose Göre. Gleich würde er einmal mehr beweisen, dass es auch heute noch Männer gab, wie Behar einer gewesen war. Zumindest in seiner Vorstellung. Er würde ihr bieten, was kein Lustknecht – völlig gleich, wie gut sie ihn bezahlte – ihr geben wollte. Oder vielmehr konnte.

Die väterliche Hand schnellte hervor. Der Aufprall war brutal. Ein markerschütterndes Klatschen zerriss die ehrfürchtige Stille. Rheas Kopf wurde von der Wucht zur Seite geschleudert. Er hatte sie auch dieses Mal mit der stärkeren Rechten geprügelt, als wäre sie eine der Fünf Schwestern selbst. Rhea schmeckte das Blut. Ihre Wange brannte. Der dumpfe, durchdringende Schmerz schwand nicht, er breitete sich vielmehr mit jeder Sekunde weiter in ihrem Körper aus.

Ihr Vater drehte sich um und ging. Kein Wort. Nicht einmal ein Blick.

Sie hingegen saß einfach nur regungslos da und grinste. Ihr Herz raste. Seine aufgesetzte Härte brachte vielleicht andere zum Schweigen, aber Rhea ließ sie erzittern. Nicht vor Widerstand, vielmehr vor erfüllter Sehnsucht. Und Zufriedenheit. Sie hatte bekommen, was sie wollte. Was sie brauchte.

Und es waren der Schmerz und die Befriedigung der gelebten Macht, die sich mit ihrem feuchten Verlangen nach Behar mischten. Mit einem breiter werdenden Lächeln auf den Lippen ließ sie sich von ihrer Lust überwältigen. Obwohl Rheas Innerstes zu explodieren schien, atmete sie flach und kaum hörbar. Ihre Fingerspitzen zitterten auf dem Stoff ihres Kleides, nahe des Saums.

Der Schmerz in ihrer Wange war wie ein pochendes Herz. Eines, für das andere sich womöglich geschämt hätten. Ebenso für den Blutgeschmack auf ihrer Zunge. Für das Zittern ihrer Glieder. Für das heiße Verlangen, das sich in ihr sammelte, wild und unausweichlich wie ein Tier, das ausbrechen würde.

Doch Rhea schämte sich nicht. Wie konnte sie auch? Warum sollte sie? Ihr Vater züchtigte in seiner Vorstellung nur die unartige Tochter, die er in ihr sah. Sie hingegen wusste, dass sein Schlag der wiederholte Beweis für ihre eigene Durchtriebenheit war: Sie hatte nicht nur den Mut, sondern auch die Macht, sich die Kontrolle von einem solch schwachen Mann nehmen zu lassen.

Mit dieser Selbsterkenntnis schloss sie die Augen nur für einen Moment. Und in der Dunkelheit hinter den Lidern verschmolz die Gestalt ihres Vaters mit einer anderen. Behars. Harte Hand. Weicher Mund. Befehl und Begehren.

Ihre Brust zog sich zusammen.

Einem kaum merklichen Streifen ihrer Finger über das Kleid folgte ein Stoß aus Hitze, der durch ihren Unterleib jagte wie die Antwort auf eine verbotene Frage. Eine Antwort, die sie sich selbst mit dem thalmarkischen Thron zu geben gedachte.

V. LEYCON

Erwartungen waren etwas für Träumer, die Enttäuschungen suchten. Leycon hielt nichts von Träumereien. Hoffnung – lediglich ein anderes Wort, das doch dasselbe meinte – bedeutete nur, dem Schmerz ein Einladungsschreiben zu schicken. Ihm Tür und Tor zu öffnen. Wer konnte danach streben? Nicht er.

Deshalb hielt Leycon seinen positiven Glauben an die Zukunft immer so kurz angebunden wie hungrige Hunde an einer Kette. Denn so wurden seine Erwartungen immerzu erfüllt. So auch heute. Niemand, weder ein Korlandianer noch ein Thalmarkier, verpasste je die Gelegenheit, im Schein der Ewigen Flamme das eigene schmutzige Gewissen wie durch Zauberhand reinwaschen zu lassen.

Der Platz roch nach altem Wasser, ranzigem Talg und dem säuerlichen Atem zu vieler Leiber, die zu eng standen. Um den Brunnen in der Mitte drängten sich Männer, Frauen, Kinder, selbst ein zahnloser Hund, der blutige Spucke sabberte. Eine Katze mit eingerissenen Ohren balancierte auf einem Balken, als hätte sie den besten Platz erwischt. Sogar die Ratten wirkten angespannt. Vielleicht freuten sie sich auf das anstehende Festmahl.

In der ersten Reihe, mit der besten Sicht auf das, was sie erwartete, stand Zenils Mutter. Unter ihrem Arm hielt sie einen Bogen, helles Holz, dunkle Sehne, ihre Miene regungslos, eine Mischung aus Pflichtgefühl und Entschlossenheit. Sie reihte sich in die Menge der Gesichter ein, in die Leycon blickte. Bemerkenswert war, was in den mütterlichen Augen fehlte: Mitgefühl. Trauer. Milde. In ihrer Welt schien kein Platz für derartige Gefühle zu sein. Vielleicht war es das, was ihn mit ihr verband.

Daneben das genaue Gegenteil: die Frau, die zu viel redete, ohne etwas zu sagen. Leycon erkannte sie sofort wieder, wendete aber in größter Eile seinen Blick von ihr ab. Zu groß war die Gefahr, dass sie darin eine Einladung für ein weiteres, möglicherweise noch unbedeutenderes Gespräch sah. Nichts, was er beschwören wollte.

Es war eine Versammlung der strebsamen Besitzlosen, das Publikum für ein Drama, das jeder längst auswendig kannte und dennoch – oder gerade aus diesem Grund – immer wieder bejubelte, als wäre es ein neues Wunder. Vielleicht jubelten sie auch nur, weil sie nicht selbst Teil der Aufführung waren.

Zenil, der Protagonist des heutigen Stücks, saß an das kühle Gemäuer des Brunnes gelehnt, seine Handgelenke hinter dem Rücken mit grobem Strick verschnürt. Staub klebte an seiner Stirn, die Knie aufgeschürft.

Neben ihm stand der, der in den Köpfen der Versammelten Dramaturg, aber in seinem eigenen Selbstverständnis die wahre Hauptfigur dieser Aufführung war: Leycon. In der Linken hielt er einen langen Stab, der ihm von einem der Dorfältesten als Requisite für dieses Stück gereicht worden war. Seine Miene stoisch, sein Lächeln berechnend, seine Augen aufmerksam. Er war bereit, zu tun, was getan werden musste. Für Korlandia. Für die Fünf Schwestern.

Tiefe, rhythmische Trommelschläge hallten über den Platz. Sie waren langsam und erbarmungslos wie das schlagende Herz eines uralten Drachen. Ein Glockenspiel stimmte ein, seine hohen, gläsernen Töne klirrten zwischen den dumpfen Schlägen wie Kristallsplitter im thalmarkischen Morast. Was für eine langatmige Musikdarbietung.

Leycon trat vor. Alle Augen waren auf ihn gerichtet. Er erhob den Stab, dann streckte er seine Rechte über das Meer aus Menschen. Fast augenblicklich und unter seinem perfekt gespielt strengen Blick öffneten sich wortlos die geschlossenen Reihen der Versammelten und spalteten sich entzwei.

Es war der Einmarsch der Pfähler. Vier Männer und vier Frauen, allesamt aus dem Dorf stammend, nackt, ihre Blöße lediglich von Ruß und Asche verhüllt, marschierten durch die Gasse, während rechts und links von ihnen die Körper derer, die die Aufführung betrachteten, wie eine Mauer standen. Jeder ihrer Schritte fiel exakt mit einem Trommelschlag zusammen. Das tiefe Brummen, das aus ihren Kehlen drang, war weniger ein Lied im eigentlichen Sinne als vielmehr ein Klang, der sich durch Mark und Bein fraß.

Auf ihren Schultern trugen sie einen einzigen, langen Holzpfahl, der aus zwei schweren Stämmen bestand, die bizarr ineinander verschlungen waren. Das Ende, das in ihre Marschrichtung zeigte, war nicht nur angespitzt, sondern mit schwarzem Eisen beschlagen. Ungefähr eine Elle dahinter befand sich ein kleines, durch einen filigranen Mechanismus gesichertes Gelenk, das es ermöglichte, die Spitze fein säuberlich auszurichten.

Unwissende – also die, die nicht an die Ewige Flamme glaubten – hätten annehmen müssen, etwas Unnatürliches hätte den Pfahl geformt. Und doch war sogar den Jüngsten – insofern sie nur einen Funken Verstand in sich trugen – bewusst, wofür er eingesetzt wurde. Unabhängig davon, ob sie in Thalmark oder Korlandia aufgewachsen waren.

Leycon bezeichnete diese Konstruktion gerne als den fest klammernden Astwuchs aus Sünde und Strafe. Glaubensbrüder der Ewigen Flamme – Frauen und Männer, die den Titel durch Lehre und nicht durch Mord erhalten hatten – nannten sie hingegen den Pfahl der Trennung.

Ein uraltes Werkzeug. Niemand wusste mehr, wer es zuerst ersonnen hatte oder auf wen seine Anwendung zurückging, fand sich doch in keiner der Schriften zur Ewigen Flamme ein Hinweis darauf. Aber jeder lernte, dass es nie fehlte, wenn das zu scheiden war, was niemals hätte gemischt werden dürfen.

Die Träger versenkten den Pfahl der Trennung in dem steinernen Fundament nahe des Brunnens, ohne dass das Brummen aus ihren Kehlen verstummte, in das die Versammelten unisono eingestimmt hatten. Die Bewegungen hatten die kalte Routine, mit der andere den Tisch für das Abendmahl deckten. Die Zusammenarbeit mit Sachkundigen war ein Segen und verkürzte die Dauer dieser Zeitverschwendung, die Leycon davon abhielt, etwas über Rhea van Meiers Aufenthaltsort herauszufinden.

Als das Werkzeug aufgerichtet worden war und sich die acht daneben in einer Reihe aufgestellt hatten, erhob er erneut Stab, Hand und Stimme, denn das Publikum erwartete ein solches Gebaren von einem Glaubensbruder, wie er ihn mimte.

»Der Pfahl trennt das, was sich niemals hätte vermischen dürfen.«

Leycon trat zu den Pfählern, stellte sich vor sie, aufrecht und unbeirrt, als wäre jeder Einzelne ein Fenster zur Herrlichkeit der Ewigen Flamme. Seine prüfenden Augen fanden die ihren. Dann erhob er die Hand, legte sie an ihre Wangen. Es war eine sanfte Berührung, mehr der Hauch eines Kontakts. Ein Schauspiel, in dem ihm niemand das Wasser zu reichen vermochte. Als Leycon die letzte Wange berührt hatte, ging er einige Schritte zurück, ohne seinen Blick von ihnen zu lösen. Dann nickte er.

Sechs hoben Zenils Arme, Beine und Körper. Die Siebte, eine Frau, die er auf nicht älter als zwanzig Jahre schätzte, riss ihm grob die Kleidung vom Leib. Die Achte, eine noch Jüngere, entriegelte zuerst das Gelenk und richtete dann die Spitze des Pfahls so aus, dass sie genau auf jene Öffnung wies, die gewöhnlich dem Entleeren diente, heute jedoch zum Eingang der Trennung wurde. Mit dem leisen Geräusch von aufeinanderreibendem Holz schloss die Verriegelung schließlich wieder.

Leycon war jedes Mal aufs Neue von einer unbestreitbaren Faszination ergriffen. Weniger durch das, was diese Momente boten, als vielmehr von dem, was sie vermissen ließen. Eile beispielsweise. Die Männer und Frauen arbeiteten noch immer mit einer nüchternen Entschlossenheit an der Durchführung des Rituals, so berechnend und selbstverständlich, dass es ihm beinah einen kalten Schauer über den Rücken jagte.

Als die Vorbereitungen abgeschlossen waren, richteten sich wieder alle Augen auf Leycon. Es war Zeit für den zweiten Akt. Er wandte sich um, schritt langsam auf den zappelnden, aber von den Griffen der Pfähler rigoros festgehaltenen Zenil zu und sagte, als er ihn erreicht hatte, mit sakraler Stimme: »Mein Sohn, Ihr habt zu Unrecht geeint, was die Ewige Flamme geschieden hat.« Er hielt für einen Moment inne. »Und wir sind hier, um es wieder zu trennen.«

Zenils Antwort wurde vom Jubel des Publikums überdeckt. Leycon nickte den Pfählern erneut zu. Ohne zu zögern, schoben sie den jungen Mann auf den Pfahl. Langsam, aber mit einer eiskalten Konsequenz drang die Spitze in ihn ein. Auf einen fanatischeren Glaubensbruder oder zumindest einen, der wahrhaftiger als Leycon war, hätte es fast so wirken können, als wäre es nicht die Kraft, die das Holz immer tiefer in Zenil trieb, sondern die Bestimmung der Ewigen Flamme. Vielleicht war es auch so.

Das Stöhnen des jungen Mannes klang in Leycons Ohren wie eine Mischung aus Schmerz und Scham. Die Pfähler hielten ihn noch immer so fest wie der Wahnsinn einen verlorenen Verstand. Während das Holz weiter in Zenil vordrang, biss der sich auf die Lippe, bis Blut über sein Kinn lief, als wäre es dickflüssige Tinte. Dann brach der lange, heisere Schrei aus ihm hervor, den Leycon die ganze Zeit erwartet hatte.

Die Zuschauenden blieben genauso unbeeindruckt wie die Pfähler. Sie gaben nicht nach. Immer tiefer fuhr der Pfahl in Zenil, Stück für Stück. Irgendwann – es dauerte nicht lange – sanken seine Schultern, die Muskeln zuckten in stummen Spasmen. Schließlich, als die metallene Spitze zum Rücken heraustrat, war da nur noch das Beben eines entkräfteten Körpers.

Es war das Zeichen für den Dramaturgen, dass der dritte Akt jetzt beginnen würde. Und Leycon verpasste niemals seinen Einsatz.

Er trat zu Zenil. »Du hast nun sittliche Werte eingeschlagen bekommen.«

Das Publikum jauchzte und johlte, bis Leycon die Hand, mit der er den Stab umklammerte, nach oben reckte. Es war noch nicht vorbei.

»Jetzt sollst du gereinigt werden.«

Zenil flüsterte etwas, zu leise, als dass Leycon ihn hätte verstehen können. Es war ihm auch gleich, was der junge Mann zu sagen hatte, denn er war ihm sowieso nicht von Nutzen.

Die Pfähler richteten den Pfahl auf. Kein Akt der Gnade. Sie sicherten damit vielmehr, dass er nicht zu früh starb. Der Schmerz sollte sich voll entfalten. So war es Brauch.

Als Zenil und der Stab mit einigen kurzen Handgriffen, Seilen und Gewichten fixiert worden waren, begannen die Pfähler mit der Salbung. Sie übergossen seinen Körper mit schwarzem Pech, das von Helfern herangeschafft wurde. So war es üblich, so war es Brauch. Sechzehn Hände verteilten die zähe Flüssigkeit in langsamen, kreisenden Bewegungen auf der Haut des jungen Mannes, mischten es mit dem Blut, das aus Zenils Körper quoll, trieben das Pech in jeden Spalt, jede Falte, jede Öffnung. Dann rieben sie ihre nackten Leiber an seinem, glitten über das glänzende Schwarz und vereinten es mit der Asche und dem Ruß, die sie auf sich trugen. Es war wie immer ein einziges Kaleidoskop aus Hitze, Schmutz und Hingabe.

Dann traten sie zurück. Wieder erklangen Trommel und Glockenspiel. Wieder drang das tiefe Brummen aus den Kehlen der Pfähler und Zuschauer.

Ein junges Mädchen, schwarze Haut, dunkle Haare, braune Augen, in der Rechten die Puppe eines Drachen, umklammerte mit der Linken einen Pfeil. Sie blickte abwechselnd auf die beiden Gegenstände, schien zu zögern. Die Frau, die so viel redete, sagte – nicht zu laut, aber auch nicht so leise, als dass Leycon es nicht hätte hören können – mit freundlicher Stimme zu ihr: »Tu es. Für die Reiterin und den Drachen, mit dem du gekuschelt hast!«

Die Kleine! Sein Blick verharrte für einen Moment auf dem Mädchen. Dann überkam ihn Erleichterung. Vielleicht war sie verfrüht, aber es schien, als könnte dieses Kind, das gerade mit der Linken einen brennenden Pfeil weiterreichte, der Schlüssel sein, um in Erfahrung zu bringen, wo Rhea van Meier hingeflogen ist.

Zufrieden betrachtete Leycon, wie Zenils Mutter das Geschoss in ihren Bogen einlegte. Sie spannte die Sehne, zielte für einen Moment. Kein Zögern, nur die Versicherung, zu treffen.

Der Pfeil zischte durch die Luft und traf ihren Sohn ins Bein. Er zuckte. Dann explodierte die Mischung aus Pech, Asche, Ruß und Blut in Flammen. Die Haut platzte wie überreifes Obst. Das Fleisch röchelte in der Hitze. Der

Körper des jungen Mannes rutschte tiefer den Pfahl entlang, getrieben vom Zucken seiner eigenen Glieder.

Zenil schrie. Zuerst menschlich, dann animalisch. Die Laute, die aus ihm brachen, waren keine Sprache, kein Schmerz, keine Reue, sondern das Echo der wohltätigen Löschung des Violetten aus der Welt, in der nicht der geringste Platz für diese Vermischung war. Er wurde wieder getrennt.

Als der Geruch von verbranntem Fleisch langsam verzog, verstummte das kehlige Brummen. Glockenspiel und Trommelschläge wichen von ihrem Rhythmus ab, bevor sie verklangen.

Der Glaube hatte seine Werte geteilt. Das Ritual war beendet. Stille schwebte über dem Dorf, nur gebrochen vom Krächzen eines Eichelhähers in der Ferne, das sich beinahe anhörte wie ein hämisches Lachen.

Dann setzte wie aus einer anderen Welt eine Sackpfeife ein. Ihr Klang war schrill und fröhlich. Innerhalb weniger Herzschläge verwandelte sich der Platz. Jetzt wurde gefeiert. Wie immer. Dieselbe Menge, die eben noch mit kehlig brummender und jauchzender Zustimmung Zenils Läuterung beigewohnt hatte, klatschte nun in die Hände. Bier wurde verteilt. Die Ersten sangen. Kinder liefen lachend zwischen den Beinen der Erwachsenen hindurch. Die Pfähler, die sich gerade noch an dem Körper des jungen Mannes gerieben hatten, wurden mit rotem Wein übergossen und für ihre Heldentat gefeiert. Ein Halbstarker küsste einer Weinschenkerin auf die Wange, die ihm sogleich ihre Brüste ins Gesicht streckte, während hinter ihnen die Reste des verbrannten Körpers am glimmenden Pfahl qualmten. Zwei Pfähler begannen schließlich, miteinander zu tanzen, ohne ihre Nacktheit zu bedecken. Ihre Bewegungen waren unbeschwert wie eine Feder im Wind.

Leycon trat einen Schritt zurück. Es war jedes Mal dasselbe: das klaglose Umschalten zwischen Andacht und Ausgelassenheit, zwischen Sühne und Sauferei. Ein Fest geboren aus der Asche eines Menschen.

Seine Zeit war gekommen. Er würde Korel verlassen. Aber vorher galt es noch, die wichtigste aller Informationen herauszufinden: Wo war Rhea van Meier? Wo war das Mädchen mit den kurzen Haaren?

Leycon sah sich um, doch weder fand er sie noch jemanden, der sich dazu anbot, sich die Requisite, die er für dieses Stück erhalten hatte, in die Hand drücken zu lassen. Schließlich lehnte er den hölzernen Stab einfach an den Brunnen und setzte sich in Bewegung. Er bahnte sich einen Weg durch die feiernden Dorfbewohner, wich einem rotgesichtigen Mann aus, der schwankend ein Lied in den Himmel grölte. Eine Frau reichte ihm einen Krug. Eine Einladung, die er ignorierte. Ein Kind hüpfte an seinen Beinen vorbei. Der Saft aus vergorenen Beeren in der Hand des Jungen spritzte und traf beinah seine reinweiße Robe.

Gerade als er die Menschenansammlung verlassen hatte, hörte er eine helle Stimme rufen: »Bruder!«

Zu Leycons Überraschung war seine Suche damit schneller beendet, als er befürchtet hatte, denn es waren die Worte des Mädchens mit den kurzen Haaren und dem Drachenpüppchen in der Linken, die schnurstracks auf ihn zukam wie ein Lämmchen, das von sich aus zur Schlachtbank trottete. Sie lächelte ihn mit großen Augen an. Er hatte kein Interesse, ein langes Gespräch mit der Kleinen zu führen, denn suchte er nur die Antwort auf eine Frage. Und doch zwang seine Tarnung ihn dazu, auch ihr freundlich gegenüberzutreten und mit äußerster Vorsicht vorzugehen, um sie nicht zu verschrecken, obwohl er sich insgeheim schwor, künftig niemals mehr einen Glaubensbruder als Maskerade zu wählen.

»Wie kann ich Euch helfen, Tochter?«

»Darf ich eine Frage stellen, Bruder?«, piepste das Mädchen, während sie das Püppchen in ihrer Hand sanft streichelte.

Leycon nickte stumm.

»Wieso reitet Ihr nicht auf einem Drachen wie die Frau, die unser Dorf gerettet hat?«

Was für eine törichte Frage. Instinktiv tastete er nach der Kette an seinem Hals, die durch die weiße Robe vor neugierigen Blicken verborgen blieb. Er war kurz davor, die Wahrheit zu sagen. Wie er diese Biester doch hasste. Dass er sie viel lieber tötete und alle gut daran täten, diesem Beispiel zu folgen, anstatt mit ihnen zu kuscheln.

»Ich hab mal einen Drachen gefragt, aber er meinte, ich kitzle ihn zu sehr, wenn ich auf seinem Rücken sitze.«

»Ihrer war sooo flauschig.«

Leycon runzelte die Stirn. Dann kratzte er sich am Kopf. Wie konnte sie solch eine Bestie derart beschreiben? Er sah ihr tief in die braunen Augen.

»Flauschig? Hast du …«

Sie griff mit ihrem freien Händchen nach seinem Bart und spielte darin, ohne den Drachen in ihrer anderen loszulassen. Sein Blick ruhte weiter auf ihr, erwartungsvoll, bis sie schließlich antwortete: »Jaaaa, ich hab mich an ihn gekuschelt! Ganz doll!«

»Und willst du auch mal Drachenreiterin werden?«

»Ja!« Ein Leuchten huschte über ihre Augen, so ehrlich wie unübersehbar. »Wenn ich groß bin! Und dann helf ich auch allen, genau wie die Frau uns geholfen hat!«

Leycon räusperte sich. Das war seine Chance. »Hast du denn mit ihr gesprochen?«

»Nee. Sie hat nur mit Tante Mialana geredet.«

Er hielt ihre Hand fest, die noch immer in seinem Bart wühlten. »Weißt du, worüber die beiden sich unterhalten haben?«

»Über ein Geschenk, glaube ich.« Das Mädchen zuckte mit den Schultern. »Weil sie uns gerettet hat, oder so.«

»Ein Geschenk?«

»Mhm.« Wieder versuchte sie, seine Barthaare zwischen die Finger zu bekommen, aber er konnte sie mit einer sanften Handbewegung abwehren.

»Was für ein Geschenk?«, bohrte Leycon weiter.

»Ein Paket. Sie soll's in einem Dorf holen.«

Das Mädchen war der Schlüssel. Ausgerechnet. Sie konnte ihm die Frage beantworten, die ihn nach Korel getrieben hatte: der nächste Aufenthaltsort von Rhea van Meier. Das Schicksal hatte mal wieder den Schalk im Nacken.

»Weißt du, wie das Dorf heißt?«

»Ähm … Esch…«, stotterte sie, »Eschda… oder so?«

»Vielleicht Esolon?«

Sie schüttelte den Kopf so energisch, dass ihre kurzen Haare wild durcheinandergewirbelt wurden. »Das hat anders geklungen.«

»Esterlyn?«

»Ja, genau. Esterlyn.« Wieder griff das Mädchen nach Leycons Bart. Er entschied sich, die Gegenwehr fahren zu lassen, hatte sie ihm doch einen großen Dienst erwiesen.

»Leana, nimm deine Finger von dem Glaubensbruder«, rief just in diesem Moment eine Stimme über den Platz.

Sie zuckte zusammen und nahm die Hände aus seinem Bart.

Ein älterer Mann kam eilig näher. »Verzeiht ihr, Bruder«, sagte er schwer atmend zu dem sich aufrichtenden Leycon.»Sie ist manchmal ein bisschen … vorlaut.«

»Ihr müsst Euch nicht entschuldigen, mein Sohn. Ihr habt an ihr einen wahrhaften Kaerther.«

Die Kleine grinste. »Siehst du, Papa, manche Menschen sprechen sogar gerne mit mir!«

»Komm jetzt, junges Fräulein, wir gehen!«, entgegnete der Mann kompromisslos und griff nach Leanas Arm. »Verabschiede dich von dem Bruder.«

Sie winkte kurz. »Auf bald!«

»Bis bald«, antwortete Leycon lächelnd. Es war kein gespieltes Lächeln. Nicht dieses Mal. Es kam von Herzen, denn er war wirklich zufrieden, fast erfreut. Manchmal lag die Wahrheit doch nicht im Wein oder in einer Heiligen Schrift, sondern in den Kleinsten. Für einen Moment schaute er dem Mann hinterher, der das Mädchen am Arm über den Platz hinter sich herzog und die gesamte Wegstrecke mit ihr schimpfte, wie unartig und respektlos sie sei.

Leycon marschierte schnurstracks zu Stutenversteher, sattelte auf, gab ihm die Sporen und ritt voller Befriedigung aus Korel, denn er kannte Rhea van Meiers nächstes Ziel: das kleine Dorf Esterlyn, weniger als einen Tagesritt entfernt. Dort konnte er sie erreichen und vielleicht sogar die Ware, die sie in Empfang nehmen wollte. Das könnte ein weiteres Mosaiksteinchen sein, um die Mission zu erfüllen, die ihm die Fünf Schwestern gegeben hatten.

VI. NUVY

Dieses verdammte Krächzen.

Jeden Morgen riss das Krähen des Hahns der Nachbarn Nuvy aus dem Schlaf. Und immer wieder stellte sie sich dieselben Fragen: Ging es den Menschen in den großen Städten des thalmarkischen Königreichs genauso? Oder war das eine Pein, die nur Bewohner kleiner Orte wie Esterlyn kannten? Wie sah das Leben wohl anderswo aus? Außerhalb eines Dorfs, das neben ihr nur fünfzig andere Seelen ihre Heimat nannten?

Nuvy träumte schon seit ihrer Geburt vor siebzehn Wintern immerzu von der großen, weiten Welt. Nein, vielleicht nicht ganz so lange, aber zumindest hatte ihr Traum in dem Moment begonnen, in dem sie verstand, was die Väter ihren Kindern erzählten. Sie wollte Abenteuer erleben, eine Heldin sein und auf keinen Fall werden, wie die anderen geworden waren, die sie aus Esterlyn kannte: hart arbeitende Männer und Frauen mit Nachwuchs, die allesamt ein bescheidenes Leben führten, aber niemals etwas erlebten. Oder veränderten.

Sie rieb sich die Augen. Das dünne Laken, das sie bedeckte, war nicht mehr als ein hilfloser Versuch, sich vor der bitteren Kälte des Frühlingsmorgens zu schützen, während sie in dem viel zu kleinen, nussbraunen Bett im ersten Stock der elterlichen Hütte am Rande des Dorfes lag. Weit weg, von den Abenteuern der Welt.

Nuvy streckte sich ausgiebig und versuchte, die bleierne Müdigkeit aus ihrem Körper zu treiben, die nach der harten

Feldarbeit des letzten Tages durch jedes Glied kroch. Vergebens. Die Erschöpfung gebärdete sich wie ein ungebetener Gast am Fest zu Ehren der Ewigen Flamme: Sie war gekommen, um zu bleiben, und hielt den Gastgeber zum Narren.

Ihr Magen knurrte und erinnerte sie jäh daran, was ihr Schicksal fernab ihrer Träume in der Realität des Lebens war: viel Arbeit, wenig Brot. Nuvys Alltag kannte nichts anderes. Und doch – zumindest in den Momenten, in denen sie ehrlich zu sich selbst war – fühlte es sich fast so an, als wäre es genug. Vielleicht sogar so etwas wie Glück, wenn sie recht darüber nachdachte. Sie hatte hier vieles, was ihr kein Abenteuer bieten konnte: eine Familie, eine Aufgabe und eine Perspektive. Ja, es war trostlos und möglicherweise nicht der Traum anderer junger Frauen, aber trotzdem konnte sie nicht von der Hand weisen, was da auf der Habenseite stand. Manchmal war es besser, einen Kaerther zu ehren, als einer Truhe voll hinterherzujagen. Das war es auch, was Nuvy dazu veranlasste, zu bleiben, wo sie war, und zu tun, was sie tat, anstatt irgendwo hinzurennen, um dort die Abenteurerin zu werden, die sie sich zu sein erträumte.

Sie sog mit einem tiefen Atemzug die frische Morgenluft ein, die noch den Hauch der regnerischen Nacht in sich trug, und ließ sie dann mit einem leisen Seufzen entweichen. Nuvy liebte den Morgen, der auf einen so heißen Abend zwischen zwei sich Liebenden folgte.

Vorsichtig drehte sie sich nach rechts, zu dem unwesentlich jüngeren, unbekleideten Mann, mit dem sie sich das Bett teilte. Albenrion. Sie betrachtete einige Sekunden seine geschlossenen Lider, die die dunkelblauen Augen verbargen, in denen sie schon so oft ertrunken war und auch weiterhin ertrinken wollte. Heute. Morgen. Für immer. Mit einem sanften Lächeln auf den Lippen strich sie ihm langsam eine Strähne der langen, blonden Haare aus dem Gesicht.

Albenrions Atmung war gleichmäßig, fast so, als würde er noch schlafen. Nuvy wusste es besser. Das beinah unmerkliche Zucken seiner Mundwinkel verriet ihn nicht weniger als das sanfte Kräuseln der Stirn. Er war wach, auch wenn er nichts sagte. Vielleicht wartete er darauf, dass sie den ersten Schritt tat. Wie so oft.

Nuvys Finger verweilten einige Sekunden an Albenrions Schläfe. Die Wärme, die von seiner weichen Haut ausging, war genauso beruhigend wie vertraut. Unaufhaltsam breitete sich dieses Kribbeln in ihrem Körper aus, ein allzu menschliches Verlangen, das sie in seiner Gegenwart immerzu verspürte.

»Du denkst wieder zu viel«, murmelte Albenrion mit vom Schlaf heiserer Stimme. Der Anflug eines Schmunzelns lag auf seinen Lippen, während seine Augen geschlossen blieben.

Nuvy erwiderte seine Freundlichkeit nicht sofort. Langsam ließ sie den Blick über sein Gesicht gleiten, als genügten Tausende Augenblicke nicht, um es ganz zu erfassen. »Vielleicht hast du recht«, flüsterte sie mit einem gezwungenen Lächeln, das sie sich auch hätte sparen können.

Albenrion musste, wie sie nicht ohne eine gewisse Erleichterung feststellte, glücklicherweise verborgen geblieben sein, dass sie unweigerlich mit den Schultern zuckte, bevor sie sich dazu entschloss, weniger über das Gestern oder Morgen nachzudenken und sich vielmehr auf das Hier und Jetzt zu konzentrieren. Ihr Leben zu leben. Ihn zu lieben. So heiß und innig wie am Abend zuvor.

Mit einer ruckartigen Bewegung zog Nuvy das Laken zur Seite, um den von der Feldarbeit gestählten Körper des jungen Mannes freizulegen. Ohne den Hauch eines Zögerns schwang sie sich auf ihn und presste ihre Oberschenkel fest in seine Lenden, als wäre sie der Reiter und er ihr Drache. Seine Lider flogen auf, ihr Blick traf seinen. Sie erkannte die Gier und Lust, die in ihm brannten, und ließ sich bereitwillig von seinem unausgesprochenen Ruf entzünden, der zwischen den beiden hin- und herflackerte.

Nuvy gab sich hin. Erst schien ihre Welt für einen Moment stehen zu bleiben, nur um dann zu schrumpfen und sich nur auf den Abstand ihrer Lippen zu konzentrieren. Ihre Finger zitterten leicht, die Wärme in ihrer Brust schwoll immer weiter an und entfachte schließlich ein gefährliches, unaufhaltsames Feuer, das schon längst in ihm zu brennen schien.

Worauf wartete er? Wieso tat er es nicht? Warum spürte sie ihn noch nicht in sich?

Eine unerbetene Verunsicherung mischte sich wie so oft unter ihre Lust. Sie wollte sich verlieren, aber da war er wieder, dieser verdammte Gedanke, der ihr Gemüt ein aufs andere Mal zum falschen Zeitpunkt eroberte.

Wollte er sie nicht mehr?

Nuvy zwang sich zurück zu ihrer Lust, versuchte, wieder in Albenrions Augen zu ertrinken, und näherte sich dabei mit ihren Lippen den seinen. Zentimeter um Zentimeter, langsam, jede noch so kleine Bewegung erzwingend. Sein warmer, das unausgesprochene Verlangen ankündigender Atem streifte ihre Haut.

Ihr Herz pochte so laut, als wollte es sich einen Weg aus ihrer Brust schlagen. Es begann. Es musste beginnen. Jetzt. Kurz bevor sich Albenrions und ihre Lippen berührten, hob er eine Hand und legte sie an ihre Wange. Seine Finger waren rau von der Feldarbeit, doch die Berührung war zart, beinahe ehrfürchtig.

„Bist du nach gestern Abend überhaupt schon wieder in der Lage?“, flüsterte er kaum hörbar.

Nuvy blinzelte, bevor sie sich entschloss, Albenrions Provokation zu ignorieren. Ihr Blick suchte Halt in seinem, als ihre Brüste seinen muskulösen Oberkörper berührten. Ihr Körper glühte, doch wieder kroch die kalte Realität zurück in ihre Gedanken: das Dorf, das Krähen des Hahns, die dünne Wand aus Gewohnheit und Angst. Dann schüttelte sie kaum merklich den Kopf. Und das war keine Unsicherheit, sie wollte einfach nicht darüber nachdenken. Sie zwang sich, die Bedenken auszusperren.

Gerade als ihre Lippen die seinen berührten, gerade als seine Hand über ihren Rücken wanderte, und noch bevor die Nähe zur Tat werden konnte, schallte die Stimme ihres Vaters durch die kleine Hütte: »Albenrion, komm mit deiner Schwester hierher.«

Ein Schock durchfuhr Nuvy, als sie das Knarren der hölzernen Stufen unter den schweren Stiefeln des Vaters hörte. Sie schluckte laut, bevor sie mit einem großen Satz vom Körper ihres Bruders herunter und zurück auf ihre Seite des Bettes hechtete, aber sie sprang so weit, dass sie beinah herunterfiel, und konnte sich nur mit Mühe im allerletzten Moment auf der Matratze halten.

»Er darf uns nicht erwischen«, stieß sie hervor.

»Und wenn schon.« Albenrion grinste schelmisch oder voller Naivität. »Wie gerne würde ich es in die ganze Welt schreien, nicht nur dass, sondern wie sehr ich dich liebe, Nuvy. Du bist meine Rose.«

Sie schüttelte entsetzt den Kopf. »Hast du etwa vergessen, was sie mit Edwhna gemacht haben, als sie sie mit ihrem Bruder erwischt haben? Wie sie sie erst nackt durch die schlammigen Straßen und dann aus dem Dorf getrieben haben?«

Albenrion verzog das Gesicht zu einer Grimasse, während Nuvy keuchend, aber vergeblich versuchte, ihn aus dem Bett zu schieben.

Wie sehr sie sich auch bemühte, Edwhna ließ ihre Gedanken nicht los. Selbst unter der größten Mühe, es zu verhindern, schoss Nuvy jener Tag durch den Kopf, an dem einer aus der Dorfgemeinschaft die junge Frau mit ihrem Bruder in der verfallenen Scheune des alten Tolin überrascht hatten. Das Bild hatte sich für immer in ihr Gedächtnis eingebrannt: wie sie Edwhna auf den Marktplatz zerrten, unter Flüchen und mit erhobenen Fäusten, wie gierige Hände ihr die Kleider vom Leib rissen, als wollten sie nicht nur den Stoff, sondern auch jeden Rest von Würde und Schutz von ihr reißen. Wie die Männer ihr die dunkelroten Haare abschnitten, eine Strähne nach der anderen, mit stumpfen Messern und verächtlichem Spott. Und dennoch hatte sie Glück, dass ihre Mutter – eine alte, aber durch den Tod des Vaters beinahe wohlhabende Frau – viele Kaerther in so manch eine Truhe gespendet hatte, um zu verhindern, dass das violette Gericht über sie gesprochen wurde. Der Glaube in Thalmark war eben doch nicht unbestechlich.

Und dann erinnerte sich Nuvy an das Gesicht von Edwhna auf ihrem Weg aus Esterlyn. Oder vielmehr an das, was dort nicht zu sehen gewesen war: kein Zittern, kein Flehen, keine Träne. Nicht einmal, als man sie nackt und genauso blutig wie schlammig durch den knietiefen Morast zur Dorfgrenze gejagt hatte, begleitet vom schrillen Keifen und unaufhörlichen Spucken der vermeintlich tugendhaften Frauen und den höhnischen Rufen der Männer, deren Augen nicht wegblicken konnten. Sie hatten mit Stöcken nach ihr gestoßen, als wäre sie ein tollwütiger Fuchs, aber keinesfalls ein Mensch aus Fleisch und Scham. Edwhna hatte stur geradeaus gestarrt und beinahe gelächelt, als hätte man ihr alles genommen außer ihrem Stolz. Kaerthas musste ihr eine besondere Willenskraft gegeben haben.

Es war Albenrions felsenfeste Stimme, die sie aus den Gedanken riss. »Edwhna hat den Blick nie gesenkt, Nuvy. Sie war stärker als jeder hier im Dorf.« Er hielt für einen Moment inne. Sehnsucht flammte in seinen Augen auf, als er nach einem leisen Seufzen fortfuhr: »Vielleicht braucht es manchmal Mut, um zu brennen.«

Nuvy, die immer noch versuchte, ihn aus dem Bett zu schieben, rutschte mit der Hand ab und fiel über ihn, nur um dort endgültig zum Liegen zu kommen.

»Was?«, blaffte sie ihn an, während sie sich wieder aufrichtete.

Die schweren Schritte des Vaters wurden immer lauter.

»Mir ist egal, ob sie uns aus dem Dorf vertreiben, solange ich mein Leben mit dir verbringen kann«, sagte er.

Als Nuvy ihre Bemühungen, Albenrion aus dem Bett zu befördern, endlich einstellte und ihm stattdessen ins Gesicht sah, erkannte sie, wie ernst er es meinte.

»Wenn sie uns verstoßen wollen, dann sollen sie. Wir brauchen nur einander.«

Ob irgendjemand diesen Mann mit den gleichen Augen sah, wie sie es tat? Sein goldenes Herz? Seine schier unendliche Stärke, die nicht nur auf den Körper begrenzt war, sondern genauso seinen Geist durchzog? Oder erkannten sie nur einen naiven Jungen, der anderen manchmal zu viel helfen wollte und sich dabei regelmäßig selbst in Schwierigkeiten brachte?

»Ich weiß, du glaubst an unsere Liebe«, entgegnete Nuvy schließlich.

Er nickte. »Von ganzem Herzen.«

»Aber es trifft nicht uns, Albenrion, nicht wir werden verstoßen«, stellte sie fest, unfähig, dem in ihr aufsteigenden Trotz entgegenzutreten. »Nur mich. Es sind immer wir Frauen, die dafür bezahlen. Niemals ihr Männer.«

Er schüttelte den Kopf, seine Stimme trotzig. »Mach dir keine Sorgen, ich werde dich jeden Tag beschützen, Schwesterherz. Uns wird nichts passieren, glaub mir das.«

»Das kannst du nicht versprechen. Selbst wenn …«

Das Klopfen an der Tür, gefolgt von einem weiteren Schrei des Vaters, unterbrach Nuvy.

»Was soll das? Wieso habt ihr die Tür verschlossen?« Die Türklinke bebte unter dem Ruck von außen. „Macht sofort auf! Habt ihr den Verstand verloren?“

Nuvy warf Albenrion einen flehenden Blick zu. Es war nicht länger Zeit für Trotz. »Wenn du ernst meinst, was du sagst, dann fang an, mich zu beschützen, und antworte ihm«, forderte sie ihren Bruder flüsternd auf. »Bitte!«

»Wie du willst, Schwesterherz.« Er grinste frech und schwang sich aus dem Bett. Während er das lange Hemd aus grobem Leinen anzog, rief er in Richtung der Tür: »Wir kommen, Vater!«

Das Klopfen verstummte. »Beeilt euch gefälligst. Eure Mutter und ich warten in der Küche. Wir haben Besuch.« Sein Grummeln, das laut genug war, um durch die Tür zu dringen, mischte sich mit den schweren Schritten, als er von dannen zog.

Albenrion unterbrach seine Bewegung und warf Nuvy einen frechen Blick zu, der mehr sagte, als es tausend Bücher gekonnt hätten.

»Nein!«, stieß sie kompromisslos hervor und griff nach dem vor ihr liegenden Unterkleid.

Er lachte. »Schade.« Mit einem süffisanten Unterton fügte er hinzu: »Ich hatte angenommen, du wärst mutiger, Schwesterherz.«

Nuvy blieb stumm. Sie hasste ihn manchmal so sehr, und doch konnte sie nicht anders, als ihn von ganzem Herzen zu lieben. Sogar mehr, als es unter Geschwistern sittlich gewesen wäre. Aber wenn sie glücklich damit war, wie konnte man es ihr dann verbieten? Wer musste man sein, um einem anderen Menschen das Glück abzusprechen? Ihre Liebe tötete nicht, verletzte nicht, brannte nicht nieder. Sie würde nie verstehen, warum es so verachtet war, das Bett mit dem eigenen Bruder zu teilen.

Nachdem die beiden sich angekleidet hatten, marschierten sie nacheinander aus der kleinen Kammer. Nuvy folgte Albenrion die Stufen hinab in das spärlich eingerichtete Zimmer, in dem die Familie aß. Und kochte. Und lebte.

In der Mitte, auf dem Fußboden aus gestampftem Lehm, stand ein massiver Holztisch umgeben von schlichten Bänken. An einer der kurzen Seiten war ein einziger Stuhl zu finden. Die dicken Holzbalken, die das Dach trugen, waren deutlich sichtbar, ebenso wie die hölzernen Verstärkungen der aus grobem Naturstein bestehenden Wände. Am Kopfende des Tisches, auf seinem angestammten Platz, thronte der Vater. Kurzes, schwarzes Haar, breite Schultern, die Hände gefaltet. Sein Blick war streng, aber nicht ohne die Müdigkeit eines hart arbeitenden Mannes. Zu seiner Linken saß die Mutter, ihr Gesicht voller Zeichen des ländlichen Lebens, doch die Stärke, die sie in den Augen ihrer Tochter auszeichnete, war verschwunden.

Noch bevor Nuvy sich oder jemand anderen fragen konnte, was wohl passiert sein musste, dass sie ihre Mutter so zu sehen bekam, fiel ihr Blick auf die Frau, die ihr gegenübersaß: ein Bildnis aus Glanz und Unnahbarkeit. Ehrfürchtig betrachtete sie die makellose, weiße Rüstung der Fremden, deren Oberfläche das goldene Licht der Morgensonne spiegelte, das durch das schmale Fenster hinter dem Vater fiel. Jeder Lichtstrahl schien sich darin zu brechen wie in Kristall. Über den Schultern lag ein tiefgrüner Umhang, gehalten von einer schweren Brosche, in die ein Wappen eingraviert war: ein Adler mit ausgebreiteten Schwingen. Das Siegel der van Meiers, eine uralte Familie mit Hunderten Drachenreitern in etlichen Generationen, die ihren Stammbaum von Kaerthas selbst ableitete. Wenn Reichtum und Macht in Thalmark einen Namen trug, dann war es dieser.

Nuvy konnte kaum den Blick abwenden. Während sie über die unermesslichen Schätze der van Meiers nachsann, meldete sich der viel weltlichere Hunger. Ihr lief das Wasser im Mund zusammen, als sie sah, wie sich die junge Frau mit einem deutlich hörbaren Seufzer nach vorne lehnte, dann genüsslich ein Stück vom warmen Brot abbrach und es in die dampfende Suppe tunkte. Die kräftige Brühe mit zarten Fleischstückchen war ein Luxus, der seit Monaten auf ihrem Tisch gefehlt hatte, kamen sie doch kaum mit dem Nötigsten über die Runden.

Die Härchen auf Nuvys Armen stellten sich auf, als ihr Blick weiterwanderte und auf die beiden Soldaten fiel, die neben der Eingangstür standen. Die Männer trugen glitzernde Kettenhemden aus Stahl und polierte Topfhelme auf den Köpfen. An den Gürteln baumelte bei jedem eine lange Scheide.

Langsam verlagerte Nuvy ihr Gewicht von links nach rechts, während sie vom durchdringenden Blick der jungen Frau gemustert wurde. Noch bevor sie etwas zu sagen vermochte, fragte die Kriegerin: »Ist sie das?«

Wortlos nickte der Vater.

Sie warf den Soldaten einen Blick zu, die sofort zu Nuvy marschierten. Der Größere packte sie mit festem Griff am Arm.

Albenrion riss die Augen auf. »Was soll das?«

»Muss das … wirklich …« Die Stimme der Mutter erstarb.

Während sie leise schluchzend den Kopf schüttelte, befahl der Vater mit strengem Blick: »Lass sie, Junge!« Er zeigte auf die Bank zu seiner Linken. »Setz dich und sei still.«

Nuvys Herz schlug schneller, lauter. Sie hatte dieses Gefühl, als drohte ihre Welt zusammenzubrechen. Flehend blickte sie zu ihrem Bruder. Ihrem Geliebten. Er musste für sie einstehen.

»Wer ist das, Vater? Was will diese Frau von unserer Nuvy?«, fragte Albenrion forscher als zuvor.

»Junge!« Der Mann schoss aus dem Stuhl empor und erhob drohend die Hand. »Was erlaubst du dir? Ich habe dir gesagt, dass du dich hinsetzen und deine Futterluke geschlossen halten sollst.«

Albenrion zögerte kurz, als wäre er nicht sicher, ob er seinem Vater gehorchen sollte, bevor er schließlich doch kampflos die Waffen streckte und auf der Bank Platz nahm.

Nuvy schoss eine Gewissheit durch den Kopf: Er hatte sie aufgegeben. Nein, das stimmte so nicht. Mit aller Kraft schob sie den Stich in ihrer Brust beiseite. Sie konnte ihm keinen Vorwurf machen. Was sollte ihr Bruder schon tun?

»Eure Mutter und ich, wir mussten eine Entscheidung treffen.« Der Vater atmete tief durch und fuhr mit zitternder Stimme fort. »Ihr müsst wissen, uns ist das nicht leichtgefallen, aber …« Die Worte blieben ihm im Hals stecken.

Nuvys Magen verkrampfte sich, als sie fragte: »Was … meinst du damit? Von welcher Entscheidung sprichst du, Vater?«

Er zuckte mit den Schultern. »Wir brauchen das … Ihr wisst doch beide genauso gut wie ich, dass wir es nicht länger schaffen. Nicht so. Und seit dem Krieg mit Korlandia gibt es wirklich viele Kaerther, wenn man …«

Albenrions Kinnlade sackte nach unten. »Ihr habt …«

»Es geht nicht anders«, versicherte der Vater mit zusammengezogenen Augenbrauen.

Während die junge Frau der Familie van Meier kopfschüttelnd das Brot zur Seite legte, sagte sie: »Genug der

Sentimentalitäten. Das ist ja nicht auszuhalten. Haben wir nun ein Geschäft oder nicht?«

Der Vater nickte wortlos.

»Sehr gut.« Ein Lächeln legte sich in ihr Gesicht, als sie sich erhob. »Vierzig Jahre für sechstausend Kaerther.« Sie zeigte auf eine Truhe, die in der Ecke stand. Der kleinere Soldat schob einen Schlüssel in das Schloss und öffnete sie, während die Frau fortfuhr: »Es hat die Familie van Meier gefreut, mit Euch Geschäfte zu machen, Bauer.«

Die Augen des Vaters waren leer. Er sagte nichts, sondern schaute nur halb beschämt, halb erlöst auf die prall gefüllte Truhe.

Nuvys Mund wurde trocken, ihr Gesicht kreidebleich, als ihr langsam, aber sicher klar wurde, was gerade passierte. Ihre Eltern hatten vierzig ihrer Lebensjahre für ein paar Tausend Kaerther verkauft. Ihr Leben war eine Ware, wie ein Sack Korn oder ein Korb Obst auf dem wöchentlichen Markt.

Ihre Stimme zitterte, als sie mit tränennassen Augen flehte: »Bitte! Das könnt ihr doch nicht …«

Als ihr Blick den ihres Vaters traf, schaute er gedemütigt zur Seite. Ihre Mutter schluchzte leise.

»Es … geht nicht …«, stammelte Nuvy.

»Es muss sein, Tochter«, unterbrach der Vater sie, ohne sich ihr noch einmal zuzuwenden »Ich wünschte, es gäbe eine andere Möglichkeit für unsere Familie. Aber da ist keine.«

»Nein!«, schrie Albenrion. »Es gibt eine Alternative! Ich gehe, nicht sie. Schickt mich!«

Da war es wieder, das goldene Herz, das in seiner eigenen Naivität ertrank und einen unüberlegten Vorschlag artikulierte. Wem hätte das geholfen?

Der Kopf des Vaters schnellte zurück und sein Blick fixierte den Sohn, als er ihn anblaffte: »Ist da etwas anderes als Fäulnis zwischen deinen Ohren? Wir können nicht ohne dich, ohne deine Jugend. Du kannst keine vierzig Jahre opfern.« Er schlug die Faust auf den Tisch, als wollte er seine Worte mit roher Manneskraft untermauern. »Unsere Felder brauchen einen jungen Mann, keinen alten Greis.«

Eine Träne rann über Nuvys Wange und suchte sich ihren unaufhaltsamen Weg in Richtung des staubigen Fußbodens.

Ihr Bruder zeigte mit der flachen Hand auf sie. »Aber bei ihr ist es in Ordnung?«

»Sie ist eine Frau«, entgegnete der Vater mit unüberhörbarem Unverständnis in der Stimme.

»Ihr nehmt ihr die Jugend, die Chance auf eine eigene Familie!«

»Wir sind ihre Familie!«

»Das könnt ihr nicht tun!« Albenrion hielt es nicht länger auf der Bank. Er eilte zu dem Soldaten, der Nuvy fest im Griff hatte, und riss an seinem Arm.

Die Frau lachte kehlig. »Lass es gut sein, Junge.«

Edwhna! Der Name schoss durch Nuvys Geist wie ein heller Blitz. Vielleicht hatte Kaerthas ihr dieselbe Stärke gegeben. Und möglicherweise war dieser Moment ihre ganz eigene Prüfung. Sie drückte den Rücken durch, setzte ein sanftes Lächeln auf und drehte den Kopf zu ihrem Bruder, um mit warmer Stimme zu ihm zu sprechen: »Manchmal braucht es Mut, um zu brennen, Albenrion.«

Sein Gesicht wurde für einen Moment von einer unübersehbaren Verwirrung ergriffen, bevor es wieder die vorherige Entschlossenheit annahm.

Die junge Frau nutzte den Augenblick, zog mit einer schnellen Bewegung das Schwert aus der Scheide an ihrem Gürtel und streckte ihn durch einen wohlplatzierten Schlag mit dem Knauf nieder. Trocken konstatierte sie: »Dann können wir nun gehen. Auf Wiedersehen.«

Ohne den an der Stirn blutenden Albenrion eines weiteren Blickes zu würdigen, verließ sie die Hütte, gefolgt von den Soldaten, die die Ware mit sicherem Griff fixierten und hinter ihr hertrieben.

Nuvy erstarrte bei dem Anblick, der sich ihr bot, als sie über die Schwelle nach draußen gezerrt wurde. Die Kälte des aufgeweichten Bodens wanderte von den nackten Füßen in ihren Körper. Sofort sank sie einige Zentimeter in den schmierigen Film aus Schlamm und Dreck ein. Vor ihr stand ein Karren, wenn man dieses Gefährt, das mehr einer hölzernen Gruft als einem Käfig glich, überhaupt so nennen konnte. Das Holz war dunkel vor Feuchtigkeit, von Pilzen überzogen, mit abgebrochenen Nägeln gespickt, die wie gebrochene Zähne in alle Richtungen ragten. Risse zogen sich durch die morschen Balken, die von rostigen Ketten zusammengehalten wurden. An einigen Öffnungen baumelten faulige Stofffetzen, durchweicht vom Regen und durchdrungen von unausgesprochenem Grauen.

Gezogen wurde das Gespann von vier schwarzen Pferden, hinter denen der Kutscher regungslos auf seinem Platz saß. Er war in eine Rüstung aus abgewetztem Leder gehüllt. Das Visier eines rostigen Helms bedeckte sein Gesicht, als schien es etwas zu verbergen, was niemand sehen wollte. In seiner Hand ruhte eine Peitsche aus geflochtenem Sehnenband, aus deren Enden kleine, spitze Nägel hervorragten.

»Weiter«, schrie einer der Soldaten und stieß Nuvy grob von hinten an.

Sie schwankte, wollte nicht weitergehen, aber ihre Beine gehorchten. Nicht aus Mut, nein, vielmehr weil der Wille, stehen zu bleiben, ihr längst ausgetrieben worden war. Der Karren roch nach einer Mischung aus Moder, altem Blut und Verzweiflung. Unweigerlich manifestierte sich der Gedanke in ihrem Kopf, dass dieses Fuhrwerk nicht nur ein

Transportmittel war, sondern ein Schlund, der Menschen verschlang. Für immer.

VII. LEYCON

Die Sonne hatte den Himmel noch nicht gänzlich erobert, da roch Leycon Esterlyn bereits, lange bevor er den ersten Rauch aus Schornsteinen aufsteigen sah. Es war der typische Duft thalmarkischer Armut, der auch in Korel in der Luft gelegen hatte: eine Mischung aus feuchtem Stroh, nassem Fell und Scheiße. So würde es zumindest seine Frau Maeine beschreiben, die nichts anderes gewohnt war als die prächtigen Straßen Eisenheims, der Hauptstadt Korlandias, in der ein jeder gleich war und es niemandem an etwas mangelte. Leycon hingegen liebte den Geruch. Für Männer wie ihn roch er nach Möglichkeiten.

Und dann, plötzlich, noch bevor er Esterlyn erreicht hatte, weiteten sich seine Augen. War das ein Traum? Oder konnte das wirklich sein? Vor ihm, am Rande des Wegs, der ihn in das Dorf führen sollte, im hohen Gras, dessen Halme vom Wind gebogen wurden, stand sie.

Mit ihren langen, blonden Haaren, die wie Seide über ihre Schulter fielen und das perfekt symmetrische Gesicht umschlossen. Mit ihren dunkelroten Lippen unter der sanft geschwungenen Stupsnase. Mit den pechschwarzen Augen, die mehr an ein Reh als an einen Menschen erinnerten. Mit ihrer makellosen Haut, die heller war als das Feuer der Ewigen Flamme selbst und im Licht der aufgehenden Sonne glänzte.

Ihr Körper hatte etwas an sich, das nicht vergessen werden konnte: Sie war groß und doch weder schlank noch beleibt. Ihre Rüstung zeichnete die Kontur ihrer Brüste nach. Nicht plump, vielmehr als raffinierte Andeutung eines Versprechens, das mehr Wirkung hatte als jede Offenbarung. Der feuchte Traum eines Mannes.

Hinter ihr breitete ein Drache mit goldenen Schuppen, die im Sonnenlicht den Eindruck von kleinen Juwelen erweckten, die großen Flügel aus. Seine Augen waren tief und leuchtend wie flüssiger Bernstein, während sich seine Krallen sanft in die weiche Erde der Wiese gruben.

So hätten andere Rhea van Meier und die Bestie, die sie ritt, beschrieben. Nicht Leycon. Er erkannte Schönheit weder in Ross noch in Reiterin. Für ihn waren sie ein Ziel. Eine Aufgabe, die erledigt werden musste, bevor er nach Hause zurückkehren konnte. Nicht mehr.

Aber bei dem Anblick ahnte er sofort, dass das der Moment sein konnte – nein, sein würde –, in dem er einen entscheidenden Schritt machen würde, um die Mission, zu der er ausgesandt worden war, zu einem erfolgreichen Ende zu bringen.

»Herrin van Meier«, rief Leycon, hob seine Rechte zum Gruß und führte die Zügel mit seiner Linken so, dass Stutenversteher den Feldweg verließ und auf Drache und Reiterin zutrabte.

Rhea drehte sich um und schaute ihm mit einem Blick entgegen, der andere hätte erzittern lassen. Aber nicht Leycon. Er starrte genauso zurück, ohne dass ein Muskel in seinem Gesicht zuckte. Für Außenstehende musste es ein nahezu unfreiwillig komisches Bild sein. Gut, dass niemand zuschaute.

»Glaubensbruder.« Rheas Stimme sagte mehr, als es Worte jemals hätten tun können: In ihr schwang weder die Freude mit, einen Geistlichen zu sehen, noch besonderes Interesse an einem Gespräch.

Während Stutenversteher durch das hohe Gras auf die beiden zutrottete, ignorierte Leycon nicht nur die Unsicherheit seines Pferdes ob des Biests, das sich langsam zu ihnen umdrehte, sondern überhörte genauso die Erkenntnis, die er aus Rheas Stimme gewann. Ihre Befindlichkeiten waren ihm herzlich egal. Todgeweihte mussten eben hin und wieder ein bisschen mitarbeiten.

»Herrin van Meier, erlaubt Ihr, dass ich mich vorstelle?«, fragte Leycon mit einer Freundlichkeit in der Stimme, die einen Hauch Spott nicht ganz zu verbergen vermochte.

»Kann ich es denn verhindern?«

Leycon lachte gespielt und dennoch täuschend echt. »Ich sehe, man sagt Euch nicht unberechtigt sowohl Schönheit als auch Humor nach. Man nennt mich Bruder Sylen.«

Rhea schüttelte den Kopf und zurrte am Sattel ihres Drachen herum. »Welche … Freude.«

»Herrin van Meier«, entgegnete Leycon so schnell, dass er ihr keine Chance ließ, sich dem Gespräch zu entziehen, »lasst mich erfahren: Was führt Euch in diesen entlegenen Teil Eurer Ländereien?«

»Geschäfte, Bruder.«

Leycon musterte den Drachen. Genauso hässlich wie die übrigen Viecher, die er zuvor getroffen hatte. Aber er würde die Augen seiner Mitmenschen schon bald von dieser Tortur erlösen. Davon war er überzeugt. Dann wandte er sich wieder Rhea zu. »Etwas, von dem die Ewige Flamme wissen sollte?«

»Ich denke nicht«, antwortete sie knapp.

»Wisst Ihr, es ist manchmal besser, wenn Ihr Euch uns mitteilt. Glaubt Ihr nicht?« Immerzu Fragen stellen, das war das Erste, was er gelernt hatte. Jeder Mensch, der ein bisschen Freundlichkeit besaß, würde darauf antworten. Würde sich dem Gespräch nicht entziehen, sondern aktiv dabeibleiben.

Rhea seufzte so laut, dass man es beinahe als Vorwurf hätte verstehen können. »Wieso sollte es besser sein?«

Noch zwei Fragen. Leycon war sich sicher, er hatte sie fast so weit.

»Ich will doch meinen, dass ihr, bevor Ihr Esterlyn besucht habt, in Korel wart, nicht wahr?«

»Und wenn schon? Was interessiert Euch, wo ich herkomme oder hingehe?«

»Es geht nicht um Euch, Herrin van Meier.« Er machte eine längere Pause, um seine nächsten Wort dramatisch klingen zu lassen. »Es geht um die Menschen, die Ihr zurücklasst.«

Rhea ließ von den Riemen des Sattels ab und drehte sich mit einer schnellen Bewegung um. Ihre Blicke trafen sich. Und da war es zu sehen, dieses fast unmerkliche Flackern. Jetzt war es gleich so weit. »Bruder, ich bitte Euch, von was redet Ihr da?«

»Nun, ich nahm an, Ihr wüsstet, dass nicht jeder Angreifer ein Schwert oder einen Bogen trägt. Vor allem nicht die, die die Lehren der Ewigen Flamme schädigen wollen. So war es auch in Korel. Nach Eurem Kampf musste ich läutern.«

Kein einzelner Schuss. Nein, es war vielmehr ein rhetorischer Pfeilhagel, den er auf Rhea abgefeuert hatte, oder eine Salve thalmarkischer Einzellader, ganz gleich, welchen Vergleich man bevorzugte.

Das Flackern in ihren Augen veränderte sich, wurde zu einem Funkeln, als sie heischte: »Einen Komplizen Korlandias?«

Treffer!

Leycon nickte stumm.

»In diesem Fall, Bruder Sylen, danke ich Euch.« Rhea trat einen Schritt näher zu ihm, streckte die Hand nach oben. »Im Namen meiner ganzen Familie.«

Er nahm das Angebot an, drückte ihre Finger so fest zusammen, dass sie die Zähne fletschte. Kurz bevor er losließ, zog er sie ein Stück zu sich, sodass sie beinah stürzte.

Sie fuhr fort, als wäre nichts geschehen. »Und dennoch, verzeiht mir, ich muss wiederauffüllen, was der Kampf uns gekostet hat.«

Leycons Pfeil hatte voll ins Schwarze getroffen. Auf dem Schlachtfeld der Worte und Gesten konnte sich niemand mit ihm messen. Zumindest nicht erfolgreich.

»Eure magischen Reserven?«, fragte er, als sie sich schon wieder auf den Weg zurück zu ihrem hässlichen Biest machte.

»Ja, Bruder. Oder seht Ihr irgendwo einen Köcher, in dem Pfeile fehlen?«

Leycon lachte wieder genauso gespielt wie zuvor. Welch beißender Humor. »Ach, Ihr schafft es immerzu, mich zum Lachen zu bringen«, spottete er.

Rhea drehte sich nicht um. Ihm musste etwas einfallen, sonst flog sie weg, ohne dass er weitergekommen wäre. Das konnte er nicht zulassen, denn noch hatte er nur die Schlacht gewonnen, aber nicht den Krieg.

»Und doch, Herrin van Meier, ich bin mir sicher, dass meine Wenigkeit Euch auch in dieser Angelegenheit weiterhelfen kann.«

Rhea stoppte abrupt, gerade rechtzeitig, denn sie war schon dabei, sich auf den Rücken des Drachen zu schwingen. Leycon triumphierte innerlich so sehr, als sie sich wieder umdrehte, dass er beinahe gegrinst hätte. Ein erzwungenes Husten verhinderte diese Entgleisung.

»Ihr habt Lebenszeit, die ich verwenden kann?«, erkundigte Rhea sich nach seinem Hustenanfall.

»Ja, Herrin van Meier.«

Sie legte den Kopf schief. »Was kostet mich das Jahr?«

»Nichts. Die Ewige Flamme ist an keinem Profit interessiert.«

»Das klingt wahrlich so, als könntet Ihr mir helfen.« Rheas Miene entspannte sich, wurde beinah freundlich. Es war immer dasselbe mit Thalmarkiern. Bei einem guten Geschäft wurden sie fast blind. »Und wo kann ich die Ware abholen?«

Die Schwäche von Korlandianern war es übrigens, zu viele Versprechungen zu machen, ohne zu wissen, wie sie sie einhalten sollten. Vielleicht nicht von allen, aber zumindest bei diesem hier war es so, denn Leycon hatte keinen blassen Schimmer, wo er Lebenszeit für Rhea van Meier herbekommen würde. Sei es drum. Erst das eine, dann das andere.

»Ich werde sie zu Euch bringen. Nach Meierstein.«

»Dabei werden mir aber keine zusätzlichen Kosten anfallen?«

Natürlich. Es ging Thalmarkiern immer nur um das liebe Geld.

»Wo denkt Ihr denn hin?« Leycon schüttelte den Kopf. »Das gibt es alles, ohne dass Ihr auch nur einen einzigen Kaerther bemühen müsst.«

»Dann bin ich gespannt. Aber wartet nicht zu lange.« Rhea streichelte ihren Drachen. »Firor ist ganz ungeduldig geworden, jetzt, wo er von diesem … verlockenden Angebot gehört hat. Nicht, dass ich ihm zur Wiedergutmachung einige Eurer Jahre anbieten muss, Bruder Sylen.«

Wie auf Kommando gab das Biest wieder eines dieser unerträglichen Geräusche von sich. Widerlich! Als die idyllische Ruhe zurückgekehrt war, die nur von dem leisen Gezwitscher einiger Vögel unterbrochen wurde, sagte Leycon: »Sicher nicht.«

»Wir werden sehen, Bruder Sylen. Wir werden sehen.« Rhea schwang sich in den Sattel. »Denn vergesst niemals, wir erwischen Euch. Überall. Zu jeder Zeit. Wir haben einen Riecher für Menschen, die Ihre Absprachen nicht einhalten.«

Die kräftigen Flügelschläge wirbelten Staub auf, während die beiden abhoben. Nur mit Müh und Not vermochte Leycon Stutenversteher im Zaum zu halten, der am liebsten ausgebrochen wäre.

Als sich das Pferd beruhigt hatte, schaute er noch einige Augenblicke dem sich immer weiter entfernenden Drachen hinterher. Dieses Mal konnte er das zufriedene Grinsen auf seinen Lippen nicht kontrollieren. Es war auch nicht notwendig.

Leycon hatte die Eintrittskarte zum Ball. Jetzt musste er nur noch einen passenden Tanzpartner finden. Und welcher Ort wäre für die Suche besser geeignet, als die Taverne eines kleinen Dorfes voller thalmarkischer Armut? Mit diesen Gedanken ritt er Esterlyn entgegen.

Stutenversteher schnaubte nach einigen Metern wieder einmal unzufrieden. Nicht weil das Biest mit seiner Reiterin zurückgekehrt wäre. Wahrscheinlich auch nicht wegen des Gewaltmarschs, den die beiden hinter sich hatten. Nein, so schwach war dieses Pferd nicht, mutmaßte Leycon. Er war sich sicher, dass der Wallach den Karren gesehen haben musste, der von einem Trupp Soldaten bewacht wurde. Zumindest würde er schnauben, würde er als Pferd dieses Gefährt entdecken, wenn man es überhaupt so nennen wollte. Es sah aus, als hätte die Hölle höchstpersönlich es ausgespuckt.

Leycon war diese Absurdität ebenfalls nicht entgangen. Genauso wenig wie die vier Menschen in dem Käfig. Armseliges Pack. Oder besser: erbärmlich. Drei Männer, höchstens ein paar Jahre älter als das Mädchen, rissen ihr an der Kleidung wie räudige Köter, die vergessen hatten, dass sie ebenso an der Kette lagen und in einem Karren in Richtung Untergang eingesperrt waren.

Auf den ersten Blick griffen ihre gierigen Finger nach der bedeckten Haut der jungen Frau, doch in Wahrheit suchten sie etwas anderes: ein letztes Stück Kontrolle. Oder schlimmer: jene abscheuliche Form von Macht, mit der man jemanden erniedrigte, bevor man selbst erniedrigt wurde.

Leycon hörte das gurgelnde, halb verhungerte Lachen eines Schwarzhaarigen. Es war mehr Sabber als Stimme. Diese Kreatur ereilte zu Recht, was ihr bevorstand. Das war weniger ein Mann, vielmehr ein Stück Vieh.

Ein Blonder zerrte an dem Leinen, bis er das Mädchen endlich entblößt hatte. Ein Rothaariger roch an ihren Haaren, als würde ihn der Geruch vor dem Unausweichlichen retten. Was für ein Trauerspiel.

Und die junge Frau? Weder wehrte sie sich noch schrie sie, sondern ließ die Hände nach ihr greifen. Sie musste sich dazu entschlossen haben, dass sie sich im Angesicht des Unabwendbaren einfach entspannen sollte, wie es Soldaten manchmal nannten, die ihre Gefühle ausschalteten. Und dennoch bemerkte Leycon, dass der Blick der jungen Frau zwar leer war, fast verloren, aber auf ihren Lippen ein Lächeln lag. Weniger ein Zeugnis von Zufriedenheit als vielmehr von ungebrochenem Stolz. Und doch würde ihr das auch nicht helfen.

Die Männer, die hinter dem Gefährt marschierten, schienen sich nicht für die Vorgänge im Inneren des Käfigs zu interessieren. Vielleicht genossen sie den Anblick sogar.

Während Leycon den Karren passierte, schweiften seine Gedanken weg von diesen trostlosen Seelen, hin zu seiner Frau. Maeine. Er hatte sie seit vier Mondzyklen nicht gesehen. Und doch war ihr Bild das Einzige, das noch Wärme in sein Herz zu bringen vermochte. Ihre Stimme, wenn sie sich über den Geruch von Stroh beschwerte. Ihre

Finger, die selbst dann zitterten, wenn sie Stärke zeigen wollte. Ihr runder Bauch, in dem sie ein Kind trug. Sein Kind.

Ein unkontrolliertes Lächeln huschte über seine Lippen, das sofort wich, als einer der Soldaten den Mann, der neben ihm marschierte, anstieß, abrupt abstoppte und auf Leycon zeigte. »Ihr da! Im Namen der Familie van Meier, bleibt stehen! Wer seid Ihr und was wollt Ihr in diesem Dorf?«

Leycon zügelte sein Pferd mit ruhiger Hand und entspannte seinen Körper. Er war bereit, in jeder Art zu reagieren. Stutenversteher schnaubte leise, bevor er erst seinen Kopf schüttelte und dann stehen blieb.

»Bruder Sylen nennt man mich«, entgegnete Leycon den näher kommenden Soldaten. »Meines Zeichens Glaubensbruder, wie ihr unschwer an der Kleidung erkennen könnt.«

»Man sollte ein Buch niemals anhand seines Einbands bewerten.« Der Kleinere griff nach den Zügeln und ließ die Finger kurz über den Pferdekopf gleiten, als wollte er Stutenverstehers Reaktion lesen. »Kleider wechseln hin und wieder die Leute, die sie tragen. Deshalb hören wir uns lieber an, was die Menschen zu sagen haben, und entscheiden dann, ob sie die Wahrheit sprechen.« Das Pferd verriet Leycon nicht.

Der nickte in dem Wissen, dass die Menschenkenntnis zweier einfacher Soldaten niemals ausreichen würde, um seine Lüge zu enttarnen. Und wenn doch, hätte er es gar nicht anders verdient.

»Und was will ein Mann wie Ihr in so einem …« Der Größere spie auf den schlammigen Boden. »… Dreckloch wie Esterlyn?«

»Für die, die die Worte der Ewigen Flamme in die Welt hinaustragen, auf dass sie niemals erlischt, ist kein Weg zu weit und kein Loch zu dreckig.« Während Leycon fromm lächelte, nahm er den prüfenden Blick des Kleineren wahr, der ihn eindringlich musterte. Ob er doch etwas ahnte?

Für einige Augenblicke herrschte Stille, bis sich der Soldat schließlich mit kritischem Unterton erkundigte: »Ihr seid also tatsächlich ein Glaubensbruder?«

Leycon nickte wieder stumm. Manchmal war es besser, weniger zu sagen, als zu viel preiszugeben, das jemand infrage hätte stellen können.

Der Größere warf dem Kleineren einen vielsagenden Blick zu. Schlagartig eroberte eine gesunde Anspannung jedes von Leycons Gliedern. Vielleicht hatte er die beiden unterschätzt? Er richtete sich auf, ließ die Hand langsam in Richtung des unter der weißen Robe verborgenen Schwerts gleiten.

Der Größere nickte. »Meine Schwester hat sich auch dem Glauben verschrieben. Kennt Ihr sie zufällig?«

Leycon schluckte. Ein Soldat der van Meiers mit Verwandten, die der Ewigen Flamme dienten, das gab es in der Tat selten. Nicht grundlos hatte er sich des wahren Bruders Sylen entledigt und diese Geschichte ersonnen, war sie doch immer ein Garant dafür, dass man ihn voller Gleichgültigkeit ziehen ließ. Sein gesamter Plan kam ins Wanken. Jetzt brauchte es eine kleine Improvisation.

»Das glaube ich kaum. Wie Ihr wisst, gibt es Dutzende Refugien in Thalmark.«

»Meine Schwester kommt viel herum. Sie ist davon überzeugt, dass die Pilgerreise das Andenken an die Ewige Flamme am meisten ehrt.«

Mit einem gespielten Grinsen blickte Leycon auf die sich kräuselnde Stirn des Soldaten. Wenn weder Schweigen noch Antworten halfen, blieb manchmal nur eine Frage, die mehr Verwirrung stiftete, als sie auflöste.

»Eine Schwester nicht nur im Glauben, sondern auch im Geiste?«

Das Gesicht des Größeren verriet Leycon sofort, dass der sich nicht beirren ließ. Wieso musste er genau auf die beiden Soldaten treffen, die mehr zwischen den Ohren hatten als der Scheiße, auf der dieses Königreich errichtet war?

»Welchem Arkanen Refugium gehört Ihr an?«, setzte der Kleinere nach, während seine Hand von Stutenverstehers Zaumzeug zu dem Schwert an seinem Gürtel wanderte. »Eosor? Lysford?«

»Nein, diese Berühmtheit wird unseren Schwestern und Brüdern nicht zuteil. Wir sind ein kleines Refugium am östlichen Rand von Thalmark. Ich habe von meiner Stube dort einen wundervollen Ausblick auf den Spiegelwald.«

Der Größere verzog das Gesicht. Leycon vermochte nicht zu sagen, ob getrieben von Enttäuschung oder von Misstrauen. Vielleicht war es auch gar nicht so wichtig. Er wusste, dass Worte hin und wieder nichts anderes als das Durchbrechen von Stille waren, obwohl eine Entscheidung längst getroffen war.

Der Kleinere trat einen Schritt zurück, kratzte sich zuerst kurz am Kinn und warf seinem Kameraden dann einen Blick zu, der unmissverständlich sagte: zu viel Aufwand für zu wenig Nutzen. Thalmarkier eben. Es war ein ihnen angeborener Kompass.

»Schon gut, Bruder«, brummte er schließlich. »Geht Eures Wegs. Aber am besten führt er Euch in eine andere Richtung als uns.«

Leycon neigte den Kopf leicht zur Seite. Seine Lippen formten ein Lächeln, das Demut vortäuschte, aber die Zähne dahinter verbarg. Er nickte den Soldaten zu und entgegnete mit warmer Stimme: »Die Ewige Flamme wärmt nur jene, die ihr nicht zu nahe treten. Diejenigen, die das nicht beherzigen, verbrennt sie.«

Stutenversteher schnaubte erneut. Leycon löste den Zügel und ritt gemächlich weiter. Erst als der Tross und der stinkende Karren außer Sicht waren, erlaubte er sich, den Griff um sein Schwert zu lockern.

Sein Blick wanderte über die armseligen Dächer des Dorfes, das nun in Reichweite lag, dann hielt er stramm auf sein Ziel zu: den Ort, an dem er Gestalten finden würde, die so verzweifelt waren, dass sie seiner Sache dienen würden.

Als Leycon wenig später die Taverne betrat, wurde er sofort von einem wahren Fest der Sinne empfangen, hätte er sich doch wenigstens am Elend der Massen erfreuen können. Der Rauch der Feuerstelle zog nicht ab, sondern legte sich zäh in die Luft und zwang ihm Tränen in die Augen. Er seufzte. Diese Schenke offenbarte mit einem Blick all das, was Thalmark ausmachte. Die Einrichtung aus wackeligen Bänken, grob zusammengezimmert, eindeutig von einem Schreiner im Dorf, der mehr Mut als Talent hatte. Auf den Tischen stand Essen, das aussah, als hätte es schon einmal jemand gegessen. Vielleicht wollte es auch nur alsbald zu leben beginnen.

Leycons Blick klärte sich allmählich und seine Aufmerksamkeit fiel auf die Schankmaid hinter dem Tresen. Ihr Gesichtsausdruck ließ erahnen, dass sie ihren Lebensweg schon längst verflucht hatte, aber aus irgendeinem Grund weder der Welt noch sich selbst den Gefallen getan hatte, abzutreten. Es wäre besser.

Den Gästen stand sie in nichts nach. Sie waren eine Ansammlung aus Bauern, Söldnern und verarmten Existenzen, die über belanglose Dinge stritten. Einige von ihnen lallten zu Leycons Bedauern etwas, das sie für Lieder zu halten schienen. Vor einem jeden fanden sich Krüge mit Bier. Wieso auch nicht? Es war ja bereits nach dem Frühstück.

Es waren Bilder, die Leycon nur aus Thalmark kannte. In Korlandia gab es keine solchen Abgründe. Vor allem nicht in Eisenheim, der Hauptstadt des Reichs, dort, wo das kleine Haus stand, das er und seine geliebte Maeine Heimat nannten. Und bald auch sein Spross. Der Ort, an den er lieber jetzt als gleich zurückkehren würde, um mit seiner Familie zu leben. Aber heute war er hier und hatte einen Auftrag zu erledigen, den ihm die Fünf Schwestern höchstpersönlich anvertraut hatten. Oder vielmehr der Marschall. Na ja, sein Stellvertreter. Es war auch nicht so wichtig.

Leycon ging zu einem kleinen Tisch an der Seite im Schatten. Von dort aus würde er beobachten können, aber nicht beobachtet werden. So lange, bis er endlich den Richtigen fand, den er Rhea bringen konnte. Oder die Richtige.

»Bruder!«

Ruckartig drehte er den Kopf zur Seite, als er einen festen Griff an seinem Arm spürte. Die Hand gehörte zu einem drahtig gebauten Mann in den Fünfzigern. Seine gesamte Erscheinung war das Ergebnis jahrelanger Feldarbeit: das gebräunte Gesicht voller tiefer Falten, die rissige Haut an den dicken, schmutzigen Fingern und die krumme Haltung als stummer Zeuge der körperlichen Erschöpfung. Aber all diese Jämmerlichkeit war nichts gegen den Gestank, der Leycons Nase heimsuchte, als der Mann erneut den mit faulen Zähnen gespickten Mund öffnete.

»Bruder. Sprecht Ihr heute ein Gebet mit uns?«

Wundervoll. Leycon konnte sich nichts Schöneres vorstellen, als erneut der Ewigen Flamme zu huldigen, als wäre eine Pfählung in einem Mondzyklus nicht genug. Er brauchte zukünftig wirklich eine andere Tarnung. Nicht auszuhalten, diese Übergriffigkeit, der Glaubensbrüder immer wieder ausgesetzt waren.

Stumm schüttelte er den Kopf, denn dieser eine war für nichts zu gebrauchen. Auch nicht für eine Spende.

»Bruder.« Ein anderer Mann erhob sich, genauso hässlich wie unbrauchbar für Leycons Zwecke. »Ich bitte Euch. Seht uns an, was haben wir außer der Kraft des Glaubens?«

Ob er antworten sollte? Er entschied sich dagegen. Oder stemmte sich vielmehr gegen das Verlangen, zu kommentieren, was unkommentiert bleiben musste. Wortlos riss er sich von dem Mann los und setzte den Weg zum Tisch fort.

Leycons Schritte hallten dumpf auf dem steinernen Boden. Er spürte ihre Blicke in seinem Rücken – Urteile, Fragen, vielleicht sogar ein wenig Verachtung – aber er ließ sie an sich abperlen wie Regen an einer Fensterscheibe. Er hatte mit diesen Wilden nichts zu besprechen.

Der Stuhl knarrte leise, als er sich setzte. Seine Finger trommelten auf dem Holz, während sein Blick durch den Raum schweifte. Keiner schien geeignet, um ihn Rhea van Meier auszuliefern. Zumindest niemand keiner der gerade Anwesenden.

Aber Leycon war sich sicher, wenn er nur lange genug bleiben würde, käme jemand, dessen restliche Zeit er seinem wahren Opfer bringen konnte. Er musste nur geduldig warten. Wie sooft im Leben lag die Kraft in der Ruhe.

VIII. MAEINE

Es war ein nahezu perfektes Leben. Zumindest fiel es Maeine schwer, sich ein besseres vorzustellen. Abgesehen davon, dass sie ihren Mann vermisste. Aber Leycon würde von seiner Mission für die Fünf Schwestern zurückkehren, und danach, das hatte er ihr versprochen, würde es keine weitere mehr geben. Dann war nur noch die Familie wichtig.

Es waren diese Gedanken, die der Hochschwangeren durch den Kopf gingen, während sie mit ihren beiden Freundinnen Serawyn und Ariara auf einem sanften Grashügel vor den Toren von Eisenheim stand. Zu den Füßen der drei Frauen erstreckte sich ein endloses Meer aus goldenen Sonnenblumen, das sich im lauwarmen Licht des Morgens wie ein leuchtender Teppich über die Felder legte.

Die warmen Sonnenstrahlen, die einen der bisher heißesten Tag in diesem Frühling ankündigten, spielten auf Maeines Haut, die wegen des Schweißes, der sie benässte, sanft schimmerte. Sie war davon überzeugt, dass das Licht ihrem breiten Lächeln einen Glanz gab, als wäre sie selbst ein Spiegelbild der Ewigen Flamme.

Irgendwo über dem Feld zwitscherte ein Vögelchen. Maeines Blick folgte dem süßen Tierchen von schlanker Gestalt und mit kurzem Hals, das in der beinahe kühlen Morgenbrise lautlos durch die Luft getragen wurde. Das Kind, das sie unter ihrem Herzen trug, schien genauso entzückt zu sein wie sie. Sein Strampeln zauberte ein Leuchten in ihre Augen.

Neben Maeine breitete Ariara die Arme aus, als wollte sie all die Sonnenblumen auf dem Feld vor ihnen mit einer einzigen Geste umarmen. Wahrlich ein kühnes Unterfangen. Das lange Kleid der jungen Frau hob sich bei der Bewegung nicht unschicklich, aber dennoch merklich an, was ein Kichern bei Maeine provozierte.

Neckisch fragte sie ihre Freundin: »Vermisst du etwa auch einen Mann? Oder wieso hebst du dein Kleid an?«

Ariara verdrehte die Augen und tat so, als würde sie nach ihr schlagen. Ihre Stimme war voll theatralisch gespielter Kränkung, als sie Maeine antwortete: »Nein, mir geht es ohne ganz gut.«

»Du weißt gar nicht, was du verpasst.« Mit einem breiten Grinsen im Gesicht strich Maeine über ihren dicken Bauch. »Und ich meine …«

»Sag es nicht«, unterbrach Ariara sie.

Sie konnte nicht widerstehen. »Keine von uns wird jünger.«

»Genau!«, pflichtete Serawyn Maeine bei.

»Das musst du gerade sagen.« Ariara stemmte die Arme in die Seiten, ohne dass ihre Miene den Schalk verlor, der ihr bei solchen Gesprächen immer innewohnte. »Bei dir gehen die Männer ein und aus, geben sich manchmal sogar die Klinke in die Hand.« Sie schnaubte provokant. »Das wäre nichts für mich.«

Serawyn zuckte mit den Schultern und fügte schließlich hinzu: »Ich lebe eben nach Nyssaris Regeln.«

»Ach ja?«, erkundigte Ariara sich und verzog die Lippen zu einem schiefen Grinsen. »Wo spricht sie denn von offenen Herzen? Oder noch offeneren Türen?«

»Wer die Liebe scheut, enttäuscht nicht nur Nyssari, sondern auch die Ewige Flamme!«, entgegnete Serawyn mit einem Augenzwinkern.

Maeine prustete los. »Du meinst wohl eher, wer bei dir anklopft, muss aufpassen, nicht gleich hereingezogen zu werden.«

»Wenn er Glück hat«, konterte sie trocken. »Manche müssen erst Schlange stehen.«

Ariara stemmte die Hände in die Hüften. »Und jetzt sag nicht, das steht auch in der Heiligen Schrift.«

»Aber wie sollen wir das denn verstehen, Serawyn?«, setzte Maeine nach. »Habe ich den Abschnitt überlesen, der davon spricht, alle Männer Eisenheims nicht nur ins Herz zu schließen, sondern auch zwischen die Beine?«

»Na«, entgegnete sie kopfschüttelnd, »wie steht schon im Buch der Ewigen Flamme geschrieben: Ein jeder gebe nach seinem Vermögen und empfange nach seinem Bedürfnis.« Sie wackelte nicht wirklich dezent mit den Händen an ihren Brüsten, deren schiere Wucht sie weder verstecken konnte noch wollte. »Und ich habe genug, um es zu teilen.«

Sie lachten gemeinsam. Es waren diese liebevollen Sticheleien, die ihre Freundschaft so besonders machten. Und dennoch war es typisch Serawyn. Sie konnte alles so drehen, dass man ihr am Ende doch zustimmen musste, weil es aus ihrem Mund immer wieder so klang, als hätte es eine größere Bedeutung, einen tieferen Sinn oder einen offensichtlicheren Zusammenhang, obwohl dem in Wirklichkeit niemals so war.

»Aber Spaß beiseite«, fuhr sie fort und wandte sich wieder Ariara zu. »Ich glaube, mein Bruder hätte größtes Interesse, dich …« Sie schnipste einige Male mit den Fingern. »Wie soll ich sagen … näher kennenzulernen.«

Maeine hatte Serawyns Bruder Taviel ein paarmal getroffen, bevor er zum Militärdienst eingezogen worden war. Er kam überhaupt nicht nach seiner großen Schwester. Sie hatte ihn als ruhigen, anständigen und Frauen gegenüber sehr zuvorkommenden jungen Burschen kennengelernt. Vielleicht war er etwas zu steif, um die Richtige zu finden – oder von ihr gefunden zu werden –, aber sie mochte ihn. Wirklich. Weniger wie einen Mann, den eine glücklich verheiratete Frau in den einsamen Stunden heimlich begehrt, vielmehr wie einen kleinen Bruder.

Ariara blieb stumm – und doch sagte einer guten Freundin das Leuchten in ihren Augen alles, was sie wissen musste –, hob wieder die Arme und blickte zurück auf das Sonnenblumenfeld. Sekunden vergingen, bevor sie nach einem genauso leisen wie tiefen Seufzer konstatierte: »Manchmal bin ich davon überzeugt, jeder, der in Korlandia lebt, ist eine dieser Sonnenblumen.«

Serawyn, die angefangen hatte, mit einer Strähne ihrer langen, pechschwarzen Haare zu spielen, nickte wortlos. Nicht dass Ariara das hätte sehen können, da war sich Maeine sicher, denn ihre Freundin stand einfach nur da und starrte mit verträumtem Blick auf die Vogelscheuche, die sich inmitten der goldenen Pracht erhob.

Es war der gleiche Ausdruck, den Maeine auch von ihrem Mann kannte, dem Bruder von Ariara. Wie oft waren sie als frisch verliebtes Pärchen hier gewesen, auf genau diesem Hügel bei genau diesem Feld. Es war der Ort, an dem sie sich das erste Mal geküsst hatten, heimlich, damit es ihre Eltern nicht erfuhren. An dem Tag hatte der Zauber begonnen, der schlussendlich in ihrem dicken Bauch geendet hatte.

»Und wenn wir die Blumen sind«, philosophierte Ariara weiter, »dann wachen die Fünf Schwestern genauso ehrfürchtig über uns, wie diese Vogelscheuche dort die Schönheit und den Frieden dieses Feldes garantiert.«

»Wie recht du doch hast.« Maeine legte schützend die Hände auf den Bauch. Sie war froh, dass ihr Kind in einem dermaßen behüteten Land aufwachsen würde, wie Korlandia es war. Als Gleiches unter Gleichen.

Ariara senkte die Arme und wandte sich zu ihr. »Und?« Sie musterte Maeine einen Augenblick neugierig, ihre Stimme verspielt. »Wie geht es dir heute? Du wirkst auf mich schon fast zu vorlaut für jemanden, der sein erstes Kind erwartet.«

Maeine verlor sich für einen Moment in den Sonnenblumen. Vielleicht wich sie auch dem fragenden Blick ihrer Freundin aus. »Ich glaube, ich bin nur etwas müde. Immer. Egal wie lang die Nacht war oder wie tief der Schlaf. Aber trotzdem bin ich unbeschreiblich glücklich.« Sie grinste. »Es ist ein seltsames Gefühl. Als trüge man die Last der ganzen Welt auf seinen Schultern und wäre dennoch leicht wie eine Feder.«

»Ich erinnere mich noch genau an meine letzte Woche vor den Geburten«, sagte Serawyn mit sanfter Stimme. »Nicht nur einmal dachte ich, ich würde platzen.«

Sie hatte vier Kinder von vier verschiedenen Männern, wobei man sich da nicht ganz sicher sein konnte. Ariara spekulierte hin und wieder mit einem Augenzwinkern darüber, ob es nicht vielmehr fünf, sechs, sieben oder mehr waren, die Vater genannt werden konnten. Das Schlafzimmer ihrer gemeinsamen Freundin war mitunter stärker frequentiert als die Taverne in dem Viertel, in dem sie wohnten. Aber Maeine störte das nicht. Tatsächlich ging das niemandem in Eisenheim gegen den Strich.

»Ja, so eine Schwangerschaft ist für den Körper eine Herausforderung«, stimmte Ariara ihr zu. »Zumindest habe ich das gehört.«

»Weniger für den«, belehrte Serawyn sie, »als vielmehr für die Gefühle: Sorge, Neugier, Angst … all das, aber gleichzeitig.«

Maeine nickte. »Du sprichst mir aus der Seele. Ich frage mich immer wieder, wie es wohl sein wird, wenn ich es zum ersten Mal sehe. Und wie es danach wird. Ob ich alles richtig machen werde.«

»Du wirst eine wunderbare Mutter sein.« Serawyn legte ihr die Hand auf die Schulter. »Du hast mehr Stärke in dir, als du denkst. Und du bist nicht allein. Leycon wird immer an deiner Seite stehen.«

Ariara lächelte. »Und wenn du doch mal zweifelst oder«, ihr Lächeln wurde breiter, fast so schelmisch wie zuvor, »mein Bruder dir kein guter Ehemann sein sollte, sei dir sicher, wir sind für dich da. Mit Suppe, Geschichten oder einfach nur, um das Würmchen ein paar Minuten zu halten, während du durchatmest und Leycon mit … schlagkräftigen Argumenten so lange überzeugst, bis er sich Zeit für sein Kind und dessen Mutter nimmt.«

»Danke«, entgegnete Maeine leise und ergänzte nachdenklich: »Manchmal habe ich Angst, dass ich mich verändere und nicht mehr ich selbst bin. Und gleichzeitig hoffe ich, dass genau das passiert.«

Serawyn schmunzelte. »Und auch wenn du dich veränderst, wir werden in unserem Herzen immer einen Platz für das Kind und dessen Eltern haben.«

»Genug der Eintracht«, warf Ariara ein. »Wir verweichlichen hier ja völlig. Außerdem müssen wir los, sonst bleibt uns nur die zweite oder dritte Reihe.«

Wie recht sie hatte. Jeder wollte bei so einem Spektakel so früh wie möglich da sein, um ganz vorne zu stehen, selbst wenn es vier davon während eines Mondzyklus gab. Maeine ging es genauso wie den anderen. Vor allem dieses Mal, wo sie doch so viele Eier und verdorbenes Gemüse aufgehoben hatte. Und dazu war es heute vielleicht das letzte Mal, bevor sie entband und eine Pause bei den Besuchen einlegen musste, um sich zu erholen und ihrem Neugeborenen die Aufmerksamkeit zu schenken, die das Würmchen verdient hatte. Deshalb gab es für Maeine am heutigen Tag keinen Platz, der akzeptabel gewesen wäre, außer den in der ersten Reihe. Ganz vorne.

»Ariara hat recht. Falin wird den Karren auch schon beigezogen haben. Lasst uns aufbrechen«, forderte Serawyn die beiden auf. »Schnell!«

Es war kein weiter Weg zum Platz vor der Gilde der Magier, aber wenn die Straßen Eisenheims gefüllt waren, konnte er sich länger ziehen, als es einem lieb war. Und darüber hinaus blieb Maeine nur das Schreiten, denn die Schwangerschaft raubte ihr bereits ihre Kräfte.

Während sie gemeinsam mit ihren beiden Freundinnen langsam den Hügel hinabpilgerte, fragte sie Serawyn: »Kommen deine Kinder auch?«

»Nein, sie wären gerne dabei gewesen, aber der Unterricht hat Vorrang. Das nächste Mal steht möglicherweise keine Lektion an, dann haben sie immer noch die Möglichkeit, mitzukommen.«

»Gute Entscheidung«, sagte Ariara zustimmend.

»Und die Kleinste?«

»Sie ist bei ihrem Vater.«

Maeine hätte sich gerne noch weiter unterhalten, aber ihr Atem ging immer schwerer. Es war doch etwas anderes, wenn man zu zweit reiste und nicht allein.

Wenig später erreichten die Frauen das große Stadttor von Eisenheim. Eine lange Schlange hatte sich gebildet, an deren Ende sie sich einreihten.

»Diese Kontrollen.« Serawyn schüttelte den Kopf. »Ich vermisse die Zeit, in der man die Stadt betreten und verlassen konnte, wie einem beliebte.«

Ariara zuckte mit den Schultern. »Aber du weißt doch, dass es nur zu unserer Sicherheit ist.«

»Meinst du wirklich, dass das hilft?«

»Also ich bin froh, dass man sich darum kümmert«, entgegnete Maeine, ihre Stimme kaum lauter als ein Flüstern. »In fünf Häuser soll die Person schon eingedrungen sein. Sieben Frauen. Drei Kinder. Alle tot.« Ihr Hände wanderten wie von selbst zum Bauch. »Manche sagen, man habe nicht ein Spuren gefunden. Keine. Als hätte der Mörder Flügel oder … sich in Luft aufgelöst.«

Serawyn stemmte ihre Hände in die Seiten. »Wenn er unsichtbar sein sollte, dann finden ihn die Soldaten dort vorne genauso wenig. Und wer weiß, ob die Person überhaupt hier vorbeikommt. Möglicherweise verlässt sie Eisenheim gar nicht.« Sie hob eine Augenbraue. »Und eins kann ich euch versichern: Ich fress so einen zum Frühstück. Wenn er bei mir anklopft, klopf ich ihn danach.«

»Du würdest«, warf Ariara stirnrunzelnd ein, »wärst du alleine im Haus, die Tür einfach geschlossen halten. So wie wir anderen auch.«

Maeine nickte langsam. »Falin hat extra einen zweiten Riegeln an meiner Tür angebracht. Fenster, Hintereingang, selbst die Vorratskammer, alles wurde zusätzlich gesichert. Ich bilde mir Geräusche ein. Schritte auf dem Dach. Kratzen an den Wänden. Und ich … ich traue mich nicht mal mehr, im Dunkeln Wasser zu holen.« Ihre Stimme brach fast. »Letzte Nacht dachte ich, jemand hätte die Fensterläden in der Küche geöffnet. Und Falin war nicht da.« Ein Schaudern kroch ihren Rücken hinauf. »Ihr könnt euch meine Erleichterung gar nicht vorstellen, als sich herausstellte, dass es lediglich der Wind war.«

Ariara sah sie an, dieses Mal ohne ein Schmunzeln, nur mit ernster Miene. »Du bist nicht die Einzige. In meinem Haus brennt jede Nacht eine Fackel. Ich hörte, bei einem der Opfer wurde das Kind erst nach der Mutter getötet. Und niemand in der Nachbarschaft hat etwas gehört.«

»Oder keiner wollte es hören«, ergänzte Maeine flüsternd. »Sie haben tags darauf nicht einmal die Leichen gefunden.«

»Und wo«, fragte Serawyn Ariara kopfschüttelnd, »sollen sie hinverschwunden sein?«

»Ich habe gehört, dass sie gegessen werden.«

Serawyn blickte sich unruhig um. Die Stadtmauern ragten wie kalte Wächter in den Himmel. »Und wenn der Mörder gar keiner ist? Sondern etwas, das sich nicht aufhalten lässt?«

Einige Augen drehten sich zu ihnen. Die Umstehenden hatten das Gespräch mitbekommen. Keiner sagte etwas. Und doch lächelte auch niemand.

Es waren unsichere Zeiten. Noch vor wenigen Mondzyklen hatte man sich in Eisenheim nicht mit derartigen Sorgen im eigenen Haus plagen müssen. Aber seit diesen Morden … Die Nächte waren unheimlicher als zuvor. Türen fielen schneller ins Schloss. Ein Grund mehr, warum sich Maeine Leycon zurücksehnte.

Nach einer gefühlten Ewigkeit passierten sie problemlos die Kontrolle am Stadttor. Wie wäre es auch anders zu erwarten gewesen? Niemand von ihnen mordete nachts die Nachbarn. Sie marschierten die engen Gassen entlang, die von hohen Lehm- und Sandsteingebäuden begrenzt wurden und vor Menschen überzulaufen drohten. Aus den Obergeschossen der Gebäude ragten hölzerne Balkone hervor und es fanden sich überall – wegen der umherschwirrenden Kleinsttiere – vergitterte Fenster. Ein Tuch aus grob gewebter Baumwolle, das zwischen zwei gegenüberliegenden Häusern gespannte war und den Warenanbietern darunter Schatten spendete, flatterte knapp über Maeines Kopf im immer heißer werdenden Wind.

Wie jeden Tag, wenn sie hier war, ließ sie das schlagende Herz der Hauptstadt auf sich wirken: Auf beiden Seiten der Gasse reihten sich Warenausgabestände dicht an dicht. Sie waren bedeckt mit in der Sonne leuchtenden Tüchern in tiefem Blau, Gewürzrot und Safrangelb. In der Luft hingen allerlei Düfte, von süßlichem Dattelsirup über scharfen Kreuzkümmel, der frisch gemahlen sein musste, bis zum rauchigen Harz, das in einer Schale vor einem Stand glomm.

Die Warenanbieter, fast ausschließlich bärtige Männer in langen Kaftanen oder einfachen Gewändern, informierten lautstark über ihre Bestände. Der eine lobte die getrockneten Feigen aus der Nähe von Tolon als eine besondere Gabe Nyssaris selbst, ein anderer hielt ein aufwendig besticktes Seidentuch in die Höhe, dessen Goldfäden so sehr funkelte, dass Maeine den Blick abwenden musste. Sie hatte alles, was sie brauchte. Egal wie gut ihr die Sachen gefielen, es war ihre Pflicht als treue Korlandianerin und Anhängerin Nyssaris, den Übrigen zu lassen, was sie dringender benötigten als sie.

Maeine und ihre beiden Freundinnen bewegten sich als Teil der bunten Menge zwischen den Ausgabeständen hindurch. Um sie herum drängten sich Frauen mit weiten Gewändern, Kinder mit Körben voller Fladenbrot und Esel beladen mit Waren aus dem ganzen Reich durch das Gedränge. Die Stimmen vermischten sich zu einem vibrierenden Klangteppich. Sie überlagerten sich in der Hitze, die die Hauptstadt immer erbarmungsloser in Besitz nahm wie das Flirren der Sonne auf dem Sandstein.

Weiter hinten in der Gasse zwischen den Sandsteingebäuden erhaschte Maeine den Blick auf den zentralen Platz von Eisenheim. Dort ragte ein raumgreifendes Gebäude mit roter Kuppel auf. Es war umsäumt von schlanken Türmen mit spitzen Dächern. Über dem Bauwerk flogen zwei Drachen umher: ein größerer, blutrot, und ein kleinerer, hellrot, beinahe rosa. Das vertraute Bild des Gildehauses der Magier. In der Nähe war ein Brunnen gebaut worden –

eine Spende des ersten Zauberers von Korlandia, Frokon Eisenheim, dessen Name der Stadt zu eigen geworden war –, um den sich Menschen versammelt hatten, um sich abzukühlen, denn die Steine, mit denen die Wege gepflastert waren, glühten im Sonnenlicht.

Alles um Maeine wirkte so lebendig, beinah geerdet, als würde diese Szene seit Jahrhunderten genauso bestehen: die Warenausgabe, das Rufen, die Bewegungen, die Farben, die Hitze, die Drachen. Es fühlte sich an, als wäre die Zeit stehen geblieben.

»Wir sind gleich da«, stellte Ariara fest, als sie um eine Ecke bogen. »Geht es bei dir?«

»Ja.« Maeine wischte sich über die schweißnasse Stirn und atmete schwer. »Aber es ist doch anstrengender, als ich erwartet habe.«

Serawyn lächelte zufrieden. »Keine Sorgen, ich höre sie schon. Wir haben es gleich geschafft.«

Sie hatte recht. Auch Maeine hörte das Grölen der Menge. Noch nicht laut, aber doch unüberhörbar. Es lag in der Luft wie ein dumpfes Brausen. Nichtsdestotrotz war es für sie genauso wie für die übrigen Bewohner der Großstadt etwas so Alltägliches wie eine Gruppe Gaukler, die nicht selten hier gastierten. Maeine trat an den Rand des Platzes vor dem Gildehaus der Magier, dann sah sie ihr gemeinsames Ziel: das Schauspiel, das die Menge anzog wie Licht die Motten.

In der Mitte der gepflasterten Fläche stand ein einzelner, hochgewachsener Mann mit langem Bart, gehüllt in eine weinrote Robe. Er trug eine Maske aus dunklem Stahl, nur die gelb leuchtenden Augen waren zu sehen. In der Rechten hielt er einen schlichten, mannshohen Stab, an dessen Spitze ein Kristal in nyssarischem Rot leuchtete. Maeine kannte ihn, jeder in Eisenheim, vielleicht sogar in ganz Korlandia, wusste, wer er war: der Vorsitzende der Magiergilde.

»Er trägt es«, flüsterte Ariara neben ihr, wahrscheinlich mehr zu sich selbst.

Aber trotzdem kniff Maeine schon aus Reflex die Augen zusammen. Sie hatte recht. Um den Hals des älteren Mannes hing an einer goldenen Kette ein schwerer Stein in tiefem Rot: das Amulett von Frokon Eisenheim.

In den Chroniken hieß es, er hätte den ersten Drachensturm – den Kampf zwischen Kaerthas und Nyssari, der mehrere Tausende Jahre angedauert hatte – überlebt und der Mutter Korlandias direkt in die Augen geblickt. Sekundenlang. Ohne wegzuschauen. Als Zeichen ihrer Gunst hatte sie ihm eine einzelne Schuppe überlassen. Frokon brannte sie mit einem uralten Zauber, der zweihunderttausend Lebensjahre kostete, zu dem Stein dieses Amuletts, damit er fortan das Symbol der Gemeinschaft Korlandias sein würde. In den Gassen raunten einige Menschen, er würde glühen, wenn sein Träger im Sinne Nyssaris sprechen würde. Manche waren sich sicher, es wäre möglich, durch ihn Gedanken zu lesen, andere, er erkenne Schuld und Wahrheit. Und wenige behaupteten sogar, zu wissen, dass, wer den Stein zu lange trüge, beginnen würde, von Dingen zu träumen, die geschehen würden oder besser nicht geschehen sollten.

Maeine war sich schon seit jeher unsicher, was davon wahr sein könnte. Vielleicht gehörte alles ins Reich der Märchen und Fabeln, aber irgendetwas musste es mit dem Amulett auf sich haben. Wieso sonst durfte es nur vom Vorsitzenden der Magiergilde getragen werden? Sie schüttelte den Kopf und zwang ihren Blick, der wie ihre Gedanken abgeschweift war, zurück zu dem alten Mann.

Hinter ihm standen Dutzende Novizen. Die schweigsamen Gestalten, deren Roben in einem helleren Rot gehalten waren als die des Meisters und um deren Hüften ein weißes Seil als Gürtel geschlungen war, waren junge Männer und Frauen, wahrscheinlich nicht einmal so alt wie Taviel. Eine von ihnen, ein Mädchen mit streng geflochtenem Haar, fiel Maeine besonders auf, war ihr Blick doch entschlossener, als sie ihn von anderen Novizen an ihrer Stelle kannte. Wenn die Disziplin der Fünf Schwestern Unbarmherzigkeit verlangt hätte, diese eine wäre bereit gewesen. Für jede Grausamkeit. Für alles.

Über den Mitgliedern der Magiergilde thronte ein Drache. Die Schuppen reflektierten das Sonnenlicht in einem tiefen Rot. Seine – vielleicht aber auch ihre, denn es war für Maeine nicht erkennbar, ob es sich um ein Männchen oder ein Weibchen handelte – Flügel waren eng an den Körper gelegt, das Maul leicht, aber weit genug geöffnet, dass die Zähne aufblitzten. Ein Furcht einflößender Anblick. Und dennoch waren es Drachen wie dieser, die Korlandia gegen seine Feinde verteidigten und die Gemeinschaft stets in Nyssaris Sinne einten. Maeine bewunderte jeden Einzelnen von ihnen.

Drache, Novizen und Vorsitzender der Magiergilde waren durch einen dunklen Streifen Kohle, der über den Platz gezogen worden war, von der Menge getrennt. Neunzig Schritte maß seine Spur. Wie jedes Mal.

An ihrem Kopfende stand eine große, hölzerne Trommel. Keine, auf der man hätte ein Lied anstimmen können, sondern eine, auf die eine Kette oder ein Seil gewickelt werden konnte, wenn sie in Bewegung gesetzt wurde. Maeine wäre wohl zu schwach dafür gewesen, Leycon hätte sie wahrscheinlich alleine antreiben können.

»Seht ihr Falin?«, erkundigte Ariara sich, während sie sich auf die Zehenspitzen stellte, um einen besseren Überblick über die immer weiter anwachsende Menschentraube zu erhalten.

Maeine schüttelte den Kopf. Er war nicht zu sehen.

»Da ist er!«, rief Serawyn und deutete in die erste Reihe. »Er hat uns die besten Plätze gesichert.«

Hinter dem jungen Mann ragte der Karren auf, beladen mit dem Abfall, den die Frauen auf diesem Spektakel loszuwerden gedachten. Den sie extra für solche Momente gesammelt hatten.

Sie hatten ihn kaum erreicht – Maeine hatte den Mund noch nicht geöffnet, um Falin zu begrüßen oder sich zu bedanken –, da hallte bereits die Stimme des Magiers über den Platz, laut und durchdringend wie ein Donnerstoß.

»Heute gerichtet wird das Schicksal von Nyssaris Bürgerin Lenja. Sie wurde vor vier Tagen auserwählt, ihre Lebenszeit für die Gemeinschaft zu spenden. Siebzig Jahre hätten es sein sollen.«

Ariara nahm eine faulige Tomate in die Hand und spielte damit, während Serawyn kopfschüttelnd sagte: »Wie kann man derart egoistisch sein wie diese Frau?«

Maeine zuckte mit den Schultern. Immer wieder stellten Bürgerinnen oder Bürger von Korlandia ihr eigenes Leben über das aller anderen. Sie hatte dafür genauso wenig Verständnis wie ihre Freundinnen.

»Doch die Bürgerin Lenja weigerte sich, nach ihrem Vermögen zu geben. Damit hat sie Schande über sich und ihre Familie im Angesicht von Nyssari gebracht.«

Während die Menschen grölten, reichte Falin Maeine eine hölzerne Schale mit duftenden Datteln, übergossen mit einer scharfen Soße. Wortlos zeigte er auf ihren Bauch, denn es schickte sich nicht, zu reden, solange der Vorsitzende der Magiergilde sprach. Sie bedankte sich mit einem Lächeln.

»Die Begründerin des Reichs hat entschieden, was mit denen passiert, die die Gemeinschaft verraten. Sie sind wie ein Geschwür, das es herauszubrennen gilt. Und es ist bei

Menschen wie bei den Sonnenblumen vor den Toren dieser Stadt: Wenn das Ungeziefer um sich greift, dann reicht es nicht, nur ein Gewächs zu reinigen, sondern auch die, die ihm nahestehen.«

Die Menge jubelte. Serawyn grölte so laut, dass Maeine vor Schreck beinahe eine der Datteln verschluckte.

Der Magier hob die Hände, bis die Menschen verstummten, um dann fortzufahren: »Aus diesem Grund hat der Rat der Magiergilde mit der Zustimmung unserer Gemeinschaftslenkerinnen, der Fünf Schwestern von Korlandia, wie folgt entschieden: Die fünfundzwanzig Sommer alte Lenja wird zum Marsch durch die Gemeinschaft verurteilt.«

Wieder jauchzten die Menschen um Maeine herum, während sie sich eine weitere Dattel in den Mund schob. Sie war froh, dass Falin an ihre seltsamen Gelüste gedacht hatte, die sie schon die ganze Schwangerschaft hindurch verfolgten. Noch nie zuvor hatte sie jemanden kennengelernt, der ihr neues Lieblingsgericht aß.

»Und mit Lenja«, fuhr der Vorsitzende fort, als wieder Ruhe auf dem Platz eingekehrt war, »wurden zum Marsch durch die Gemeinschaft verurteilt: ihre siebenundsiebzigjährige Großmutter, ihre fünfundvierzigjährige Mutter, ihr zweiundfünfzigjähriger Vater, ihr neunzehnjähriger sowie ihr achtundfünfzigjähriger Bruder, der sich im Gegensatz zu ihr schon einmal in den Dienst der Gemeinschaft gestellt hat.«

Die Menge vermochte sich nicht mehr zu bändigen. Eine erste, faule Tomate flog haarscharf an Maeines Datteln vorbei.

»Hallo?«, rief Serawyn kopfschüttelnd dem werfenden Kind zu. »Es geht noch nicht los! Auch du musst dich an die Regeln halten!«

Der kleine Junge hob entschuldigend die Hand.

Unterdessen nickte der Vorsitzenden den Novizen zu. Sechs von ihnen – einer je Verurteiltem – drehten sich um. Ihre Roben spannten sich bei jeder Bewegung, als bedeckten sie keine Haut, sondern Stein. Sie verschwanden für einen Augenblick.

Schreie waren zu hören. Dann wurden Lenja und ihre Familie vorgeführt und nebeneinander aufgestellt, ein jeder mit seinem eigenen Begleiter.

Der Novize der jungen Frau, die ihre Angehörigen in diese Lage gebracht hatte, zog mit einem festen Ruck an ihrem Kleid. Der Stoff riss und entblößte die Stellen für die gleichermaßen angewiderten wie interessierten Blicke der Gemeinschaft – Stellen, die bei allen Rechtschaffenen in der Öffentlichkeit verdeckt blieben.

»Was die Ewige Flamme mir zu viel gab, hat sie wohl bei der da vergessen«, schrie Serawyn Lenja entgegen. Wo sie recht hatte …

Gelächter. Laut. Schallend.

Maeine aß eine weitere Dattel. Wieder trat das Kind in ihrem Bauch.

»Deine würde ich aber gern mal anfassen«, rief eine Frau, die einige Reihen hinter ihnen stand, Serawyn zu.

Maeine nahm nur aus den Augenwinkeln wahr, was sich zwischen ihrer Freundin und der Fremden anbahnte. Ein verschmitztes Lächeln huschte über das Gesicht der einen. Eine Einladung. Und das Zwinkern der anderen bestätigte, dass sie nicht nur verstanden hatte, sondern auch anzunehmen gedachte. Eins war sicher: Sie würden sich wiedersehen.

Während die beiden Frauen weiter mit ihren Gesichtszügen balzten, entriss ein Novize der Großmutter die Schärpe. Die Alte stemmte sich mit ihren dünnen Armen dagegen. Der Anblick hatte etwas beinah Tierisches, wenn er nicht so lächerlich gewesen wäre. Wie ein Lämmchen, das sich gegen das Schlachten wehrte. Nur eben eines, das schon davor halb tot war. Ein zweckloses Unterfangen, außer für die Unterhaltung der Massen, die immer wieder laut grölten. Irgendwann hatte der Novize genug und schlug der Großmutter mit der flachen Hand ins Gesicht.

»Dumme alte Schnepfe!«, flüsterte Ariara. »Hätte sie ihre Enkelin besser erzogen, wäre sie nicht hier.«

Maeine seufzte leise mit einem Blick auf ihren Bauch. »Ich hoffe, dass mein Kind es lernen wird.«

»Natürlich, es hat ja eine kluge Mutter«, entgegnete sie lächelnd.

Unterdessen rissen die Novizen den übrigen Familienmitgliedern die Kleider vom Leib. Mit derselben Begeisterung, mit der Metzger ihr Vieh häuteten, streiften sie Hemden, Tücher, Hosen und Untergewänder ab, bis auch der letzte nackte Körper dem Licht preisgegeben wurde wie die Seide oder die Datteln an den Ausgabeständen.

Lenja schrie auf, als ihr Novize ihr ein schweres Halsband aus schwarzem Eisen umlegte. Maeine empfand es nicht als den lautesten Schrei, den sie in diesem Moment jemals gehört hatte, eher als erschrockenes, ersticktes Keuchen, das sofort von lautstarkem Jubel übertönt wurde. Irgendwo hinter ihr hörte sie das Lachen eines Kindes. Die Schale mit den Datteln war beinahe leer.

Auch an die übrigen Familienmitglieder wurden Eisenhalsbänder verteilt. Ariara schien die Ohren zu spitzen, genau zu lauschen, um nicht das Klicken der Halsbänder zu überhören, das ein jedes Mal erklang, als schlösse sich nicht nur ein Riegel, sondern ein Schicksal.

Als schließlich die Ketten eingehängt wurden, gruben sich die rauen Kanten des rostigen Eisens in die Haut der Verurteilten, bis sie bluteten. Ein einziger, langer Strang, der Lenja und ihre Familie miteinander zu ihrem letzten gemeinsamen Marsch verband. So standen sie da, entblößt vor der Gemeinschaft, die einer von ihnen zu betrügen gedacht hatte, Glied an Glied, Schuld an Schuld, bereit, zumindest diesen Weg für alle anderen zu gehen.

Die Novizen prüften die Spannung, zogen an der Kette wie an einem Pfluggeschirr. Die Großmutter wankte schon jetzt, fiel beinah zu Boden, noch bevor es losging. Niemand half ihr.

»Entzündet das Feuer!«, rief der Magier, während Maeine auf der letzten Dattel herumkaute. Sie hatte immer noch Hunger. Fragend blickte sie zu Falin. Sein Schulterzucken war nicht die Antwort, die sie sich erhofft hatte. Sie gab ihm die Schale zurück, denn gleich würde sie ihre Hände brauchen.

Der Drache sog die Luft tief in seine gewaltige Brust, seine Flanken dehnten sich wie Blasebälge. Dann entlud er sich in einem grollenden Fauchen, gefolgt von einem brennenden Strom. Der Feuerstoß brach aus seinem Rachen, lodernd wie flüssige Sonne, und ergoss sich über den Platz. Die Kohle fing augenblicklich Feuer. Eine Flammenlinie zischte auf, raste wie ein lebendiger Blitz den Boden entlang und ließ hinter sich nur flirrende Glut und Rauch zurück.

»Beginnt den Marsch der Gemeinschaft«, befahl der Vorsitzende der Magiergilde.

Auf dieses Kommando hin begannen die Novizen, die Trommel am Kopfende der Glutbahn zu drehen. Langsam rollte sich die Kette auf und zwang die Verurteilten, ihrem Weg zu folgen und über die glühende Kohle zu gehen. Der jüngere Bruder versuchte, sich dagegen zu wehren, doch die Kette zog unaufhaltsam an seinem Hals. Er verlor den Halt, stürzte kopfüber auf die Kohle und schrie. Maeine warf eine Tomate auf ihn, die Falin ihr aus dem Karren gereicht hatte. Das Geschoss traf den Mann genau auf den Mund und verhinderte, dass er die Gemeinschaft weiter mit seinen Wehklagen belästigte. Während ihre Freundinnen ihr stolz auf die Schulter klopften, entzündeten sich erst die Haare des Jungen und dann der restliche Körper.

Nacheinander ging ein Familienmitglied nach dem anderen zu Boden. Am weitesten schaffte es Lenja selbst. Ganze zweiundzwanzig Schritte zog sie die brennenden und qualmenden Leiber ihrer Familie über die glühende Kohle, bevor Ariaras Wurf mit einem faulen Ei – ein Treffer genau auf die Schläfe – sie niederstreckte. Die junge Frau hatte ein gutes Stück des Wegs geschafft, den sie hätte bewältigen müssen. Sie wäre die Erste gewesen, die ihn ganz zurücklegte. Zumindest solange Maeine sich erinnern konnte.

»Sie sind aus der Gemeinschaft ausgetreten, die Gemeinschaft hat sie wieder zurückgeholt«, stellte der Magier mit erhobenen Armen fest.

»Zeit, nach Hause zu gehen und etwas zu essen«, sagte Maeine lächelnd.

Ariara nickte. »Ich habe auch fürchterlichen Hunger.«

IX. Albenrion

Albenrion sah nur weiße Helligkeit, als er die Augen aufschlug. Die Welt wirkte grell und schmerzhaft wie ein Schrei aus Licht. Er blinzelte mehrfach, bis sich die Konturen der Realität schärften. Balken. Wand. Bett. Der vertraute Geruch von Holz, Schweiß und dörflicher Luft. Das Zimmer. Das Zimmer, das er schon sein ganzes Leben mit ihr geteilt hatte.

Nuvy.

Ihr Name durchzuckte seinen Geist wie ein Peitschenhieb. Kein Gedanke war schneller. Oder lauter. Wenn diese Welt ein verbrannter Garten war, dann war dieses Mädchen die letzte Blüte, die sich dem vollständigen Tod widersetzte. Eine rote Rose, geboren in Dornen und Dreck, und sie blühte nur für ihn.

Albenrions Herz raste. Der Schmerz in seinem Hinterkopf pochte dumpf, aber er zwang sich, ihn zu verdrängen. Seine Finger krallten sich ins Laken. Das Blut schoss durch seine Adern, so heiß, als wäre es geschmolzenes Eisen. Wo wurde sie hingebracht? Was würde man ihr antun? Seiner Blume. Seiner Zukunft.

Er richtete sich auf, so abrupt, dass er von einem Schwindel heimgesucht wurde. Sein Blick trübte sich. Er presste die Luft zwischen den Lippen hervor, das Bettgestell knarzte protestierend unter seinem Gewicht. Ohne Nuvy einen weiteren Gedanken zu schenken, stieß er die Tür auf – sie schlug laut krachend gegen die Wand – und stürmte die knarrenden

Stufen hinab, zwei auf einmal, barfuß, mit diesem Gefühl im Bauch, eine Mischung aus Ohnmacht und Wut, aber ohne Zweifel im Herzen.

Mit jedem weiteren Schritt übernahmen Albenrions destruktive Emotionen immer mehr die Kontrolle, verdrängten seine empfundene Machtlosigkeit und stiegen höher in seine Brust, bis sie schließlich zu einem Sturm gewachsen waren, den er nicht länger kontrollieren konnte. Der Zorn war nicht nur das Feuer, das für Nuvy brannte. Es war ein Mahlstrom, der bereit war, alles mit sich zu reißen: Schuld, Angst, Verzweiflung. All das sammelte sich in einem Schmelztiegel und wurde zu reinem Willen: sie zurückzuholen, um jeden Preis.

Während er die letzten Stufen nahm, stieg ihr Gesicht in ihm auf, bleich vor Angst, die Augen aufgerissen, der Mund stumm, weil niemand sie zu hören vermochte. Dieser Anblick war keine Erinnerung. Er war eine Warnung. Und er brannte sich tiefer in sein Herz als jeder Schwur auf die Ewige Flamme.

Die Mutter saß noch immer auf der Bank am großen Tisch, ihr Oberkörper gedrungen, als schulterte sie die ganze Ordnung und den gesamten Wandel. Ihre Hände ruhten im Schoß, doch die Finger waren ineinander verkeilt, als würden sie ein Gebet festhalten, das nie erhört worden war. Der Suppenteller, aus dem die Frau der Familie van Meier gegessen hatte, war unberührt. Der Duft von Weizen und Schweinefleisch stieg daraus auf. Ein Mahl zu kräftig für den Morgen, zu bitter für das Leben.

Der Vater stand in der Tür, seine Hand am Pfosten. Mit der anderen hielt er den Kragen des alten Mantels geschlossen. Sein Blick war leer, aber in den Mundwinkeln erkannte sein Sohn einen Rest von Entschlossenheit, die wirkte, als hätte er etwas vollendet, das ihn selbst beinahe zerstörte.

Albenrions Kommen war genauso laut wie kompromisslos. Der Blick beider Elternteile traf ihn, allerdings nicht sein Gesicht. Sie glitten daran vorbei, als wäre er weniger ihr Sohn als vielmehr das Echo einer Entscheidung, die zu spät gekommen war. Er blieb stehen, drei Schritte vom Tisch, fünf von der Tür. Sein Atem ging schneller, aber er zwang sich zur Mäßigung. Erfolglos.

»Wo ist sie?«, schrie Albenrion.

Die Mutter räusperte sich. »Willst du etwas essen?« Sie schob eine Schale mit dampfender Suppe über den Tisch.

War das ihr Ernst? Wie konnte sie diese Frage stellen? Wieso interessierte sie sich nicht für ihre Tochter? In Albenrion explodierte es. Mit einem Schlag fegte er die Schüssel vom Tisch. Das Gefäß wurde hochgerissen, wirbelte durch die Luft wie ein glühender Komet, ehe es mit voller Wucht gegen den Kopf der Mutter krachte. Es war ein dumpfer Aufschlag. Ihm folgte das hässliche Klirren von zersplitterndem Ton. Die heiße Suppe ergoss sich über ihr Gesicht. Sie schrie gellend auf. Es war ein Geräusch, das mehr aus ihrem Innersten kam als aus dem Mund oder Rachen, und es klang für Albenrion so, als würde der Schmerz sich einen Ausweg bahnen.

Der Vater fuhr herum, in den Augen der Schock eines Mannes, der nicht wahrhaben wollte, was er sah. Vielleicht erkannte Albenrion Enttäuschung in seiner Miene. Er war sich nicht sicher.

Der Vater stürmte auf seinen Sohn zu, seine Schritte donnerten wie das Unwetter letzte Nacht. Unheimlich. Unausweichlich. Unversöhnlich.

»Was glaubst du eigentlich, wer du bist?« Er packte Albenrion am Kragen, schleuderte ihn gegen die Wand und presste ihn daran hoch, nur um ihm tief in die Augen zu schauen. »Es war der letzte Ausweg. Die Gläubiger schröpfen uns. Der Hunger richtet uns. Manchmal muss man opfern, was man liebt, um zu leben.«

In seinem Blick war kein Hass. Nicht einmal Wut. Es war das Zittern eines Mannes, der wusste, dass er eine Tochter verkauft hatte, dem aber nicht klar war, wie er mit dem zurückbleibenden Sohn weiterleben sollte. Oder konnte.

Albenrion wich dem väterlichen Blick nicht aus, sondern erwiderte ihn. Wie oft hatte er ihn schon gegen diese Wand gedrückt? Oft wegen Kleinigkeiten, weil er nicht zur rechten Zeit zu Hause gewesen war oder am Morgen verschlafen hatte. Manchmal weil er Obst vom Nachbarfeld gestohlen hatte. Der Ablauf war immer gleich. Erst drückte der Vater ihn an die Wand, dann legte er ihn übers Knie und versohlte ihm den Allerwertesten. Meistens mit der Hand, selten mit einer schmalen Latte. Wieder und wieder ließ Albenrion sich züchtigen, entschuldigte sich, zeigte Einsicht.

Dieses Mal würde er nicht klein beigeben, schwor er sich. Dieses Mal war es zu viel. Dieses Mal würde der Vater ihn nicht brechen. Nicht wenn es um seine Schwester ging. Seine Geliebte. Nuvy.

Albenrions Stimme war viel kälter, als das Feuer in seiner Brust vermuten ließ. »Wo wurde sie hingebracht?« Seine Gedanken überschlugen sich. »Was hast du deiner eigenen Tochter angetan?«

Der Vater hob die freie Hand, der Oberarm zitterte. »Was glaubst du eigentlich, wer du bist?«, fauchte er. »Ich … ich hab sie doch nicht in Stücke gerissen. Ich hab sie nur weggegeben. Nur weg …«

Albenrion erwartete den Schlag. Er hatte es übertrieben, so konnte er sich seinen Eltern gegenüber nicht verhalten. Das wusste er. Er musste mit den Konsequenzen leben.

Mit einem Mal glitt dem Vater jegliche Spannung aus dem Körper. Seine Augen wurden feucht. Wortlos ließ er von seinem Sohn ab. Es schien, als wäre in ihm etwas zerbrochen, als er sich zurück zur Haustür schleppte. Albenrion hatte seinen Vater noch nie so gesehen. Er war oft wütend, aber dieses Mal war es anders. Kein Zorn, nur endloser Schmerz.

Auf der Schwelle hielt er inne und drehte sich um. »Deine Mutter und ich, wir wollten ein besseres Leben. Nicht, um uns zu retten. Nur, damit du etwas hast, worin du nicht dermaßen untergehen musst, wie es unser Schicksal gewesen ist. Du hast mehr verdient!«

»Aber …« Nein. Albenrion erinnerte sich daran, was er sich vorgenommen hatte. Er würde den Rücken nicht länger vor dem Alten krumm machen. Nicht dieses Mal. Nicht einmal, obwohl er beinahe so etwas wie Mitleid für ihn empfand.

Gerade als der Vater sich umdrehte, holte er tief Luft und schrie aus voller Kehle: »Ich werde meiner Schwester folgen.«

Für einen Moment war es still. Niemand bewegte sich. Die Mutter schluckte.

»Red kein dummes Zeug, Sohn«, kläffte der Vater schließlich zurück, ohne sich wieder zurückzuwenden.

Albenrion zeigte erst auf ihn, danach auf die Mutter. »Eine Familie, die ihre Tochter verkauft, kann nicht länger die meine sein. Ich …«

Das Kopfschütteln des Vaters unterbrach die Stimme des Sohns. »Ich habe alles gesagt.« Er trat schlussendlich über die Schwelle nach draußen. »Ich muss unsere Schulden bezahlen. Wenn ich zurückkomme, bist du hier und bereit, mir auf dem Feld zur Hand zu gehen. Und wag es nicht und erlaube dir, dieses Haus oder uns, deine wahre Familie, zu verlassen, sonst …« Ohne den Satz zu vollenden, stapfte er davon.

Albenrion blickte zu seiner Mutter. Sie wandte sich wortlos von ihm ab und verschwand im angrenzenden elterlichen Schlafzimmer. Er hörte, wie der Riegel ins Schloss fiel, dann das Knarren des hölzernen Bettgestells und schließlich ein leises Schluchzen. Es war die Klage einer Mutter, die an einem Tag alles verloren hatte. Nicht wegen ihres Willens. Nicht wegen eines Unvermögens. Nicht wegen des Schicksals. Sondern weil diese Welt keine Rücksicht auf einzelne Menschen nahm.

Albenrion marschierte entschlossen auf die Tür zu. Packen brauchte er nicht, hatte er doch nichts von Wert, was er mitnehmen konnte. Armut hatte ihre Vorzüge: Man musste nicht so viel herumschleppen, wenn man die Eltern zurückließ. Er schmunzelte unfreiwillig über seinen eigenen Galgenhumor. Zumindest den ließ er nicht zurück.

Als er die Schwelle der geöffneten Haustür erreicht hatte, drehte er sich noch ein letztes Mal um. Es war Zeit, die Zwänge hinter sich zu lassen und dieser Welt ein Schnippchen zu schlagen. Und so trat er vor die Tür in eine Welt, die ihm nur Schlamm anbot, aber keine Rettung. Doch wer im Dreck geboren wurde, lernte schnell, dass man auch mit Matsch spielen konnte.

Albenrion liebte den Geruch von Esterlyn, der ihm in die Nase stieg. Es war dieser unverfälschte Atem eines echten thalmarkischen Dorfs. Er war sich sicher, dass die Mischung aus feuchtem Stroh, tierischer Wärme und dem würzigen Hauch von Mist ein Wohlgeruch für alle sein musste, die wussten, was im Leben wirklich zählte.

Vor ihm spannte sich das Dorf auf wie eine alte Landkarte. Die Häuser waren so schief wie stabil, die Wege matschig und vertraut. Der Brunnen in der Mitte, der schon länger dort stand, als Albenrion auf dieser Welt weilte, mit dem kleinen Dach aus moosbewachsenen Schindeln. Daneben ein Stein, der Altar der Ewigen Flamme, schwarzgebrannt vom Ruß. Und gleich dahinter das Gemeinschaftshaus, der Marktplatz, die Baracke des Kaerthas, wo der Steuerzähler hauste wie ein Spuk, den keiner rief, aber jeder fürchtete.

Nicht einmal Albenrion konnte Esterlyn als Idyll bezeichnen, und doch war das kleine Dorf seine Heimat. Die Menschen hier sprachen nicht viel, vor allem nicht mit Fremden, aber sie schufteten, beteten, fluchten und starben. In dieser Reihenfolge. Wer alt wurde, war zäh, unsichtbar oder hatte Lebenszeit verkauft. Die meisten taten es unfreiwillig, manche hingegen freiwillig. Besser alt und reich als jung und arm.

So hatte es Rikar gemacht. Der Greis, der einst mit Albenrion als kleines Kind über die Felder gerannt war, saß nun vor einem Holzverschlag wie ein lebendig gewordener Schatten seiner selbst. Sein Gesicht war von tiefen Falten durchzogen, seine Bewegungen träge, als hätten hundert Winter in seine Knochen Einzug gehalten. Dabei war er gerade erst volljährig. Siebzig Jahre hatte er verkauft.

Neben ihm hatte sich seine Mutter niedergelassen, eine Frau mit blonden Haaren, etwas älter als dreißig. Ihre Söhne hatten ihr mit ihrer Lebenszeit fünfzehntausend Kaerther eingebracht, nachdem der Vater der Familie gestorben war. Genug, um die Beerdigung zu zahlen, die Schulden abzutragen und der Frau ein Leben in Würde zu ermöglichen.

Albenrion marschierte weiter. Er traf auf die Müllerin Ostra mit ihren drei Töchtern, alle gleich blass, gleich dünn und gleich stumm. Nicht nur alle jungen Männer aus Esterlyn, sondern aus jedem Dorf, das innerhalb eines Tages erreichbar war, hatten ihr bereits Brautgeschenke gemacht. Niemals für Liebe. Immer für Arbeit in der Mühle und die sicheren Kaerther, die damit für das restliche Leben einhergingen. Essen mussten auch die Ärmsten.

Ein Windhauch trug Stimmen heran, das Geschrei von Kindern. Hühner flatterten auf. Am Kornspeicher tadelte ein Glaubensbruder den Bauer Franz.

»Ordnung, vor Wandel, mein Sohn«, sagte er. »Verdienen vor Empfangen. Stärke vor Güte.« Die thalmarkische Triade nach Kaerthas' Lehre. In Stein gehauen. In Fleisch geritzt.

Am Rand des Weges stand der Wagen von Gerwan, dem Krämer, der seine Tochter nie ohne Schleier aus dem Haus ließ. Und weiter hinten das Wirtshaus Zum Schweigenden Hahn, wo Geschichten mehr galten als Gold, solange man sie mit Bier begoss. Das war sein Ziel. Heute vielleicht das letzte Mal. Sich verabschieden. Dann würde er aufbrechen. Seine Nuvy retten.

Nachdem Albenrion durch die Tür getreten war, ließ er den Blick durch die Taverne gleiten. Trotz des frühen Morgens blühte hier bereits die dörfliche Gemeinschaft in voller Pracht, in seinen Augen beinahe wie ein Strauß Rosen, den man der Geliebten schenkt. Für den Hauch eines Augenblicks ergriff ihn Wehmut. All das würde er zurücklassen.

»Hat der Alte dich rausgelassen?«, brüllte ihm Norin entgegen, einer seiner seit Kindestagen besten Kumpel, dessen Stimme schon mehr Alkohol als Luft enthielt. »Komm, ich geb dir einen aus.«

Albenrion zuckte mit den Schultern. Wieso auch nicht? Er hatte nichts zu verlieren.

Er setzte sich zu ihm. Die Kellnerin stellte ein frisches Bier vor ihn hin und sie stießen an, ein dumpfes Klirren auf Holzbankhöhe.

»Was ist los?«, fragte Norin. »Du guckst, als hätte dir jemand ins Getreide geschissen.«

Albenrion trank einen Schluck, ohne den Blick zu heben. »Sie haben Nuvy genommen.«

Norin erstarrte für einen Moment, schob dann den Krug beiseite. »Tut mir leid, Bruder. Aber … so ist es halt. Frauen werden abgegeben. Männer gehen fort. Alte sterben. Die Reihenfolge kennst du doch.«

Albenrion hob den Kopf. Er hatte wieder dieses Gefühl im Magen. »So ist es halt?«

»Ja.« Norin zuckte mit den Schultern. »Sie tut, was gut ist für die Familie. Für euch. Für dich. Hast du vergessen, wie das läuft? Oder glaubst du, du bist der Einzige, der verliert?« Er hielt kurz inne. »Hältst du dich etwa für etwas Besseres?«

»Sie ist meine Schwester, verdammt! Kein Vieh, das man irgendwo verkauft!«

»Doch, ist sie. Genau wie Cousine Hildegard. Und wie die Verwandte von Seffan. Wer nicht verhungern will, braucht Geld.« Er beugte sich vor. »Du warst immer ein Träumer. Einer mit großer Klappe. Jetzt hast du einen Preis bezahlt. Wie wir alle.«

»Ich zahle nicht«, schnaubte Albenrion. »Ich hole sie zurück.«

Norin lehnte sich nach hinten, das Lächeln auf seinen Lippen eine einzige Provokation. »Und dann? Bringst du sie heim? Damit dein Vater dich erschlägt? Oder dich jemand als Ketzer an der Lehre des Kaerthas aufknüpft? Du kannst nicht gegen die Ordnung kämpfen, Alben. Das ist größer als wir.« Er schüttelte den Kopf. »Sogar größer als deine Klappe.«

»Nur weil ihr euch in den Dreck legt, heißt das nicht, dass ich darin sterben will.«

Ein Moment der Stille. Die übrigen Männer an den Tischen begannen, leiser zu sprechen. Blicke wanderten umher. Einer lachte nervös, ein anderer rülpste zur Ablenkung.

Norin stand auf. »Dann viel Glück. Vielleicht findest du jemanden, der dich mitnimmt. Ich hoffe nur, du bringst unserem Dorf nicht noch mehr Schande, als du selbst schon bist.«

Albenrion erhob sich ebenfalls und trat einen Schritt auf seinen Kumpel zu. »Schande ist, wenn man zusieht. Wenn man lebt, obwohl das Herz längst gestorben ist.«

»Dann stirb halt, Held.«

Norin fixierte eine ganze Zeit den Bierkrug auf dem Tisch. Schließlich wandte er sich ab und verschwand in Richtung Tresen. Noch ehe Albenrion ihm nachsetzen konnte, spürte er den zarten Griff einer Frau um seinen Arm.

»Lass ihn gehen. Er wird dir nicht helfen.« Sie zeigte auf den Tisch im Schatten. »Aber vielleicht der Glaubensbruder dort drüben. Weitgereist, wie mir scheint.«

Albenrion legte die Stirn in Falten. Wie sollte ein Geistlicher ihm eine Hilfe sein, Nuvy zu finden?

Die Frau musste seine Unsicherheit erkannt haben, denn sie ergänzte: »Er redet nicht viel, aber auf mich wirkt er, als wäre er mehr das Schwert der Ewigen Flamme und weniger dessen Köhler.« Sie schaute Albenrion tief in die Augen. »Geh zu ihm.«

Er nickte. Einen Versuch war es wert. Vielleicht konnte dieser Mann ihm wirklich helfen.

Als sie den Griff um seinen Arm lockerte, entgegnete er nachdenklich: »Danke dir.«

Mit diesen Worten setzte er sich in Bewegung, weg von seinen Freunden, hin zu dem Glaubensbruder in seiner weißen Robe am Tisch in den Schatten.

»Geh weiter, Junge«, knurrte der Mann, ohne aufzusehen.

Albenrion blieb stehen. »Herr, mein Name ist Albenrion. Ich hörte, Ihr seid ein Weitgereister.«

»Dann hast du zu viel gehört. Und zu wenig verstanden.« Die Stimme des Mannes war deutlich abweisend. »Ich habe gesagt, du sollst gehen. Oder muss ich dir ein Bild malen?«

»Ich bitte Euch. Ich brauche Hilfe.«

»Und ich sehe für dich aus wie ein Wohltäter? Wie ein Heiler für verbeulte Jungenherzen?« Jetzt hob er den Kopf.

Ein kantiges, wettergegerbtes Gesicht kam zum Vorschein. Die Augen grau wie Zinn und kalt wie gehärteter Stahl.

Albenrion hielt seinem Blick stand. »Nein. Ihr seht aus wie jemand, der die Welt gesehen hat. Der weiß, was sie kostet.«

Sie schwiegen für einen Augenblick.

»Du schmeichelst schlecht.« Der Glaubensbruder lehnte sich zurück. »Also gut. Was ist dein Anliegen, bevor ich vergesse, dass ich einen Eid abgelegt habe, dich nicht eigenhändig aus dem Fenster zu werfen?« Er schüttelte den Kopf. »Was bei einer Taverne im Erdgeschoss sowieso nicht nützen würde.«

»Meine Schwester wurde verkauft. Ich will sie zurückholen. Ich brauche jemanden, der sich auskennt.«

»Auskennt? Womit?«

»Mit … Wegen, Waffen und … vielleicht Menschen.«

»Und du denkst, das bin ich?«

»Ich hoffe es.« Albenrion zuckte mit den Schultern, dann drehte er sich leicht nach hinten Richtung Theke, wo sein Kumpel Norin stand. »Und um ehrlich zu sein, die Unterstützer meiner Mission stehen nicht unbedingt Schlange. Was habe ich also zu verlieren?«

Der Glaubensbruder schnaubte. »Glaubst du, ich ziehe mit jedem Dorfjungen los, der meint, die Welt schulde ihm Gerechtigkeit? Du willst kämpfen, Albenrion? Gegen wen denn?«

»Gegen alles, was mir jemals etwas genommen hat.«

»Mutig«, sagte der Mann trocken, »aber dumm. Und Dummheit endet meistens in Gruben, in denen weder Gebete noch Kaerther helfen. Nicht einmal in Thalmark.«

Albenrion schwieg, als ihm klar wurde, dass er auf diese Art und Weise nicht weiterkam. Die Frau hatte recht. Das war kein gewöhnlicher Glaubensbruder. Aber er brauchte

Hilfe, wenn er weiterkommen wollte. Also fragte er: »Was benötigt Ihr? Was könnte ich Euch bieten?«

»Gar nichts. Du bist arm, unerfahren und voller Zorn. Die Welt ist übersät von kleinen Jungen, wie du einer bist. Nur, die meisten nerven mich weniger, weil sie nicht so laut schreien.«

»Aber sie folgen auch nicht«, entgegnete Albenrion. »Ich schon.«

Der Glaubensbruder verzog leicht die Lippen. Es hätte fast ein Lächeln werden können, selbst wenn es ohne Wärme gewesen wäre. »Ein braves Hündchen also, das seine Zähne zeigen will. Machst du auch Männchen?« Er betrachtete ihn schief. »Beweis es mir.«

»Wie meinen?«

»Mach Männchen wie ein braves Hündchen.«

Albenrion schluckte. Ein Moment Stille, in dem sogar der Lärm der Taverne in den Hintergrund rückte. Er hatte keine Wahl, er brauchte einen Verbündeten. Also kniete er sich hin, genauso langsam wie bedächtig und wortlos.

Der Glaubensbruder beugte sich vor, schaute von oben herab, als prüfte er ein Stück Vieh auf dem Markt. »Zunge raus.«

Albenrion starrte ihn an. Die unverkennbare, brennende Hitze der Scham stieg in sein Gesicht.

»Du hast gehört, was ich gesagt habe. Zunge raus!«

Zögerlich öffnete Albenrion den Mund und streckte die Zunge hervor. Sein Blick blieb auf den Holzfußboden geheftet.

Der Mann nickte langsam. »So ist brav.« Dann tätschelte er ihm die Stirn, weder sanft noch spöttisch, sondern vielmehr wie wenn man einem Tier sagt, dass es das Richtige getan hat. »Vielleicht bist du zu was zu gebrauchen. Wenig Stolz, viel Wut. Gute Mischung.«

Albenrion erhob sich wieder, langsam und mit zitternden Händen. Sein Gesicht war heiß vor Scham, doch er sagte nichts. Er wusste, dass dies der Preis war – der erste, sicher nicht der letzte.

»Merk dir das gut, Junge: Wer retten will, muss zuerst verlieren. Alles. Auch sich selbst.« Der Bruder nahm einen weiteren Schluck aus seinem Becher, dann stellte er ihn ab. »Du willst mitkommen. Gut. Aber ich bin kein Retter. Ich bin kein Freund. Und ich bin ganz sicher kein Lehrer. Ich nehme dich mit, weil ich einen Packesel brauchen kann. Einen, der läuft, wenn ich gehe, und schweigt, wenn ich rede.« Er lachte. »Und einen, der Männchen macht, wenn ich es sage.«

»Und wenn ich nicht schweige?«

»Dann bring ich dir bei, wie die Ewige Flamme mit Widerspenstigen umgeht.« Ein kurzer Blick. »Mit Feuer.«

Albenrion nickte. »Einverstanden.«

»Dann hol deine Sachen.«

»Hab keine.«

»Das wird ja immer besser. Weniger Ballast.« Der Mann zeigte Richtung Tür, durch die genau in diesem Augenblick ein Greis mit langem Bart trat. »Draußen findest du einen weißen Wallach. Warte dort. Ich habe noch etwas zu erledigen. Danach brechen wir auf.«

Albenrion atmete tief durch. »Eine Frage, mein Herr, bevor ich gehe: Wie darf ich Euch nennen?«

»Bruder Sylen.«

Er nickte mit einer Mischung aus Zufriedenheit, Scham und Ohnmacht, bevor er der Aufforderung folgte und die Taverne verließ. Der Glaubensbruder war sein erster Verbündeter auf dem Weg, Nuvy zu retten.

Als er über die Schwelle nach draußen trat, warteten wieder der Morgen, der Schlamm und der angenehme Duft der Heimat auf ihn. Und Albenrion war bereit, zu brennen. Für die letzte Blume in diesem verbrannten Garten.

X. RHEA

Haben wir jetzt alle?, fragte Firor, als Rhea auf seinen Rücken kletterte.

»Das war der dritte Karren.« Sie nickte. »Insgesamt fast zweitausend Lebensjahre. Und eine kleine Lieferung erhalten wir noch frei Haus von diesem Bruder Sylen.«

Ein seltsamer Kauz, wenn du mich fragst.

»Es war ein gutes Geschäft. Der Rest ist egal. Du weißt doch, wie Vater immer sagt.«

Natürlich. Geschenkte Lebenszeit zählt man nicht nach. Wie könnte ich das vergessen. Er wiederholt es beinah täglich.

»Siehst du.«

Mit einem kräftigen Sprung stieß sich Firor vom Boden ab und stieg in die Lüfte. Zwei Flügelschläge später war die Welt unter ihnen nur noch ein weit entfernter Ort. Rhea schaute auf die kleinen Häuser des Dorfes, das sie gerade verlassen hatten. Nach Korel und Esterlyn ihr dritter Halt. Dieses Fleckchen trug den Namen Aven. Immer ein ertragreicher Platz, wenn es darum ging, Jahre zu sammeln. So wie die meisten dieser unbedeutenden Ortschaften an der Grenze zwischen Thalmark und Korlandia, irgendwo am Rande der Besitztümer ihrer Familie.

All diese Dörfer, egal ob sie Korel, Esterlyn oder Aven hießen, vereinte ihre Lage: abseits der Handelsstraßen, die die großen Städte der Ländereien der van Meiers, wie das am Fuße der Burg Meierstein gelegene Altholm, mit der

Königsstadt Goldburg weiter nördlich verbanden. Die Örtchen waren eingekeilt zwischen den reißenden Fluten des Rauen Meers im Süden, dem uralten Waldland im Westen, das seit Jahrhunderten niemand betreten hatte, den kargen Savannen im Norden, die hinterm Horizont zu einer Wüste mit unsäglicher Hitze versandeten, und der Grenze zu Korlandia im Osten. Sie lagen zu entfernt für den Ehrgeiz der reichen Höfe und waren zu klein, als dass sie die Neugier der Chronisten wecken würden. Aber gerade darin, und das wusste Rhea genauso gut wie jedes andere Mitglied ihrer Familie, lag der Wert dieser Dörfer. Und ihrer Bewohner.

Es war die Armut, die die Menschen motivierte, mehr zu geben. Mit Recht. Sie bekamen eine üppige Gegenleistung. Was war schon ein bisschen Zeit des einen für Kaerther, die einem anderen ein angenehmes Leben bescherten? Töchter, Söhne, Enkelkinder. Eine jede gesunde Familie konnte sich vermehren. Lebenszeit zu verkaufen, half der gesamten Sippschaft.

Noch mal zurück zu diesem Bruder Sylen, riss Firor Rhea aus ihren Gedanken. *Das Pferd, das er ritt, sah lecker aus. Vielleicht …*

Sie seufzte leise. »Nein, Firor, wir werden es nicht kaufen, damit du es essen kannst. Du hast mehr als genug Futter in deiner Halle auf Meierstein.«

Er schnaubte. Dieser Drache war unmöglich. Und dabei hatte sie sich als Kind alles so anders vorgestellt. Damals, kaum zwölf Winter alt, hatte sie nächtelang wach gelegen und sich ausgemalt, wie es sein würde: das uralte Ritual der Bindung, das auf Kaerthas selbst zurückging, in den ehrwürdigen Höhlen von Godurun. In ihren Träumen hatte sie stets einen jungen Drachen gesehen, klug, stolz und mit einem großen Herzen. Vor allem für sie. Ein Reittier aus den alten Liedern, von denen die Hofmusikanten immerzu sangen, ein Gefährte wie der, der Behar gewählt hatte.

Rhea erinnerte sich an jenen Tag, an die Realität, die sie dort eingeholt hatte. Der Flug mit ihrem Vater auf dessen Drachen. Die Erkenntnis, dass sie alt genug war. Der Moment, in dem sie nicht länger nur Tochter, sondern Anwärterin wurde auf dem Weg, den Behar ihr bereitet hatte. Damals hatte es sich wie eine Befreiung aus dem kindlichen Käfig angefühlt, als sich der Berg von Godurun wie ein graues Messer vor ihr in den Himmel erstreckt hatte. Die Flanken des Massivs waren von Winden gepeitscht, die Pfade zum Aufstieg verloren sich in Nebel und Geröll. Niemand kam jemals dorthin, war er nicht vom thalmarkischen König selbst zum Kommen aufgefordert. Und ein jeder, der dort hingekommen war, kehrte mit einem Drachen nach Hause zurück.

Ihr Vater – er vergaß niemals, es Rhea gegenüber zu erwähnen – hatte für ihre königliche Einladung einhundertacht Millionen Kaerther gezahlt, der Wert von knapp zwölftausend Menschen. Ein jeder einzelne musste dann sechzig Jahre gegeben haben. Ein angemessener Preis. Und die übliche Spende, die es zu entrichten galt, wenn man einen Drachen für ein Familienmitglied wollte.

Wochen zuvor – nicht, dass ihr Vater ihr etwas gesagt hätte – waren eintausend Kutschen, jede gezogen von vier schwarzen Pferden, aufgebrochen, um die Kaerther nach Goldburg zu transportieren. Ihre Reise dauerte fast einen gesamten Mondzyklus, bis sie den königlichen Palast erreichten. Rhea fragte ihren Großvater, was das für ein Transport sei. Er nannte es nur Kaertherverschwendung. Dieser alte Narr.

Die Zeremonie selbst war von keinen großen Reden getragen. Niemand spielte Musik. Auch Tänze wurden nicht aufgeführt. Alle Kandidaten gingen einzeln nacheinander in die Höhle, in der die Drachen auf sie warteten. Rhea war die Dritte. Ihr Herz hämmerte, als sie durch den niedrigen Gang trat, in die Kammer voller uraltem Atem. Ein fürchterlicher

Gestank. Die Luft war dick von Schwefel, Staub und Erwartung. Damals spürte sie es zum ersten Mal: dieses Kribbeln in ihrem Unterleib, das ihr die Begegnung mit dieser übermenschlichen Macht bescherte. Das Gefühl war so intensiv, dass sie am liebsten laut aufgeschrien hätte. Heute würde sie sich das Kleid vom Körper reißen und sich ihrer Lust hingeben.

Aber damals hatte Rhea sich verbeugt, wie sie es etliche Male gepredigt bekommen hatte. Dann hatte sie still gewartet, ohne dass die Hitze zwischen ihren Oberschenkeln verschwinden wollte. Minuten vergingen. Vielleicht Stunden. Schließlich ein Knurren, dem zuerst ein Grollen und schlussendlich ein Schaben von Krallen folgte, die über den kalten Stein rieben.

Aus dem Schatten trat Firor, ein gewaltiger Drache, dessen Schuppen im matten Höhlenlicht leuchteten, als wären sie aus purem Gold. Der Anblick dieses Wesens ließ Rhea staunen. Es war schöner, als sie sich es jemals ausgemalt hatte.

Dann wurde sie von seinem Blick getroffen, in dem weniger Neugier lag als vielmehr träge Missbilligung, wie bei einem alten Mann, der beim entspannten Dösen nach einem Festmahl gestört wurde. Glanz ging von ihm aus, doch endete er offensichtlich an den Schuppen.

Was folgte? Die Zeremonie, auch wenn Rhea sich seit dem Zeitpunkt weigerte, das, was sich ereignet hatte, so zu nennen. Ein Ruck des Drachenkopfes, ein ungeduldiger Laut. Das war alles. In dem Moment war die Bindung vollzogen. Seitdem hörte sie die Stimme dieses sturen, rechthaberischen Biests in ihrem Kopf. Rhea – das wurde ihr schnell klar – war nicht auserwählt worden, wie es die Lieder besangen. Sie wurde gebilligt. Ertragen. Bis heute war ihr unklar, wieso Firor sich für sie entschieden hatte.

Du warst eben die, deren Anwesenheit mich am wenigsten gestört hat, antwortete er im Hier und Jetzt auf die Frage von damals.

Was sollte Rhea darauf antworten? Sie wusste es nicht. Die Komplimente dieses Charmeurs hätten jeder Frau die Worte geraubt.

Und so setzten Drache und Reiterin den Flug über die Ländereien der Familie van Meier wortlos fort, ließen langsam die am Rande gelegenen Dörfer hinter sich und drangen immer weiter in das Kernland vor. Gerade als sie über eine Taverne dahinflogen, die auf der Lichtung eines beschaulichen Waldstücks gebaut worden war, zog ein Schwarm Vögel an ihnen vorbei. Es waren Hunderte kleine Körper, die in enger Formation flogen und fast wie eine einzige, atmende Masse wirkten. Ihre Flügel zuckten im Takt, schlugen eine gemeinsame Melodie, die nur wenige Thalmarkier verstanden. Rhea gehörte zu ihnen. Sie begriff jedes Wort, das die Natur ihr zuflüsterte. Und doch war ihr egal, was sie ihr zu sagen hatte, wenn es nicht um korlandianische Truppenbewegungen ging. Oder um einen Plan, König Umbold von seinem Thron zu befördern.

Ein Schwärmchen Distelfinken – Vögel, die auf andere wirken mussten wie lebendig gewordene Pinselstriche aus Rot, Weiß und Gelb – kam in einem offensichtlich ziellosen Flug immer näher. Ihr helles Gezwitscher, viel zu fröhlich, viel zu beschwingt, wurde unerträglich laut, ihre lieblichen Rufe brannten sich in Rheas Ohren wie glühende Nadeln ins Trommelfell. Sie verengte die Augen. Ihre Lippen verzogen sich, aber nicht zu einem Lächeln. Sie wurden nur schmaler. Es war lediglich der Moment, der durch sie strömte.

Rhea hob die Hand, zwei Finger leicht geöffnet, der Daumen in der Mitte wie der Zünder eines thalmarkischen Einzelladers. Dann murmelte sie: »Thyras-solaris.«

Firors Körper vibrierte. Ein blitzheller Funke sprang aus ihrer Handfläche, kaum größer als ein Glühwürmchen und doch schnell und voller Hitze. Er schoss durch die Luft, traf die Mitte des Schwarms. Augenblicklich fiel die natürliche Ordnung entzwei.

Vier Vögel brachen aus der sich auflösenden Formation. Sie stürzten hinab wie Steine. Ihre Körper zuckten, flackerten kurz auf, krampften. Die Federn verbrannten noch im Fall, verkrümmten sich, lösten sich auf. Rhea atmete tief ein, inhalierte den Geruch des Todes. Die Flügel schmolzen zu schwarzem Brei. Knochen knackten. Dann zerplatzte der Erste. Ein anderer quietschte vor Schmerz. Ein Laut, als drückte man einem jungen Mann einen rostigen Nagel langsam durchs Auge. Firor zuckte unwillkürlich mit den Flügeln.

Und Rhea? In ihr spannte sich wieder etwas an, wie damals in den Höhlen von Godurun, wie gestern im Ratssaal. Tief in ihrem Bauch, heiß, pulsierend, nur um Augenblicke später nach unten zu ziehen, zwischen ihre Beine. Ihre Oberschenkel pressten sich zusammen, als sich das genauso vertraute wie immer wieder ersehnte Zittern in ihr aufbaute. Dieses gierige, feurige Brennen.

Sie hatte die Macht. Sie hatte das Recht. Sie konnte Leben nehmen, wann immer sie wollte. Ohne Sinn, ohne Rechtfertigung. Einfach weil sie es konnte.

Ein sanfter Laut verließ Rheas Lippen, irgendetwas zwischen Stöhnen und Seufzen. Ihr Blick verklärte sich für einen Herzschlag, so wie in den Momenten, in denen sie sich Behar vorstellte. Um sie. Über ihr. In ihr.

Das war Rhea van Meier. Ihr Wille. Ihre Magie. Ihre Macht. Und das war es, was die Feuchtigkeit zwischen ihren Beinen aufsteigen ließ, wie es nichts und niemand sonst vermochte. Sie leckte sich über die Lippen, nur um zu spüren, dass sie lebendig war.

Der Schwarm zerstreute sich derweil immer weiter, auch jetzt noch taumelnd, ohne wieder in den Takt zurückzufinden. Diese närrischen Vögel, die zu glauben schienen, dass die Welt erquicklich war, mussten heute gelernt haben: Das Leben kannte keine Pflicht, unversehrt zu bleiben. Nicht einmal das Recht dazu. Nicht dort, wo Rhea war. Nicht unter ihren Augen. Nicht zwischen ihren Beinen.

»Ich wollte nur sehen, ob ich noch treffe«, flüsterte sie, bevor Firor etwas einwenden konnte. Ihr stand der Sinn nicht nach seinen Belehrungen. Er schien das zu akzeptieren, blieb stumm, und so flogen sie weiter.

Sie passierten den Spiegelwald, einen dichten Forst, vornehmlich aus dicken Eichen, in dessen Herzen ein Arkanes Refugium lag. Ansonsten kannte Rhea nur Gruselgeschichten über den Wald. Zum Beispiel die vom alten Berkon, einem tapferen Edelmann aus Altholm. Er war mit seinem Sohn und einer kleinen Heerschar dort hineingegangen, um einen zu finden, der seine Schulden nicht gezahlt hatte. Einen halben Mondzyklus später kamen sie zurück. Aber nicht ein einziger Soldat. Nicht mal der alte Berkon. Nur sein Sohn, sabbernd, die Augen leer, als hätte ihm jemand die Seele ausgeweidet. Sein Körper atmete noch, doch dort, wo ein Mensch hätte sein sollen, blieb nur Schatten. Der junge Mann zuckte seitdem bei jedem Geräusch, murmelte Unverständliches, als würde er mit etwas reden, das niemand außer ihm sehen konnte. Was auch immer im Spiegelwald geschehen war, hatte ihn nicht getötet. Nur seinen Verstand gebrochen.

Die Einzigen, die scheinbar verschont blieben, waren die Glaubensgeschwister aus dem Arkanen Refugium. Rhea hatte einmal von ihrem Großvater wissen wollen, wieso dem so war. Er scherzte immerzu, dass bei diesen Frauen und Männern nichts mehr gefunden werden konnte, was hätte gebrochen werden können. Sie glaubte das nicht. Und doch war es der einzige Ort in ganz Thalmark, den sie fürchtete.

Als sie den Wald hinter sich gelassen hatten, grummelte Firor wieder. *Ich werde niemals verstehen, warum wir diese armen Menschen durchs Land kutschieren müssen.*

»Nein, komm, nicht!«

Es war zwecklos. Er ließ sich nicht bremsen. Wie Rhea es hasste, wenn seine Meinung aus ihm herausplätscherte, als wäre er ein Wasserfall an einem unendlich ergiebigen Fluss.

Immer wieder sage ich, wir könnten die Lebenszeit direkt an Ort und Stelle entziehen. Aber warum sollte man auf mich hören? Ich bin ja nur ein dummer, alter Drache und du erst meine achte Reiterin.

»Wie oft habe ich dir das schon erklärt?« Rhea rollte mit den Augen. »Wir kaufen doch kein Kälbchen und schlachten es dann beim Bauern im Vorgarten.«

Und was ist mit den Transportkosten? Hat jemand mal an die gedacht?

»Ich bitte dich. Kaerther sind wichtig, aber unser Ruf – und damit die Treue der einfachen Menschen – ist noch wichtiger. Wir machen keine Sauerei bei anderen Leuten.«

Sie erkannte an der kleinen Rauchwolke, die aus Firors Nüstern aufstieg, dass er geschnaubt haben musste.

Nein, lieber bei mir zu Hause. Da ist Rücksicht nicht so entscheidend. Mit dem ollen Drachen kann man es ja machen.

Rhea entschloss sich, nicht weiter auf sein Gemecker einzugehen. Vielleicht weil sie ihn verstand. Zumindest ein wenig. Und sein Argument war durchaus nicht von der Hand zu weisen. Die Soldaten, die Karren, die Pferde, die sie zogen. Drei Fuhren in einer Mondphase für jeden der sieben Drachenreiter in der Familie van Meier. Das kostet eine immense Anzahl an Kaerthern.

Siehst du, hallte Firors Stimme durch ihren Kopf, *ich habe recht.*

Rhea schwieg. Weniger aus Zustimmung als vielmehr deshalb, weil es klüger war, manchmal einfach still zu sein. Auch diese Notwendigkeit hatte ihr ihr Großvater beigebracht. Mit seinem dünnen Stock. Seitdem tat sie immer das, was richtig war. Zumindest, um ihr Ziel zu erreichen: die erste Königin auf dem Thron von Thalmark zu werden. Der Weg dahin war noch weit.

Ira, die treue Ziege, die sich Frau des dicken Umbolds nannte, hatte ihm einen Erben geschenkt. Das alte Bierfass würde bei dem Lebensstil, den es pflegte, nicht ewig durchhalten, aber lange genug, um den Thron seinem sicherlich keinen Kaerther besseren Sohn zu hinterlassen. Und wenn die Krone erst einmal auf dem Haupt des nächsten Mannes saß, war sie nur umso schwerer von dort wieder herunterzubringen, außer man entfernte auch gleich den Kopf vom Körper und machte sich zu einem Königsmörder. Kein guter Start in die eigene Herrschaft. Deshalb konnte Rhea nicht mehr warten. Sie musste handeln, bevor das Kind herangewachsen war. Bevor es redete. Oder gar zu einem Symbol werden konnte.

Männer hätten eine Armee gesammelt, wie so oft in der Geschichte von Thalmark. Das war auch der Weg gewesen, den Umbolds Urgroßvater gewählt hatte, um seine Familie auf den Thron zu bringen, unterstützt von Rheas Urgroßvater. Eine große Schlacht. Ein Sieg. Ein neuer König.

Sie hatte keine Armee. Und auch wenn sie eine gehabt hätte, es wäre nicht ihr Weg gewesen. Zweifel waren noch immer die schärfste Klinge am Hof in Goldburg und Ira das weiche Fleisch, in das Rhea die Waffe stoßen würde.

Sie hatte sich prächtig mit der Königsgemahlin unterhalten auf dem Fest zur Geburt des Thronfolgers. Ganz zufällig natürlich, zumindest glaubte Ira das. Genauso wie die Wärme, die zwischen ihnen aufgestiegen war. Rhea würde ihr Trost sein, während sie gleichzeitig ihr Ansehen zersägen würde. Ein Gerücht. Menschen, die in den Schatten tuschelten über den Vater des Kindes. War es wirklich der Herrscher? Oder doch vielmehr der Stallknecht? Ein Soldat vielleicht? Alles einerlei. Nur glaubwürdig musste es sein. Das würde die Grundfesten der Macht erschüttern und Argwohn verbreiten.

Umbold sollte erst einmal weiterleben. Krank, nicht tot. Ein alter Mann, der sich König schimpfte, aber dessen Atem zu schwach war, um sich zu verteidigen, brachte Rhea mehr als einer, der das Zeitliche gesegnet hatte. Oder wenn seine Familie sterben würde. Etwas in seinem Bier, ein Kräutergemisch, das ihn zermürbte. Er sollte schwitzen, wanken, weinen. Denn in dem Moment, in dem die Schafe den Schäferhund nicht mehr fürchteten, würden sie ihm auch nicht länger folgen.

Während Umbold langsam dahinsiechen würde, musste das Kind mit seiner Mutter verschwinden. Vielleicht eine Reise an die Grenze, dorthin, wo immer Krieg herrschte und die Waffen niemals schwiegen. Ein überraschender Angriff. Verteidiger, die überfordert waren. Eine geschändete Königsgemahlin. Ein getöteter Thronfolger. Eine Tragödie für das Königshaus, aber Balsam für die Seelen der Menschen, die einen Bastard im Sohn und eine Hure in der Mutter sahen.

Rhea war bereits tätig geworden, hatte Bündnisse geschlossen, nicht nur mit dem Rothaarigen und seinen Frauen, sondern auch mit anderen Provinzfürsten. Sie würden Chaos bringen. Und das würde der Moment sein, in dem sie aufsteigen würde. Rhea van Meier. Die Freundin der gefallenen Königsgattin, deren Ohr immerzu am Mund des Königs lag. Im Namen Umbolds und auf sein Geheiß hin würde sie nach Ordnung rufen – eben die, die Kaerthas schon seit Anbeginn der Zeit verlangt hatte –, nicht nach Macht. Zumindest in den Ohren all der Menschen, die sie hören würden.

Dann, wenn der Dicke alsbald seinem Sohn folgen würde, würde Rhea um den König, um das Kind und um das Reich selbst weinen mit Tränen so groß, dass sie Flüsse würden speisen können. Sie würde versprechen, nur so lange zu dienen, bis ein würdiger Erbe gefunden wäre. Und dann? Dann würde sie Königin von Thalmark sein. Weniger durch Geburt als vielmehr aus der Notwendigkeit der Stärke und Macht heraus. Denn diese Notwenigkeit war unanfechtbar.

Rhea konnte kaum abwarten, bis der Tag endlich kommen würde. Doch es galt, einen Schritt nach dem anderen zu machen. Und der erste war es, zu Hause anzukommen, weshalb sie sich zwang, zum Horizont zu blicken. Dorthin, wo Altholm lag.

Je näher sie und Firor der Stadt kamen, desto klarer und kühler wurde die Luft. Der Wind trug den Duft von Schiefer, Ruß und altem Holz mit sich. Es war der vertraute Geruch von Verwaltung, Reichtum und kaerthasischer Ordnung.

Vor ihnen, am Rande eines gewaltigen natürlichen Plateaus, erhob sich Altholm, eine Stadt, die größer war, als sie hätte sein müssen. Aber man konnte es sich eben erlauben. Und das wollte man auch zeigen.

Der Verwaltungssitz der Familie van Meier war ein Gewirr aus Fachwerkhäusern, spitzen Schieferdächern und gemauerten Rundtürmen, die wie unerschütterliche Säulen an den Klippen emporragten. Seine Straßen folgten einer präzisen Logik, entstanden aus der Erinnerung an das, was seit jeher in Kaerthas' Sinne gewesen war: gepflasterte Gassen, die sich zwischen Häusern hindurchschlängelten wie Wurzeln unter Stein. Alte Laternen warfen schwaches Licht auf die Plätze, wo Händler ihre Waren lautstark feilboten. Über den Wegen spannte sich Wäsche auf Leinen, die auch bei Regen flatterten, und überall, wo der Wind durchschlüpfte, summte ein Ton.

Altholm war in ihren Augen kein Ort für Geschichten. Vielmehr einer der Archive. Bilanzen. Entschlüsse. Von hier aus wurde über die östlichsten Ländereien von Thalmark gewacht, gesammelt, verwaltet, verurteilt. All das geschah im Namen und auf Veranlassung der van Meiers, deren Zeichen auf jedem Tor, jeder Mauer, jedem Richterstab prangte. Und obwohl viele kamen, um hier zu klagen oder zu bitten, verließ kaum jemand Altholm mit volleren Taschen, als er gekommen war. Noch seltener mit seinem Stolz. Denn diese Stadt nahm den Menschen alles, was sie hatten, nur um den Reichtum einiger weniger zu mehren.

Hoch über dem Verwaltungssitz, wie aus dem Felsen gewachsen, erhob sich Meierstein: eine Burg aus hellem Mauerwerk, durchzogen von Zinnen, Brücken, Innenhöfen und Rundtürmen. Sie klammerte sich an den Hang, als wäre sie mehr Teil des Berges und weniger von Menschenhand erbaut. Ihre Spitzen verloren sich beinahe in den aufziehenden Wolken, ihre Zugbrücke spannte sich wie ein Arm aus Stein über den Abgrund. In der Mitte wehten grüne Banner mit dem schwarzen Wappenadler.

Wie jedes Mal, wenn Rhea Kurs auf ihre Heimat nahm, zog sich ihr Herz zusammen. Es war nicht Ehrfurcht, die sie leitete. Pflichtgefühl vielleicht. Oder dieses stumme Versprechen an ihren Großvater, nie weich zu werden. Und dem Schwur sich selbst gegenüber, nicht nur seine, sondern auch die Erwartungen ihres Behars zu übertreffen.

Wir landen, informierte Firor sie und verlor langsam an Höhe.

Rhea war zurück.

XI. TAVIEL

Kartoffeln. Nichts als Kartoffeln.

Die Thalmarkier nannten sie auserlesenen Erdapfel, versehen mit Herkunftszertifikat und Siegel. Taviel musste so laut lachen, dass Noviel, der Kamerad neben ihm, kurz beim Schälen innehielt, ihn anschaute und dann, nach einem energischen Kopfschütteln, mit der Arbeit fortfuhr. Hier in Korlandia waren Kartoffeln die Speise des werktätigen Volks.

Bevor Taviel weiter über die Bedeutung der Kartoffel in den beiden Reichen sinnieren konnte, schreckte er auf. Draußen brüllte der Hauptmann irgendeinen armen Burschen an, weil er das Kettenhemd falsch geölt hatte. Dieselbe Szene wie gestern. Und die letzten hundert Male. Die Gleichheit in diesem Reich endete dort, wo sie dem militärischen Nutzen entgegenstand. Andererseits, die Vorgesetzten machten keine Unterschiede. Jeder wurde gleich viel angeschrien. Insofern war es doch in Nyssaris Sinn. Taviel grinste.

Dass der Korb zu den Füßen der beiden jungen Rekruten aber erst halb leer war, ließ sein Grinsen schnell sterben, denn daneben stand ein Zweiter, der vor ungeschälten, erdverkrusteten Kartoffeln nahezu überquoll. Das war ihre Aufgabe für die nächsten zwei Stunden. Im wahrsten Sinne des Wortes ein Haufen Arbeit.

Taviel und Noviel waren in den Zeiten, in denen sie nicht ihre – zugegebenermaßen sehr überschaubaren – Kampffähigkeiten trainierten, zuständig für die Truppenküche der knapp vierzig Soldaten, die in diesem Ausbildungslager stationiert waren, denn auch in Korlandia galt: Ohne Mampf kein Kampf. Und selbst wenn einen halben Tagesritt hinter der Grenze, dort, wo eine Festung neben der anderen thronte und ständig gekämpft wurde, nicht mit dem Feind gerechnet werden musste, so galt das nicht für den Hunger. Der kam. Und wenn man ihm nicht begegnete, dann raffte er die Frauen und Männer in diesem Lager schneller dahin als eine gesamte thalmarkische Armee. Die beiden jungen Rekruten in der Küche waren damit sozusagen die wichtigsten Kämpfer: gegen den Hunger, für die Kameradschaft.

Taviel wusste das. Und trotzdem rümpfte er die Nase, als ein Schwall des Geruchs von roher Schale und nassem Leinen vom Arbeitstisch vor ihm aufstieg. Das Möbelstück hatte mindestens genauso viele Macken wie seine Hände, denn er pellte die Kartoffeln so ungeschickt, dass er bei jeder Bewegung versehentlich ein wenig Haut von seinen Fingern abschälte.

Taviel schob eine matschige Knolle zur Seite und hielt Noviel eine weitere hin, seine Stimme geschwängert von beißendem Sarkasmus. »Wenn die Thalmarkier das hier als Delikatesse bezeichnen, will ich nicht wissen, wie deren Brotsuppe schmeckt.«

Noviel verzog keine Miene. Typisch. Diesmal zuckte er nicht einmal. Er musste sich an Taviels Schalk gewöhnt haben.

»Wahrscheinlich«, setzte der nach, »filtern sie den Eintopf durch Seide und servieren ihn in goldenen Schalen.« Er schüttelte grinsend den Kopf. »Und rechnen ihn dann dem einfachen Bürger als Heiltrank ab.«

Wieder lachte niemand mit Taviel. Wer auch? Er hörte nur das rhythmische Schaben der Klinge in Noviels Händen, begleitet vom dumpfen Plopp der Knollen, immer dann, wenn sie in den Korb fielen. Aber da war noch ein weiteres Geräusch. Leise. Harmonisch. Fast einschläfernd. Es war das

Wasser, das aus einem undichten Kessel tropfte. Es zählte unaufhörlich die Sekunden.

Während Taviel die nächste Kartoffel in die Hand nahm, kreisten seine Gedanken um seine Schwester Serawyn. Er hatte sie seit dem Tag vor vier Mondzyklen, an dem er in die Armee eingezogen worden war, nicht mehr gesehen. Aber er vermisste sie weniger, als er zugeben wollte. Taviel seufzte, als er erkannte, dass er sich selbst belog. Denn, wenn er ehrlich zu sich war, vermisste er Serawyn überhaupt nicht. Sie war stets zu aufbrausend gewesen, zu direkt, zu sehr das Produkt der gemeinsamen Kindheit und unzähliger Fremder. Stattdessen fehlte ihm ihre Freundin Ariara, eine Frau, die die Ewige Flamme selbst geschaffen haben musste. Er erinnerte sich noch genau an den Tag, an dem sie zum ersten Mal in Eisenheim über die Straße zum Richtfest des neuen Hauses von Maeine und ihrem Mann geschritten war.

Sie war nicht einfach gegangen, sondern geschwebt. Ihr langes, rotes Kleid hatte den grauen Steinboden kaum berührt. Der Stoff hatte sich um ihre anmutige Gestalt geschmiegt wie Licht um Glas. Ihre Haare – von einem hauchdünnen Schleier bedeckt – hatten gewirkt wie flüssiges Kupfer im Sonnenlicht. Einzelne Strähnen hatten sich befreit, als wollten sie der Form entkommen, um zu glühen. Und sie hatten so sehr geglüht, dass sie sich in Taviels Herz eingebrannt hatten.

Er wusste noch genau, wie still es in diesem Moment geworden war. Seine Erinnerungen daran waren frischer als die Knollen in dem Korb. Sogar Serawyn hatte in der Sekunde innegehalten, in der Ariara eingetreten war. Es hatte sich für Taviel so angefühlt, als hätte das Haus selbst begriffen, dass gerade etwas Seltenes geschah. Vielleicht war dem auch so gewesen.

Ariara war nicht wie andere. Sie musste sich nicht in den Vordergrund drängen, um bemerkt zu werden. Ihre bloße

Anwesenheit schien Räume zu ordnen und Gespräche zum Verstummen zu bringen. Sie sprach wenig, aber wenn, dann mit einer Klarheit, die die Härchen auf seinen Armen zum Erzittern brachte. Und in den Augenblicken, in denen sie lachte – was sie noch seltener tat –, schien alles andere stillzustehen. Zumindest Taviels Herz.

Über ihren Bruder, Leycon, wurden im ganzen Reich Lieder gesungen. Heimlich, versteht sich, aber Taviel hatte sie schon oft gehört. Er war der, dessen Name nicht laut ausgesprochen werden musste. Oder durfte. Und dennoch klang er längst in den Gedanken aller Korlandianer nach.

Er hatte diesen Mann nur einmal gesehen, flüchtig, ein Umriss unter einem provisorischen Zeltdach, umgeben von stillen Begleitern mit wachsamen Augen. Er kämpfte aus den Schatten heraus gegen Thalmark. Leycon war ein Held im Kampf für das Anliegen der Fünf Schwestern und der gesamten korlandianischen Gemeinschaft. Ein Vorbild für alle jungen Rekruten. Was für eine Familie! Die gleichste unter den gleichen.

Und Taviel selbst? Warum sollte eine Frau wie Ariara ihn je wahrnehmen? Einen Kartoffelschäler für vierzig andere. Einen Rekruten mit Schwielen und einem Kopf voller Geschichten.

Kopfschüttelnd ließ Taviel die nächste Knolle in den Korb fallen. Das dumpfe Ploppen holte ihn zurück. Es war ernüchternd wie so vieles, seitdem die Hauptstadt nur noch eine langsam verblassende Erinnerung für ihn war.

Mechanisch griff er nach einer weiteren Kartoffel. Noviel schälte weiterhin genauso unermüdlich wie stumm. Taviel hätte gern noch andere Dinge über ihn erfahren, aber er erhielt selten mehr als einsilbige Antworten. So war es eben. Nicht jeder wollte von der Vergangenheit sprechen. Oder von der Zukunft. Manche redeten lieber überhaupt nicht. Vielleicht war es besser so.

Irgendwann ließ ein zunächst unverständliches Gebrüll außerhalb der Truppenküche Taviel für den Bruchteil einer Sekunde stocken. Sofort traf ihn Noviels strafender Blick. Er brauchte keine Worte, um ihn dazu zu bringen, schnell weiterzuarbeiten und sich nicht mit Belanglosigkeiten aufzuhalten. Wahrscheinlich hatte wieder jemand den Zorn des Hauptmanns auf sich gezogen. Besser der als Taviel.

Gerade als er das Messer ansetzte, krachte ein Geschoss durch die Wand. Es war das unverkennbare Geräusch eines thalmarkischen Einzelladers, abgefeuert aus nächster Nähe.

Etwas Warmes traf seine Wange. Er blinzelte, dann drehte er sich zu Noviel. Der Schock des Anblicks seines Kameraden lähmte ihn. Dessen Kopf war auseinandergerissen. Blut schoss aus dem Hals, rot, unaufhörlich und in alle Richtungen spritzend wie Wein aus einem aufgeschlitzten Schlauch.

Taviels Hand umschloss noch immer die Kartoffel. Vielleicht gab sie ihm Halt. Die Knolle fühlte sich matschig an. Oder war es sein Griff? Wahrscheinlich beides.

Er zwang sich, den Blick von Noviel abzuwenden, weg von dem zerfetzten Schatten aus Haut, Schale und Stille, dessen Finger weiterhin das Messer festhielten, als wären sie bereit, die Arbeit nach einer kurzen Rast fortzusetzen.

Draußen ein weiterer Schrei. Hoch. Schrill. Weder Befehl noch Ruf. Blanke Angst. Wieder krachte es. Fensterscheiben barsten klirrend wie dünnes Eis. Glühende Splitter ritzten sich in Taviels Stirn, heiß, schmerzhaft. Er warf die Kartoffel aus der Hand, duckte sich, zitterte wie Espenlaub.

Ein weiterer Schuss. Wieder ein Schrei. Dann ein metallisches Keuchen. Stahl traf auf Stahl. Keine Übungsklingen.

Ein echter Kampf. Irgendwo stürzte ein Tisch um. Es musste in der angrenzenden Messe gewesen sein. Sie kamen.

Taviel kroch unter den Arbeitstisch.

Schritte. Schwer. Schallend.

Dann donnerte eine Stimme durch den Raum. »Keine Überlebenden. Brennt alles nieder!«

Das Tropfen des Wassers war nicht verstummt. Die Sekunden verrannen. Der Geruch von Schalen und Leinen mischte sich mit dem von Blut, Metall und verbrannter Stärke. Etwas krachte gegen die Küchentür. Ein dumpfer Schlag. Noch einer. Dann splitterte Holz. Die Tür war aufgebrochen worden.

Schwere Atemgeräusche. Zwei Angreifer. Nein, drei. Weitere Schritte auf Stein. Sie kamen näher.

Taviel wollte nicht sterben. Nyssari musste ihm helfen. Er flehte stumm zu ihr, doch es war zwecklos.

»Wir haben noch einen.«

Die Stimme war jung, vielleicht Ende zwanzig. Weiblich.

Taviels Hand öffnete sich unbedacht. Das Messer glitt aus seinen Fingern und drehte sich langsam, als wäre die Zeit selbst stehen geblieben. Dann traf die Klinge den Steinboden. Kein hartes Klirren, nur ein leiser, fast schüchterner Laut wie ein Flüstern aus Metall. Dieses Geräusch, so unscheinbar es war, gellte durch seinen ganzen Körper.

Taviel atmete nicht. Oder vielleicht doch, aber so flach, dass es kaum noch zählte. Sein Herz pochte so schwer, als wollte es fliehen. Es war ein dumpfes Trommeln gegen seine Rippen, jeder Schlag ein Beben, ein dunkler Rhythmus, der den Raum erfüllte und sich mit dem Tropfen des Wassers vereinte, beinah synchronisierte.

Seine Finger zuckten noch immer, als wollten sie etwas loslassen. Er starrte auf die Klinge, als wäre sie jenseits der

Grenze niedergegangen, obwohl sie nur eine Armlänge von ihm entfernt lag.

Taviel hörte nichts mehr außer diesen drei Dingen: das Flüstern des fallenden Messers, das dumpfe Pochen seines Herzens, das kalte Tropfen des Wassers.

Dann spürte er einen Griff am Fußgelenk. Jemand – oder etwas – zog ihn unter dem Tisch hervor. Er wehrte sich erfolglos. Sein Rücken schrammte über den Boden, sein Schädel krachte gegen die Stütze des Arbeitstischs.

»Nach draußen. Zur Exekution«, sagte eine zweite Stimme. Sie war männlich, sprach ohne Hast oder Eile. In Taviels Ohren klang es weniger wie ein Befehl als vielmehr wie eine Feststellung.

Er wurde an den Schultern gepackt. Die Hände der Soldatin waren kalt wie ein Schraubstock. Sein Kopf schleifte am Boden entlang. Holzsplitter lösten sich aus den Dielen, bohrten sich in seine Haut. Dann zerrte sie den jungen Rekruten über die Schwelle.

Draußen empfing Taviel eine Mischung aus kalter Luft, Rauch, der in seiner Kehle kratzte, und dem Geruch von frischem Blut. Dreck verschmierte sein Gesicht. Wasser. Schlamm. Pferdeäpfel. Der Himmel über ihm war aschgrau. Die Baracken standen in Flammen. Ein beißender Gestank von verbrannter Wolle, Fett und Öl lag in der Luft. Rufe. Schreie. Das Kreischen eines sterbenden Pferdes, das er nicht sehen konnte.

Sie schleiften ihn über den Hof, hin zur Waffenkammer. Dort erhoben sich sechs Balken, die tragenden Stützen des Vordachs. Fünf davon waren bereits besetzt. Erst jetzt wusste Taviel wirklich, was er da sah. Kameradinnen. Kameraden. Menschen, mit denen er während der letzten Mondzyklen alles geteilt hatte: Brot, Bett, Dreck.

Sie hingen angebunden mit grobem Tau, die Arme über den Kopf geschnürt. Ihre Beine knickten ein, die Körper sackten zusammen, zogen sich wieder hoch, taumelten in den Seilen wie Fleisch an einem Haken.

Der Erste war Eret, der bullige Junge aus dem Norden. Seine Unterlippe hing aufgeschlitzt hinab, das rechte Auge war nicht mehr als ein schwarzes Loch mit blutiger Krone.

Neben ihm Sanne, ihr Hemd zerfetzt, ihre Brust entblößt, das Kinn blutverkrustet, aber sie hielt den Blick erhoben. Noch.

Lio, dessen Spott Taviel in den Wahnsinn getrieben hatte, war kaum wiederzuerkennen: die Wangen geschwollen, die Nase gebrochen, der Hals schief. Lebendig? Unwahrscheinlich.

Und daneben Pel, der Jüngste. Die Angst stand ihm so offen ins Gesicht geschrieben, dass Taviel nicht wusste, ob er schreien oder weinen wollte. Am liebsten hätte er beides getan.

Zuletzt Jen, die Starke. Ihr Blick ging durch alles hindurch, so leer, dass es schmerzte.

»Dort.« Die Frau mit dem weißblonden Zopf stieß ihn zum letzten Balken. »Der gehört dir.«

Taviel stolperte, fiel auf die Knie, versuchte aufzustehen, aber sie packte ihn erneut. Erst ein Ruck, dann ein scharfes Ziehen am Arm. Sie stellte ihn zurück auf die Beine wie einen Sack Korn. Das Seil wurde um seine Handgelenke geschlungen, festgezurrt. Die Fasern schnitten sich tief in die Haut. Er keuchte vor Schmerzen, wollte sich krümmen. Nichts half.

Ein anderer Soldat trat näher, dünn, mit eingefallenen Wangen. Eine lange, gebogene Narbe zog sich über seine Schläfe. Er überprüfte die Knoten, riss einmal daran, zweimal, jedes Mal fester. Taviel schnaubte. Es war der einzige

Laut, den er von sich gab. Er wollte einen weiteren aus sich herauszwingen, doch es gelang ihm nicht. Nur starren konnte er noch.

Sein Blick sprang durch das Lager oder das, was davon übrig war. Von den verkohlten Essensresten zu den zerschmetterten Waffenständern bis hin zu einem umgestürzten Wasserkessel, der noch dampfte.

Der Mann mit der Narbe nickte. Eine weitere Soldatin trat zu den Gefangenen, positionierte sich vor Eret. Sie trug ein schwarzes Wams unter einer dunklen Schuppenrüstung, um den Hals einen blauen Anhänger in Form einer eingerollten Schlange.

Kaerthas. Kein Zweifel. Thalmarkier. Kommandantin. Sie sprach kein einziges Wort, aber ihr Blick sagte einem alles, was man wissen musste. Mit einer beherzten Bewegung riss sie Erets Hose herunter. Ihre Augen wanderten zu seiner Männlichkeit.

»Wenn irgendwer noch nicht wusste, dass ihr Korlandianer keine echten Männer seid, spätestens jetzt muss es jedem klar sein.«

Die Thalmarkier lachten.

Sie lächelte Eret an. Er murmelte etwas. Zu leise. Dann stach sie zu. Er gurgelte. Langsam drehte sie das Messer in seiner Brust. Ein Zucken durchlief ihn. Blut brach aus seinem Mund hervor. Er verlor jegliche Spannung, sackte zusammen.

Die Kommandantin riss ihre Arme nach oben. Jubel brandete durch die Reihen.

Taviel drehte den Kopf herum, blickte in eine andere Richtung. Dann schloss er die Augen, wollte nichts mehr sehen. Nicht das Blut. Nicht den zuckenden Körper. Und auf keinen Fall das Messer, das noch immer in Erets Brust steckte wie ein Spieß in gebratenem Fleisch.

Er atmete flach durch die Nase. Der Gestank des verbrannten Holzes beizte durch seine Lunge. Er hielt ihn aus, weil er musste. Er zwang sich, an etwas anderes zu denken. Irgendetwas. Irgendwen.

Ariara.

Nicht, wie sie wirklich war oder wie sie gesprochen hatte, nicht an ihren süßlichen Duft, der damals den Innenhof erfüllt hatte, sondern wie sie das Sonnenlicht brach. Wie sie durch einen Ort ging und mit ihr die Stille wie ein ewiger Begleiter. Taviel konnte ihre Stimme nicht hören, aber er wünschte sich, sie würde etwas zu ihm sagen. Jetzt. Irgendwas Einfaches. Keine großen Worte. Vielleicht nur: »Ich sehe dich. Ich weiß, wer du bist.« Er lächelte kaum merklich, während sich eine Träne den Weg über seine Wange bahnte.

Wieder röchelte jemand. Diesmal war es Sannes letzter Atemzug, der vom Lachen der Thalmarkier verschluckt wurde.

Taviel schaute nicht hin. Es ging nicht. Er presste die Augen zu, versuchte, nur Ariara zu sehen. Und dieses Mal sah er sie tatsächlich. Nicht als Erinnerung, sondern wie sie langsam auf ihn zukam. Ihre Schritte waren bedacht, das rote Kleid flatterte im Wind, obwohl keiner zu wehen schien. In ihrem Gesicht weder ein Lachen noch ein Weinen. Es war ohne die kleinste Regung. Sie war einfach da. Bemerkte ihn. Wirklich.

Taviel hörte nichts mehr. Er konzentrierte sich nur auf sie, gab sich ihr hin, ließ sich fallen. Dieser Moment gehörte nur ihr. Und ihm. Für immer.

In dem Augenblick, in dem ihre Hand seine streifte – in Gedanken oder in der Realität, das spielte keine Rolle mehr –, wusste Taviel, dass er nun bereit war. Er durfte gehen. Zu früh, aber zufrieden.

Dann durchfuhr ihn ein Ruck. Es folgte ein stechender Schmerz. Sein Bauch brannte wie Feuer. Er schnappte nach Luft. Riss die Augen auf. Keuchte.

Vor ihm stand die Kommandantin, ein breites Grinsen auf den Lippen, ein Dolch in seinem Bauch, flach geführt, direkt unter seinen Rippen. Sie hatte zugestochen. Der Stich war nicht tief, nicht sofort tödlich. Er sollte Leid bringen.

»Du stirbst«, flüsterte sie, »wie ihr Korlandianer es euch wünscht. Genauso gleich wie das übrige Pack. Und auf keinen Fall schneller.« Die Frau trat zurück.

Taviels Beine verloren die Kraft, er sackte zusammen. Die Seile zwangen ihn, aufrecht zu bleiben. Ein Brennen an den Handgelenken war der Preis für seine erschlaffenden Muskeln.

Ariara war fort, weggerissen von Dreck, Schlamm und Blut. Die einsetzende Dunkelheit eroberte seinen Geist, während die Welt vor seinen Augen immer weiter verschwamm. In der Ferne hörte er ein vertrautes Kreischen. Ein Schrei, der nicht menschlich war. Er glaubte zumindest, es gehört zu haben.

Schatten zogen vorbei, die Erde bebte, ein gleißender Blitz schoss durch die Dunkelheit, die ihn eingehüllt hatte. Schreie. Stimmen. Finsternis.

XII. NUVY

Nuvy erwachte, als der Karren mit einem Ruck zum Stehen kam. Sie zwang sich, die Augen geschlossen zu halten. Niemand sollte bemerken, dass sie nicht mehr schlief.

Die Hand, mit der sie sich seit Esterlyn ins faulige Holz des Käfigs gekrallt hatte, fühlte sich an wie ein Fremdkörper. Sie war taub, die Knöchel aufgeplatzt. Jeder Splitter unter ihren Fingernägeln war ein stummer Zeuge dessen, was man ihr genommen hatte. Ihre Haut klebte an den rostigen Eisendrähten, war genauso wundgescheuert wie schmutzverkrustet, durchzogen vom säuerlichen Geruch fremden Spermas, Urins und alten Bluts.

Der Wind, der über ihren entblößten Körper strich, wehte nichts hinfort. Er brachte nur Kälte, die sich zwischen ihre Beine schlich, dorthin, wo selbst das letzte Gefühl von ihr weggerissen worden war. Ihre Oberschenkel waren wund, die Innenseiten klebrig und bedeckt von einem süßlich-metallischen Film, der sich nicht abreiben lassen würde, auch wenn sie es versuchte. Und sie hatte es versucht. Bis die Haut mitgekommen war.

Die Männer hatten irgendwann aufgehört, sie zu beschimpfen. Oder sie anzuspucken. Oder Unaussprechlicheres mit ihr zu tun. War sie am Anfang noch Objekt einer Begierde gewesen, sahen sie in ihr jetzt nichts weiter als Müll. Ausschuss. Und doch hielt Nuvy sich fest an einem morschen Querbalken, der ihre Welt begrenzte, als könnte der Schmerz in ihrer Hand verhindern, dass der in ihrer Seele tiefer einsickerte. Und irgendwo in einem Winkel ihres Bewusstseins verstand sie, was sie zuvor nur geahnt hatte: wie groß die Stärke gewesen sein musste, die Kaerthas Edwhna gegeben hatte.

Ob er Nuvys Geist genauso gestählt hatte? Oder vielleicht sogar die Ewige Flamme selbst? Möglicherweise war genau das der Grund, weshalb sie noch nicht das gleiche Schicksal ereilt hatte wie die anderen Mädchen, die ihre Brüder geliebt hatten. Das Schicksal, das das Gesetz für eine solche Liebe vorsah. Nuvys Eltern waren zu arm, um die Bewohner von Esterlyn zu bestechen, damit sie dem violetten Gericht entging. Der Pfahl wäre ihr Tod gewesen, nackt und brennend, wahrscheinlich nur Stunden, nachdem Albenrion und sie zusammen gesehen worden wären. Es grenzte beinahe an ein Wunder, dass in all den Wintern noch nicht herausgekommen war, was sich immer wieder zwischen ihnen zugetragen hatte. Die Ewige Flamme musste sich wahrlich um sie sorgen, denn Kaerthas allein hätte sicherlich die Kraft dazu nicht gehabt. Eine Kraft, die ihr zum aktuellen Zeitpunkt auch fehlte.

Als Nuvy endlich die Augen aufschlug, bemerkte sie, dass der Schwarzhaarige sie angrinste. Es war schon einige Zeit her, dass die drei Männer das letzte Mal nach ihren Brüsten gegrapscht oder sich auf andere Weise an ihr vergangen hatten.

»Schau mal, Varil«, hörte Nuvy ihn sagen, »die Kleine ist wieder wach.«

Dem Rothaarigen schob sich ein schmieriges Lächeln ins Gesicht. »Na, du Miststück!« Er sog Luft durch die Nase ein. Seine Spucke traf Nuvys Brüste. Die drei brachen in hämisches Gelächter aus.

Nuvy wollte den Kopf drehen. Zu gut wusste sie, was sie jetzt erwartete. Schon wieder. Aber sie tat es nicht. Sie blickte

Varil tief in die Augen. Dann blinzelte sie einmal langsam und stellte sich vor, es wäre ein Kuss für Albenrion.

»Was ist denn los, Hure?« Der Blonde zog sich zu ihr. Sein Atem war voller Fäulnis, seine Stimme bebte vor Wut. »Du meinst wohl, du bist wer.«

»Oder was«, rief Varil von hinten.

Manchmal brauchte es Mut, um zu brennen. Und wer keine Angst hatte, der konnte niemals mutig sein. Heute hatte sie Angst. So sehr, dass sie selbst vom Zittern erschöpft war. Morgen hätte sie vielleicht wieder genügend Kraft für Mut. Oder für Hass. Oder für beides. Sie atmete langsam ein.

»Wenn ich einen so kleinen Schwanz wie du hätte, würde ich mich auch nur mit Frauen anlegen. Kein Wunder, dass du damit nur welche abkriegst, die nicht weglaufen können.«

Einen Atemzug lang war es still. Sie zuckte innerlich zusammen, schluckte. Hatte sie das wirklich gesagt? Waren das vielleicht ihre letzten Worte gewesen? Und wenn schon. Sie konnte sich nicht alles gefallen lassen.

Dann durchbrach das bellende Lachen des Schwarzhaarigen die Stille. »Die hat es dir gegeben, Belin.«

»Dein Schwanz ist aber auch wirklich klein«, stimmte Varil in das Gefeixe mit ein.

Nuvy wandte sich ab und schaute durch das vermooste Holzgitter nach draußen. Die Sonne war blasser, als sie es aus Esterlyn kannte, die Welt farbloser, fast trostlos. Oder vielleicht wirkte es für sie nur so.

Nahe des Karrens standen drei Soldaten. Die ausgebreiteten Schwingen des van-Meier-Adlers spannten sich über ihre grünen Umhänge, in ihren Händen hielten sie thalmarkische Einzellader. Während die Rüstungen der Männer glänzten, waren ihre Augen leer.

Einer sah direkt zu ihr. Ihre Blicke trafen sich. Er musste das Flehen in Nuvys Gesicht erkannt haben. Es war nicht zu übersehen. Doch seine Miene zuckte noch nicht einmal. Er machte vielmehr den Anschein, als hätte er in einem Abfallkübel gewühlt und dort etwas entdeckt, das nicht nur stank, sondern sich auch bewegte. Der Zweite lachte leise. Es war das Geräusch eines Mannes, der nichts mehr erwartet vom Leben. Der Dritte spuckte bei Nuvys Anblick auf den Boden. Dann drehte er sich um.

Und da war ihr klar, dass diese Männer nicht hier waren, um sie zu beschützen. Sie hatten kein Interesse, sie hatten kein Mitleid, nur einen Befehl, die Ware abzuliefern.

Hinter Nuvy erklang ein Rascheln, das zu einem Knistern wurde. Sie wollte sich nicht umdrehen, nicht wieder diese Männer anschauen, doch der Ton in Belins Stimme zwang sie förmlich dazu.

»Hast du gerade gelacht, du Mistkerl?«, fauchte er in Varils Richtung.

Der zuckte noch halb grinsend mit den Schultern. »Und wenn schon?«

Der Blonde zog sich ein Stück nach vorne. Nicht voller Stolz, ohne sexuelle Gier. In seinen Augen brannte nur ein Feuer: rohe, heiße, sinnlose Wut.

»Du hast mich bloßgestellt, du Hurensohn«, setzte er nach.

Varil riss die Hände hoch. »Belin, komm runter, ich …«

Aber zu spät. Mit einem unvorhersehbaren Schlag rammte der Blonde ihm die Faust ins Gesicht. Etwas knackte. Varils Kopf schnellte zur Seite und er taumelte. Blut spritzte durch den Karren. Belin setzte einen zweiten rechten Haken nach. Hart. Präzise. Beim dritten fiel sein Opfer um wie ein leerer Sack. Dann war es still.

Nur Nuvy keuchte, weder aus Angst noch aus Schock, vielmehr aus dem dumpfen Reflex heraus, der Körpern bleibt, selbst wenn Seelen längst aufgegeben haben. Und doch spürte sie, wie eine gewisse Genugtuung in ihr aufstieg.

Die Türen des hölzernen Käfigs wurden aufgerissen. Zwei der drei Soldaten, die sie eben noch gemustert hatten wie ein faules Stück Fleisch, standen dort. Ihre Blicke hatten sich verändert. Und sie waren nicht auf Nuvy gerichtet, sondern auf Belin.

»Was in Kaerthas' Namen hast du da getan?«, blaffte ihn der eine an, der den Einzellader mittlerweile geschultert hatte, während der andere seine Waffe auf ihn richtete.

»Der Bastard hat mich ausgelacht«, stieß Belin hervor. »Der kleine Wichser …«

Der erste Soldat hob die Hand. »Wir haben uns eure Orgie angesehen. Ihr hattet euren Spaß mit der Schlampe dort«, sagte er tonlos. »Aber niemand beschädigt die Ware. Wirklich niemand.«

Belin robbte zurück. Zum ersten Mal war er blass.

Der Soldat beugte sich in den Käfig zu Varil, berührte seinen Hals und schüttelte dann den Kopf. »Tot.«

»Das … also …«, stammelte Belin.

Ohne den Worten auch nur die geringste Beachtung zu schenken, griff der Soldat nach ihm und zog ihn aus dem Käfig, um ihn dann in den Dreck zu werfen. Der zweite drückte dem Mann den Fuß in den Rücken, während der erste das Schwert aus der Scheide zog. Mit einem einzigen Hieb, so kräftig, wie Nuvy ihn zuvor nur beim Hacken von Holz gesehen hatte, trennte er Belins rechten Arm ab. Das Blut schoss in dicken Strömen aus der Wunde.

»Ersatzbestrafung«, murmelte der Soldat. »Damit es beim nächsten Mal keiner vergisst. Und du wirst seine zwanzig Jahre ersetzen.«

Nuvy hörte an Belins Geschrei, wie der Schmerz seinen Geist brach. Dann schaute sie wieder durch das Gitter hinter ihr. Die Sonne war noch immer blass, die Welt genauso farblos. Und der Blick des dritten Soldaten? Unverändert. Kein Hass. Kein Mitleid. Nur Kontrolle.

Und eine unverhohlene Zufriedenheit, dass die Ware wieder schwieg.

XIII. Albenrion

Der Boden unter Albenrions Füßen war weich, durchdrungen von der Feuchte des Regens der letzten Nacht, aber nicht annähernd so matschig wie in Esterlyn. Jeder Schritt auf dem schmalen Pfad drückte die dünnen Gräser zur Seite. Links und rechts ragten gewaltige Buchen und Eichen empor. Moos umschmiegte sanft die Stämme wie ein grüner, fast flauschiger Pelz. Zwischen den hoch aufgeschossenen Wurzeln wehten Farne im Wind. Immer wieder blinzelten weiße Blumen aus den Schatten, als wollten sie beobachten, wer den Weg entlangkam. Albenrion lauschte den Blättern, die über seinem Kopf raschelten, denn sein Begleiter hüllte sich in Schweigen.

Hin und wieder wurde die Idylle von einem leisen Zwitschern untermalt oder er von dem Licht, das durch die Kronen fiel, sanft geblendet. Irgendwann gab ein Eichelhäher Geräusche von sich und imitierte schließlich Vogelgezwitscher, als würde jeder Vogel des Waldes nach Albenrion rufen, während es weiter vorne im Unterholz raschelte. Ein Dachs möglicherweise, vielleicht aber auch ein Geist.

Dann sah er sie: Vögel, verbrannt auf dem Boden liegend.

Seine Augen weiteten sich. Er wollte innehalten. Bruder Sylen hingegen stieg mit seinem Pferd, ohne zu zögern, über die toten Körper hinweg.

»Geh weiter, mein Sohn. Kümmere dich nicht um Angelegenheiten, die nicht deine eigenen sind«, war das Einzige, was dem Mund des Glaubensbruders entwich.

Albenrion zog den Umhang enger um seine Schultern und folgte ihm. Die Wolle roch nach Lagerfeuer und getrocknetem Schweiß. Abstoßend, aber er war der Frau aus Esterlyn dankbar dafür. Wenn er schon kein Pferd hatte, fror er wenigstens nicht.

Wie oft hatte er als Kind gemeinsam mit Nuvy den Geschichten seiner Großmutter gelauscht? Immerzu berichtete sie von alten Mythen und Märchen. Niemals würde er das Lied vom Glaskind vergessen. Vor allem nicht nach dem, was er gerade gesehen hatte.

Es war einmal ein Kind aus Glas, das lebte in einem Dorf, das es nicht sehen wollte, denn wessen Körper durchsichtig war, zeigte zu viel. Die Menschen wandten den Blick ab, als wäre seine Zerbrechlichkeit ansteckend. Das Glaskind sprach nie laut, doch wenn es weinte, erklang ein Lied, das so leise war wie der Wind zwischen Scherben und traurig wie ein Echo aus Leere. Und bei jedem Singen des Kindes fielen Vögel vom Himmel, von schwarzem Rauch umhüllt. Ihre Federn brannten, obwohl niemand Feuer sah.

»Das Glaskind bringt Unheil«, flüsterten die Dorfbewohner, und sie wollten es lynchen, weil keiner fragte, warum die Vögel fielen, oder verstand, was das Lied besang.

Gerade als sie es zu pfählen gedachten, kam ein alter Blinder, der einst ein Eichelhäher gewesen war, und legte die Hand aufs Herz des Kindes. »Das, was du singst, ist keine Warnung«, sagte er. »Es ist eine Erinnerung.«

Da sang das Glaskind zum letzten Mal. Ein einziger, reiner Ton, der die Stille spaltete wie ein Schrei den Traum. Die Luft brannte und aus der Asche stiegen die verfeuerten Vögel auf mit Flügeln aus Licht und Gefieder aus Gold.

Seitdem war das Kind nimmermehr gesehen. Doch wenn der Wind durch tote Bäume fuhr, hörte man manchmal sein Lied, so sagte Albenrions Großmutter. Und wer genau zuhörte, sollte erkennen: Die Vögel waren nie tot gewesen. Sie hatten nur gewartet, bis jemand ihren Schmerz verstand.

Ein Schaudern überkam ihn bei dieser Erinnerung. Er fragte sich, warum eine Welt wie diese überhaupt noch solche Geschichten brauchte, hatte sie doch selbst genug an Trauer zu bieten. Wo waren die fröhlichen Erzählungen? Die über Liebe, Freundschaft und Heldentum? Warum konnten niemand darüber reden? Oder schreiben? Zumindest hätte es ihm mehr Mut gemacht.

»Ich habe Durst«, stellte Bruder Sylen etwas später hoch zu Ross fest. »Wir werden in die nächste Taverne einkehren.«

Albenrion sah das anders. »Bei der Ewigen Flamme, dafür haben wir keine Zeit.«

»Du kannst gerne alleine weiterziehen«, entgegnete der Glaubensbruder trocken. »Ich werde einkehren.«

»Aber was ist mit meiner Schwester?«

»Mein Sohn, wir kommen noch früh genug zu ihr.«

»Ich …«

Bruder Sylens Seufzer unterbrach ihn. »Das hier ist kein Sprint, es ist ein Langstreckenlauf. Was bringt es, wenn du sie findest, aber am Ende zu schwach bist, um sie zu befreien, weil du entweder verhungert oder verdurstet bist?«

Albenrion schluckte. Sein Kopf konnte nicht widersprechen, auch wenn sein Herz einen Widerspruch spürte, den er nicht in Worte zu fassen vermochte. Es schien nicht so, als erwartete Bruder Sylen eine Antwort auf die Frage, und deshalb entschied er sich, zu schweigen.

Nach einer weiteren, nicht unerheblichen Wegstrecke, die mit Stille begangen worden war, öffnete sich der Wald und Albenrion stand plötzlich vor einer kleinen Lichtung. Dort, halb verborgen zwischen den alten Bäumen, erhob sich eine Taverne. Das Gebäude war aus grobem Holz gezimmert, die Wände bestanden aus mit Stroh vermischtem Lehm und einem Geflecht aus Weidenruten, wie die meisten thalmarkischen Bauwerke auf dem Land. Das Strohdach war mit dunklem Moos bewachsen, aus dem steinernen Schornstein kräuselte sich Rauch in die kühle Mittagsluft. Und obwohl es auf Albenrion so wirkte, als wäre das Haus selbst ein Teil des Waldes geworden, überkam ihn bei dem Anblick unweigerlich eine Vertrautheit.

Zusammen betraten sie die Taverne. Während sie dicke, verbrauchte Luft begrüßte, fiel die Tür hinter ihnen ins Schloss, ein Geräusch dumpf wie der Deckel eines sich schließenden Sargs.

Albenrion sah sich um. Vier Männer spielten Runenkopf, das Kartenspiel der Königreiche. Einer schaute kurz in seine Richtung, bevor er, getrieben von der Aufforderung eines anderen, wieder auf seine Hand blickte und eine Karte ablegte. In der Ecke schlief eine ältere Frau mit offenem Mund, ihr Gesicht rot und gezeichnet von einem Leben zu nah am Krug.

Nichts an diesem Ort war bemerkenswert, nichts war anders als in der Taverne in Esterlyn.

Bruder Sylen sagte kein Wort, sondern ging zu einem freien Tisch in der Nähe des Eingangs. Albenrion folgte ihm, während er darüber nachdachte, dass es viel einfacher wäre, würde der Glaubensbruder mehr mit ihm sprechen. Er selbst sprach mitunter sogar mit Pflanzen. Warum hatten andere da schon bei Menschen ein Problem?

Die beiden Männer ließen sich an einem Tisch nieder, ihre Blicke gesenkt. Albenrion fröstelte ein wenig, als wäre Bruder Sylens emotionale Kälte zu ihm übergeschwappt. Er fixierte ein Astloch im Holz.

Das leise Trappeln unbeschuhter Füße ließ ihn aufblicken. Ein kleiner Junge, nicht älter als acht Jahre, schätzte er, trat zu den beiden Männern. Die weißblonden Haare schimmerten im Licht der Taverne fast silbrig, die Augen leuchteten tiefblau und auf dem Gesicht lag ein Lächeln, so offen und herzlich, dass es Albenrion mitten ins Herz traf. Er konnte sich nicht erinnern, wann er das letzte Mal einen Jungen oder auch ein Mädchen gesehen hatte, das so rein gewirkt hatte, fast wie ein Silberstreif am dunklen Horizont.

»Werte Herren, ich bin Elian, meines Zeichens Sohn des Schankwirts und verantwortlich für den Tisch, an dem Ihr sitzt«, sagte der Kleine mit einer Stimme, die zugleich stolz und scheu klang, aber sich für Albenrion anfühlte wie der erste Sonnenstrahl nach einem langen Regen. »Was darf ich den Herrschaften zu trinken bringen?«

»Bier«, antwortete Bruder Sylen grummelig.

Er war wahrlich kein Menschenfreund, vielmehr der fleischgewordene Kontrast zu dem unschuldigen Jungen. Albenrion wollte sich nicht derart gebaren. Seine Erziehung widersprach dem.

»Freut mich, dich kennenzulernen.« Er erwiderte das Lächeln. »Der griesgrämige Mann ist Bruder Sylen. Er ist Glaubensbruder aus einem Arkanen Refugium. Und mein Name ist Albenrion, ein einfacher Bauernsohn aus Esterlyn. Ich …«

»Er wollte nicht deine Lebensgeschichte, sondern wissen, was du trinkst«, unterbrach Bruder Sylen ihn kopfschüttelnd.

Wieso musste er so sein? War Warmherzigkeit in seinen Augen ein Verbrechen an der Menschlichkeit?

Albenrion seufzte. »Ich begegne dem jungen Mann nur mit der gleichen Freundlichkeit, mit der er mir begegnet ist.«

»Er will auch ein Bier.«

Der Junge nickte, drehte sich flink um und lief zum Tresen zurück.

Albenrion sah ihm einige Sekunden hinterher. Wie einfach, wie zart das Leben doch sein konnte. Als er in dem

Alter gewesen war, hatte er eine beschwerlichere Zeit gehabt. Wie gerne hätte er Bierkrüge getragen, aber seine Familie baute seit jeher Kartoffeln an. Der Großvater seines Großvaters – er kannte die Geschichte auswendig, wurde sie doch jedes Jahr am großen Festtag zu Ehren des letzten Tages der Ernte vom Vater erzählt – hatte das Land von den van Meiers als Lehn erhalten. Niemand, hieß es immer, war in der Lage gewesen, das Feld zu bestellen. Außer seinen Vorfahren. »Sie haben uns Dreck geschenkt«, pflegte der Vater zu sagen, »und wir haben ihn fruchtbar gemacht.«

Er erinnerte sich noch heute an die ernste Stimme seines Großvaters, die grimmige Miene, wenn er ihm erklärt hatte: »Ein Stück Land ist wie ein Vertrag, Bub. Es nährt dich, aber nur solange du nährst, was über dir steht.«

Die van Meiers. Es waren immerzu die van Meiers. Sie saßen bei jedem Mahl einer jeden Familie, die ihre Ländereien bewohnte, am Tisch, als wären sie ein unsichtbarer Geist, von dem man sich nicht befreien konnte. Freilich, niemand sprach von ihnen mit Hass, aber Albenrion hatte auch noch nie gehört, dass Wärme in der Stimme eines Menschen lag, wenn der Name ausgesprochen wurde. Sie waren wie die fernen Berge am Horizont: unbeweglich, unerreichbar, und doch warfen sie jeden Abend einen Schatten über das Land.

Albenrion seufzte, bevor er zu Bruder Sylen schaute. Der Glaubensbruder starrte mit einer ungekannten Leere in den Raum. Worüber er wohl grübelte? Wieso er keine Erlösung im Gedanken an die Ewige Flamme fand, wie die meisten seinesgleichen? Und überhaupt: Er war ein eigenartiger Priester.

Bevor Albenrion Bruder Sylen dazu befragen konnte, wurde die Tür aufgestoßen. Eine Kommandantin marschierte in die Taverne, gefolgt von vier voll gerüsteten Männern. Ihre Stiefel hallten auf dem Holzboden wie Hammerschläge auf Blech. Gespräche verebbten. Löffel schwebten in der Luft. Die wenigen, die ihre Krüge noch in der Hand hatten, senkten sie langsam, als wären sie voller Ehrfurcht. Oder Angst.

Schnurstracks hielt die kleine Gruppe auf die Theke zu und baute sich vor dem Wirt auf. Die Kommandantin lehnte sich ein Stück zu ihm, sprach aber so laut, dass es jeder Besucher hören musste: »Wir sind hier, um die Steuern einzutreiben, die Ihr der Familie van Meier schuldet.«

Kaum war der Satz gefallen, begann das Raunen, leise wie das Knistern eines Feuers auf feuchtem Holz.

»Schon wieder?«, flüsterte ein Mann, der zwei Tische weiter saß.

Eine Frau murmelte mit gesenktem Blick: »Das ist das dritte Mal diesen Mondzyklus.«

»Armer Kerl. Hat doch gerade erst wieder instand gesetzt.«

Einer, ein alter Mann, der genau zwischen Albenrion und der Theke saß, nickte in Richtung des kleinen Elian, rührte mit dem Finger in seinem Schnaps und sagte: »Den Jungen nehmen sie ihm sicher auch noch, wenn's hart auf hart kommt.« Dann leerte er das Getränk.

Auf der anderen Seite der Taverne wurde ein Husten zum Vorwand, um ein Flüstern zu verdecken. »Ich hab gehört, sie lassen einen unterschreiben, dass man freiwillig auf die Lebenszeit von Verwandten verzichtet, damit man sie gegen die Schulden aufrechnen kann.«

»Und wenn du's nicht tust?«

»Dann nehmen sie sie einfach trotzdem. Sagst du was, bist du der Nächste.«

Die Kommandantin schien die Gespräche zu hören, ignorierte sie aber mit der Gelassenheit eines Wolfs im Hühnerstall. Ihre Augen funkelten.

»Bitte, Frau Kommandantin«, entgegnete der Wirt, »die Geschäfte laufen …«

Sie schüttelte den Kopf. »Ist das keine Taverne hier?«

»Doch, natürlich, und deshalb …«

»Antwortet nur auf meine Fragen«, forderte sie den Mann kompromisslos auf.

Der Wirt nickte stumm.

Sie musterte ihn für einige Sekunden, bevor sie eindringlicher als zuvor fragte: »Und Ihr seid der Besitzer?«

»Ja, Frau Kommandantin.«

»Seltsam.« Sie drehte sich um, schaute durch die Taverne.

Albenrion bemerkte, wie Bruder Sylen sein Gewicht auf dem Stuhl verlagerte, fast so, als wäre er nervös. Aber warum sollte er nervös sein?

»Ihr«, fuhr die Kommandantin fort, nachdem sie sich theatralisch zurückgedreht hatte, »gebart Euch, als wärt Ihr Geschichtenerzähler und das nicht Eure Gäste, sondern ein Publikum.«

»Wie … also … meint Ihr … das?«, stotterte der Wirt.

Sie lehnte sich zu ihm. »Ihr redet und redet und redet.« Ihre mit einem Handschuh gerüstete Hand sauste auf die Theke herab. Albenrion zuckte zusammen, als das Metall auf das Holz traf und ein Krachen die Taverne erschütterte. »Aber Ihr langweilt Euer Publikum nur. Warum zahlt Ihr nicht einfach?«

Der Wirt schluckte. »Ich wollte doch eben erklären, dass …«

»Wir haben weder Interesse an Euren faulen Ausreden noch die Zeit, sie uns anzuhören.«

Albenrion erkannte die Abscheu in ihren Augen, als sie sich zu dem Soldaten hinter ihr umwandte. Ihre Lippen bewegten sich, sie schien etwas zu sagen, aber er konnte nicht hören, was es war. Steuereintreiber waren keine Menschen, sie waren die Pest.

»Dieses Gelump«, konstatierte die Kommandantin wieder in einer Lautstärke, dass es die gesamte Taverne durchdrang,

»hat immer einen Grund, wieso es gerade heute unmöglich Steuern zahlen kann.«

»Steuern.« Bruder Sylen lachte zu leise, als dass es jemand anderes hätte hören können, aber laut genug, dass Albenrion es bemerkte. »Weder der König noch die van Meiers sind ein so großer Knecht für die Menschen in Thalmark wie die Steuern. Sie sorgen dafür, dass die Armen arm bleiben und die Reichen reicher werden.«

Albenrion legte die Stirn in Falten. »Wie meint Ihr das, Bruder Sylen?«

»Du wirst es eines Tages verstehen. Vielleicht.«

»Sagt es mir doch heute!«

»Du musst es selbst herausfinden.«

Albenrion atmete ein, der Widerspruch lag ihm schon auf der Zunge, aber genau in diesem Moment schoss das schallende Geräusch einer Backpfeife durch die Taverne. Mit einem Mal kehrte die Stille zurück. Es wirkte, als traute sich niemand mehr eine Bewegung zu. Die Menschen erstarrten, als hätte jemand die Zeit angehalten. Weder Stimmen noch Atmen, nur das Klirren von zerberstendem Ton.

Dann ein greller Kinderschrei. »Papa!«

Der weißblonde Junge stand wie eingefroren in der Mitte des Raums. Einen Wimpernschlag lang zitterte er, nur um dann loszurennen. Seine kleinen Füße klangen auf den Dielen wie Trommelschläge. Immer schneller. Immer verzweifelter. Und doch kompromisslos.

»Papa!«

Noch bevor er ihn erreichen konnte, schnellte eine Hand hervor. Die Offizierin. Ihre Finger packten ihn, als wäre er nur ein Wurfgeschoss aus Fleisch und weißblonden Haaren. Albenrion zuckte, sprang fast auf, doch Bruder Sylens Hand griff nach seinem Arm, kalt wie Eisen.

»Nicht jetzt«, zischte er, ohne ihn anzusehen.

»Aber …«

Bruder Sylen grunzte sarkastisch. »Willst du sie alle töten? Oder nur dich und den Kleinen, damit morgen zwei andere dran sind?«

Albenrions Blick glitt zurück an den Tresen, an dem der Junge von der Offizierin am Kragen in die Höhe gehalten wurde. Während er strampelte wie ein gefangener Käfer, fragte sie: »Was haben wir denn da?«

Die Augen des Mannes, der seine Schuld nicht begleichen konnte, leuchteten auf. »Lasst meinen Sohn in Ruhe.«

»Zahlt Ihr Eure Steuern?«

»Ich habe Euch doch erklärt, dass ich das nicht kann!«

»Wenn das so ist.« Sie räusperte sich, ihre Stimme war so laut, dass sie die ganze Taverne erfüllte.»Ihr habt eine beachtliche Steuerschuld angesammelt. Im Namen der Familie van Meier und Kraft meines Amtes als für die Steuern zuständige Beamtin unterwerfe ich deshalb siebzig Jahre Lebenszeit Eures Sohnes der Pfändung.«

Das Gesicht des Mannes verlor die Farbe.

Ohne ihm weitere Beachtung zu schenken, drehte die Offizierin sich um und übergab das Kind dem Soldaten hinter ihr. »Verwahre den Jungen. Und notiere, dass die Schuld beglichen wurde.«

Er nickte.

»Papa!«, schrie der Junge, während er zur Tür geschleppt wurde, »Papa, hilf mir! Ich will nicht weg!«

Albenrion drehte sich hastig zu Bruder Sylen, dessen Hand noch immer um seinen Arm geschlungen war. »Das können wir nicht zulassen. Wir müssen …«

»Du«, entgegnete er kopfschüttelnd, »kannst dich gerne umbringen, aber nicht, wenn ich dabei bin und du mich gleich mit ans Messer lieferst.«

»Wo ist denn Eure Brüderlichkeit, Bruder Sylen?«, blaffte Albenrion ihn an.

Der Glaubensbruder zuckte mit den Schultern. »Die Ewige Flamme hat nie von Brüderlichkeit gesprochen, nur von Teilung.«

Wieder ergriff die Stimme des Kleinen die Taverne. »Ich hab doch nichts getan …« Tränen schossen aus seinen Augen, während er vergebens strampelte, um sich aus dem Griff des Soldaten zu lösen.

Albenrion flüsterte: »Was seid Ihr für ein Mensch, dass Ihr das erdulden könnt?«

»Einer, der überleben will.«

»Was bringt es, zu überleben, wenn man nicht lebt?«

Bruder Sylen antwortete nicht. Unwichtig. Nicht der Rede wert. Wieso auch? Albenrion war klar, dass er nicht nur überleben wollte, sondern leben. Mit seiner Nuvy. Er würde brennen.

Das leise Flüstern des weißblonden Jungen drang zu ihm, das verzweifelte Flehen eines Weinenden. »Ich bring doch bloß das Bier.« Das Strahlen in den Augen des Kleinen war verschwunden, und niemand in diesem Raum schien sich dazu bereit zu fühlen, es zu retten.

Als die Gruppe über die Schwelle trat, hörte Albenrion den Ruf eines Eichelhähers in die Taverne dringen. Dann fiel die Tür zu.

XIV. MAEINE

In der Gemeinschaft von Korlandia feierte niemand mit Bier oder Schaumwein. Hier schlossen alle den Tag mit Tee und Überzeugung. Und so war es auch heute in dem kleinen Haus im Zentrum von Eisenheim.

Dort stand Maeine in einem sich locker um ihren kugelrunden Bauch schmiegenden Kleid und mit einem bestickten Tuch im Haar in der gemütlichen Küche des schmucken Häuschens. Die Wände, die sie vom prosperierenden Leben der Hauptstadt abgrenzten, waren eine Mischung aus hellem Lehm und Stroh. Es war eine Konstruktion, die Leycon und ihr Vater vor einigen Jahren zusammen mit helfenden Nachbarn errichtet hatten, nachdem sie den Grund und Boden von den Fünf Schwestern zur Gründung ihrer Familie zugewiesen bekommen hatten.

Als sie das erste Mal hier angekommen waren, hatte Maeine beinahe der Schlag getroffen: Statt vor dem versprochenen, in den höchsten Tönen gelobten Haus hatte sie vor einem Bretterverschlag gestanden, der von gutem Willen und Hoffnung zusammengehalten wurde. Für sie war lange unerklärlich geblieben, wie das ältere Mütterchen hier ihre Tage verbracht haben konnte, bis ihr Leben das verdiente Ende gefunden hatte.

Aber Leycon hatte ihr das Versprechen eines kleinen Schlosses gegeben. Und er hatte es gehalten. Deshalb war es auch nicht verwunderlich, dass Maeine alles an diesem Haus liebte, denn sie hatte die Planung höchstselbst vorgenommen.

Und selbstverständlich die späteren Arbeiten akribisch kontrolliert. Gemeinsam mit Ariara und Serawyn. Es war dieser Sommer, in dem ihre Freundschaft sich zu dem entwickelt hatte, was sie heute war.

Unzweifelhaft – und selbst wenn nicht zwischen den drei Frauen – war in dieser Zeit viel gestritten worden, wie das eben so üblich ist in Familien, die zusammen handwerklich tätig sind. Leycon und ihr Vater hatten sich gezofft, sie und Leycon, ihr Vater und sie. Jeder hatte seine Befindlichkeiten, die dem jeweils anderen lautstark – und nicht selten auch fluchend – mitgeteilt werden wollten. Selbst wenn es nur kleine Nebensächlichkeiten waren, beispielsweise wie ein Hammer richtig geschwungen wurde. Maeines Mann und ihr Vater hatten sich stundenlang darüber ausgetauscht, anstatt weiterzubauen. Es war zum Haareraufen gewesen. Noch heute musste sie bei dem Gedanken an diese Zeit schmunzeln.

Und dennoch, das Ergebnis, das sie mit Leycon im Herbst bezogen hatte, war der wahrgewordene Traum des versprochenen Schlosses: ein reizendes Schlafzimmer, in dem sie so manches Abenteuer erleben sollten, ein stattlicher Wohnraum für Speis, Trank und Lebensglück sowie – ihr persönlich liebster Ort – die kleine Küche, in der sie ganz sie selbst sein konnte. Dort, wo in einer rußgeschwärzten Nische über den lodernden Flammen einer offenen Feuerstelle Maeines bauchiger Wasserkessel aus Messing hing, dessen Oberfläche vom alltäglichen Gebrauch dunkel angelaufen war. Dort, wo eine kleine Arbeitsfläche aus dunklem Holz gezimmert worden war, auf der sie anrichten und vorbereiten konnte, was sie zu kochen gedachte. Dort, wo überall Gefäßchen mit leckeren Gewürzen verteilt waren, die sie für alle möglichen Köstlichkeiten brauchte. Genau hier konnte sie zaubern wie die Magier der Gilde. Hier war sie Vorsitzende ihrer eigenen Zunft.

Leise seufzend strich sich Maeine sanft über ihren Bauch. Das Kind hatte sich den ganzen Tag noch nicht bewegt, aber das schien es jetzt nachzuholen. Es fühlte sich beinah so an, als würde es einen Salto nach dem anderen schlagen. Meistens ein wunderschönes, nahezu verbindendes Gefühl, nur hin und wieder überkam sie ein schmerzhaftes Stechen, wenn es eines ihrer Organe quetschte. So wie in diesem Moment. Es war wirklich an der Zeit, dass Leycon zurückkam, damit sie ihr Leben in Glück und Eintracht im trauten Heim verbringen konnten und er sie in solchen Augenblicken festhielt.

Das Feuer knackte leise, während der Wasserdampf in dünnen Schwaden zu der aus schweren Holzbalken geformten Decken aufstieg und sich mit dem würzigen Geruch von Minze und Kardamom vermischte. Das unverkennbare Signal, dass das Wasser bereit war.

Als Maeine sich über ein flaches Tablett beugte, das ebenfalls aus Messing gefertigt war, spürte sie erneut die Bewegung ihres Nachwuchses, dieses Mal ohne Schmerzen. Das Kind erlaubte ihr scheinbar, weiterzuarbeiten. Sorgfältig füllte Maeine eine Teekanne aus glasiertem Ton mit den losen Blättern eines grünen Tees. Es war die Sorte, die sie und ihre Freundinnen seit dem gemeinsamen Hausbau bevorzugten. Neben dem Kännchen lagen getrocknete Kräuter, Zitronenverbene und Salbei, die nur darauf warteten, selbst Teil des Getränks zu werden. Natürlich durfte auch der braune Zucker nicht fehlen. Serawyn hatte vielleicht eine starke Persönlichkeit, aber ihren Tee mochte sie genauso süß wie die Frauen und Männer, mit denen sie ihr Bett teilte. Zugegebenermaßen war das keine wirkliche Herausforderung für eine so erfahrene Zauberin in der Küche wie Maeine.

Ihre Bewegungen waren indes beinah rituell, während sie mit einer kleinen Kelle das heiße Wasser aus dem Topf schöpfte und mit größter Sorgfalt langsam über die Blätter in der Kanne goss. Ein kritischer Moment, wie ihre Mutter zu sagen pflegte, der darüber entschied, ob ein Tee gelang oder ob man ihn direkt ausgießen musste. Maeine atmete tief ein. Dann roch sie, was beinahe augenblicklich den gesamten Raum erfüllte: das kräftige, unverkennbare Aroma eines gelungenen Heißgetränks.

»Wunderbar«, konstatierte Falin, der in einer Ecke der Küche stand, um Holzscheite nachzuschichten.

Maeine nickte ihm zufrieden zu. »In der Tat.«

Mittlerweile hatte sie sich an diesen seltsamen Kauz gewöhnt. Er war so etwas wie ihre einzig helfende männliche Hand, wenn ihr Gatte aufgrund seiner Berufung durch die Fünf Schwestern nicht in Eisenheim sein konnte. Dabei übernahm er alle Aufgaben, die ansonsten von Leycon erledigt worden wären. Es gab eben doch Herausforderungen, die sich eine Frau nicht zumuten musste. Das wusste ihr Mann genauso gut wie sie, der Ewigen Flamme sei Dank. Deshalb hatte er sich darum bemüht – und dafür war Maeine sehr dankbar –, jemanden zu finden, der ihr zur Hand ging. Leycon hatte lange nach einem Mann gesucht, der ihnen beiden genehm war und dem sie ebenfalls zusagten. Falin war ein alleinstehender Veteran, dessen Gattin viele Jahre ihrer Lebenszeit der Gemeinschaft gespendet hatte und schon vor einigen Sommern verstorben war. Ein schmerzhafter Verlust für einen Mann, der nicht genügend Zeit mit seiner Familie hatte verbringen können. Es hatte ihn geprägt. Und doch konnte selbst Falins ständige Gegenwart die Leere nicht füllen, die Leycons Fehlen mit sich brachte. Niemand vermochte ihn in Maeines Leben zu ersetzen. Weder gestern noch heute oder gar morgen.

Vorsichtig und unter dem sorgenvollen Blick von Falin, der allerdings klug genug war, keine Hilfe anzubieten, balancierte Maeine die Teekanne und drei kunstvoll verzierte Teegläser auf einem aus Eichenholz geschlagenen Servierbrett aus der Küche in den stattlichen Wohnraum. Dort hatten es sich Serawyn und Ariara an einem großen, runden Tisch auf den dünn gepolsterten Holzstühlen gemütlich gemacht und schwiegen sich zu Maeines Überraschung an.

»Habt ihr euch nichts mehr zu sagen?«, fragte sie mit spöttischem Unterton, während sie langsam das Servierbrett auf dem Tisch zwischen ihren Freundinnen drapierte.

Serawyn überging ihre Frage und stieß statt einer Antwort ein genüssliches »Ahhhh!« hervor, um sogleich zu ergänzen: »Wie gut das duftet.«

Ariara griff nickend nach den Tassen, um sie auf dem Tisch zu verteilen. »Du machst einfach den besten Tee in ganz Korlandia.«

»Ach, ihr übertreibt.« Maeine errötete leicht wie jedes Mal, wenn die beiden ein wenig dicker auftrugen, als es notwendig gewesen wäre. Aber so waren sie eben: Die schlimmsten besten Freundinnen, die sie sich hätte vorstellen können. Für nichts auf der Welt wollte sie sie eintauschen.

Maeine griff nach der Teekanne und goss Ariara einen großen Schluck des Getränks ein. Der aufsteigende Dampf kringelte sich, verteilte das kräftige Aroma im Raum, so wie er es in der Küche getan hatte, und löste sich dann auf.

»Aber warum hast du nichts gesagt?«, fragte Serawyn mit einer Stimme, die Stein hätte durschneiden können, als Ma eine ihr Tee einschenkte. »Du bist hochschwanger! Das ist die Zeit, in der du dich ausruhen solltest, damit das Kind ordentlich heranwächst und prächtig gedeiht.«

»Niemand soll mir in meiner Küche herumfuhrwerken. Vor allem nicht du mit deinen ungeschickten Fingern.« Maeine lachte. »Am Schluss bekämen wir anstatt Tee ein kleines Lämmchen serviert, weil du die Zutaten vertauscht hättest.«

Die beiden anderen Frauen stimmten sofort in das Gelächter mit ein. Sie konnte eben nicht nur kochen, sondern auch Witze reißen.

»Wahrscheinlich hast du sogar recht«, murmelte Serawyn, ohne das Lachen zu unterbrechen.

Ariara wischte sich eine Freudenträne aus dem Auge, bevor sie zu bedenken gab: »Und trotz alldem spricht mir Serawyn aus dem Herzen. Du musst dich schonen. Bald ist es so weit.«

»Du weißt doch«, entgegnete Maeine, »nach der Geburt bin ich vielleicht noch lange genug ans Bett gefesselt. Und wenn ich mich erst um das Kind kümmern muss, dann habe ich möglicherweise gar keine Zeit mehr, in Ruhe etwas in der Küche zu zaubern.«

»Damit könntest du recht haben.« Serawyn seufzte. »Ich kann heute auch nicht ewig bleiben, meine Kinder erwarten, dass ich ein Essen zusammenbringe, bis sie vom Spielen mit den Nachbarn nach Hause kommen.«

»Siehst du.« Maeine zuckte mit den Schultern. »Außerdem geht mir Falin …«

Ihre Worte wurden von einem lauten Klopfen an der Tür unterbrochen.

Ariara legte die Stirn in Falten. »Wer ist das?«

»Das ist schwer zu sagen. Vor allem bei geschlossener Tür.« Der spöttische Unterton in Maeines Stimme war unüberhörbar. Sie hasste diese sinnlosen Fragen, die genauso gut von Leycon hätten stammen können. Bei jedem Klopfen immer dasselbe Spiel. Wie oft sie dieser Familie schon beizubringen versucht hatte, dass es erst dann möglich war, zu sagen, wer vor der Tür stand, nachdem sie geöffnet worden war. Ein zweckloses Unterfangen. Dass das elterliche Haus von Ariara und Leycon eine gläserne Eingangspforte gehabt haben musste, davon war Maeine überzeugt.

»Erwartest du jemanden?«, erkundigte sich Serawyn.

Sie schüttelte den Kopf, während sie zur Tür ging. »Alle, die ich erwarten würde, sind bereits hier.«

»Es könnte Leycon sein.« Vorfreude lag in Ariaras Stimme.

»Dein Bruder würde kaum klopfen, sondern eher die Tür eintreten«, entgegnete Maeine.

»Du hast recht.« Ariara kniff die Augen zusammen. »Vielleicht wäre es besser, nicht zu öffnen? Gerade nach allem, was derzeit so passiert ist in den Straßen.«

Serawyn nickte. »Nachdem wir schon am Stadttor kontrolliert wurden, ist etwas Vorsicht sicherlich nicht die schlechteste Idee.«

»Warst du nicht gestern noch der Meinung, die Person sollte nur mal klopfen, du würdest sie dann schon selbst erledigen?«, stichelte Ariara.

»Ich glaube«, warf Maeine ein, »sie hat gesagt: Ich fress so einen zum Frühstück.«

Wieder klopfte es, dieses Mal lauter, energischer.

Serawyn schüttelte den Kopf. »Vielleicht sollten wir es einfach nicht darauf ankommen lassen.«

»Ihr müsst euch keine Sorgen machen. Selbst wenn dort ein Mörder vor der Tür steht, muss er erst einmal an mir vorbei. Und das wird er nicht schaffen!«, versuchte der aus der Küche herbeieilende Falin die Frauen zu beruhigen, obwohl zumindest Maeine nicht wirklich beunruhigt war. Wer sollte das schon sein? Sie waren in Eisenheim. In Korlandia. Nicht in irgendeiner thalmarkischen Behausung am Rande der Menschlichkeit, wenn irgendjemand irgendetwas in diesem fauligen Reich überhaupt ernsthaft als Zuhause bezeichnen konnte.

Mit der Rechten umgriff Falin, der mittlerweile Maeine passiert hatte und schnurstracks auf die Tür zuhielt, einen

Dolch, den sie weniger Waffe als vielmehr Zahnstocher genannt hätte. »Ich werde nachsehen.«

»Das muss …«

»Keine Widerrede«, unterbrach er sie. »Dein Gatte hängt mich eigenhändig am nächsten Holzbalken auf, wenn dir etwas passiert, während ich eigentlich auf dich aufpassen soll. Das passt mir im Moment gar nicht, weil … nun ja … ich habe diese Frau kennengelernt … Aber das tut nichts zur Sache. Mein Leben ist mir einfach wichtig.«

Eine neue Liebe in einem alten Veteranenherzen also? Maeine entschied sich, Falin später darauf anzusprechen, denn er hatte nicht unrecht. Unweigerlich erinnerte sie sich daran, wie Leycon mit einem Mann umgesprungen war, der einst an ihre Tür geschlagen hatte. Ein alter Liebhaber, gekränkt vom Schmerz über die Nachricht, dass sie einen anderen geehelicht hatte. Betrunken war er in einer der ersten Nächte in diesem Haus herbeigewankt und hatte ihren Namen durch die Gassen geschrien. Maeine hatte Leycon damals mit Tränen in den Augen zugeflüstert, dass sie sich vor dem Mann fürchte. Dass sie nicht wisse, wie er sich verhalten würde, wenn Leycon wieder einer Aufgabe der Fünf Schwestern nachging. Was in Nächten passieren würde, in denen sie allein zurückblieb. Natürlich hatte sie nicht wirklich Angst. Sie hatte ihn vielmehr davon überzeugen wollen, nicht wieder fortzugehen.

Er aber hatte an diesem Abend nur kurz genickt und war dann nach draußen gegangen. Sie hatte kaum bis einhundert gezählt, da war das Geschrei verstummt. Nur Augenblicke später war Leycon zurückgekommen. Von dem Mann hatte sie nie wieder etwas gehört. Sie war sich spätestens seit diesem Erlebnis sicher, den Richtigen geheiratet zu haben. Einer, der alles für sie tat. Sogar das Unaussprechliche, vorausgesetzt, dass es recht und billig war.

Trotzdem wünschte Maeine Falin nicht dasselbe Schicksal wie ihrer betrunkenen Liebe aus der Jugend. Auch wenn er ihre Einsamkeit nicht linderte, wollte sie sich dennoch weiterhin freuen, ihn zu sehen. Zudem war Leycon in dem Bestreben, für ihren Schutz zu sorgen, deutlich kompromissloser geworden seit dem Tag, an dem sie beide von der Schwangerschaft erfahren hatten.

Das war der Grund, weshalb Maeine Falin passieren ließ. Nicht wegen der Angst, welches Ungeheuer wohl vor ihrer Tür lauern würde, sondern weil keins so grausam sein konnte wie Leycon, wenn er erführe, dass Falin sie nicht beschützt hatte.

Während Ariara und Serawyn leise und für Maeine unverständlich tuschelten, umklammerte Falin den Dolch so fest, dass das Weiß seiner Knöchel hervortrat. Der Mann, der möglicherweise mehr Angst hatte als all die Frauen um ihn herum, selbst wenn er es geschickt zu verbergen vermochte, war ihre Speerspitze gegen das, was dort klopfte. Mit einer Handbewegung machte er ihr deutlich, dass sie nicht näher kommen sollte. Vielleicht wollte er sogar, dass sie weiter zurücktrat. Was für ein Ungeheuer er wohl erwartete?

Falin schluckte unüberhörbar. Dann öffnete er langsam die Tür. Er atmete aus, lauter, als er hätte müssen. Ein Spalt tat sich auf. Die Hand mit dem Messer zitterte. Er räusperte sich.

»Wer …«

Die Faust auf der anderen Seite war schneller. Bevor Falin ausreden konnte, sprang die Tür auf und traf ihn am Kopf. Mit einem leisen Klirren fiel der Dolch zu Boden. Das Türblatt federte von seiner Stirn zurück Richtung Schloss. Ein zweiter Schlag auf das Holz, fester, entschlossener.

Falin vermochte gerade noch mit einem taumelnden Schritt nach hinten auszuweichen, ehe sie vollständig aufflog und drei Männer über die Schwelle traten, deren Rüstungen einheitlich schlicht, aber unverkennbar waren: rote Platten, mattiert, mit goldenen Nägeln an Schultern und Schienen. Auf den Brustpanzern prangte das silberne Siegel der Magiergilde zu Eisenheim. Es waren Häscher der Gilde.

»Wir suchen Maeine, die Bewohnerin dieses Hauses«, schrie der vordere Falin viel lauter an, als es notwendig gewesen wäre. »Ihr seid nicht sie! Im Namen der Fünf Schwestern, tretet zur Seite.«

Während Ariara und Serawyn mit offenen Mündern in Richtung Tür starrten, spürte Maeine ein Stechen in der Brust, beinah so, als hätte jemand ihren Herzschlag gestohlen. Instinktiv legte sie die Hände auf ihren Bauch. Falin hingegen griff mit seinen nach dem Dolch. Bevor er ihn erreichen konnte, trat einer der Häscher auf seinen Unterarm. Krachend splitterte der Knochen unter dem schweren Stiefel. Der Schmerzensschrei ließ die drei Freundinnen allesamt fast gleichzeitig zusammenzucken.

Die Eindringlinge marschierten ohne weiteres Zögern in die Mitte des Raumes und bauten sich dort in ihrer gesamten Größe und Breite auf, als hätten sie Sorge, die Frauen könnten sie in einem Nahkampf mit den Fäusten zu Boden strecken.

Maeine konnte in den Gesichtern der Männer nicht lesen, wieso sie sie im Namen der Fünf Schwestern suchten. Dort waren weder Bedauern noch Zorn, nur ein Ausdruck, der wie Entschlossenheit hätte wirken können. Vielleicht war es aber auch etwas anderes, das sie in den Mienen sah. Etwas, das sie nicht zu deuten vermochte. Dann schoss ihr ein Gedanke durch den Kopf: Leycon. War er tot? Das Mittagessen stieg ihr in die Kehle, und nur mit Mühe konnte sie es unten behalten.

»Ist …«, stotterte sie, »Mein Mann … geht es ihm …«

»Seid Ihr Maeine?«, fragte der, der zuvor Falins Arm zertrümmert hatte, mit genauso lauter wie nüchterner Stimme.

Ihre Muskeln zogen sich zusammen. Der Tonfall. Er verriet es. Die Männer waren nicht wegen Leycon hier. Es ging um etwas anderes. Um sie.

Ein weiterer Schrei von Falin durchbrach das Zimmer. Er litt grausame Schmerzen. Maeine konnte aus den Augenwinkeln beobachten, wie er dennoch versuchte, sich wieder auf die Beine zu kämpfen. Er war nicht schnell genug.

Ein Häscher bemerkte ebenfalls, was Falin tat. Nicht, dass er ihn hätte fürchten müssen. Der Veteran war ihm wohl einfach lästig. Ein Tritt. Wieder splitterten Knochen. Der Soldat war noch nicht fertig mit dem alten Mann. Mit dem festen Schlag einer mit Stahlplatten behandschuhten Faust schlug er ihm kräftig auf die Nasenwurzel. Falins Augen weiteten sich. Blut überströmte das Gesicht. Dann fiel er rücklings zu Boden. Dieses Mal wirkte es nicht so, als würde er noch einmal aufstehen. Zumindest nicht so bald. Maeines Schultern sackten nach unten. Er hatte es versucht. Mehr konnte Leycon nicht erwarten.

Serawyn erhob sich indes genauso langsam wie Falin zuvor, beinahe so, als würde sie sich gegen eine hohe Welle blauen Wassers stemmen, die kein Mensch mit seiner Leibeskraft hätte aufhalten können. Bedächtig trat sie einen halben Schritt vom Tisch weg, hin zu dem Mann, der ihr am nächsten stand, ihre Stirn in Falten gelegt. »Mein Herr, wie kann unsere Maeine Euch zu Diensten sein?«

Der Häscher neigte kaum merklich den Kopf. Seine Stimme blieb so kalt wie zuvor, doch nun war es vielmehr der Tonfall eines Mannes, der auswendig Gelerntes proklamierte: »Maeine wurde im Namen der Konklave der Magiergilde zu Eisenheim auf Grundlage des Wandels der Fünf Schwestern im neunten Zyklus und unter Berufung auf die

Verfügung zur Teilhabe ausgelost, ihre Lebenszeit der Gemeinschaft zu spenden.«

»Sie?« Ariara erhob sich ebenfalls, vermied es aber – ob aus Resignation oder Angst, das war nicht zu erkennen –, einen Schritt vorzutreten. »Eine hochschwangere Frau? Wieso?«

Während Maeine voller Verzweiflung die Hände vors Gesicht schlug, hob der Häscher seine Rechte. Es machte den Anschein, als wollte er Einwand und Emotion zugleich abwehren, ohne sich wirklich mit ihnen auseinanderzusetzen – vielleicht weil er sie mehr als störendes Hintergrundgeräusch ansah, das er einfach zum Verstummen bringen musste –, doch er durfte nicht zuletzt in Serawyns Blick erkannt haben, dass sie sich damit nicht zufriedengeben würde.

»Die Ehre«, führte er dann weiter aus, »der Gemeinschaft Korlandias zu dienen und mit ihr den Fünf Schwestern sowie der Magiergilde, richtet sich niemals nach dem Zustand des Leibes, sondern nach dem Entscheid des Loses. Und in Korlandia gilt: Wer von Nyssari selbst erwählt wurde, wird nicht infrage gestellt. Das steht schon in der Heiligen Schrift der Ewigen Flamme, dem Ursprung unserer Welt.« Er hielt kurz inne. »Denn ein jeder gebe nach seinem Vermögen und empfange nach seinem Bedürfnis.«

Maeines Beine fühlten sich auf einen Schlag so weich an, als hätte der Boden unter ihr beschlossen, nicht länger fest zu sein. Sie war ausgelost worden. Warum jetzt? Wieso nicht erst in einem Mondzyklus? Nach der Geburt? Was hatte sie getan, dass Nyssari ihr diesen Streich spielte?

»Mein Herr, ich bin stolz wie jeder andere Korlandianer, der sich der Gemeinschaft hingeben darf, aber …«

Der Häscher machte einen schnellen Schritt auf Maeine zu und unterbrach sie, noch bevor sie ihren Satz beenden konnte. »Ihr wollt Euch weigern?«

»Nein, auf keinen …«

»Das will ich doch hoffen. Ihr kennt sicherlich die Strafe für diejenigen, die ihren Dienst an der Gemeinschaft ausschlagen.« Er brummelte leise, bevor er hinzufügte: »Es wäre eine Schande, Euren Mann, einen Sohn, dem ganz Korlandia mit Stolz gegenübertritt, nackt und an Ketten über heißen Kohlen vorgeführt zu sehen.«

Maeine nickte knapp. Er hatte recht. Das konnte sie Leycon nicht antun. Aber was würde mit ihrem Kind passieren? Würde es sterben? Sie hatte keine Zeit, zu fragen, denn Serawyn erhob voller Überzeugung ihre Stimme, die dennoch von einem unüberhörbaren Zweifel durchsetzt war.

»Mit Verlaub, das kann nicht Euer Ernst sein.«

»Im Gegenteil. Es ist eine Auszeichnung, unter Millionen als würdig erkannt zu werden.« Der Blick des Häschers war unbeirrt, während seine beiden Kumpanen sich rechts und links von Maeine platzierten. Dann zeigte er auf sie. »In ihr sieht Nyssari nicht nur eine Frau, sondern vielmehr eine wichtige Säule des korlandianischen Staates und unserer Gemeinschaft. Sie erbringt ein Opfer für uns alle und darf sich sodann ein Licht in Zeiten der dunkelsten Prüfungen nennen.«

Er trat einen weiteren Schritt auf Maeine zu, stand nun so nah, dass sie seinen Atem roch, eine Mischung aus Blut, Eisen und etwas Bitterem, das wie kalte Asche in der Nase lag.

»Sie kann sich wirklich glücklich schätzen«, fügte er hinzu. Es war weniger Trost als vielmehr ein Befehl.

Serawyn und Ariara waren auf die Bank zurückgesunken. Sie hatten es lange genug versucht, um ernsthaft zu wirken, und doch nicht zu ausführlich, um sich lächerlich zu machen. Oder sich gar in Gefahr zu begeben. Maeine hatte nichts anderes von den beiden erwartet. Jede von ihnen wusste, was es hieß, gegen die Gemeinschaft aufzubegehren. Und was die Folgen daraus waren. Keine Familie sollte enden wie die von Lenja gestern.

Maeine hatte sich damit abgefunden. Was blieb ihr auch sonst? Vielleicht hatte sie nach der Spende weniger Lebensjahre, aber sie hatte überhaupt noch welche. Bei Widerstand würde nicht nur sie ein paar Jahre einbüßen, sondern alle übrig Gebliebenen. Niemand konnte sich das leisten. Serawyns Kinder wären allein, Ariara gegangen, ohne geliebt zu haben, und Leycons Vermächtnis, das er sich über all die Zeit aufgebaut hatte – das Raunen seines Namens in vielen Mündern –, wäre unwiederbringlich verloren. Damit würde auch seine Erinnerung aus Korlandia getilgt werden, denn ein Mensch stirbt spätestens dann, wenn sich niemand mehr an ihn erinnert.

Der Häscher streckte Maeine die Hand entgegen. Als sie nicht sofort annahm, schlossen sich die Finger der beiden anderen genauso kalt wie gnadenlos um ihre Oberarme. Die scharfen Metallplatten der Handschuhe gruben sich tief in ihre Haut.

Maeine schrie nicht. Keine Träne kam aus ihren Augen. Und doch fühlte sie sich entgegen dem Befehl, der ergangen war, nicht im Geringsten geehrt.

»Wir werden sie hierher zurückbringen, wenn das Ritual abgeschlossen ist. Es ist Eure Angelegenheit, ob Eure Freundin in Eure Mitte zurückkehren soll oder ob Ihr sie verstoßen wollt.«

Mit diesen Worten marschierte der Häscher aus dem Haus. Die beiden anderen taten es ihm mit Maeine in ihrer Mitte gleich. Sie wehrte sich nicht, stemmte sich nicht gegen das Unausweichliche, sondern folgte. Oder vielmehr: akzeptierte. So, wie sie es gelernt hatte. Wie es jeder tun sollte, dem die Gemeinschaft wichtig war. Denn immer, wenn sich jemand dagegen sträubte, wurde Korlandia ein klein wenig mehr wie Thalmark.

XV. RHEA

Rhea bedeckte ihren entblößten Körper mit einem Kleid. Einem besonderen. Einem, das sie immer wieder für Momente wie diesen vorbereiten ließ. Es war so eng anliegend wie nur möglich, mit einem weiten Ausschnitt und aus dünnem Stoff, und zeigte beinah mehr, als es verbarg. Am Rücken waren drei Knöpfe angenäht, die es geschlossen hielten, doch unter dem kleinsten Widerstand abrissen. Jedes Mal. Weniger aus einem Fehler heraus als vielmehr aus voller Absicht. Damit sich der nächste primitive Lüstling stärker fühlen konnte, als er jemals hätte sein können, mächtiger, bis auch er begriff, dass Rhea die Einzige war, die auf Meierstein wirkliche Macht hatte und die Ordnung brachte. So wie Kaerthas es predigte. Wie Behar es gelebt hatte. Wie ihr Großvater es gelehrt hatte.

Rhea setzte sich auf die Bettkante und schlug die Beine übereinander. Sie war bereit für das, was kommen würde, freute sich sogar darauf wie ein kleines Kind auf eine Süßigkeit, nachdem es den Teller geleert hatte.

Es klopfte an der Tür. »Wir haben ihn, wie befohlen«, rief eine durch die Dicke des Holzes gedämpfte Stimme.

Rhea nickte zufrieden. Kaerthas sah sie. Genauso wie Behar. Und ihr Großvater. Sie war sich sicher. Und sie würde ihnen das bieten, was sie verdient hatten zu sehen. Oder vielmehr, was sie sich von ihr erwarteten.

»Bringt ihn herein.«

Mit einem leisen Knarren öffnete sich die Tür. Zwei Soldaten betraten den Raum. Zwischen sich hielten sie mit festem

Griff einen nackten Mann mit schwarzen Haaren, dessen Knie wund waren. Sein Körper war überzogen von etlichen Striemen.

»Hier ist er, Herrin van Meier. Es ist der, der mit den beiden aus Korel und der Kleinen aus Esterlyn ankam«, sagte der eine Soldat, während der andere dem Gefangenen so fest in die Kniekehlen trat, dass er keuchend einknickte und sich auf dem harten Steinboden wiederfand.

»Vielen Dank. Ihr könnt nun gehen. Ich werde alleine mit ihm zurechtkommen.«

»Wie Ihr wünscht«, entgegnete der Soldat. Die beiden verbeugten sich und verließen das Zimmer rückwärts, ohne sich umzudrehen.

Rhea musterte den Mann, der vor ihr auf dem Boden kniete, eine Zeit lang wortlos. Er war weder von bemerkenswerter Statur noch in irgendeiner anderen Art erinnernswert. Alles an ihm war Durchschnitt, sogar die Männlichkeit zwischen seinen Beinen selbst. In seinen Augen brannte kein Feuer. Sie waren nur von falschem Stolz und Selbstüberschätzung zerfressen. Dieser Wurm hatte so wenig von Behar, wie ein Mann nur haben konnte.

Er blickte auf den Boden, anscheinend unfähig, Rhea anzuschauen. Nicht das kleinste Zucken ging durch seine Glieder. Es wirkte beinahe so, als wollte er verhindern, dass sie bemerkte, dass er da war. Er atmete nicht einmal laut genug, als dass es in der Stille des Zimmers zu hören gewesen wäre.

Nachdem einige Minuten vergangen waren, begann die Situation Rhea zu langweilen. Was half ihr all der Ausblick, wenn nichts passierte? Deshalb fragte sie: »Wie ist dein Name?«

Der Mann antwortete nicht. Hielt er sogar die Luft an?

Ihr Eindruck hatte sie offensichtlich nicht getäuscht. Nur dass sie möglicherweise den Würmern Unrecht getan hatte, ihn auf dieselbe Stufe zu stellen. Er war Ungeziefer, nicht mehr. Einer, der nur stark war, wenn er von Schwachen umgeben wurde.

Rhea erhob sich und ging langsam einige Schritte auf ihn zu. Diese Art von Mann musste manchmal motiviert werden, ihren falschen Stolz wiederzuentdecken, vor allem in ihrer Nähe. Als sie den Nackten erreicht hatte, hockte sie sich neben ihn auf den Boden und fragte mit gespielter Sanftheit in der Stimme: »Zitterst du etwa?«

Wieder blieb er stumm. Vorsichtig strich Rhea ihm durch das schwarze Haar. Seine Muskeln entspannten sich ein bisschen. Oder krampften zumindest weniger.

»Mach dir keine Sorgen. Alles wird gut. Wir sind doch nur hier, um etwas Spaß zu haben.«

Das war nicht einmal gelogen, denn sie hatte ihn tatsächlich zur Unterhaltung kommen lassen. Es lag an ihm, ob er dabei auch Freude empfinden würde.

»Du musst gar nichts sagen. Es reicht, wenn du einfach nur da bist. Ich bin nicht hier, um etwas von dir zu fordern, sondern, damit du dein Leben genießen kannst, bevor du so viele Jahre abgeben wirst.«

Sein Kopf hob sich leicht. Rhea schenkte ihm ein warmes Lächeln voller Milde, nur um mit ihrer Fingerspitze sanft seine Nase zu berühren. Er war fast dort angekommen, wo sie ihn haben wollte. Das Ungeheuer in ihm war beinahe geweckt.

»Bin ich eine so hässliche Frau, dass du es nicht einmal wagst, mich ordentlich anzuschauen?« Sie presste eine Träne hervor. »Warum fürchten mich alle Männer, anstatt mich wie eine echte Perle zu behandeln?«

Er schluckte – dieses Mal deutlich hörbar – und hob den Kopf noch ein Stückchen mehr. Dann endlich war es so weit: Er schielte unverhohlen auf das, was ihr Kleid nicht zu verbergen vermochte. Rhea erkannte die Regung in seinem Schritt. Sie hatte nicht nur seine Aufmerksamkeit erregt. Wie bei jedem Mann, der auf diese Weise zu ihr gebracht wurde.

Sie lehnte sich leicht nach vorne, um ihm einen noch besseren Ausblick auf das zu geben, was er begehrte. »Also? Willst du mir jetzt deinen Namen verraten?«

»Mogron.« Der Mann schaute ihr für den Bruchteil einer Sekunde in die Augen, nur um wieder abzuschweifen, tiefer, als würde er ihr Herz anschauen wollen. Er war seinem inneren Trieb verfallen, die Angst – und mit ihr die Vorsicht – hatte sich gelöst.

Rhea strich ihm über die Stirn. »Weißt du, wieso du hier bist?«

»Um meine Lebenszeit zu spenden?«

Sie schüttelte den Kopf und ließ den Finger von Mogrons Wange aus tiefer wandern, hin zu seinem Kinn, das sie sanft, aber dennoch bestimmt nach oben drückte. Dieser hier war also ein genauso schäbiger wie dummer Mann.

»Ich habe dir doch schon gesagt, dass das nicht der Grund ist. Versuch vielleicht einfach noch einmal, zu erraten, was der Spaß sein könnte, den ich für uns beide geplant habe.«

Mogron schaute ihr tief in die Augen. Nicht weil er wollte. Nicht weil er konnte. Sondern weil Rhea ihm keine andere Wahl ließ. Jedes Mal versuchte sie, diesen Männern durch die Pupillen in den Geist zu schauen, herauszufinden, weshalb sie sich dermaßen von Kaerthas abgewandt hatten.

»Erinnerst du dich, was dein Verbrechen war? Weswegen du in Korel eingesperrt wurdest?«

Er nickte.

»Und, Mogron?«, fragte Rhea, ließ sein Kinn los und baute sich vor ihm auf. Sie war seinem Mund so nah, dass sie seinen durch das Kleid dringenden Atem zwischen ihren Oberschenkeln spürte. Sie liebte das Gefühl, weshalb sie einige Sekunden innehielt, um die Wärme vollständig in sich aufzusaugen. Sie schloss die Lider, nur um sich vorzustellen, vor ihr knie nicht dieses Ungeziefer, sondern Behar mit breitem Oberkörper, seinen schwarzen Haaren und den brennenden Augen. Aber er war es eben nicht.

»Was hast du getan?«, fragte sie schließlich.

»Ich habe mit einer Frau geschlafen«, entgegnete Mogron kleinlaut.

Rhea begab sich zurück auf sein Niveau – wenn nicht geistig, so doch zumindest körperlich –, nur um wieder mit einem Griff an sein Kinn sicherzustellen, dass er ihr in die Augen sah. »Und das war dein Verbrechen?«

»Nein.« Mogron kniff die Lider zusammen. »Sie hat nicht verstanden, wie viel Glück sie hatte, dass sie das Bett mit mir teilen durfte.«

»Und deshalb hast du sie dazu …«Rhea hielt wie immer an dieser Stelle kurz inne, um so zu tun, als müsste sie das richtige Wort suchen. »Motiviert?«

Mogron versuchte, zu nicken, aber ihr Finger verhinderte es.

Sie hob die rechte Hand und strich ihm die Brust entlang, führte sie langsam hinab über seinen Bauch bis kurz vor seine Männlichkeit. Ihre Lippen verzogen sich zu einem warmen Lächeln. Mit butterweicher Stimme fragte sie: »Und wie hast du das getan, Mogron?«

Er schwieg.

Rhea hob eine Augenbraue, während sie sein Kinn immer höher drückte und ihm dabei durch die schwarzen

Haare streichelte. »Mogron?« Sie packte zu, zog seinen Kopf ruckartig nach hinten. Es war genug.

Sein Nacken knackte unter der plötzlichen Bewegung. Ein Quietschen entwich seinem Mund.

»Mogron«, wiederholte Rhea kopfschüttelnd, »wenn ich dir eine Frage stelle, dann beantwortest du sie.« Sie zog noch fester an seinen Haaren. »Hast du mich verstanden?«

»Ah … ha«, stammelte er.

»Braver Junge.« Sie lockerte den Griff und tätschelte seine Wange. »Also? Wie hast du sie überzeugt?«

Mogron schluckte deutlich hörbar. »Mit … Gewalt.«

»Na siehst du.« Rhea erhob sich und bedeutete ihm, sich ebenfalls zu erheben. Als er sich vor ihr aufgerichtet hatte, fragte sie: »Und was hast du getan?«

Er schaute auf den Fußboden. Eine gespielte Scham, entlarvt durch die kurzen, aber umso lüsterneren Blicke auf Rheas Brustwarzen, die sich unter dem Stoff abzeichneten. Seine Gier war unmöglich zu übersehen, selbst wenn sie sich darum bemüht hätte. Wieder beugte sie sich etwas vor, zupfte ihren Ausschnitt zurecht. Mogrons Männlichkeit dankte es ihr mit einem auffallenden Zucken. Rhea griff nach seiner Hand, legte sie an ihren Hals und drückte seine Finger zusammen. Dann röchelte sie leise, weniger wegen des Drucks als vielmehr für das Schauspiel.

»War es das, was du getan hast?«

Er blieb stumm.

Es war immer dasselbe. Stärke kannte diese Art von Mann nur gegen Schwache. Durch die, die sich nicht wehren konnten, versuchten diese Würmer, zu bekommen, was sie nicht besaßen, und zu behalten, was sie nicht verdienten. Und damit brachen sie nicht nur Gesetze, sondern widersetzten sich Kaerthas' Lehre. Sie waren es, die mit ihrem Verhalten auf die

Probe stellten, was geordnet und gemessen worden war. Sie waren schlimmer als das Violett: ein dunkler Fleck im Blau.

Rhea verpasste Mogron eine Backpfeife. Das laute Klatschen schallte durch das gesamte Zimmer, doch er nahm es gefasster, als sie erwartet hatte. Nicht jeder tat das. Manche brachen bereits in diesem Moment.

»Ich habe dich gefragt, ob es das war, was du getan hast.«

Mogron nickte.

»Aber du hast fester gewürgt?«

»Vielleicht.«

Rhea fasste mit ihrer freien Hand nach seinen männlichen Kronjuwelen und drückte sie zwischen ihren Fingern zusammen. Er jaulte auf.

»So?« Sie erhöhte den Druck.

Mogrons Muskulatur krampfte. Er schrie laut auf, keuchte.

»Oder so?« Rhea quetschte seine Juwelen noch fester.

Jetzt drückte er mit der Hand, die an ihrem Hals lag, energisch zu. Sie spürte den Druck nicht zum ersten Mal in ihrem Leben. Da war keine Angst, nur ihr erwachender Verstand. Eine gespannte Erwartung. Selbstverständlich war der Schmerz unter seinem Griff echt. Wahrhaftig. Aber das machte ihn aus, führte zu dem Prickeln in ihrer Brust, zu dem Zucken zwischen ihren Oberschenkeln. Nicht weil Mogron sie hätte bezwingen können. Er war dazu genauso wenig in der Lage wie jeder Mann vor ihm. Nein. Es war vielmehr die Manifestation ihrer schier grenzenlosen Macht. Wie in den Momenten, in denen sie ihren Vater so manipulierte, dass er sie schlug. Selbst wenn er es verabscheute. Sie hatte die Macht. Sie konnte die Macht abgeben, nur um sie im rechten Augenblick zurückzufordern. Diese Gewissheit war Quell der Lust, die sie durchfuhr.

Mogron lockerte seinen Griff. Das konnte sie nicht zulassen, nicht jetzt, nicht in dem Moment, in dem sich zwischen ihren Schenkeln der feuchte Beweis ihrer Lust sammelte. Rhea erhöhte abermals den Druck auf seine Juwelen. Er dankte es ihr, indem auch er wieder fester ihren Hals umschloss. Ein lustvolles Stöhnen entwich ihr.

Die andere Hand des Mannes griff nach ihr, wollte sich an ihrem Kleid festhalten, daran ziehen. Erfolglos. Die Knöpfe, deren Aufgabe von vorneherein vielmehr das Öffnen als das Schließen gewesen war, erfüllten ihren Zweck und gaben unter der geringen Anstrengung nach.

Rhea lächelte zufrieden, nahm ihre Hand von seiner Männlichkeit und versetzte ihr mit ihrem Knie einen so kräftigen Stoß, dass Mogron zusammenzuckte, ihren Hals losließ, nur um dann nach Luft schnappend zu Boden zu sinken. Er hatte geglaubt, er hätte Macht. Aber nur sie hatte welche. Ihr war das klar. Er würde es jetzt lernen.

Sie gab Mogron keine Pause, um nach Atem zu ringen, sondern beugte sich vornüber und zog ihn an den Haaren zu sich.

»Cheires-anaireo«, murmelte Rhea. Ranken erhoben sich und umschlangen die Arme des Mannes. Er versuchte, sich halb kraftlos, halb schmerzerfüllt dagegen zu wehren. Zwecklos. Das Gewächs ließ sich nicht abschütteln und fesselte seine Hände auf dem Rücken.

Rhea presste seinen Mund zwischen ihre hungrigen Schenkel, nur um ihn Augenblicke später wegzureißen und dann auf ein Neues beizuholen. Immer wieder. Wie sie es mit all den anderen getan hatte. Jedes Mal in dem Wissen, dass Kaerthas sah, was sie für ihn tat.

Mogron keuchte immer weiter, schnappte panischer nach Luft, während sich in Rheas Körper schleichend der Sturm der Erlösung aufbaute, angeheizt durch seine völlige

Hilflosigkeit. Jeder ihrer Muskeln spannte sich an, ihr Atem stockte. Dann, als das heiße, gierige Beben durch sie raste, gab sie alles ab, presste ihre Schenkel mit Kraft gegen seinen Kopf.

Sie hatte bekommen, was sie wollte. Nicht, was sie von Behar erwartet hätte. Nur, was Ungeziefer wie Mogron geben konnte. Zu was er zu gebrauchen war. Und Kaerthas? Er hatte noch nicht alles von dem Mann erhalten. Er verlangte mehr. Und Rhea würde es ihm geben.

Sie versetzte Mogrons Oberkörper einen Tritt. Sein schweres Stöhnen war Musik in ihren Ohren, während sie zum Nachttisch spazierte und die Schublade öffnete. Dort lag ein goldenes Messer.

»Es wird Zeit, dass die Ordnung wiederhergestellt wird«, sagte Rhea lachend und nahm die Klinge in die Rechte. Sie ging zurück, zu Mogron und setzte sich auf sein Gesicht. Langsam rutschte sie über ihn, hin und her, während ihre freie Hand nach seiner Männlichkeit griffen, um sie liebevoll zu bearbeiten.

Mogron stöhnte leise, wurde immerzu unruhiger. Auch in ihm zog der Sturm auf, der genauso in ihr wieder mehr als nur zu schwelen begann. Beide kamen sie dem Moment immer näher, in dem sich das Beben entladen sollte. Als Rhea bemerkte, dass er kurz davor stand, zog sie die Hand zurück. Die goldene Klinge schoss nach vorne, dorthin wo die Linke eben noch gewesen war. Ein sauberer Schnitt.

Er schrie bitterlich, doch der Schrei wurde von ihren Schenkeln gedämpft, die sie umso fester auf seinen Mund presste, als sie erneut alles fahren ließ und vom Zucken übermannt wurde.

Kaerthas hatte die Ordnung, die er wollte, Behar den Stolz, den er begehrte. Ihr Großvater die Zufriedenheit, die er brauchte. Rhea besaß die Macht, die sie definierte.

Und Mogron? Ihm war sie genommen worden.
Für immer. Grausam. Wahrlich.
Aber in Rheas Augen völlig zu Recht.

XVI. LEYCON

Albenrion redete. »Wir hätten ihn retten können, Bruder Sylen. Wirklich. Mit der Hilfe …«

Leycon hörte nicht länger hin. Er konnte das Gequake dieses Jungen nicht mehr ertragen. Seit der Taverne sprach er fast ununterbrochen über die Pfändung der Lebenszeit des weißblonden Kindes. Und jeder Versuch, ihn zu stoppen, verpuffte. Entweder würde Leycon ihn in den nächsten Minuten töten oder … Wenn er es sich recht überlegte, gab es dazu keine Alternative.

Er war schon schneller geritten, damit Albenrion vielleicht beim Hinterherhecheln die Luft ausging. Zwecklos. Der Einzige, der lauter schnaufte, war Stutenversteher. Leycon hatte längst aufgehört, dem Jungen zu antworten. Ebenso zwecklos. Der gab sich die Antworten selbst. Er kannte niemanden, der so ausdauernd sprach und so erbärmlich wenig Inhalt lieferte. Man konnte fast meinen, Albenrion hätte Chronist werden sollen.

Immer wieder stellte sich Leycon die Fragen, wieso er Rhea van Meier versprochen hatte, die Lebenszeit gleich frei Haus zu liefern. Und ob das nicht ein Fehler gewesen war. Vielleicht war es ein Moment des Überschwangs gewesen, der ihn dazu geritten hatte. Andererseits waren da nicht nur Nachteile, den Jungen dabei zu haben. Sollte es auf Leycons Weg ein Opfer brauchen, so hatte er es gleich mitgebracht, um zu verhindern, dass die Wahl am

Schluss auf ihn selbst fiel. Eine alte Regel, die er nicht nur aus Büchern kannte: Geh möglichst niemals alleine in den Keller. Sonst stirbst du.

»... weil, Bruder Sylen, das müsst Ihr mir glauben. Oder nicht? Na ja, es ist auch nicht so wichtig, jedenfalls ...«

Leycon wollte gerade einen bissigen Kommentar abfeuern – irgendetwas zwischen »Halt's Maul« und »Wenn du noch länger so weiterredest, muss ich ernsthaft über einen Unfall nachdenken« –, da blieb Stutenversteher plötzlich stehen. Es war keine abrupte Bewegung, vielmehr zuerst ein zögerliches Zucken im Hals des Pferds. Dann kam es zum Stillstand. Die Ohren bewegten sich. Der Blick war starr auf den Weg voraus gerichtet.

Albenrion stoppte ebenfalls. Natürlich erst, nachdem er quatschend einige Meter weiterspaziert war. Er drehte sich mit einer fragenden Miene um, schloss die Lücke wieder, die er aufgerissen hatte, um dann mit einer Stimme, der offenkundig jede Ahnung vom drohenden Tod fehlte, zu fragen: »Was ist los?«

»Psssst«, zischte Leycon und legte den Finger auf die Lippen.

Mit einem gezielten Griff versicherte er sich, dass das Schwert noch an Ort und Stelle war, bevor er Stutenversteher sanft die Sporen gab. Das Pferd schnaubte leise, offensichtlich mit mehr Bewusstsein für die drohende Gefahr als der Junge. Vielleicht würde es helfen, wenn Leycon auch ihm die Eier abschneiden würde. Er entschied sich, nicht weiter über diese Versuchung nachzudenken.

»Sei vorsichtig!«, zischte er Albenrion zu und zeigte auf das Waldstück, das sich nur wenige Meter entfernt erhob. »Wir sind nahe am Spiegelwald von Brynus.«

Der Junge legte die Stirn in Falten, aber aus einem unerklärlichen Grund folgte keine Frage. Ob er gelernt hatte, dass Schweigen manchmal besser war? Man sollte die Hoffnung niemals aufgeben.

Sie kamen um eine Biegung. Auf dem Pfad dahinter lag ein hölzerner Wagen, schief und mit einem abgebrochenen Rad, das sich unter der Mithilfe eines auf dem Weg liegenden Steins entschlossen hatte, den weiteren Dienst zu verweigern. Leycon ließ für einen Moment den Blick über das schweifen, was sich vor ihm präsentierte: keine Karrenspuren hinter dem Wagen, aber frische Fußabdrücke auf dem Weg. Typisch. Neben dem Platz der ungeplanten Rast entdeckte er einen Mann, der ein Hinken spielte, und eine Frau, die sich an einem kläglichen Weinen versuchte. Letzteres war ein dermaßen aufgesetztes Geräusch, dass sich Leycon für einen Moment voller Verzweiflung fragte, wer auf dieses schreckliche Schauspiel hätte reinfallen sollen. Die Antwort lieferte ihm – und darüber war er nicht einmal sonderlich überrascht – Albenrion, der es sich scheinbar zur Mission gemacht hatte, das Seelenleid zu umarmen, das die beiden darboten wie eine Dirne ihre Vorzüge in der Vornacht der Steuerabholung, damit sie mit Kaerthern zu zahlen vermochte und nicht mit der Jugend, die ihr Angebot an die Männer war.

»Wir müssen ihnen helfen!«, rief der Junge, ohne sich umzudrehen.

Leycon hätte ihm am liebsten den Stiefel in den Rücken gerammt, aber er konnte nicht sicher sein, dass die weiße Robe nicht von Blutspritzern beschmutzt werden würde. Nur deshalb unterdrückte er den Impuls und blieb zurück, beobachtete den zur Hilfe eilenden Albenrion und hielt die Nase in den Wind. Trug er etwas mit sich? Metall? Schweiß?

Ein Reh schrie auf.

Leycon griff erneut prüfend nach seinem Schwert, umklammerte dieses Mal den Knauf. Er beobachte den Karren und seine Begleiter aufmerksam. Der Mann beugte sich über das Rad. Warum war der Wagen nicht gerichtet, wenn das Pferd noch gesund genug aussah, um ihn nach oben zu bringen? Dann erkannte er die Anspannung der Frau, deren Oberkörper zu wenig zitterte für den Schmerz, den sie spielte.

Albenrion hatte den Mann inzwischen erreicht. Natürlich. Er beugte sich ebenfalls über den Wagen und plapperte irgendetwas von »Mit Achsen kennen wir Bauern uns aus, so etwas passiert auf dem Feld ständig«.

Schließlich entdeckte Leycon ihn. Links hinter dem knochigen Baum, halb verborgen unter einem Moosteppich. Ein Pfeilköcher. Dunkelbraun. Geteert. Daneben ein Arm.

»Verdammter Idiot!«

Zu spät.

»Jetzt!«, schrie der Mann am Wagen.

Er verpasste Albenrion einen Kinnhaken. Der Junge taumelte, dann wurde er von einem Kantholz am Hinterkopf getroffen, das sich die Frau geschnappt hatte. Er ging nieder wie ein Sack Kartoffeln.

Der Karren erhob sich. Oder besser: wurde von innen heraus hochgestemmt. Zwei Männer stürmten hervor. Sie hatten Netze und Bolas in der Hand.

Leycon gab Stutenversteher die Sporen. Ein Pfeil surrte auf ihn zu. Im letzten Moment wich er aus. Das Geschoss streifte lediglich seine Wange.

Der Linke der beiden Männer aus dem Karren schrie: »Gebt auf, Glaubensbruder! Die Ewige Flamme wird Euch nicht retten.«

Wie recht er hatte. Aber Leycon brauchte keinen Mythos, nur sein Schwert. Und das zog er, während er auf die Männer zuritt.

»Der ist bewaffnet!«, stellte der andere mit bebender Stimme fest.

»Dann ist er selbst an alldem schuld, was jetzt passiert.«

Leycon erreichte die Frau, die Albenrion niedergeschlagen hatte, in vollem Galopp. Sie hielt noch immer das Kantholz in der Hand, fuchtelte damit herum. Der Wallach donnerte mit brutaler Wucht auf sie zu. Sie hob den Blick. Zu spät. Kein Schrei. Eine kurze Bewegung, nur ein Reflex, eine armselige Abwehr gegen das, was kam.

Der Hieb traf sie schräg am Hals. Ein tiefer Schnitt, weder sauber noch edel. Ihr Kopf löste sich erst beim zweiten Ruck vollständig und fiel wie ein Sack Brot zu Boden. Der Körper taumelte, zuckte, schwankte sekundenlang. Dann schlug er auf dem Weg auf. Die Hände bewegten sich noch immer. Einer der Finger bohrte sich zitternd in den Waldboden, als würde er sich gegen das Ende stemmen wollen, das schon längst gekommen war. Blut spritzte in einem weiten Bogen. Der Wallach preschte hindurch. Leycon duckte sich, um das Weiß seiner Robe zu bewahren, dann blickte er zurück. Der Kopf rollte noch. Die Augen waren offen, der Mund formte kein Wort mehr, nur ein letztes Echo von Überraschung. Und vielleicht Schmerz.

Was für ein sinnloses Opfer. Leycon tötete oft, aber immer ohne Freude. Vor allem, wenn es ein so unnötiger Tod war. Ein miserabel vorgetragener Angriff aus dem Hinterhalt. Niemandem war dieser Mord nützlich, ebenso wie die, die er gedachte, ihm folgen zu lassen.

Er wendete das Pferd, ohne dessen Geschwindigkeit zu reduzieren.

»Lunaina!«

Der Schrei des Mannes – weniger Ruf als vielmehr ein plötzlicher Laut reiner Verzweiflung – wurde ihm jäh aus der Kehle gerissen, als Stutenversteher einer heranfliegenden Bola auswich. Leycons Schwert schoss vor. Ein Stich, nicht anmutig oder kunstvoll, aber umso präziser, genau ins linke Auge.

Der Klang war dumpf. Ein kurzer Widerstand – Knorpel, Knochensplitter –, dann gab der Schädel nach. Die Schneide versank zur Hälfte in dem Mann, bevor sie durch den Hinterkopf brach. Der Körper zuckte, zog das Schwert mit sich, wollte es nicht freigeben.

Leycon mühte sich, es zu behalten, aber vergebens. Die Wucht des galoppierenden Pferdes in Kombination mit der feststeckenden Klinge riss ihn selbst fast aus dem Sattel. Er ließ los. Ein Moment der Schwerelosigkeit. Nur ein Ruck, der sich allerdings anfühlte, als würde ihn der Tod am Kragen packen.

Er klammerte sich reflexhaft an Stutenverstehers Mähne. Sein linker Oberschenkel brannte, als hätte ihn jemand mit einem Hammer getroffen. Es war nichts gebrochen – noch nicht –, aber der Schmerz fraß sich hinein wie ein glühender Dorn.

Das Pferd wieherte laut auf vor Schreck. Es trug ihn weiter, während das Schwert aus dem Schädel gedrückt wurde, als der Kopf auf dem Boden neben Albenrion aufschlug. Ein groteskes Denkmal. Die Klinge stand schräg nach oben wie ein stummer Blick in den Himmel. Oder eine zusätzliche Nase.

Leycon atmete schwer. Der Geruch von Blut und aufgerissenem Fleisch war überall. Er riss den Kopf herum, zwang den Wallach zum Abstoppen. Dann suchte er Orientierung. Ein Schlachtfeld lag vor ihm. Sofern man diese jämmerliche Farce so nennen wollte. Zwei Leichen. Ein bewusstloser Junge. Der Bogenschütze, der wie ein Köter aus dem Gebüsch krabbelte, und die Bolawerfer mit grimmigen Gesichtern.

Leycons Blick sprang zwischen den übrig gebliebenen Angreifern und Albenrion hin und her. Für einen Moment erwog er, einfach kehrtzumachen und davonzureiten. Vielleicht war es Schicksal, dass die Reise des Jungen hier endete. Aber er brauchte ihn. Er musste ihn Rhea van Meier bringen.

Ein Augenblick des Zögerns, der sich sofort rächte. Eine Bola sauste auf Stutenversteher zu. Leycon sah sie kommen. Mit einem brutalen Zug am Zügel versuchte er, das Tier seitlich abkippen zu lassen. Es reichte nicht. Das Wurfgeschoss traf den Wallach, aber nicht frontal. Statt die Beine vollständig zu umschlingen, riss es sie nur halb weg. Das Pferd taumelte. Wehrte sich gegen das Fallen. Ein strauchelnder Kampf aus Muskulatur und Instinkt.

Leycon sprang. Die Landung war hart. Er rollte sich ab, spürte, wie sich etwas in seinem rechten Arm schmerzhaft überdehnte. Sein Kampfeswille dämpfte die Auswirkungen. Noch.

Stutenversteher krachte seitlich auf den Waldboden. Die Beine zappelten hilflos, als würden sie gegen das unvermeidliche Ende protestieren. Er war ein Kämpfer, genauso wie Leycon.

Der keuchte. Er tastete über den Boden, ohne seine Angreifer aus dem Blick zu verlieren. Schließlich bekam er ein Kantholz zu fassen. Endlich. Kein weiteres Zögern. Er stemmte sich hoch, nur um sich gleich dem nächsten Mann entgegenzuschleudern. Dem Bolawerfer mit dem dummen Triumphgrinsen, der wohl dachte, die Schlacht wäre schon geschlagen. Das war sie nicht.

Leycon war schneller. Das Kantholz donnerte auf den Schädel des Mannes, so fest, dass es splitterte. Der Klang war dumpf. Knochen, die brachen. Der Bolawerfer sackte ohne einen Laut in sich zusammen. Kein heldenhaftes Ende, nur ein abruptes.

Leycon griff nach dem Messer am Gürtel des Mannes, nahm es in die Linke, war sein rechter Arm doch nahezu unbrauchbar geworden. Dann stolperte er weiter.

Aus den Augenwinkeln sah er den zweiten Bolawerfer kommen. Der Breitschultrige hatte ein Beil gezückt. Hass blitzte in seinen Augen auf. Zu spät für einen neuen Ausfall. Leycon war noch nicht richtig aufgerichtet, als der Angriff kam.

Er riss das Messer hoch. Die Kante der kleinen Axt schlug es ihm aus der Hand. Mit letzter Kraft brachte er seinen Körper aus dem Schwung der Waffe, ließ sich aber nicht fallen. Stattdessen schwang er blind vor Schmerz und mit der Verzweiflung des Sterbenden seine Faust. Er traf die Nase des Mannes. Der Bolawerfer taumelte. Blut rann aus seinem Riechkolben. Er fiel nicht, sondern brüllte wütend. Dann trat er zu.

Der Stiefel schlug auf Leycons Brustkorb ein. Rippen knackten. Luft entwich ihm wie aus einem gerissenen Schlauch. Doch er weigerte sich, zu Boden zu gehen. Noch immer. Er wich zurück, strauchelte, suchte Halt, fand ihn auf einem kniehohen Felsstück. Dann drehte er sich, schnappte sich das Messer, das in greifbarer Nähe lag. Die Hand schloss sich um den Griff.

Ein weiterer Hieb der Axt kam, diesmal waagerecht. Er duckte sich, spürte die Schneide über seine Schulter streichen. Der Stoff riss. Blut. Egal. Sein Dolch schnellte nach vorne. Es war wahrlich keine große Geste, nur ein kurzer Stoß, aber er bohrte sich tief in seinen Gegner, unterhalb der Achsel.

Der Bolawerfer japste. Das Beil fiel ihm aus der Hand. Für einen Moment standen sie sich entkräftet gegenüber. Leycon stieß ein zweites Mal zu, diesmal in den Bauch, doch die Klinge wurde vom Metall der Rüstung abgehalten. Ein dritter Stich. In die Leiste. Wieder kein Durchkommen. Und doch sackte der Mann in sich zusammen. Nicht sterbend. Nur erschöpft.

Leycon keuchte. Das musste reichen. Er sah sich um. Noch einer.

Der Bogenschütze hielt jetzt ein Messer in der Hand. Langsam kam er auf ihn zu, wie der Henker sich einem Verurteilten näherte. Leycon war am Ende. Der rechte Arm schmerzte bei jeder Bewegung, der linke pochte dumpf. Beide Beine zitterten, das linke Knie war instabil, das rechte schwer belastet. Sein Atem kam in kurzen, kraftlosen Stößen. Er machte noch einen Schritt, stand zwischen zwei Leichen. Das Messer in der Rechten, die Reste des Kantholzes in der Linken.

Der Bogenschütze blieb stehen, drei Schritte entfernt. Dann sagte er mit rauer Stimme: »Du blutest wie ein Schwein. Warum liegst du nicht schon am Boden?«

»Weil ich dir dann nicht mehr ins Gesicht schlagen kann.« Leycon spuckte Blut auf den Weg.

Ein kurzes Zucken des Mundwinkels beim Feind. Kein Lächeln. Vielleicht ein Funke von Respekt. Jedenfalls hätte er sich das gewünscht.

Dann Bewegung. Der Bogenschütze stieß blitzschnell vor. Leycon war vorbereitet, aber sein Körper nicht. Er wich zur Seite aus, das Messer streifte seine Hüfte. Sein Dolch folgte, parierte den nächsten Angriff.

Ein Tritt gegen das linke Bein. Es gab nach, diesmal endgültig. Leycon fiel wie ein Baum, dessen Wurzeln bereits morsch waren. Er wollte sich drehen, doch da war schon der Wallach. Zuckend. Röchelnd. Immer wieder wild um sich tretend. Im denkbar ungünstigsten Moment fanden Stutenverstehers Hufe ein bisschen halt auf dem Waldboden. Er konnte sich aufrichten, stolperte aber erneut und viel genau auf Leycons Beine.

Ein Ruck durchfuhr ihn. Leycon biss sich auf die Zunge, um nicht zu schreien, doch der Schmerz in seinem geschundenen Körper war eine Bestie. Er steckte fest, war bewegungsunfähig, gefangen zwischen Toten, Sterbenden, dem Reittier und sich selbst.

Der Bogenschütze trat näher. Er ließ sich Zeit, zelebrierte den Moment des Triumphes. Als er Leycon erreicht hatte, hob er das Messer. Es war keine Klinge, vielmehr ein zackiges, nahezu stumpfes Metzgermesser. Leycon sah den Griff, der mit geronnenem Fett überzogen war. Kein Werkzeug für den schnellen Tod, sondern eins für Zerstörung.

Der Mann beugte sich über Stutenversteher. »Du magst dein Pferd, was?«, fragte er, ohne ihn anzusehen.

Leycon gab keine Antwort. Das Tier ächzte.

»Dann hör gut zu.«

Er drückte das Messer in den Bauch des Wallachs. Der Schnitt war flach. Stutenversteher bäumte sich auf. Leycons Beine wurden noch fester eingeklemmt. Ein verzweifeltes Wiehern, das auf ihn fast wie ein menschlicher Schrei wirkte. Dann wieder ein Schnitt. Und wieder einer.

Der Bogenschütze arbeitete sich durch die Bauchdecke, bis der Dampf der Gedärme in die Luft stieg, heiß und säuerlich. Der Kopf des Wallachs sank auf den Boden. Ein schmatzendes Geräusch. Das Tier versuchte zu atmen. Vergeblich.

Dann – endlich – sackte das Pferd in sich zusammen.

Es vergingen nur wenige Sekunden, da umfasste Leycons Angreifer bereits die Beine des toten Stutenverstehers und zog das Tier von ihm hinunter. Sein Oberschenkel wurde entlastet. Warmes, dampfendes Blut hatte sich durch den Stoff seiner Robe gepresst. Sie war ruiniert. Und trotz des Schmerzes im Bein wegen der Quetschung und dem in seinem Herzen über den Verlust des Pferdes ergriff ihn eine gewisse Erleichterung. Wieder einmal hatte es sich bewiesen, dass es besser für den Reiter war, wenn sein Leben nicht zwangsläufig an dem des Reittiers hing.

»So stirbt's sich, wenn man sich mit dem Pynis-Clan anlegt«, sagte der Bogenschütze und grinste, nicht hämisch oder stolz, sondern leer, wie jemand, der schon zu oft sinnlos getötet hatte, um es noch wichtig zu finden.

»Welchem Clan?«, fragte Leycon schwer atmend. Er hatte diesen Namen niemals zuvor gehört, musste ihn sich jedoch merken. Es gab ab heute eine Rechnung zu begleichen. Eine, die nicht in Gold, sondern in Blut zu zahlen war.

Der Bogenschütze wiederholte genauso inbrünstig wie selbstverständlich: »Pynis!«

Er hätte fast gelacht, wenn der Moment nicht so beschissen gewesen wäre. Pynis. Wer im Namen der Ewigen Flamme nannte seinen Clan so? Diese Thalmarkier waren doch allesamt …

»Es ist vorbei, Glaubensbruder!«, stellte der Bolawerfer fest, den Leycon zuvor mit einem Schlag auf den Kopf ausgeschaltet hatte, bevor er die Absurdität des Clannamens weiter vertiefen konnte. Ohne eine Antwort zu erwarten, kniete sich der Mann neben ihn. »Du bist nicht der Erste, den der Pynis-Clan zu Fall gebracht hat, und sicher auch nicht der Letzte.«

Der Bogenschütze lachte. Sonst war niemand mehr lebendig genug, um zu lachen.

»Wenn ihr«, entgegnete Leycon stoisch, »die Klugheit des Fuchses lobt, so lasst niemals die Dummheit der Hühner außer Acht.«

Der Kniende sah hoch zu seinem Kameraden. »Was labert der?«

»Meinst wohl, du bist was Besseres? Kannst hier so hochtrabende Sätze sprechen«, blaffte der Bogenschütze zurück. Dann zuckte er mit den Schultern. »Und wenn schon.«

Während er Leycon Fesseln anlegte, schüttelte der den Kopf. Er war geschlagen worden. Von Idioten. Wie demütigend. Dass alles nur, weil er Rhea van Meier versprochen hatte, Lebenszeit zu liefern. Und anstatt sich zu mühen, hatte er ausgerechnet den ausgewählt, der ihm in den Schoß gefallen war: den dümmsten Bauernjungen aus Esterlyn.

»Wir verkaufen ihn«, konstatierte der Bogenschütze schließlich.

Der andere runzelte die Stirn. »Der macht doch nur Ärger. Wer sollte denn so etwas wie den da kaufen?« Er schnaubte. »Wir murksen ihn lieber ab.«

»Ihn töten?«

»Ja!« Der Bolawerfer machte eine große Geste. »Schau dich um. Er hat unsere Freunde getötet. Unsere Clanmitglieder. Sogar Lunaina.«

Leycon spürte die kalte Klinge der Axt, als der Mann sie ihm an die Gurgel drückte. Es war kein schönes Gefühl.

»Und für was sind sie gestorben, wenn wir ihm jetzt die Kehle aufschlitzen?«, erkundigte sich der Bogenschütze. »Wir sollten wenigstens etwas an ihrem Tod verdienen.«

Der Bolawerfer grummelte.

»Sie«, setzte der andere nach, »hätten das auch gewollt.«

»Aber wer sollte ihn wollen?«

Er schien einen Moment lang angestrengt darüber nachzudenken. Und hoffentlich nicht erfolglos. Leycon wollte noch nicht sterben. Korlandia brauchte ihn. Genauso wie Maeine. Und ihr Kind.

Der Bolawerfer schüttelte den Kopf. »Siehst du.« Er hob die Axt, holte zum letzten Schlag aus. »Wir töten ihn besser.«

Seine Frau würde es auch ohne ihn schaffen. Leycon war sich sicher. Sie musste es, jetzt, da sein Leben von thalmarkischen Idioten genommen wurde. Eine Schande.

»Der mit dem roten Bart«, schrie der Bogenschütze, gerade bevor die Axt auf Leycon niedersausen konnte.

Der Bolawerfer hielt inne. »Wer?«

»Der Kettenmann. Der zahlt für alles, was mal ein Glaubensbruder war.«

Wieder grummelte er.

»Also ich«, warf Leycon ein, »finde die Idee sehr gut. Das klingt nach einem spannenden Abenteuer.«

Krachend schlug eine Hand auf seine Wange, so schnell, dass er nicht einmal erkannte, wer ihn gerade geschlagen hatte.

Der Bogenschütze wetterte: »Klappe! Ware redet nicht.«

»Nun gut«, sagte der Bolawerfer, »aber was ist mit dem Jungen? Und unseren Kameraden?«

»Wertlos. Kostet nur Kraft. Lassen wir sie einfach allesamt hier verrotten.«

Der andere nickte. Es war also beschlossen.

Leycon hasste, wie wenig er tun konnte. Die Welt kippte, als sie ihn an den Armen hochzogen. Schmerz schoss in seine Rippen, in den Oberschenkel, in den Stolz. Er presste die Zähne zusammen. Kein Laut. Kein Schrei. Diesen Gefallen würde er ihnen und der ganzen Welt nicht erweisen.

Und doch war er geschlagen.

Aber irgendwo, wenige Schritte entfernt, lag Albenrion, ein naiver Narr, der die eigene Schwester suchte. Der ihn ruiniert hatte. Ein dummer Bauernjunge aus diesem verwahrlosten Dorf, das den Namen Esterlyn trug. Und vielleicht war er Leycons letzte Chance. Oder zumindest ein kleiner Funken Hoffnung in der Dunkelheit, die ihn erwartete.

XVII. NUVY

Nuvy saß auf einer Pritsche, die mit zwei dicken Ketten in der Wand verankert war. Das Holz, aus dem sie bestand, erzählte viele Geschichten von denen, die vor ihr hier gesessen hatten. Unentwegt blickte sie auf den grob behauenen Stein, der hin und wieder von dunkelgrünem Moos bedeckt war. In regelmäßigen Abständen lösten sich Wassertropfen von der Decke und sammelten sich in einer Pfütze zu ihren Füßen.

Durch das kleine, vergitterte Fenster, das Nuvys einziger Blick auf die Welt hätte sein können, wäre es nur niedriger eingelassen gewesen, schien so wenig Sonnenlicht in die Zelle, dass es praktisch dunkel war. Der Wind, der durch die Öffnung wehte, kühlte ihren nur mit einem dünnen Leinentuch bedeckten Körper immer weiter aus und ließ sie frieren.

In der Ecke lag ein primitives Strohbündel. Daneben stand ein Eimer für ihre Notdurft, der von mehr Rost als Eisen zusammengehalten wurde. In die Wände waren Ringe mit Ketten eingelassen, um ungehorsame Gefangene zu foltern, aber niemals zu töten.

Die Zelle wurde von einer schweren Holztür gesichert, die mit schwarzem Eisen beschlagen war. Ein kleines vergittertes Guckloch ermöglichte den Wachen, nach dem Rechten zu schauen. In unregelmäßigen Abständen öffneten sie auch die Tür, um Essen hineinzuwerfen, das Nuvy dann vom Boden aufsammeln konnte.

Doch nicht nur Blicke und Nahrung waren es, die ihren Weg durch das kleine Loch fanden. Seit einiger Zeit drangen auch schmerzvolle Schreie zu ihr. Nuvy kannte die Stimme. Sie würde sie niemals wieder vergessen. Es war die des Schwarzhaarigen aus dem Karren. Er schien schreckliche Schmerzen zu leiden. Hatte offenbar bekommen, was er verdiente. Etwas in ihr triumphierte.

Irgendwann änderten sich die Schreie. Zuerst wurden sie zu einem Krächzen, dann war es vielmehr ein Röcheln und schließlich blieb nichts mehr von ihnen übrig als das rhythmische Tropfen des Wassers und das Echo der qualvollen Jammerlaute, das sich in den Wänden des Kerkers verfing. Nuvy hatte sich nicht einen Augenblick lang die Ohren zugehalten. Sie hatte das Geschrei aufgenommen, wie es durch die Mauern gekrochen war, und es wie eine schwere, stählerne Rüstung um sich gelegt. Jedes Geräusch, jede Pause, jede Silbe, die der Schwarzhaarige ausgestoßen hatte, hatte sie inhaliert, auswendig gelernt, verinnerlicht.

Während seines Leidens hatte sie sich gefragt, wie lange es dauerte, bis ein Mensch zerbrach. Nicht körperlich. Das ging schnell. Vor allem Knochen gaben scheinbar im Handumdrehen nach. Aber was war mit dem Geist? Wann kam der Punkt, an dem man nicht mehr hoffen konnte, weil man verlernt hatte, wie es sich anfühlte?

Vielleicht war Nuvy schon an diesem Punkt angekommen. Es konnte der Grund sein, warum sie das Leid des Schwarzhaarigen genossen hatte. Möglicherweise machte es sie zu einem schlechteren Menschen. Zu einem, der sich am Schmerz eines anderen labte. Konnte sie das mit ihrem Gewissen vereinbaren? Immerhin hatte dieser Mann sich genauso an ihrem Leid erfreut. Wieso sollte sie es dann nicht tun?

Aber auch davon abgesehen verspürte Nuvy wenig Hoffnung. Keinen Grund, um zu schreien. Oder zu weinen. Oder zu lachen. Sondern einfach nur einen, um auf diese Wand zu starren, als könnte sie dort eine Antwort finden. Einen Anstoß. Eine Triebfeder. Als könnte sie zwischen dem Moos und dem Grau ihren Albenrion sehen.

Ob er sie vergessen hatte?

Ein Poltern riss Nuvy aus ihren Gedanken. Schritte. Das metallische Rasseln eines Schlüssels. Es folgte ein Klicken, dann öffnete sich die Tür mit einem leisen Knarren. Etwas – jemand – wurde hineingeworfen.

Nuvy konnte den Menschen – insofern es überhaupt einer war – nicht erkennen, denn das Licht, das aus dem Flur in die Zelle fiel, blendete sie zu stark. Es folgte ein dumpfer Aufprall. Das Schließen der Tür. Die Rückkehr der Stille.

Sekunden vergingen, bis Nuvys Augen wieder klarer zu sehen begannen. Der Körper, der sich vor ihr kauernd in eine Ecke zurückzog, war der eines Menschen, nur viel kleiner, als sie erwartet hatte.

Es war ein Kind. Höchstens zehn. Vielleicht nicht einmal. Die Haare beinahe weiß, aber zerzaust und voller Schmutz. Es zog die Beine an, so wie Nuvy selbst es getan hatte, verschwand fast in sich. Sie sah ihm eine Weile beim Atmen zu. Flach und schnell. Irgendwann hob es den Kopf. Ein Junge. Seine Augen waren grau und matt. Kein Funke darin, keine Frage, kein »Wo bin ich?« oder »Was ist passiert?« oder »Wer bist du?«. Nur Leere. Er musste den Schrecken selbst erlebt haben.

Dann flüsterte der Junge, kaum hörbar, aber mit einem Schniefen: »Ich habe doch bloß das Bier gebracht.«

Nuvy schluckte, sagte aber nichts. Es ging nicht.

Der Junge erhob sich, wanderte auf, wanderte ab. »Ich war ein braves Kind. Ich habe doch bloß das Bier gebracht.« Immer wieder. Nach jeder Wiederholung hielt er kurz inne, blinzelte zu Nuvy, als würde er erwarten, dass sie ihn erlöste.

Wie hätte sie das tun sollen? Seine Stimme war mechanisch, fast so, als würde er ein gelerntes Gedicht aufsagen, das er tausendmal geübt hatte. Etwas, das ihm Sicherheit schenken konnte in einer Gefahr, die er nicht zu kontrollieren vermochte.

Minuten vergingen, bis der Junge endlich stehen blieb, verstummte und an Nuvy vorbeiblickte auf die Wand hinter ihr, als würde er dort jemanden sehen, der nur für ihn existierte, so wie sie auf der gegenüberliegenden Wand nach Albenrion gesucht hatte. Dann stieß er ein Röcheln hervor, ohne Worte, als behielte er etwas in sich, das nicht raus wollte.

Nuvy wusste nicht, was sie sagen sollte oder konnte. Dort stand der Junge, hier saß sie. Beide in derselben Zelle, beide mit demselben Schicksal, beide ohne Hoffnung. Gebrochen.

Schließlich rang sie sich durch und fragte ihn leise: »Wie heißt du?«

Der Junge zögerte, blickte sich hektisch um, als hätte er einen Geist gesehen. Dann kam die Antwort, vorsichtig und ohne jeglichen Zusammenhang: »Ich habe doch bloß das Bier gebracht.«

Nuvy wollte schreien, den Jungen schütteln, ihn aus seinem Delirium reißen. Sie fühlte wieder etwas. Und doch tat sie nichts dergleichen. Sie blieb regungslos sitzen, das Kind starrte sie an. Die Welt in der Zelle stand still. Nur das Wasser tropfte weiter. Die Pfütze wurde größer.

Der Junge marschierte wieder los. Auf und ab. Wiederholte ein ums andere Mal sein Gedicht.

So vergingen die Stunden, in denen Nuvy nicht sicher war, wer sie zuerst zur Strecke bringen würde: der Wahnsinn, die Kälte oder der Schmerz. Bis der Schlüssel auf ein Neues ins Schloss geschoben wurde. Wieder das Klicken, das leise Knarren. Dieses Mal fiel weniger Licht aus dem Flur in die kleine Zelle und ermöglichte deshalb, zu sehen, wer dort auf der Schwelle stand: die Frau, die Nuvys Lebenszeit gekauft hatte.

»Ich bin Rhea van Meier«, stelle sie sich vor. »Und wie nennt man dich?«

Nuvy schwieg, zog die Knie an den Oberkörper, kauerte sich zusammen, wie der Junge es ihr vorgemacht hatte, und schaute ihm auf seinem Marsch hinterher, als könnte Rhea van Meier sie nicht sehen, wenn Nuvy sie nicht beachtete. Ihr war sofort klar, warum sie zu ihr kam. Die Lebenszeit war abgelaufen.

»Wenn du nicht mit mir sprechen willst, ist das auch in Ordnung«, fuhr sie Sekunden später fort. »Ich bin davon ausgegangen, wir Frauen könnten zivilisierter miteinander umgehen als diese Männer. Aber offensichtlich …« Sie zuckte mit den Schultern, dann streckte sie die Hand aus. »So oder so: Du bist dran.«

Nuvy verweigerte weiter jedes Gespräch. Sie wusste nicht, ob sie lachen sollte. Am liebsten wäre sie gerannt, aber ihre Füße hätten sie nicht getragen. Wohin auch? War nicht alles verloren?

Dann brach es aus ihr hervor: »Zivilisiert? Du hast mich von meiner Familie weggeholt, von meiner Liebe, von meinem Leben. Lässt mich in einem Karren herfahren, in dem drei Männer meinen Körper nach ihrem Belieben benutzen, immer und immer wieder.« Ihre Augen verengten sich. »Du hast vierzig Lebensjahre bezahlt, aber mir jeden Tag genommen, den ich noch hatte.«

Rheas Miene blieb stoisch. Kein Wort kam über ihre Lippen. Sie trat lediglich mit einem sanften Lächeln auf Nuvy zu. Mit einer schnellen Bewegung hob die Drachenreiterin die Hand und schlug ihrer Gefangenen mit dem Handrücken quer ins Gesicht. Ohne Hast, ohne Wut, aber mit kühler Präzision.

»Ich habe doch bloß das Bier gebracht«, schrie der kleine Junge und erhöhte die Schrittgeschwindigkeit.

Das Blut schmeckte auf Nuvys Zunge metallisch. Schmerz empfand sie allerdings nicht mehr. Zu viel hatte sie in zu kurzer Zeit dafür erlebt. Seitdem die drei Männer in dem Wagen in sie eingedrungen waren, wieder und wieder, konnte niemand ihrem Körper etwas antun, was er nicht schon kannte, war er doch nichts weiter als eine fleischgewordene Rüstung ihrer letzten, immer schneller versiegenden Hoffnung, die irgendwo tief in ihr schlummerte. Schlummern musste.

»Du wirst mich mit Ihr ansprechen! Ich bin Herrin van Meier!«, brüllte Rhea Nuvy an. »Du bist wahrlich nicht in der Position für Respektlosigkeiten. Merk dir das!« Mit einer von Ekel ergriffenen Miene strich sie ihren Handrücken am Moos des Gemäuers ab, als hätte sie Dreck berührt, dann schüttelte sie den Kopf. Ihre Stimme war jetzt ausgeglichener als zuvor, fast verständnisvoll. »Du bist wütend, das verstehe ich. Es geht vielen Menschen so, wenn das Unausweichliche bevorsteht. Und doch ist deine Wut unbegründet.«

Nuvy tastete mit der Zunge die Innenseite ihrer Wange ab, ohne den Blick von dem Jungen zu nehmen, der wieder leiser sprach und langsamer ging. Sie hätte gerne geschwiegen, aber sie konnte nicht. Nicht dieses Mal. Nicht mehr. »Unbegründet?«

Rhea nickte. »Ich habe kein Unrecht getan, habe nichts genommen, was mir nicht angeboten wurde. Deine Familie hat eine angemessene Entschädigung dafür erhalten.«

»Und was ist mit mir? Was habe ich bekommen?«

»Deine Eltern werden dir ein gutes Leben bieten können, wenn du zurückkehrst in dein Dorf. Ein Leben, das ihr euch ansonsten nicht hättet leisten können.« Rhea beugte sich wieder vor und strich fast zärtlich eine rote Haarsträhne aus Nuvys Gesicht, nur um schließlich zu flüstern: »Du wirst mir noch danken, mein Kind.«

Nuvy schluckte.

Rhea richtete sich wieder auf. Ihre Hand glitt langsam zurück an ihre Seite, als hätte sie lediglich eine lästige Falte aus einem Kleid gestrichen. »Komm jetzt«, sagte sie in einem ruhigen Ton, der keinen Widerspruch duldete.

Sie packte Nuvys Arm, ein fester Griff von kalten Händen, und zerrte sie nach oben. Nuvy wehrte sich nicht, ließ sich hochziehen, folgte langsam über die Schwelle wie jemand, dessen Körper nicht mehr weiß, wozu er eigentlich da ist. Der kleine Junge wanderte noch immer, murmelte vor sich hin, ohne aufzusehen.

Vor der Zelle schlug ihr ein kalter Hauch entgegen. Die Luft war frischer, weniger modrig, aber dennoch um Längen schlechter, als sie in Esterlyn gewesen war. Nuvy vermisste ihre Heimat. Ihren Bruder allemal. Das nervige Krächzen des Hahns. Vielleicht sogar ihre Mutter. Sicher nicht ihren Vater.

Der Gang, durch den Rhea sie führte, war niedrig und feucht. Fackeln an den Wänden warfen ein flackerndes Licht auf Stein und Eisen. Ihre nackten Füße machten kaum Geräusche auf dem glitschigen Boden. Wachposten grüßten mit gesenkten Blicken. Niemand hier wagte es, Rhea van Meier anzusehen.

Als sie die erste Abzweigung passierten, saß dort in einer offen vergitterten Zelle eine Gestalt an die Wand gelehnt. Mager, das graue Haar schütter und zerzaust, das Gesicht eingefallen und doch noch nicht ganz leer. Seine Augen – matt, aber wach – hoben sich, als die beiden Frauen vorbeigingen. Der Rothaarige aus dem Karren. Er hatte bereits bezahlt.

Sein Blick blieb an Nuvy hängen. Er erkannte sie. Ein Flackern von Mitleid. Oder Scham? Sie hielt kurz inne. Rhea schien es zu bemerken, sagte aber nichts. Der Mann wandte den Kopf ab. Seine Hand zitterten. Auf dem Boden lag ein Eisennapf mit kalter Brühe. Unberührt.

»Ist das der aus dem Karren?«, fragte Nuvy, wollte sich versichern.

Rhea zuckte kaum sichtbar mit den Schultern. »Mag sein. Er ist sicher aus irgendeinem Karren. Die wenigsten kommen anders hierher.«

»Warum muss er dann noch bleiben?«

»Er hat der Familie van Meier …« Sie hielt kurz inne. »Nein, er hat mir zwar genug gegeben, um daran zu zerbrechen, aber nicht so viel, dass er für mich und meine Zwecke völlig nutzlos wäre. Ich habe noch … Verwendung für ihn.«

In diesem Moment wurde Nuvy klar, dass Lebenszeit zu opfern nicht bedeutete, frei zu sein. Sie konnte lächeln wie Edwhna, brennen wie Albenrion, und trotzdem scheitern. Vielleicht würde auch sie ihr restliches – zugegebenermaßen nach dem Entzug der Jahre kurzes – Leben in diesen Mauern verbringen, immer bereit dazu, zu geben, was Rhea van Meier von ihr verlangte.

Mit diesem Gedanken zwang Nuvys Käuferin sie, weiterzugehen.

An der nächsten Ecke kamen den beiden zwei Wachen entgegen. Zwischen sich – aufrecht gehalten, aber kaum bei Bewusstsein – schleiften sie einen alten Mann, nackt, die Schultern eingefallen, das schwarze Haar mit grauen Strähnen durchzogen. Die Haut bleich, die Augen leer. Der Schwarzhaarige. Sein Schritt war schlurfend, sein Atem ein Keuchen. Doch als er Rhea sah, riss er die Augen auf. Sein Körper spannte sich, als würde er fliehen wollen, aber da war keine Möglichkeit, kein Ausweg. Er stolperte über die eigenen Zehen, fiel fast, die Wachen packten fester zu. Sein Blick blieb auf Rhea gerichtet. Ein Zittern durchflutete seinen ganzen Körper. Nicht das eines alternden Mannes, sondern vielmehr das eines Tieres, das den Tod gerochen hat. Oder etwas viel Schlimmeres. Seine Lippen zuckten, formten Worte, die nicht herauskamen. Sein Blick irrte von Rhea zu Nuvy und zurück, immer wieder. Sabber tropfte aus seinem Mund. Blut lief aus der Nase.

Und da war noch mehr: Zwischen seinen Beinen klaffte eine Wunde. Nicht verbunden, lediglich grob, beinah notdürftig ausgebrannt. Er war nicht länger ein Mann. Nicht einmal ein Mensch. Nur ein Ding. Ein Rest. In dem Moment, in dem er Nuvy zu erkennen schien, senkte er den Kopf. Die Wachen zogen ihn fort, als wäre er nichts mehr.

Nuvy sagte kein Wort, während die beiden weitergingen. Sie spürte sie wieder, diese Genugtuung, diese Zufriedenheit. Das Gefühl von Gerechtigkeit. Ihre Schultern strafften sich.

Rhea schien es zu bemerken, denn sie fragte: »Wolltest du nicht, dass er leidet?«

»Ich habe ihm den Tod gewünscht.«

Sie schüttelte den Kopf. »Es wäre eine Erlösung gewesen. Eine, die er nicht verdient hat.«

Die Gänge wurden breiter. Das Echo ihrer Schritte hallte nun von hohen, gewölbten Decken zurück. Die Luft wurde wärmer, im Gegensatz zu den Steinen unter Nuvys Füßen. Irgendwann passierten die beiden eine eiserne Tür, hinter der das Heulen der Winde klang, die aus der Tiefe emporstiegen. Dann, nach einer letzten Biegung, erreichten sie eine Halle, in deren Mitte ein goldgeschuppter Drache lag. Sein gewaltiger Körper ruhte auf dem Steinboden wie eine lebendige Festung. Die Flügel leicht ausgebreitet, das Haupt gesenkt, als würde er schlafen. Oder beobachten.

»Das ist Firor«, stellte Rhea voller Stolz fest. »Mein Begleiter.«

Donnernd schlossen sich die Hallentore hinter den beiden, ein dumpfes Grollen lief durch die Gemäuer. Nuvy blieb stehen. Ihre nackten Füße wurden von den Steinfliesen in der Halle gewärmt, doch als Firor die Augen öffnete, brannte sein Blick kalt auf ihrer Haut. Die zwei bernsteinfarbenen Iriden fixierten sie, durchdrangen sie, als könnte er durch Fleisch und Knochen hindurchsehen, direkt zu dem Ort in ihr, der jetzt noch »Ich« sagte. Was auch immer Nuvy sich eingeredet hatte, was auch immer sie überstanden hatte, es war unmöglich für sie, sich vor diesem Blick zu verstecken.

»Knie dich hin«, befahl Rhea.

Nuvy gehorchte nicht sofort. Sie konnte nicht. Und wollte noch viel weniger. Doch als Firor einen tiefen Atemzug nahm und ein Grollen aus seiner Kehle aufstieg, sackte sie langsam auf die Knie. Ihre Hände zitterten, sie ballte sie zu Fäusten, drückte sie auf den Boden, um sich zu verankern.

»Berühre die Schuppen nicht. Blicke ihm nicht direkt in die Augen. Antworte nur, wenn du gefragt wirst.« Rheas Stimme war ernst. »In dem Moment, in dem Firor bereit ist, wird er sein Haupt zu dir neigen. Dann sprich deinen Namen. Nur deinen Namen.«

Nuvy entgegnete nichts. Ihre Gedanken klammerten sich nur an Albenrion, während sie den heißen Atem des Drachen spürte, der sich fast wie die warme Umarmung ihres Bruders anfühlte.

Firor bewegte sich. Ein leises Kratzen von Krallen auf Stein. Die Schuppen glitten übereinander wie metallene Platten, als er seinen Hals ausstreckte und die Nüstern sich weiteten. Er witterte Nuvy. Seine gespaltene Zunge zuckte aus dem Maul. Ein Summen vibrierte durch den Raum, kaum hörbar, eher ein Gefühl unter ihrer Haut als ein Geräusch.

»Er erkennt deinen Geruch«, flüsterte Rhea, »weiß, warum du hierhergebracht worden bist.«

Nuvy wollte fragen, was das bedeutete, doch sie wagte es nicht. Der einzige klare Gedanke, den sie zu fassen vermochte, war der an eine Flucht. Jetzt. Schnell. Aber ihre Beine gehorchten nicht. Was hätte Edwhna getan? Nicht einmal diese stolze Frau, ihr großes Vorbild, war noch ein Anker für Nuvy. Sie fühlte, dass hier etwas geschehen würde, das nicht rückgängig zu machen war. Kein weiterer Schmerz. Etwas Tieferes, Endgültigeres.

Firors Kopf senkte sich Zentimeter für Zentimeter. Sein Maul öffnete sich leicht, Dampf stieg zwischen den Zähnen hervor. Dann hielt er inne, die Augen auf sie gerichtet. Wartend.

Rhea nickte kurz und knapp.

Nuvy stöhnte leise. Die Worte wollten nicht kommen, mussten es aber. Dann presste sie ihren Namen hervor.

Wieder weiteten sich Firors Nüstern. In seinen Augen flackerte etwas. Er blinzelte mehrmals. Dann schloss er das Maul, starrte sie an, bewegte sich nicht mehr. Das Summen verstummte. Die Halle wurde still.

»Warum?«, stotterte Rhea und trat einen Schritt vor.

Da hob der Drache ruckartig den Kopf. Sein Körper spannte sich, die Flügel zuckten, und für einen Moment glaubte Nuvy, er würde gleich brüllen, Feuer speien, sie verbrennen oder angreifen. Aber es kam nichts.

Firor stand da, starr und unbeweglich. Die Luft flackerte über seinen Nüstern, doch ihm entwich kein Laut. Kein Beben. Kein Feuer.

Rhea runzelte die Stirn. Ihre Stimme klang wütender, beinah unkontrolliert: »Was ist denn jetzt schon wieder los? Was stört dich dieses Mal, du störrische Echse?«

XVIII. Albenrion

Albenrion zitterte am ganzen Körper. Es lag weniger an der Kälte als vielmehr an der Tatsache, dass die Stunden verronnen waren – dass der Tag weitergelaufen war –, ohne ihm die Möglichkeit zu geben, aufhalten zu können, was hätte aufgehalten werden sollen. Wie schon so oft. Wie auch in Esterlyn.

Albenrion hatte Schmerzen in der Schulter, dazu einen dumpfen Druck im Hinterkopf. Das unangenehme Dröhnen der Vogelstimmen – das ohrenbetäubende Gekrächze eines Eichelhähers – irgendwo im Geäst fühlte sich für ihn an wie eine heiße Nadel, die in seine Schläfe gestochen wurde.

Was war passiert?

Er schlug hastig die Augen auf. Zuerst entdeckte er das Blut, das an seiner Kleidung klebte. Nervös tastete er sich ab. Die Flüssigkeit war eingetrocknet und braun wie Schlamm, aber er spürte keine Wunde. Es musste von jemand anderem sein. Bruder Sylen! War es sein Blut? Ob er überhaupt noch lebte?

Ein weiteres Schaudern überkam ihn, kroch kalt seinen Rücken hinauf, setzte sich in seinem Kopf fest und offenbarte ihm, dass sich niemand auf ihn verlassen konnte. Wieder war er niedergeschlagen worden. Wieder hatte er nicht geholfen, als jemand seine Hilfe bitter nötig gehabt hatte. Erst Nuvy, jetzt Bruder Sylen.

Der Glaubensbruder! Vielleicht lebte er noch oder war schwer verletzt.

Albenrion versuchte, aufzustehen. Erfolglos. Sein Arm gab unter dem Gewicht seines Körpers nach und er fiel zurück in den Schlamm. Ein zweiter Versuch. Dieses Mal stemmte er sich mit beiden Armen hoch, vorsichtig, aber voller Entschlossenheit. Die Welt drehte sich langsam in Position, als hätte sie sich verspätet. Er hatte es auf die Füße geschafft.

Was sich seinen Augen darbot, war nicht so schlimm, wie er befürchtet hatte, und doch abscheulich genug. Ein Würgereflex schoss ihm die Kehle hoch, bevor er überhaupt begreifen konnte. Sein Magen krampfte. Albenrion beugte sich nach vorne, stützte sich mit zitternden Händen auf den Knien ab, und dann kam es: erst nur Speichel, gleich darauf in stoßweisen Schüben eine säuerliche, brennende Flut aus halb verdautem Mageninhalt. Als nichts mehr kam außer trockenem Röcheln und Tränen, die ihm übers Gesicht liefen, verharrte er einen Moment. Der Geschmack von Galle brannte ihm auf der Zunge, und seine Knie fühlten sich an wie das Mark in einem ausgelutschten Knochen.

Langsam hob er den Kopf. Von Bruder Sylen fehlte jede Spur. Ob er am Leben war? Es hatte etwas seltsam Beruhigendes, dass nirgends der tote Körper des Glaubensbruders zu sehen war. Andere hatten scheinbar nicht so viel Glück gehabt. Zwei Leichen lagen nahe der Position, an der Albenrion zu Boden gegangen war. Daneben stand der Karren noch immer so schief, wie er es in Erinnerung hatte. Das ramponierte Rad thronte über allem wie ein vergessenes Mahnmal. Der Mann, dem er mit dem Wagen geholfen hatte – oder zumindest hatte helfen wollen –, lag ihm am nächsten, wenige Meter weiter der genauso leblose Körper der Frau, die bitterlich geweint hatte.

Albenrion schleppte sich vorbei an der gebrochenen Lanze und einer dritten Leiche zum blutüberströmten Wallach. Was war hier passiert? Wer hat hier gemetzelt, anstatt zu helfen? Er konnte sich keinen Reim auf die Sache machen.

»Bruder Sylen!«, schrie er in der Hoffnung, der Glaubensbruder hätte sich in die Büsche geschlagen. Oder hatte er ihn vergessen? Zurückgelassen? Nein. Das hätte er niemals getan.

Wieder schrie Albenrion den Namen seines vormaligen Begleiters. Insekten surrten. Der Eichelhäher krächzte noch immer. Ansonsten blieb nur die erdrückende Stille. Ein gefälliger Nährstoff für seine Sorgen, für seine Ängste, für seine Gewissheit: Er war allein. Schon wieder. Erst hatte er Nuvy verloren, jetzt den Glaubensbruder. Er wollte es nicht wahrhaben. Konnte es nicht akzeptieren. Ein dritter Schrei nach Bruder Sylen, voller Verzweiflung, Inbrunst und Hilflosigkeit. Sekunden vergingen.

Dann vernahm er ein Wispern. Oder hatte er sich das nur eingebildet? Albenrion spitzte die Ohren. War das die Antwort, die er sich erhofft hatte? Bruder Sylen? Im Gebüsch? Vielleicht aber auch nur der Wind, der durch das Geäst blies? Er drehte sich um. Dort! Wieder ein Geräusch. Noch eine Bewegung mit dem Kopf. Nein, dort! Und wieder hörte er etwas. Wandte sich um. Ganz sicher, da! Doch nicht. Und wieder das Wispern. Eine weitere behände Drehung. Hier musste es sein!

Sein Atem ging schneller. Sein Herz schlug kräftiger. Er schrie: »Bruder Sylen, ich höre Euch! Wo seid Ihr?«

Der Wald antwortete mit Wispern, Rascheln und Schritten. In der Entfernung sah Albenrion eine Gestalt, nicht mehr als eine schemenhafte Silhouette. Es musste Bruder Sylen sein. Die Schatten wurden zu definierten Linien, die Konturen zu Gesichtszügen. Es war … eine Frau. Sie kam auf ihn zu, weder laut noch dramatisch, wurde dann langsamer, immer langsamer, und stand schließlich da, am Rand des nahe gelegenen Waldstücks. Ihre Präsenz zog Albenrion an wie etwas, das längst verloren geglaubt und doch geblieben war.

Dann wurde ihm klar, wen er dort sah. Wer da gekommen war. Nicht Bruder Sylen. Nein.

Nuvy. Sie war es. Sie war hier.

Ihr langes, rotes Haar wehte sanft im Wind. Ihre nackten Füße schienen über dem Moos zu schweben, obwohl ihre Spuren doch deutlich zu erkennen waren. Ein Zerrbild. Das kurze Kleid, das sie trug, war aus einem schneeweißen und so hauchdünnen Stoff, dass ihre helle Haut durchschimmerte. Die Augen leuchteten.

Albenrion konnte den Blick nicht abwenden. Er stolperte einen Schritt, wollte zu ihr, sie erreichen, stürzte aber über einen Leichnam und fiel zurück in den Schlamm. Schnell rappelte er sich wieder auf, dann stieß er ihren Namen hervor. Zu kraftlos und heiser war seine Stimme, und dennoch mangelte es ihr nicht an Überzeugung. Zumindest glaubte er das. Nein, er war sich sicher. Nichts brauchte er mehr als diese Frau. Nichts wollte er mehr. Für nichts würde er weiter gehen als für seine Rose. Nuvy.

Die drehte sich allerdings weg von ihm. In ihrem Gesicht fand sich dabei weder ein Lächeln noch die geringste Spur von Trauer. Dort sah Albenrion nur härtere Gesichtszüge, als er sie jemals zuvor bei ihr gesehen hatte. Was verheimlichte sie vor ihm? Waren sie nicht immer offen und ehrlich zueinander gewesen? War sie schlicht nicht überrascht davon, ihn hier zu treffen? Hatte sie vielleicht mit diesem Moment gerechnet? Oder war da noch mehr?

Albenrion kniff die Augen zusammen, um all das aus Nuvys Gesicht zu lesen. Er beugte sich vor, ging einen weiteren Schritt auf sie zu. Doch das Einzige, was er erkannte, war die Handbewegung, die sie machte: Sie winkte ihn herbei.

Er schluckte, hustete kurz und folgte ihr dann. Es war nicht der Verstand, der seine Entscheidung trug, sondern das Feuer, das sich in seinem Herzen neu entfachte. Mut durchströmte seine Brust. Er wollte genauso mit ihr brennen, wie sie es sich in Esterlyn versprochen hatten.

Albenrion rannte, so schnell ihn seine Beine trugen, kam ihr immer näher. Der Wald vor ihm öffnete sich wie ein Mund, bereit, ihn zu verschlucken. Die Stämme standen still, als warteten sie. Jedes Blatt schien zu lauschen.

»Nuvy!«, schrie er, während er noch schneller zu laufen versuchte.

Seine Rose antwortete nicht. Ob sie ihn nicht hören konnte? Er rief wieder nach ihr. Was hatten die van Meiers ihr angetan? Er würde sie alle töten.

Bevor Albenrion Nuvy erreichte, als er nur noch wenige Schritte entfernt von ihr war, sie beinahe mit der Hand hätte erreichen können, hörte er ihr Lachen, laut und schrill, aber ohne die Freude, die er kannte. Das Geräusch brachte ihn aus dem Gleichgewicht. Er ging erneut zu Boden.

Sie verstummte, wandte den Blick von ihm ab und schwebte tiefer in den Wald. Sofort richtete sich Albenrion auf, wollte noch schneller rennen als zuvor. Er durfte sie nicht wieder verlieren. Das konnte er nicht ertragen. Das würde er nicht mehr zulassen. Bei der Ewigen Flamme! Nein! Nicht ohne Nuvy!

Mit diesem Schwur folgte er den geknickten Grashalmen – es waren die einzigen Spuren seiner Schwester im weichen Waldboden –, über querliegende Wurzeln, an Bäumen vorbei, deren Rinde wie gemalte Haut wirkte, auf der etwas geschrieben stand. Namen. Worte. Fragen.

Nuvy huschte um einen alten Ast herum, bog nach links, wurde immer schneller, schlug einen Haken in die andere Richtung und verschwand beinahe im Dickicht. Der Wald wurde dichter und dichter. Albenrions Lunge brannte, sein Herz pochte und seine Beine pulsierten. Er mühte sich nach Kräften.

Dann sah er das schneeweiße Kleid nicht mehr. Es war fort. Er hastete weiter, tiefer in den Wald, dorthin, wo er sie zuletzt gesehen hatte. Doch sie war weg. Er hatte sie verloren. Wieder.

Albenrion wurde langsamer, dann blieb er stehen. Er keuchte schwer. Dreck klebte ihm im Mund, Ranken zogen an seinen Schuhen, als wollten sie ihn nicht weiterlassen. Der Schwindel folgte plötzlich, und ein drohendes Flackern eroberte den Rand seines Blickfelds. Er stützte die Hände in die Hüften und senkte den Blick.

Das Moos auf dem Boden war seltsam, grüner und weicher, als Albenrion es kannte. Es sah nicht aus wie gewöhnlicher Waldboden, vielmehr wie Haut, gespannt über etwas Atmendes. Je genauer er hinsah, desto eher war er davon überzeugt, feine Bewegungen zu erkennen: ein leichtes Pulsieren, als würde es einem Rhythmus folgen. Winzige, durchscheinende Sporen stiegen auf, geruchlos, aber irgendwie fühlbar, als würde ihnen ein Wille innewohnen. Ein Zittern ergriff seinen Körper. Wo war er gelandet? Wo hatte Nuvy ihn hingeführt? Er hatte noch nie zuvor so etwas gesehen. Und er war sich nicht sicher, ob das Moos ihn nicht ebenfalls ansah.

Als Albenrion aufblickte, fand er sich in einem Kreis aus alten Spiegeln wider. Doch sie waren nicht aus Glas. Es waren Wasserflächen, Baumrinden, Metallstücke. Alles um ihn herum spiegelte.

In dem ihm am nächsten stehenden Spiegel sah er sich mit Nuvy im Kornfeld der Familie. Ihr Lachen wehte wie eine vergessene Melodie zu ihm herüber, sein eigenes Gesicht weich, voller kindlicher Verwunderung. Es war der Tag ihres ersten Kusses, als sich der Sommer nach der harten Arbeit auf dem Feld schwer über die Ähren gelegt und die Welt für einen Moment stillgestanden hatte.

Im nächsten Spiegel lag er mit bloßem Oberkörper im Schatten eines alten Ahorns, das Moos unter seinem Rücken, Nuvys Atem noch auf seiner Haut. Sie schlief neben ihm, und auf Albenrions Gesicht lag ein Ausdruck reiner Zufriedenheit.

Der dritte Spiegel zitterte leicht, als wäre der Zorn darin lebendig. Dort marschierte er auf der knarrenden Treppe der elterlichen Hütte nach unten, die Miene verzerrt, die Fäuste geballt. Nuvy war fort, ihn hatte man niedergeschlagen. Einen Augenblick später würde er seiner Mutter die Suppenschale ins Gesicht schleudern.

In Albenrion stieg der Zorn auf, den er zuletzt dort gespürt hatte. Wieder krampften seine Hände, wurden zu Fäusten. Sie war zurück, die Wut, die er aus Esterlyn kannte. Er schrie laut. Niemand hörte ihn. Dann drehte er sich hastig um. Er musste weg von hier. Wo war er hergekommen? Er presste die Luft zwischen seinen Zähnen hindurch. Was passierte hier?

Da erschien Bruder Sylen in einem der Spiegel, gefesselt, blutverschmiert. Er lag keuchend am Boden, die weiße Robe zerrissen, das Gesicht voller Schweiß und Dreck. Seine Augen lagen tief in den Höhlen, glänzten, aber nicht vor Leben, sondern nur vor Zorn.

Albenrion zuckte zurück, doch seine Wut wich nicht. Weg! Er musste hier rauskommen. Wo war Nuvy? Sein Kopf schnellte herum. Er drehte sich. Gerade als er sich abwendete, versuchte, wegzurennen, stieß er mit dem Schienbein gegen etwas. Rinde? Nein. Weicher. Nass. Eine Ranke. Sie hatte sich um sein Bein geschlungen. Mit schnellen, kurzen Bewegungen wollte er sie abschütteln, doch sie ließ nicht von ihm ab. Im Gegenteil: Sie zog sich fester. Dann die nächste um das andere Bein. Sie kamen aus dem Boden, aus dem Nichts, aus der Finsternis zwischen den Spiegeln. Wie Hände, die ihn zu greifen versuchten. Für immer?

Nein! Niemand konnte ihn aufhalten. Nicht jetzt! Er gab alles, um sich wieder loszureißen, packte die Ranken mit den Händen. Sie wichen aus. Er schüttelte seine Beine. Rechts. Links. Sie zogen sich fester. Dann schrie er, tobte, doch je mehr er sich bewegte, desto dichter wurde das Geflecht. Grüne Schlingen wanderten über seine Knöchel, tasteten an den Waden hinauf. Albenrion fasste an seinen Gürtel. Da war kein Messer. Nichts, das ihm helfen konnte.

Die Ranken bewegten sich ohne Eile, aber dennoch kompromisslos. Ob sie ihn ernst nahmen? Ihn für einen echten Gegner hielten? Wohl kaum. Zu ruhig war ihr Handeln. Zu entschlossen. Sie arbeiteten sich vor. Hatten seine Knöchel unter Kontrolle gebracht, näherten sich seinen Schenkeln, immobilisierten ihn immer weiter.

Aus den Augenwinkeln sah sich Albenrion in einem der Spiegel selbst, wie er kämpfte. Nur langsamer. Jede Bewegung hallte nach. Die Ranken fehlten, wurden nicht gespiegelt. Es war dort nur sein hektisches Gefuchtel zu sehen. Sonst nichts. Was für ein lächerlicher Anblick. Grotesk beinah. Wie ein Kind, das gegen Schatten boxte und verlor.

Als die Ranken immer höher wuchsen, hörte Albenrion schließlich Bruder Sylen. Erst ein Hauch, danach eine Stimme, dann viele. In seinem Kopf. Sie alle riefen undeutliche Worte, summend, inhaltsleer, aber so eindringlich, dass es sich in seinen Geist bohrte wie die Spitze eines Pfeils in die weiche Haut eines Kindes.

»Albenrion!«

Es war das Wort, das er verstand. Die Stimmen wiederholten seinen Namen, als wäre er ein Fluch, der niemals hätte beschworen werden dürfen. Wieder und wieder und wieder.

Sein Kopf fuhr herum, suchte den Glaubensbruder. Doch es gab keine Richtung mehr, nur noch Spiegel. Und in jedem ein anderes Bild von Bruder Sylen. Im einen war er tot. Im nächsten nackt auf dem Boden. Dann mit einer Klinge an der Kehle. Schließlich mit durchtrenntem Hals.

Albenrions Augen weiteten sich. Die Stimmen in seinem Kopf wurden leiser. Sein Herz raste. Dann war es still. Er konnte sich nicht mehr bewegen. Die Ranken hatten seine Hände erreicht, seine Arme, seine Brust. Das war das Ende. Sein Ende.

Eine Träne suchte sich den Weg über seine Wange. Er wollte nicht sterben. Nicht heute. Nicht so. Aber niemals hatte jemand nach seinem Willen gefragt. Nie konnte er sein Leben leben, wie er es hätte tun wollen. Was sollte sich daran ändern?

Wieder schallten dic Stimmen des Glaubensbruders durch seinen Kopf: »Weil du geholfen hast, bin ich gestorben.«

Die Worte brannten sich in ihn hinein, fraßen sich durch seinen Geist. Die Melodie war so typisch für Bruder Sylen und doch nicht seine eigene. Eher das, was aus ihr gemacht worden war. Aus dem Echo eines Vorwurfs. Aus der Schuld, die keine Gnade kannte. Aus dem Spruch eines Richters.

»Ich wollte helfen! Retten! Nuvy! Euch! Alle!«, schrie Albenrion. Und noch mehr. Weinend.

Die Ranken krochen höher. Seine Füße verloren den Halt. Er spürte, wie die Pflanzen sich um seinen Kopf legten wie ein grüner Helm aus Gewächs. Nicht schützend, sondern als Gewicht. Eines, das er nicht länger zu tragen vermochte. Er atmete aus. Es war vorbei.

»Ich bin unfähig«, sagte er mit einer Stimme, die eine ungekannte Ruhe in sich trug. »Wenn das mein Gericht sein soll und dieser Wald der Richter, dann sprecht das Urteil und erlöst die Welt von mir. Auf das Kaerthas mich aufnehme in seinen Schoß.«

Der Wald antwortete mit Stille.

Schließlich folgte ein Knall. Bruder Sylens Reflexionen lösten sich auf. Wieder sah Albenrion nur sich selbst, schwebend, doch auch dieses Bild zerbrach oder wurde vielmehr zerbrochen.

Von Nuvy.

Sie hielt ein Messer mit goldener Klinge. In allen Spiegeln war es dasselbe Bild. Ihr Blick war leer, und doch durchdrang er Albenrion. Sie stand entblößt dort, so wie er sie schon so oft gesehen hatte. Wie niemand sonst je das Recht gehabt hatte, sie zu sehen. Dann sprach sie, nicht laut, sondern genau in dem Ton, mit dem sie unter jenem Ahornbaum mit ihm gesprochen hatte, vor drei Monaten. Wie sie ihn seitdem immer am Tag nach einer heißen Nacht begrüßt hatte.

»Ich bin bei dir«, sagte Nuvy, als sie aus dem Spiegel trat, den Albenrion betrachtete. Sie wurde real, stand vor ihm. »Ich beschütze uns.« Ihre Lippen verzogen sich zu einem Lächeln, in dem weniger Freude lag als vielmehr Stolz. Wie bei Edwhna damals. »Fürchte dich nicht. Wir werden brennen. Weil wir mutig sind.«

Albenrion röchelte. Etwas Warmes schob sich in seine Brust, verdrängte die Kälte wie eine Decke, die man ihm um die Schultern gelegt hatte. Es war Geborgenheit. Nein, Heimkehr. Der Laut, den er von sich gab, konnte niemals alles enthalten, was er in seinem zerdrückten Körper fühlte: Schmerz, Liebe, Sehnsucht, Heimat, Staunen, Verlangen. Dann nickte er reflexartig. Doch was wie Schwäche hätte wirken können, war in Wahrheit Wiedererkennen. Sein Mund formte Worte, aber er brachte keinen Laut hervor. Er brauchte auch keinen.

Nuvys Augen leuchteten. Die Farbe war nicht mehr bloß grün, sondern so gülden, als wären sie zwei frisch polierte, lupenreine Kaerther. Sie streckte die freie Hand in seine Richtung. »Alles wird gut.«

Albenrion glaubte ihr jedes Wort. So wie er es immer geglaubt hatte. Wie hätte er es auch nicht gekonnt? Sie war da. Sie war echt. Und sie war gekommen, um ihn heimzuholen. Nicht in die elterliche Hütte nach Esterlyn, sondern in ihr Herz. Seine wahre Heimat.

Die Ranken an seinen Gliedern zuckten. Dann ließen sie los. Einfach so. Wie verbrannte Fäden. Der Druck auf seiner Brust löste sich. Der Wald schien heller. Ein Sonnenstrahl brach durch die Wipfel und traf Nuvy. Sie leuchtete auf.

Albenrion hob langsam die zitternde Hand. Er war frei, konnte sie fast berühren. Ihre Finger waren nur noch eine Handspanne entfernt. Sie lächelte. Und er lächelte, voller Wärme, wie seit dem Moment nicht mehr, als seine Rose gegangen war.

Ein sanftes Zittern ging durch Nuvys Hand. Zögerte sie? War sie aufgeregt? Er berührte sie beinah.

Plötzlich zog Nuvy den Arm zurück und senkte schnell den Blick. Fast schamvoll blickte sie auf das Messer in ihrer Hand und schüttelte den Kopf.

»Nein!«, schrie sie, und mit einer erbarmungslosen Bewegung, die so flüssig war wie ein Gebirgsbach im Frühling, der sich entlang grüner Wiesen und bunter Blumen ins Tal schlängelte, rammte sie sich die goldene Klinge zwischen die Beine.

Albenrion schrie, doch es war zu spät.

Er sah alles. Sah, wie das Blut aus ihr schoss, an den Beinen entlangrann. Die Klinge verschwand vollständig in dem Teil ihres Körpers, in dem neues Leben entstand – oder hätte entstehen können –, nur um aus ihrem Bauch wieder auszutreten. Das Blut tropfte aus allen Öffnungen auf das Moos, das es gierig aufsog, während die goldene Schneide des Messers, die unter den Rippen hervortrat, das einfallende Sonnenlicht reflektierte.

Nuvy vibrierte einmal, dann noch einmal. Ihr Mund öffnete sich, doch es kam kein Schrei, nur ein leises Ausatmen. Ein Röcheln, das wie das letzte Echo eines kindlichen Lachens klang.

Aus den Spiegeln schoss Rauch, dann begannen auch sie, zu zittern. Dann lachten sie. Hoch. Hell. Mädchenhaft. Alle mit Nuvys Stimme.

Albenrion stand noch immer da. Obwohl ihn die Ranken nicht mehr hielten, vermochte er nicht, sich zu bewegen. Er konnte nicht helfen. Auch dieses Mal nicht. Was hätte er schon tun sollen?

»Alles wird gut«, hauchte einer der Spiegel. Es war kein Trost in der Stimme, nur der pure Hohn der Welt. Und er ließ es nicht darauf bewenden, sondern fügte hinzu, was Albenrion schon längst wusste: »Du kannst niemandem helfen. Du tötest nur jeden.«

Ein Windhauch zog durch den Wald – leise, fast ehrfürchtig –, und Nuvys Körper zerfiel in bunte Blätter, als hätte der Herbst des Lebens sie ereilt. Keine Explosion, kein grelles Licht, nur das sanfte, unaufhaltsame Auseinanderfallen von allem, Fleisch und Verstand. Das Laubwerk tanzte in stillen Kreisen umher, glitt beinahe schwerelos über das Moos, berührt seine Schulter, seine Stirn und seinen Mund, sanft und sinnlich, als wollte es sich von ihm verabschieden. Dann trug der Wind es davon, ein Blatt nach dem anderen, bis nichts mehr übrig blieb als die Erinnerung an die Frau, aus der sie entstanden waren. Und der Schmerz.

Nuvys Spiegelbild verblasste langsam. Wo sie eben noch gestanden hatte, war nun lediglich sein Körper zu sehen. Dieselben langen, blonden Haare, dieselben breiten Schultern, dieselben blauen Augen, die er von sich aus Esterlyn kannte. Und doch war etwas anders. Vielleicht war es der Ausdruck. Möglicherweise die Haltung. Oder nur die Erkenntnis, dass er nun niemandem mehr gegenüberstand als sich selbst.

Albenrion war allein.

Sein Herz – dort, wo die Flamme entzündet worden war, die ihn in diesen Wald getragen hatte – wurde schwer. Es kam ihm so vor, als wäre sein Innerstes ausgehöhlt worden, von Liebe und Hoffnung gleichermaßen verbrannt. Möglicherweise hatten die Spiegel recht. Wahrscheinlich konnte er tatsächlich niemandem helfen. Er war nur eins: Ein Zeuge, der liebte, verlor und weitermachte, weil er nicht wusste, wie man aufhörte, zu atmen.

Eine Träne rann über seine Wange, kalt und schwer. Sie fiel nicht, sondern kroch, und als sie den Rand seines Kinns erreichte und zu Boden tropfte, glaubte er, das Moos zucken zu sehen. Als hätte es ihren Geschmack erkannt.

War das die letzte Träne, die ihm blieb? Albenrion befürchtete es. Und doch spielte es keine Rolle. Eine Zukunft ohne Nuvy war für ihn möglich, sicher – er würde essen, schlafen, atmen, vielleicht sogar irgendwann wieder lächeln –, aber keinesfalls vergleichbar mit dem, was er sich erhofft hatte: ein gemeinsames Zuhause, ein Wir, eine Rückkehr zu alldem, was ihm lieb und teuer war. All das war mit den Blättern vom Wind davongetragen worden.

Er schloss die Augen. Für einen Moment war da nur das Rascheln des Laubs, das entfernte Rufen eines Vogels, das Knacken eines Astes. Geräusche, wie sie in jedem anderen Wald auch hätten auftauchen können. Und doch klangen sie falsch. Als ob selbst die Natur um Nuvy trauerte. Oder um ihn.

Er öffnete die Augen wieder, sah sein Spiegelbild an. Dieselben blauen Augen, dieselben blonden Haare, dieselben breiten Schultern, aber da war kein Junge mehr, auch kein Mann, nur ein Überrest. Einer, der nicht wusste, ob er kämpfen, fliehen oder all die Gefühle vergessen sollte.

Gerade als Albenrions Verstand in seinem eigenen Selbstmitleid zu ertrinken drohte, trat eine Gestalt aus dem Dickicht, die er nicht kannte. Der Mann sah aus wie er, aber anders. Er trug die Robe eines Glaubensbruders, nur dunkler. Sein Blick war kalt. Die Hände umgriffen einen langen, schwarzen Speer, mit Blut beschmiert, das ins Moos tropfte, um sich dort mit dem von Nuvy zu vereinen.

»Wer bist du?«, brach es aus Albenrion hervor, seine Stimme kräftiger, als er es selbst erwartet hätte.

Der Mann lachte. »Wer bist du?«

»Ich … ich bin …«

»Unwichtig bist du. Unbedeutend. Im Gegensatz zu mir«, unterbrach er Albenrion. »Denn ich bin du, aber ohne Angst. Ohne Dummheit. In mir ist keine Gnade. Keine Schuld. Keine genauso erbärmliche wie verbotene Liebe für ein gefallenes Mädchen, das ich Schwester nennen würde.« Er hielt kurz inne. »Und wenn dort doch Liebe wäre, so würde ich für sie kämpfen, nicht weniger als für meine Freundschaften. Töten für Nuvy. Schlachten für den Glaubensbruder. Ich rette all diejenigen, die du nicht retten kannst, weil ich weder zögere noch zweifle. Weil ich nehme und nicht verrate.«

»Ich habe Bruder Sylen nicht verraten«, schrie Albenrion ihm verzweifelt entgegen. »Genauso wenig wie Nuvy.«

»Nicht mit Absicht«, entgegnete sein Gegenüber. »Aber mit deinem Herzen.«

Dann riss er die Faust mit dem Speer in die Höhe. Ein Spiegel zersprang. Dahinter kam Bruder Sylen zum Vorschein, ein Schwert an seiner Kehle, gehalten von einer Hand, die keinen Körper besaß, umringt von Frauen mit schmutziger Haut und fragmentierten Rüstungen.

»Willst du ihn retten?« Der Fremde lächelte, nur um im gleichen Augenblick einen Schritt nach hinten zu treten und seinen Speer auf die Stirn des Glaubensbruders zu richten. »Dann töte mich.«

Albenrion zitterte.

»Aber du solltest dieses Mal nicht zögern.«

Ein rostiges Messer fiel vom Himmel – oder aus einer der Baumkronen, es war nicht genau zu erkennen – direkt vor seine Füße.

»Du kannst es nicht«, flüsterten die Spiegel des Waldes. »Du bist zu schwach.«

Albenrion betrachtete die Klinge. Was sollte er machen? Er konnte sich nicht selbst töten. Wer würde das tun? Er blickte zu Bruder Sylen. Auf den Speer an seiner Stirn. Dann in die Augen des Mannes, der in hielt.

Wieder flüsterten die Spiegel des Waldes: »Er hat schon gewählt. Richte ihn! Richte ihn sogleich!«

»Nein«, brüllte Albenrion, bückte sich, griff nach dem Messer, nahm Anlauf. Mit einem lauten Schrei rammte er die Klinge in die Brust des Mannes.

Der sah ihn an, schrie nicht. Aus der Wunde tropfte kein Blut. Stattdessen brach ein goldener Lichtstrahl aus der Einstichstelle hervor. Albenrion sah dem Mann in die Augen, danach auf das Messer in seiner Hand, auf das Licht, das ihn blendete, nur um schließlich wieder zurückzuschauen. Dann verdampfte der Mann wie Nebel, den die Morgensonne traf. Die Frauen, Bruder Sylen, die Spiegel, das rostige Messer, die Ranken, sie alle folgten dem Beispiel, lösten sich auf, verschwanden, bis am Ende nichts mehr von ihnen zu sehen war.

Das Einzige, was sie zurückließen, war Stille. Keine Gewöhnliche, wie Albenrion sie kannte, wenn er sich einsam fühlte. Vielmehr das Schweigen nach einem Schwur, das Innehalten vor einem Aufruf.

Er hustete. Es war vorbei. Er hatte den Albtraum hinter sich gelassen.

Plötzlich begann der Boden, zu vibrieren. Wieder kam Wind auf, erst genauso sanft wie zuvor, ein laues Lüftchen, das nur Blätter zu verwirbeln vermochte, dann drängender. Äste wurden umhergeworfen. Bäume bogen sich. Der Wind nahm weiter zu. Holz brach. Schließlich wuchs der Sturm zu einer unsichtbaren Faust an, die wirkte, als wollte sie alles niederzwingen.

Aber all das wurde von dem lauten Gezwitscher der Vögel überdeckt.

»Kaerthas«, riefen manche.

Andere: »Nyssari.«

Ein Donner erschütterte den Wald, ließ Albenrion zusammenzucken. Der Himmel ging buchstäblich entzwei, ein Riss durchzog ihn, öffnete nicht einen, sondern gleich zwei Spalte, die sich immer weiter vergrößerten. Erst war da Licht in Rot und Blau, dann wurden sie von dunklen Schatten durchwoben, und schließlich zeigte sich etwas viel Größeres, Mächtigeres, als Albenrion es jemals gesehen hatte: zwei Drachen, so gewaltig, dass die Welt für einen Moment wie ein Spielzeug erschien.

Das eine Tier war ein Sturm aus Azur. Seine Schuppen lagen dicht an dicht, glatt und metallisch wie frisch geprägte Münzen, mit klaren Kanten und einem feinen Glanz. In ihrem gleichmäßigen Muster wirkte nichts zufällig, als wäre jede einzelne mit Absicht geschmiedet worden, Teil eines perfekten Plans. Seine Flügel spannten sich über den Himmel wie ein Gesetzbuch, das keinen Widerspruch kannte. Es war ein Anblick, der Albenrion auf die Knie sinken ließ. Die Bewegungen des Drachen waren ein Kaleidoskop aus Struktur, Takt und Mechanik, ein System aus Atem, Muskel und Wille. Sein Blick kühl, nahezu unbestechlich. Dort war keine Liebe, keine Wut, keine Empathie, sondern nur das absolute Gewicht einer Ordnung, die weder den Einzelnen noch die Gemeinschaft kannte, nur Summen und Werte, nur Maß und Länge.

Es musste Kaerthas selbst sein, wie ihn die alten Lieder besangen, der sich vor Albenrion erhob. Und wenn er es war, leibhaftig und fleischgeworden, dann konnte das zweite Tier, das aus dem roten Spalt schoss, nur Nyssari sein.

Sie war der Drache des Feuers, der Verschmelzung, der Aufhebung jeglicher Schranken. Es war ein Mahlstrom und keine feste Gestalt. Eine wirbelnde Masse aus Licht, Stimmen und Bewegung, so eng verwoben, dass jede Grenze verschwand. Kein Körper im herkömmlichen Sinn, sondern ein pulsierender Strom, in dem alles mit allem verschmolz. Dort gab es kein einzelnes Ich mehr, nur noch das Wir, wie ein kollektives, atmendes Bewusstsein. Das, was man als Leib erkennen konnte, schien wie aus glühendem Erz geschmiedet, ständig im Aufruhr, als würde er sich selbst zerfressen, um wiedergeboren zu werden.

Albenrion fiel nach hinten um, lag auf dem Rücken und betrachtete regungslos das Schauspiel über ihm. Mit jedem Flügelschlag zog Nyssari feurige Schleier über den Himmel. In ihnen brannten Symbole für Gleichheit, Auflösung und Anfang. Ihre

Stimme war der Ruf, der nicht wenigeren galt als allen. Der Gemeinschaft.

Die beiden Drachen trafen sich in der Luft, blieben voreinander stehen und sahen sich tief in die Augen. Albenrion hielt den Atem an. Der ganze Wald tat das.

Dann stürzten sie aufeinander wie zwei Sturmwellen, die sich auf offener See zur Katastrophe auftürmten. Der Aufprall ihrer Körper ließ die Welt erbeben. Ein gleißender Moment aus Licht und Donner, als sie sich trafen. Luft wurde zu Druck. Der Boden barst. Splitter der Spiegel flogen umher. Die Vögel, die zuvor die Namen der Drachen gesungen hatten, stoben aus den Kronen. Albenrion rollte sich über das Moos, um den Geschossen auszuweichen, die unkontrolliert durch die Gegend spritzten.

Kaerthas schlug mit seinen Klauen nach Nyssaris Leib, riss einige der feurigen Schuppen heraus, die auf den Wald hinabregneten. Sie wiederum biss sich durch seine Flanke, spie Feuer und ließ das Blau verdampfen.

Dann stach eine Flamme aus dem Himmel zwischen beiden hindurch und trennte sie. Laub entzündete sich. Bäume brannten. Der Wald versank in einem Inferno aus lodernder Hitze.

Albenrion drückte sich nach oben, wollte rennen, versuchte, zu fliehen, aber die Welt um ihn herum schien sich aufzulösen. Sogar aus den Wolken schossen Flammen, verbrannten den Himmel und ließen nichts zurück außer Dunkelheit, die erst die Drachen und zuletzt ihn einsog und mit sich nahm.

Die Ewige Flamme hatte gesprochen. Und die Welt würde folgen.

XIX. Maeine

Weihrauch und rote Roben überall, wohin das Auge blickte.

Der Duft, der in der Luft lag, so süßlich und scharf zugleich, als wäre er schwer wie Samt, hatte jeden Winkel des langen Ganges erobert. Maeine vermisste schon jetzt das Aroma des grünen Tees. Es war der einzige Geruch, den sie vom trauten Heim noch in der Nase trug, während die Häscher sie zum Gildehaus der Magier komplimentierten und direkt an der Tür an die Novizen übergaben. Freudig wurde sie empfangen. Alle lobten immer wieder ihr Opfer, voller Respekt, voller Anerkennung, als hätte sie selbst eine Wahl getroffen und nicht das Los entschieden. Wenig später, nachdem sich die Teilnehmenden versammelt hatten, zog die Prozession los.

Sie marschierten einen Gang entlang, in dem Rauch an den Wänden emporkroch, wo das Licht der Fackeln ihn in zitternde Schleier verwandelte. Die Flammen warfen flackernde Muster auf den kunstvoll mit großen Kacheln verzierten Boden, die ein geometrisches Mosaik aus Gold und karmesinrot bildeten, gemischt mit wenigen Akzenten in tiefem Lapislazuli.

Vor Maeine schritten schon seit einer gefühlten Ewigkeit sechs Novizen den Gang hinab, ihr Tun synchron eingeübt – beinahe als wäre es ein Tanz –, während sie die goldenen Weihrauchfässchen schwangen. Die kugelförmigen Gefäße klirrten leise an ihren Ketten. Schwach glühende Kohlen in ihrem Inneren wirbelten hin und wieder kleine Funken auf.

Immerzu quoll dichter Rauch aus jeder noch so winzigen Öffnung der Fässchen. Es war ein schier endloses Atmen aus Dunst und Duft.

Links von Maeine ging der Vorsitzende der Magiergilde. Seine Robe war weinrot, die weiten Ärmel mit dünnen Goldfäden durchzogen. Es musste dieselbe Bekleidung sein, die er gestern beim Marsch der Gemeinschaft von Lenja getragen hatte. Die Kapuze verbarg sein Gesicht vor dem schwachen Fackellicht. Der schwere Amulettstein an seiner Brust pulsierte mit einer inneren Illumination, als würde er den Takt der Prozession selbst vorgeben.

Rechts neben Maeine ging eine Frau, nicht älter als dreißig Sommer. Groß, hager und nackt. Ihr Körper war lediglich von bunten Farben und verschlungenen Mustern bedeckt, die sich von ihrem Herzen über die kleinen Brüste bis hin zu den Armen und Beinen erstreckten. Maeine hatte die Frau noch nie zuvor gesehen – oder zumindest nicht bewusst wahrgenommen –, aber ihre Ausstrahlung war so kontrolliert und raumgreifend, dass sich jede Frage über ihre Zugehörigkeit zu jenen, die die Gemeinschaft leiteten, erübrigte. Sie war sicher keine Drachenreiterin, unmöglich in diesem Aufzug. Und vor allem nicht mit diesen dünnen Schenkeln. Eine solche Bestie würde sie nach wenigen Metern in der Luft abwerfen. Allerdings war es gut möglich, dass sie eine Magierin war oder eine Gelehrte Nyssaris. Aber all das waren bloße Mutmaßungen.

Sie hatte versucht, ein Gespräch mit der Frau zu führen, vorhin, als sie hier angekommen war und sie sich neben ihr aufgebaut hatte. Maeine hatte freundliche Worte an sie gerichtete, ihr aber keine einzige Antwort entlocken können. Vielleicht sprach sie nicht gerne. Möglicherweise konnte sie gar nicht sprechen, wie manche der Glaubensgeschwister. Die ließen sich hin und wieder die Zunge herausschneiden, um niemals das Falsche zu sagen. Maeine wusste es nicht. Sie hatte gar nichts über diese Frau in Erfahrung bringen können, die da neben ihr herging.

Wesentlich leichter für sie zu begreifen war, was hinter ihr lag: Ihnen folgten nämlich wieder sechs Novizen, identisch in Haltung, Bewegung und Ausdruck wie die Vorauslaufenden. Auch die Weihrauchfässchen in ihren Händen schwangen synchron wie Pendel, als würden sie die Zeit selbst ordnen wollen. Vielleicht taten sie das sogar. Zumindest in Bezug auf Maeines Lebenszeit.

Der Gang, durch den sich die Prozession bewegte, war hoch und gewölbt, von ziselierten Bögen gestützt, an denen jene schwach leuchtenden Fackeln befestigt waren. Die Decken wurden von gravierten Versen über die Ewige Flamme oder die Entstehung von Kaerthas und Nyssari geziert, andere von bernsteinfarbenem Glas, das das einfallende Sonnenlicht brach. An den Seitenwänden standen verschiedene, aus Marmor gehauene Statuen. Die gesamte Umgebung ließ das Schleifen der Stiefel und die schweren Schritten der Prozessierenden als einen einzigen, monotonen Klang widerhallen.

Gerade als die Prozession ein Abbild Nyssaris passierte, wurde der Gang ohne Vorwarnung von einem gleißenden Licht erhellt. Maeine blinzelte. Ihre Augen schmerzten fürchterlich. Sie war geblendet. Was war das? Sie wollte die Hände nach oben reißen, um ihr Gesicht zu schützen, doch es war zu spät. Tränen drängten sich an den Rand ihrer Lider, rannen über ihre Wange. Sie sah nichts als diese Helligkeit, die alles in ihrem Blickfeld in einem strahlenden Weiß ertränkte.

Als Maeine erkannte, dass sie ihren Augen nicht mehr helfen konnte, schossen ihre Hände schließlich zu ihrem Bauch, prüfend, ob dem Kind unter ihrem Herzen etwas zugestoßen war. Sie tastete langsam und vorsichtig, als wäre ihr eigener Körper ein rohes Ei. Alles schien in bester Ordnung, auch wenn der Nachwuchs wohl schlief. Zumindest konnte sie nichts feststellen, was sich anders anfühlte als noch vorhin in der Küche. Dann spürte sie wieder dieses Stechen. Eine Bewegung, aber diesmal ein wohltuender Schmerz, denn er brachte ihr die Erkenntnis: Das Kind lebte. Maeine atmete erleichtert aus.

Sekunden vergingen. Noch immer konnte sie nichts sehen. Die Lichtflut hielt an. Es folgte ein lautes Grollen, fremd, hoch, als wäre es nicht von dieser Welt, käme nicht aus Kehlen von Wesen, die hier geboren worden waren. Die feinen Härchen auf ihren Armen stellten sich auf. Ihr Magen krampfte sich zusammen. Niemals zuvor hatte sie ein solch animalisches, nahezu bestialisches Geräusch gehört. Es kam ihr beinahe so vor, als hätte ein uralter Drache gebrüllt.

Was geschah hier? War das schon das Ritual? Mitten in einem Gang? Hatte sie der Gemeinschaft ihre Lebenszeit in diesem Moment bereits gespendet? Konnte sie sich jetzt eine korlandianische Heldin nennen? Maeine hatte viele Fragen, aber keine Antworten. Ihr Atem stockte.

Mit einem Mal – genauso plötzlich, wie es gekommen war – verschwand das helle Licht wieder. Maeine versuchte, sich zu orientieren. Wo war sie? Der Gang? Die Fackeln? Das Mosaik? Alles weg.

Statt Novizen mit roten Roben sah sie jetzt Bäume mit grünen Blättern. Der Duft von Weihrauch war dem von nassem Holz und Moos gewichen. Ein Wald, und sie mittendrin. Maeine ging einige Schritte durch das Dickicht, suchte unsicher nach Hinweisen.

Dann ertönte ein Schrei, ein lautes Nein. Die Stimme eines Mannes.

Sie schaute hastig nach links. Da war niemand zu sehen. Sie riss den Kopf herum nach rechts. Auch dort war niemand. Wo hatte der Ruf seinen Ursprung? Wer hatte ihn ausgestoßen? Sie drehte sich immer und immer wieder, suchte überall.

Dann sah sie ihn. Weit entfernt zwischen den Bäumen, und doch so nah, als säße er ihr gegenüber. Ein junger Mann, vielleicht gerade sechzehn Sommer alt. Lange, blonde Haare. Breite Schultern. Seine Gesichtszüge weich. Die Augen ernst. Er hustete.

Maeine wollte auf ihn zugehen, die Hand ausstrecken, nach seinem Namen fragen. Seiner Heimat. Aber ihr Körper gehorchte ihr nicht mehr. Bevor sie sich klar werden konnte, was hier geschah, entfernte sich der Mann. Nein. Er bewegte sich nicht. Genauso wenig wie sie. Es war, als würde sich die Distanz zwischen ihnen von selbst vergrößern, ohne dass jemand etwas dazu beitrug. Als würden Bäume in ihre Mitte treten, erbarmungslos und endgültig. Nur Sekunden später wurde der junge Mann von einer Mischung aus Dickicht und Horizont verschluckt.

Dann hörte Maeine die Vögel. Es war weniger ein Zwitschern als vielmehr ein Flüstern.

Von den einen: »Kaerthas.«

»Nyssari«, von den anderen.

Was geschah hier?

Maeine zitterte am ganzen Körper. Zumindest kam ihr das so vor. Ob es wirklich so war? Sie wusste es nicht. Noch immer hatte sie keine Kontrolle über ihre fleischliche Hülle. Es war, als würde das Fleisch befehlen und der Geist gehorchen. Und es hatte jetzt eine Entscheidung getroffen: Wir gehen vorwärts.

Maeines Körper rannte zwischen den Ästen hindurch, angefeuert vom Flüstern der Vögel. Vielleicht waren es auch die Bäume, die mit sanftem Rauschen Beifall klatschten. Der Wald um sie herum schien zu leben, als hätte er ein eigenes Bewusstsein entwickelt. Eine eigene Stimme. Einen eigenen Willen. Wie ihr Körper.

Dann blieb Maeines fleischliche Hülle abrupt stehen, für ihren Geist so unerwartet, dass er sich zutiefst erschreckte. Wäre es ihr möglich gewesen, sie hätte schwer geschluckt. Aber sie konnte nicht. Ihr Körper hatte andere Pläne für sie.

Ihr Haupt erhob sich. Der Blick richtete sich nach oben.

Ein lautes Krachen. Ein ohrenbetäubender Donner. Der Himmel brach auseinander. Durch den Spalt stieß es wieder hervor wie eine Lanze, die sich in Maeines Augen bohrte: dieses gleißende Licht, das sie auch im Gang gesehen hatte. Sie wollte ihren Blick abwenden, wieder die Hände nach oben reißen, konnte aber nicht. Ihr Körper ließ es nicht zu. Ein weiteres Mal ertrank alles um sie herum im grellen Schein.

Maeine kam es so vor, als verginge eine kleine Ewigkeit, bis sich ihre Augen langsam an diese unmenschliche Helligkeit gewöhnten. Doch dann verdunkelten sich die Ränder ihres Sichtfelds. Die Welt wurde wieder klarer. Schemen wurden endlich zu Silhouetten. Ihr Herz schlug schneller, als sie es jemals zuvor wahrgenommen hatte.

Maeine war zurück im Gang. Immer mehr wurde die Trübe zur Schärfe. Die roten Roben. Die nackte Frau. Der alte Mann. Sie sah sie wieder. Alle. Und schließlich erkannte sie den Ursprung des gleißenden Lichts: das Amulett des Vorsitzenden, das urplötzlich aufgeflammt sein musste.

Die Weihrauchfässchen waren genauso erstarrt wie ihre Träger. Der Rauch stand still in der Luft, wie eingefroren. Niemand bewegte sich. Auch nicht Maeine. Und nicht einmal ein sanfter Luftzug wagte sich aus einer warmen Kehle.

Die Welt hatte für den Bruchteil eines Wimpernschlags den Atem angehalten. Zumindest in diesem Gang.

Der Vorsitzende keuchte schwer. Seine Knie zitterten. Er taumelte einen Moment lang wie einer, der versuchte, die restliche Würde vor dem sicheren Ende zu bewahren. Erfolglos. Er stürzte, als wäre er ein Baum, wie die, die Maeine in dem seltsamen Wald gesehen hatte. Aber einer, der vom Blitz gefällt worden war. Oder vom Zorn der Ewigen Flamme.

Noch etwas fiel. Doch dieses Mal war es kein Mensch. Ein metallisches Geräusch durchdrang den Gang. Ein Weihrauchfässchen, das eine Novizin fallen gelassen hatte. Sie brach aus der Gruppe aus, die vor Maeine stand. Es war die junge Frau, die sich während des Marschs der Gemeinschaft gestern um Lenja gekümmert hatte. Ihr Gesicht voller Sorge warf sie sich neben dem gestürzten Mann auf den Boden, griff nach ihm und versuchte genauso verzweifelt wie erfolglos, ihn zu stützen.

»Vorsitzender«, frage sie mit einer Stimme, die mehr Kontrolle hatte als Maeines gesamter Körper, »was ist los?«

Er antwortete nicht, zumindest nicht sofort.

Die Novizin hatte die Worte kaum ausgesprochen, da schoss ihre Hand bereits nach vorne. Hastig, ja, aber nicht unüberlegt, eher wie der Reflex einer großen Schwester, die dem Kleinen das kaputte Spielzeug entreißen wollte, bevor er sich daran verletzte. Ihr Blick war fest auf das Amulett geheftet, das noch immer in düsterrotem Glanz pulsierte, als würde es ein eigenes Herz besitzen. Eines, das genauso lebendig war wie krank.

Die Fingerspitzen der Novizin erreichten es. Just in dem Moment, in dem ihre Haut die Oberfläche berührte, zuckte sie unkontrolliert zurück. Ein erstickter Laut – in Maeines Ohren klang er wie irgendetwas zwischen Schock und Schmerz – brach aus ihrer Kehle.

Dann mischte sich ein Zischen, nicht mehr als ein leiser Atemzug, unter das Knistern der Fackeln. Der Geruch von verbrannter Haut stieg Maeine in die Nase und durchmischte sich mit dem süßlichen Weihrauch wie ein menschlicher Fehler in einer wohlkomponierten Ode.

Die Novizin starrte auf ihre Hand, auf die Rötungen, die Schwellung. Binnen weniger Augenblicke verfärbte sich der Finger in ein tiefes Violett. Sie schrie so roh und zerfetzend, als wäre sie ein kleines, schneeweißes Häschen, das bei lebendigem Leib gehäutet würde. Alle Blicke waren auf sie gerichtete. Manch einer starrte mit offenerem Mund als die anderen. Niemand bewegte sich. Keiner half ihr. Die Nackte grinste.

Maeine fühlte sich noch immer wie in Trance. War das die Realität? Nur ein weiterer Traum? Würde sie gleich in einem nächsten Gang wach werden? War sie möglicherweise bereits tot? So oder so, sie hätte nicht zu helfen vermocht.

Das Violett stieg rasend schnell am Körper der Novizin empor, ergriff zuerst ihren Arm, verschwand dann unter der roten Robe, nur um wenig später auch die restlichen Extremitäten und schließlich ihr weiches Gesicht zu befallen. Sie warf sich auf den Boden, rollte sich auf den Rücken. Die Schmerzensschreie waren in ihrer Grausamkeit nicht zu überbieten. Sie fauchte. Grunzte. Würgte.

Plötzlich verstummte die junge Frau. Alles, was zurückblieb, war das leise Knistern der Fackeln, das den Gang erfüllte. Und ein Husten. Kurz. Nicht laut, aber unüberhörbar. Dann fiel die rote Robe auf dem Boden in sich zusammen. Es war, als hätte sich der Körper, der sie getragen hatte, aufgelöst, ohne dass ein Rest blieb.

Maeine wartete einige Augenblicke. Würde sie gleich aus diesem Horror erwachen? Vielleicht älter, aber in ihrem Bett liegend? Sie wollte schreien, doch kein Ton kam über ihre Lippen.

Der Vorsitzende lag noch immer am Boden. Seine Muskeln krampften. Wieder und wieder liefen wellenartige Zuckungen durch seinen Körper. Irgendwann – Maeine konnte nicht mit Sicherheit sagen, wie viel Zeit vergangen war – schlug er die Augen auf. Sein glasiger Blick wanderte erst zu ihr, dann zu den Novizen.

»Ich …«, stotterte er schließlich. Es folgte ein schweres Atmen, als hätte er gerade einen Schwertkampf geführt. Nachdem er einige Zeit nach Luft gerungen hatte, klang das rasselnde Geräusch ab und er wandte sich langsam zu der nackten Frau. »Habt Ihr das auch gesehen? Ist das denn … sie sind …«

»… zurück!«, beendete sie den Satz des Vorsitzenden, nur um dann mit beinahe zitternder Stimme zu ergänzen: »Unmöglich!« Sie konnte also doch reden.

Die übrigen Novizen bildeten unterdessen einen Kreis um ihn, Maeine und die Unbekleidete. Sie erfüllten den Gang mir ihrem fragenden Gemurmel. Niemand schien zu verstehen, was sich gerade zugetragen hatte. Fast niemand.

Aber Maeine war sich mit der Bewegung des Kindes in ihrem Bauch sicher: Das hier konnte kein Traum sein. Sie war zurück in ihrem eigenen Horror. Und in dem schien sich nicht auch nur eine Person mit der Novizin zu beschäftigen, deren Körper sich vor ihrer aller Augen aufgelöst hatte, sondern nur mit dem, was der Vorsitzende gesehen hatte.

»Glaubt Ihr wirklich, dass es das war? Wir kennen es nur aus alten Sagen und Legenden.« Wieder schallte die Stimme der Nackten durch den Gang. Dieses Mal sogar so laut, dass Maeine zusammenzuckte und ihre Gedanken über Tote verdrängte. »Ein Beben in der Magie!«

Der Vorsitzende keuchte einmal mehr schmerzerfüllt. Dann nickte er.

»Das ist unmöglich. Wie viele Sommer sind seit dem letzten Mal vergangen?«

»Unzählige. Aber es kann nicht anders sein.«

»Seid Ihr Euch sicher?«

Der Vorsitzende richtete sich langsam auf. Seine Augen – trüb vor Sommern, doch plötzlich leuchtend wie verglühende Sterne – suchten das Ende des Ganges. »Ja, Schwester, ich bin mir sicher. Nyssari hat uns gerufen.«

Die Fackeln flackerten. Ein Raunen schwappte durch die Novizen. Es war, als hätten seine Worte die Welt selbst erschüttert und einen eisigen Wind durch den Gang getrieben. Und doch verstand Maeine nichts. Weder von dem, was sie gesehen hatte, noch von dem, was sie gehört hatte, außer dass die Nackte wohl eine der sagenumwobenen Fünf Schwestern sein musste. Sie war noch nie einer von ihnen begegnet. Leycon genauso wenig. Er beteuerte ihr gegenüber stets, seine Aufträge von Mittelsmännern zu erhalten. Ein Schauer kroch über Maeines Rücken, nicht der Angst wegen, sondern vor Respekt. Und Demut. Sie fühlte sich mit einmal so klein, so unbedeutend im Angesicht der puren Macht einer Schwester.

Währenddessen trat ein anderer Novize aus der geschlossenen Reihe vor, ein junger Mann, seine Stimme ernst. »Aber die Siegel …«

»Sind gebrochen«, vollendete der Vorsitzende den Satz. »Die Mauern wurden eingerissen. Nyssari ist erwacht. Die goldene Kette, die sie im Schlaf hielt, wurde zerstört.«

Es folgte ein weiterer Moment des kollektiven Schweigens. Doch in Maeines Kopf tobte ein Sturm. Ob der Mann, den sie gesehen hatte, für das verantwortlich war, was sich hier ereignete? Hatte er Nyssari aufgeweckt? Die Mauern eingerissen? Dieser eine im Wald mit dem langen, blonden Haar, das wirkte wie gesponnenes Gold? Mit den breiten Schultern, als könnte er nicht nur eine Frau, sondern die ganze Welt darauf tragen, obwohl er viele Sommer jünger gewesen sein musste als Maeine selbst?

Sie schloss die Augen, versuchte, sein Gesicht noch einmal vor sich zu sehen. Die weichen Züge. Diese Ausstrahlung. Sein Blick. Dieses Drängen. Der Ruf. Das Ursprüngliche, das sich langsam in ihre Brust gebohrt hatte wie eine Erinnerung, die niemals ihr gehört hatte. War er es? Der Auslöser des Bebens, von dem die Schwester und der Vorsitzende sprachen?

Ein tapferer Krieger sicherlich. Ein Erwählter vielleicht. Einer, der entfesselt hatte, was niemand zuvor zu entfesseln vermocht hatte. Oder war er noch mehr? Etwas, das sie spüren ließ, dass ihr Leben bisher nur Vorbereitung gewesen war?

Ein Flackern loderte in Maeine auf. Kein Feuer der Angst. Es war tiefer, roher, beinahe animalisch. Aber doch etwas, das sie zu ihm zog. So deutlich. So klar. Dieser Mann war ihre Bestimmung. Er musste ihr Ziel sein. Maeine wusste nicht, weshalb, wie oder wann, sondern nur, dass es keine Alternative gab, außer ihn zu finden. Besser gestern anstatt morgen.

»Und wohin sollen wir gehen?«, flüsterte jemand, als hätte er in ihre Seele geblickt.

Der Vorsitzende wandte sich um. Seine Silhouette ragte wie ein Denkmal aus vergangener Zeit im Gang empor. »Eure Herzen werden den Weg weisen, den Nyssari uns aufzuzeigen gedenkt.« Er hob die Hand. »Und doch, genug Worte sind gesprochen worden. Versammelt die Truppen. Ich selbst werde reiten.« Er wandte sich der Nackten zu. »Vielleicht informiert ihr die übrigen Schwestern! Die Magier der Gilde werden dem Ruf folgen.«

»Natürlich«, bestätigte sie mit einem sanften Nicken. Es war unmöglich, die Vorfreude in ihren Augen zu übersehen.

Maeine war klar, sie würde ebenfalls ihrem Herzen folgen. Genauso wie der Vorsitzende würde sie sich aufmachen. Nicht auf dem Rücken eines Drachen, sondern auf dem des schnellsten Pferdes von Eisenheim. Nachdem sie das Ritual hinter sich gebracht hatte. Und ihr Weg würde sie zu dem blonden Krieger führen, der nach ihr gerufen hatte wie Nyssari nach Korlandia.

»Bereitet alles vor«, forderte der alte Mann die Novizen auf, die noch immer unverständlich und alle gleichzeitig murmelten. Während die Schwester davoneilte, zeigte er schließlich auf Maeine. »Ich werde das Ritual dieser hier beenden. Danach brechen wir sofort auf.«

Die Novizen setzten sich eilig in Bewegung, als wären die Wurzeln, die sie zuvor geschlagen hatten, durch die Stimme des Vorsitzenden wie durch eine Axt gelöst worden. Hastige Trippelschritte auf dem Mosaikboden hallten durch den Gang wie rhythmische Trommelschläge und Roben wirbelten überall umher. Die Prozession löste sich auf in ein geordnetes Chaos, das sich in alle Richtungen ergoss.

Der alte Mann fasste derweil Maeines Arm – ein schmerzhafter, kompromissloser Griff – und zog sie beinah schneller mit sich, als ihre Füße zu marschieren bereit waren. Weit hinten, am Ende des Ganges, klaffte ein mächtiger Torbogen. Dort wartete er. Der große Drache mit den blutroten Schuppen.

Sein langer Hals wand sich gemächlich hin und her, die Augen halb geschlossen, als wäre er gerade erst erwacht. Doch Maeine sah es in jeder seiner Bewegungen: Er war hellwach und bereit für sie. Ein dunkles Grollen vibrierte durch das Gestein der großen Halle. Es war kaum hörbar, aber so tief, dass all ihre Glieder erzitterten. Rauch stieg aus den Nüstern des Tieres, als wäre sein Kopf selbst ein Weihrauchfässchen.

Ohne lange innezuhalten, schlang der Vorsitzende ein breites Seil um Maeines Arme und fesselte ihre Hände. Nicht so grob, wie er zuvor nach ihrem Arm gegriffen hatte, sondern mit der stoischen Sorgfalt eines Mannes, der das weder zum ersten Mal tat noch unsicher darin war.

Als er ihre Gliedmaßen fest verzurrt hatte, verband er ihr die Augen mit einem alten Stofffetzen. Den Geruch würde Maeine niemals vergessen: eine faulige Mischung aus Angst und Schweiß. Bevor sie sich versah, traf sie ein Tritt der schweren Stiefel in die Kniekehlen. Sie verlor den Halt und fiel auf die Knie. Ihre Beine ereilte das gleiche Schicksal wie ihre Hände. So lag sie da, blind und verschnürt wie die Last auf einem Ochsenkarren, bereit für eine Reise ohne Wiederkehr.

»Sie ist so weit«, stellte der Vorsitzende fest.

Maeine bemerkte eine sanfte Berührung am Hals, fast zärtlich. Es mussten die Krallen des Drachen sein. Schlagartig verließ jegliche Anspannung ihren Körper. Eine unbeschreibliche Müdigkeit überkam sie. In ihren Ohren erklang eine Stimme, die nach ihr rief.

Lass das Leben fahren, dröhnte es durch ihren Kopf. *Wehre dich nicht, mein Kind, und komm zu mir.*

So sehr Maeine wollte, die Unfähigkeit, sich dem Ruf zu widersetzen, übermannte sie und ihr Geist folgte ihm. Immer weiter. Sie atmete schneller. Ihr Körper bebte. Schwindel wogte durch ihr Inneres. Dann ein Zucken. Das Seil schnitt tiefer, tiefer. Mit jedem Atemzug verlor sie Halt, bis selbst das Schmerzempfinden verblasste und nur noch der Ruf blieb. Worte. Und die Erinnerung an den Mann im Wald.

XX. Leycon

Schon seit Stunden zog der Rappe Leycon hinter sich den Weg entlang. Das Seil, das um seine Handgelenke gelegt worden war und ihn mit dem Pferd verband, schnitt sich nicht mehr tiefer ein, aber es war weit davon entfernt, sich angenehm anzufühlen.

Seine Beine brannten. Die Füße schmerzten bei jedem Schritt, verhinderten die dünnen Ledersohlen doch kaum, dass sich immer wieder ein spitzer Stein oder ein kantiger Ast in die Fußsohlen bohrte. Es war eine unsägliche Tortur. Hinzu kam, dass Leycon selten eine so große Distanz zu Fuß zurücklegte. Eigentlich nie. Er hasste es, zu laufen. Nicht zuletzt deshalb war der Diebstahl eines Reittiers meist seine erste Handlung, wenn er eine Mission begann, spätestens in dem Moment, in dem er Korlandia verließ und in Thalmark ankam.

Leycon funkelte in Richtung des Bogenschützen, der auf dem Zugpferd saß. Seelenruhig ritt er das Pferd. Noch. Jeder hatte eine Schwäche, machte einen Fehler. Und das würde ihm schon reichen, um sich aus den Fängen dieses Clans zu befreien.

Der Mann wirkte auf Leycon ermattet, obwohl er getragen wurde. Er rieb sich immer wieder die Augen, blinzelte manchmal gegen das Licht. Der Rappe schwitzte unter dem Gurtzeug, dampfte leicht aus den Nüstern. Die Route war steinig geworden, mühsam sogar für Vierbeiner.

Etwas versetzt marschierte der Bolawerfer, immer wieder grummelnd. Es war das Kopfweh, das ihn unleidlich machte. Leycon hatte sich bei ihm vor einiger Zeit erkundigt, ob er gestern zu viel Wein getrunken hatte. Die Frage war nicht gut angekommen. Der Mann hatte ihm eine Ohrfeige verpasst. Kein Humor.

So trotteten sie vor sich hin, um den Rotbärtigen zu erreichen. Irgendwann. Denn gerade verlangsamte sich ihr Tempo. Eine willkommene Entspannung. Die Geräusche des Waldes wurden wieder hörbar, das Brummen von Insekten, das Zwitschern der Vögel, das Rauschen in den Wipfeln. Schließlich zügelte der Mann das Pferd, ließ es ausschreiten. Ein kurzer Blick ging zurück zu Leycon, der unbeantwortet blieb.

Während sich der Bolawerfer für eine kleine Rast in den Schatten der Büsche schlug, stieg der Bogenschütze ab und führte den Rappen zum Wasser. Aus einem bemoosten Fels lief ein dünnes Rinnsal, das sich in einer hohlen Wurzel sammelte. Der Mann hielt die Zügel locker, betrachtete sich währenddessen im Spiegelbild der Pfütze, als müsste er prüfen, ob sein eigenes Gesicht noch an ihn glaubte.

Leycon wartete regungslos. Beobachte. Das Seil um seine Handgelenke war rau. Die Art, die zu oft verwendet worden war, um weiterhin zuverlässig zu sein. Das war seine Chance. Ihr Fehler. Und wenn er es einrichten konnte, der letzte, den sie gemacht hatten. Zumindest in diesem Leben.

Er testete seine Vermutung. Erst sachte, dann mit einem kleinen Ruck. Nichts. Doch er sah es ganz deutlich: Der Knoten war feucht vom Pferdeschweiß. Das musste sein Moment sein. Und wenn Albenrion schon – wie sowieso zu befürchten stand – nicht kam, würde eine simple Entscheidung reichen. Jetzt.

Leycon richtete sich auf. Nicht abrupt, sondern mit Stolz. Er trat näher, als wollte er Wasser trinken. Als wäre er ein

Mann, der nicht gebunden und wie ein Vieh gezogen worden war. Eben wie einer, der nach einer langen Wanderung Durst hatte.

Der Bogenschütze blickte nicht in seine Richtung, beugte sich vornüber, warf Wasser in sein Gesicht.

Leycon ließ das Seil ein letztes Mal durch die Finger gleiten. Dann zog er hart. Der Knoten gab einen Hauch nach. Noch ein Ruck. Jetzt! Ein Riss. Nicht viel, aber genug für ein Handgelenk.

Er streckte die Finger, schob, drehte, atmete sehr leise. Dann war er fast frei. Noch ein Atemzug. Noch eine Sekunde. Noch eine Drehung.

Leycon machte einen Schritt, klein, bedeutungslos, aber etwas knirschte unter seinem Fuß. Was war das? Laub? Ein Zweig? Vielleicht nur ein verdammter Schicksalsruf? In jedem Fall war es zu laut. Der Rappe wieherte. Der Bogenschütze schaute auf, drehte sich um. Ihre Blicke trafen sich.

Zu spät.

Leycon sprang weg vom Ross. Nicht weil, sondern vielmehr obwohl sein Plan entdeckt worden war. Sein Körper prallte auf den des Mannes. Schulter gegen Brust. Der Bogenschütze taumelte, stürzte an das Pferd, verlor kurz das Gleichgewicht, fiel schließlich zu Boden. Leycon griff um sich, fasste die Zügel, riss daran. Der Rappe scheute. Ein Huf traf Stein.

Einen Moment dauerte seine Flucht. Einen einzigen. Dann war sie auch schon wieder vorbei.

Der Bolawerfer eilte aus dem Gebüsch, die Hose noch auf halb acht hängend. Der Stoß seiner Axt traf Leycon seitlich am Brustkorb, hart genug, um alle Luft aus ihm zu treiben. Kontrolliert genug, um sich nicht in seine Haut zu bohren.

Er fiel. Nicht taumelnd wie ein Geschlagener, sondern unaufhaltsam und mit durchgedrücktem Rücken wie ein steinerner Turm.

»Was zum …?!«, keuchte der Bogenschütze, nachdem er sich wieder aufgerappelt hatte.

»Er wollte fliehen«, knurrte der Bolawerfer. »Natürlich.« Er schüttelte den Kopf. »Wir hätten ihn besser getötet.«

»Nein. Wir brauchen die Kaerther.«

Der Axtträger grummelte. Und dennoch, sie schlugen nicht nach. Das wäre zu viel der Ehre gewesen. Stattdessen trat der Bolawerfer mit dem Stiefel auf das lose Seilstück und riss es hart zurück. Der Knoten zog sich enger.

Leycon starrte ihn an. Er hätte gerne einiges gesagt, sich von der Seele geflucht, seinen Angreifern die Pest an den Hals gewünscht. Aber es blieb nur dieser stolze Blick. Niemand konnte ihn brechen. Egal, wie viele es versuchten. Und schon gar nicht die hier.

Der Bolawerfer spuckte auf den Boden. »Sack ihn wieder an. Pausen nur noch, wenn einer von uns scheißen muss.«

Und so zog der Rappe mit dem Bogenschützen auf dem Rücken Leycon stundenlang weiter durch den Wald, an Bächen und Felsen vorbei, stumm und ohne Pause, nur gelegentlich unterbrochen von dem nervigen Grummeln, bis sie der Weg schließlich abwärts führte. Bald lichtete sich das Gehölz. Nebel kroch über die Böschung wie fauliger Atem. Es roch nach Metall und nassem Fell. Einige Schritte später sah Leycon die Banner.

Drei Pfähle, krumm gewachsen, mit groben Eisenringen beschlagen, trugen je ein Tuch: eines weiß, eines grau, eines blutrot. Doch ihm fiel direkt auf, was dort fehlte. Kein Wappen. Kein Zeichen. Nur Farben. So etwas hatte er zuvor noch nicht gesehen, nicht in Thalmark. Jede Ordnung brauchte hier ein Symbol. Kaerthas wäre erschüttert gewesen, hätte er das erlebt.

»Da sind wir«, murmelte der Bogenschütze. Er klang jetzt weniger sicher, vielmehr so nervös wie ein kleiner Junge, der von seinem Vater in die Küche zitiert worden war.

Und dennoch schritten sie hinab. Im Zentrum der Senke erstreckte sich ein Lager, das für Leycon auf den ersten Blick kaum als ein solches zu erkennen war. Dort standen keine Zelte, es loderte kein Feuer und es roch nicht nach schmurgelndem Eintopf. Stattdessen waren dort Felsen gestapelt zu windschiefen Mauern, Überreste von Baumstämmen, umfunktioniert zu Barrikaden, und an einem Strick aneinandergebundene Gerippe von Wagenrädern, die zur Abschreckung dienten. Oder dienen sollten, denn Leycon schreckten sie sicher nicht ab. Für ihn war es ein Trauerspiel.

Mittig im Lager ragte ein steinerner Thron empor. Nicht sanft behauen, vielmehr als hätte jemand das Möbelstück mit einer Spitzhacke grob aus dem nahe gelegenen Felsen gebrochen. Um ihn herum: Spuren von Blut, nicht frisch, sondern alt genug, um zu dunklem Rost zu gerinnen. Auf dem Boden lagen Ketten, manche leer, andere noch mit zersetzten Resten von Händen darin, die mit Lederfetzen und Dreck verwachsen waren. Daneben saßen massige Hunde mit hungrigen Augen und vor Speichel triefenden Mäulern. Unschwer war für Leycon zu erkennen, dass dieser Ort sich nicht dem Komfort widmete, sondern vielmehr ein fauliger Zahn war, der aus dem Gaumen des thalmarkischen Reichs ragte.

Dutzende Frauen lagerten zwischen den Steinen. Auch sie ließen die viel beschworene kaerthasische Ordnung missen. Hier wurde nicht exerziert, nicht geschuftet, nur existiert. Das Lager war vom wortlosen Schleifen der Klingen, dem leisen Knacken von Sehnen beim Bogenflicken und dem Kläffen der Hunde erfüllt, die sich um ein Schulterblatt stritten.

Die Rüstungen der Kämpferinnen waren so uneinheitlich wie ihre Gesichter, Flickenteppiche aus Tierhäuten, rostigem Eisen, Knochenplatten und Ketten, die eher wie Trophäen getragen wurden denn als Schutz. Manche bedeckten das Nötigste nur knapp. Andere zeigten ihre nackten Brüste. Selbst die Ankunft der drei Männer zwang ihnen keine Scham auf. Es war fast etwas wie Stolz, das Leycon zu erkennen glaubte. In was auch immer der begründet lag.

Die meisten trugen lange Haare, fettig und ungepflegt, mit eingeflochtenen Zähnen, Münzen oder Knochensplittern. Ihre Gesichter waren wettergegerbt, von Narben durchzogen, gezeichnet von deckenlosen Nächten und gnadenlosen Tagen. Sie lachten nicht, sie schrien nicht. Leycon erinnerte der Anblick an Raubtiere, die gelernt hatten, Energie zu sparen.

Eine Frau hatte ihr linkes Ohr mit einem Stück Dolchgriff durchbohrt und präsentierte das Ergebnis als eine Art Körperschmuck, eine andere trug eine Maske aus Leder, die im Gesicht festgenagelt war. Niemand sprach sie darauf an. Ein Mann – der einzige der Gruppe – saß nackt auf einem umgestürzten Baumstamm und spuckte den Inhalt seines Mundes – die Reste einer abgenagten Keule – auf einen Totenschädel, als wäre es eine alltägliche Geste. Seine Hände waren mit rohen Schnitten überzogen.

Abseits der Gruppe stand ein Käfig, halb verschüttet von Matsch und Dreck, mit Skeletten im Innern. Der Eingang war mit Eisenstäben verrammelt, über die jemand mit Ruß und Blut das Wort *Zahltag* geschmiert hatte.

Nichts hier war improvisiert, lediglich eine andere Art der Planung. Die Sorte, die nicht auf Versorgungsketten oder Formationen, sondern auf Angst, Gewalt und Hunger setzte. Leycon sah kein Lager, nein, er blickte auf das Ehrenmal der thalmarkischen Verwilderung. Auf den Grund, weshalb Korlandia ihn geschickt hatte, um dabei zu helfen, den Abgrund zuzuschütten, den Kaerthas vor so langer Zeit aufgerissen hatte.

Und hier hatte sich der Schlund um einen einzigen Menschen geschlossen.

Leycon erkannte den Ursprung allen Verderbens hier. Wie eben dieser Mann als Verkörperung des Elends auf einem umgedrehten Amboss saß, in eine schwere Kette gehüllt, die ihm wie ein Halstuch aus Eisen über Schulter und Brust lag. Das Metall klirrte kaum, so massiv war es. Die Haare waren tiefrot, nicht hell, nicht rötlich, sondern ein verfluchtes Feuer, das ihm aus dem Schädel zu schlagen schien. Ein verdammt hässliches. Der Bart war kunstvoll geflochten von einer Hand, die Geduld kannte. In der Linken hielt er ein Horn, in der Rechten einen schwarzen Speer aus dunklem Stahl und mit moderndem Griff. Seine Augen waren grau, aber nicht wie Stein, sondern wie Rauch.

Auf dem Schoß des Rothaarigen saßen zwei Kämpferinnen. Ihre Körper waren beschmiert mit Blut, Erde oder beidem. Sie hielten sich an ihm fest, als wäre er ein Altar, rieben ihre Leiber an seinem, stöhnten laut. Ihre Blicke waren abwesend, ergriffen von einem Rausch, der nicht enden wollte. Und der Rothaarige? Er ließ es geschehen, rührte sich nicht, starrte einfach geradeaus, als hätte jede Regung nur dann einen Wert, wenn er sie selbst befehligte.

Leycon war schon vielen solcher Männer in Thalmark begegnet. Sie herrschten nicht aus Stärke, sondern nur, weil alle anderen sich an sie verloren hatten. Es waren unbedeutende Provinzfürsten, die in den Halbschatten versuchten, einen Berg zu erklimmen, dessen Gipfel sie niemals lebend erreichen würden. Und doch waren sie wie Pilze, die ständig aus dem Boden sprießten, nur um gleich wieder zertreten zu werden.

Als sie den Mann erreichten, sah er Leycon an und stieß, noch bevor jemand etwas sagen konnte, hervor: »Den wollt ihr meinen Frauen heute bringen?«

Die beiden auf seinem Schoß lachten. Auch sie musterten ihn mit lüsternen Blicken, ohne ihr Treiben zu unterbrechen. Leycon schauderte, als er die vor Fäulnis schwarzen Zähne der Linken sah, als sie ihn angrinste. Hätte sein Magen Inhalt gehabt, er wäre in diesem Moment aufgestiegen.

»Er sieht doch ganz …«, sagte die Rechte, nur um laut zu stöhnen, bevor sie den Satz fortsetzte. »… passabel aus.« Sie küsste die Linke lang und innig.

Der Rothaarige griff mit den Händen nach den Hälsen der beiden, drückte fest zu. Die Frauen röchelten, liefen rot an. Sie begannen, zu zappeln, erst wild, dann immer kraftloser. Das Leben wich genauso sichtbar wie langsam aus ihren Körpern. Kurz bevor es zu spät war, schleuderte der Mann sie auf den Boden, in den Matsch. Sie husteten. Eine fauchte ihn an. Unbeeindruckt spuckte er in ihre Richtung, als wäre sie ein Stück Vieh, ein räudiger Köter. Was für ein Schwächling.

»Und wer ist das? Woher kommt er? Könnt ihr mir das sagen?«, fragte er.

Der Bogenschütze nickte. »Ein Glaubensbruder. Hat zwei von uns erschlagen.«

Der Rothaarige stand nicht auf, richtete nur den Blick auf Leycon, als würde er die Wahrheit aus ihm herauskochen wollen.

»Was war dein Ziel, Weißling?«, wollte er wissen.

Leycon antwortete nicht sofort. Er war sich sicher, auch dieser da würde ihn nicht verstehen, weshalb er sich vornahm, langsam zu sprechen. Sehr langsam. Und sehr deutlich. »Sie versperrten der Ewigen Flamme den Weg. Deshalb habe ich sie gestutzt.«

Der Rothaarige betrachtete ihn kurz. Dann lachte er laut. »Und jetzt stehst du hier. Vor mir. Gefesselt wie ein räudiger Köter. Hergeschleppt von 'nem Haufen Versager, dem Pynis-Clan, deren Name klingt wie Eiter in 'nem Eselsarsch. Bereit, wenigstens beim Verrecken noch irgendwem zu dienen.«

Ein Grinsen schwappte über die Gesichter der Frauen im Lager, die sich um das Geschehen scharten. Es waren wirklich Pflänzchen – keine Gänseblümchen, sondern ein Meer aus Riesenrafflesien. Mit dem gleichen Duft.

»Ich weiß nicht, wer Ihr seid«, entgegnete Leycon immer noch langsam und deutlich. »Aber wenn Ihr glaubt, mich verkaufen oder – die Ewige Flamme bewahre – benutzen zu können, habt Ihr Euch geschnitten. Ich bin wertlos, sowohl auf dem Markt als auch im Feldbett.«

»Glaub ich nicht«, erwiderte der Rothaarige. »Und außerdem fressen wir, was man uns hinschmeißt. Fragen stellen wir hinterher. Vielleicht.«

»Auch wenn es noch widerlicher stinkt als Ihr selbst?«

Der Mann stand abrupt auf, ohne Anstrengung, als wäre die Kette Teil seines Körpers. Er ging langsam auf Leycon zu. Eine der Frauen, die zuvor auf ihm gesessen hatten, warf sich gierig an seine Lenden, aber er wehrte sie mit einem harten Schlag auf ihre Nase ab. Unter einem leisen Knacken brach sie. Während sie aufjaulte, blieb er vor seiner frisch eingetroffenen Ware stehen.

»Das Einzige, nach dem du stinkst, ist altes Pferdeblut. Sonst riecht da gar nix.« Er beugte sich vor, sog die Luft ein. Dann drehte er sich um, riss die Hände empor und schrie: »Und nach Niederlage.«

Die Frauen kreischten laut, jubelten. Auch die, aus deren Nase Blut quoll wie Wasser aus der Moosquelle zuvor. Erst als der Rothaarige die Arme senkte, verstummten seine Anhängerinnen.

»Aber«, fuhr er fort und drückte Leycon mit einem Finger gegen das Kinn, »deine Augen erzählen 'nen anderen Mist. Die brüllen's raus: Ich will die ganze Scheißwelt abfackeln, bevor ich abkratze.«

Leycon schwieg. Er hätte kaum aufzählen können, wen und wie viele er in Nyssaris Namen anzuzünden gedachte. Allen voran einen rothaarigen Thalmarkier.

»Wie heißt du«, fragte der ihn.

Was gab es Schöneres, als neue Bekanntschaften zu schließen? Und jede gute begann damit, sich besser kennenzulernen. Oder zumindest den Namen seines Gegenübers zu erfahren. In Nyssaris Schriften war dies immer als einer der ersten Schritte zu echter Gemeinschaft benannt worden. Welchen Namen sollte Leycon seinem neuen Freund nennen, hatte er sich doch so viele angeeignet? Er grinste. Nicht weil die Situation dazu einlud, nur weil er über sich selbst lachen musste. Was gab es Wunderbareres?

»Bruder Sylen«, stieß er schließlich hervor, als die Ungeduld in den Augen seines neuen Freundes ihn zu übermannen drohte.

Der Mund des Mannes zuckte, als wollte er antworten, doch er kam nicht dazu.

Ein donnerndes Kreischen, das Leycon niemals lieben würde, schallte plötzlich durch die Senke, so ohrenbetäubend, dass selbst die Hunde aufsprangen, vielleicht sogar in Panik. Einer der Bannerpfähle zersplitterte. Dann fielen Schatten über das Lager. Es waren zwei gewaltige Silhouetten, kreisend, ihre Flügelspannweite so groß, dass das Licht darunter wie ausradiert wirkte.

»Drachen!«, brüllte jemand.

Der Rothaarige drehte sich um, den Kopf in den Nacken gelegt. »Was zum …«

Dann schlug das erste Tier zu. Kein majestätisches Herannahen, kein langsamer Sinkflug, kein edler Angriff. Die Bestie stürzte herab wie ein Pfeil, die Schuppen wie gebrochene Spiegel, der Atem ein Strahl aus glühendem Tod. Der Aufprall ließ den Boden beben. Drei Frauen wurden zerrissen. Ein Arm – nichts als ein rauchendes Gelenk mit schwarzen Fingern daran – flog haarscharf an Leycons Kopf vorbei. Er atmete tief durch. Beinah hätte diese Wilde ihn berührt. Widerlich!

Bevor er sich weitere Gedanken machen konnte, stieg der Rappe, an den er noch immer gebunden war, kreischend auf, nur um dann rückwärts umzufallen. Dummer Gaul! Er riss Leycon mit einem Ruck mit sich, dass es ihm fast die Schultern auskugelte. Er prallte auf den Boden, sein Schädel schlug auf etwas Hartes.

Er konnte nicht aufstehen, nicht einmal fluchen. Erde, Blut, Funken und Splitter flogen an ihm vorbei. Irgendwo brüllte jemand. Dann wieder ein Kreischen, das Leycons Armhärchen aufstellte. Instinktiv griff er an seine Halskette mit ihren vierundzwanzig Steinen. Ein weiterer Ton. Er wälzte sich gerade noch rechtzeitig auf die Seite, um zu erkennen, wie ein zweiter Drache, schwarz, auf den Thron des Rothaarigen herabstürzte. Der stand darauf, breitbeinig, den Speer in der Linken nach oben gereckt, als hätte er den Himmel selbst herausgefordert. Um ihn sammelten sich fünf seiner Frauen, eng gedrängt.

Mit einem dumpfen Schlag setzte der Drache auf der Erde auf, wenige Meter vom Thron entfernt. Leycon erhaschte nur einen kurzen Blick auf den Reiter, der auf dem Rücken der Bestie saß. Es musste ein Mann sein, voll gerüstet, als zöge er in den Krieg. Woher er kam, sein Wappen oder seine Farben, all das war nicht zu erkennen.

Das nächste, was Leycon sah, war, wie der Rothaarige die erste Frau an den Haaren packte und sie vor sich stieß, als könnte ihr nacktes, blutverschmiertes Fleisch das Unabwendbare abwenden.

Der Drache öffnete das Maul, die weißen Zähne blitzten auf. Sein Kopf schnellte nach vorne, die Luke schloss sich. Das letzte, was Leycon von der Frau hörte, war ein verzweifelter Schrei gefolgt von knackenden Knochen. So erging es auch den zwei Weiteren, die der Rothaarige der Bestie in den Weg warf.

Während der Reiter Zauber schrie, die Feuer und Eis auf das Lager niederprasseln ließen, zerfetzte der Drache die vierte Frau mit den Klauen, schnitt sie in dünne Scheibchen wie der Metzger den Schinken. Dann stürmte der Rothaarige schreiend los, den schwarzen Speer hoch erhoben. Er schien davon überzeugt zu sein, die Bestie mit seinen eigenen Händen niederstrecken zu können. Leycon wusste es besser. Niemand tötete einen Drachen im Kampf. Nicht so.

Das Tier bäumte sich auf. Sein Reiter war jetzt deutlich zu erkennen: Ein junger Magier mit Glatze und roter Robe, wie sie nur in Korlandia getragen wurde, sprang ab. Er zog sein langes Breitschwert, bereit, mit seinen eigenen Händen zu vollbringen, was der Drache begonnen hatte. Wieder ein lautes Kreischen der Bestie. Der Rothaarige kam immer näher, schwang seinen Hammer voller Raserei. Ein Kampf auf Leben und Tod, zwischen Abgrund und Erlösung bahnte sich an.

Kurz bevor die beiden in Schlagweite waren, vernahm Leycon ein leises Summen. Dann kam ein Speer. Er traf den Rothaarigen von der Seite. Es war ein einziger, sauber geführter Wurf. Kein Heldenmut. Keine Magie. Kein Duell.

Nur ein Soldat der Fünf Schwestern, ein Licht unter vielen. Der Wurfspieß drang schräg in die Rippen des Mannes. Tief. Zu tief, um noch zu brüllen.

Der Rothaarige stolperte zurück. Der schwarze Speer fiel. Die Kette klirrte. Sein letztes Geräusch war das Knirschen seiner Knie im Dreck vor dem zerborstenen Amboss. Er griff an den Gürtel, verfehlte aber, was auch immer er dort erreichen wollte. Dann traf ihn die Pranke des Drachen. Die Bestie schleuderte ihn wie einen zerschlissenen Bannerfetzen in eine der Barrikaden aus Wagenrädern.

Das war das Ende von Leycons neuer Bekanntschaft. Ein kurzes Vergnügen. Ohne Namen. Ohne Denkmal. Ohne letzten Heldenakt. Nur Schlamm, Blut und ein offener Blick, der erstarrt war.

Bevor Leycon seinem Freund länger nachtrauern konnte, richtete sich der Rappe wieder auf, galoppierte los und zog ihn mit sich, als wäre sein Körper ein profaner Staubfänger. Ein Dolch flog vorbei, streifte seine Wange. Überall brannte es. Hunde rannten brennend durch das Lager, ihre Schreie kaum noch von denen der Menschen zu unterscheiden.

Dann hörte Leycon die schweren Schritte der gerüsteten Kämpfer, gefolgt vom Kampfgeschrei der Frauen. Aus den Augenwinkeln beobachtete er eine Kämpferin, halb nackt, mit Ruß verschmiertes Gesicht, die auf einen Angreifer zurannte. Als er die Farben der Rüstung sah, erkannte er es: Es war wirklich Korlandia, das hier angriff.

Noch bevor die Frau seinen Landsmann erreichte, wurde sie von einem in Flammen stehenden Katapultgeschoss zerschmettert. Ihre Gliedmaßen wirbelten brennend durch die Luft wie Funken aus einem frisch geschürten Schmiedefeuer.

Leycon versuchte, sich zu drehen. Vergeblich. Er sah, wie eine Gruppe Flammenwerfer der Korlandianer vom Nordhang heranstürmte, ihre Lanzen glühend, die Helme golden, makellos. Sie metzelten sich durch die Lagerreste mit einer Effizienz, die die Brust der Fünf Schwestern mit Stolz erfüllt hätte. Ein Drache kreiste erneut, dann ließ er einen Schrei los, der Fensterscheiben hätte zerbersten können. Wie gut, dass es hier keine gab.

Wieder ein Ruck. Das Pferd blieb an einem umgestürzten Käfig hängen, stürzte nieder. Leycon wurde halb um das Tier geschleudert, seine Rückseite schleifte über Metall und zerschlagene Knochen. Was für eine Erniedrigung.

Dann spürte er Hände. Zwei Gestalten griffen nach ihm. Einer war der Bolawerfer, die Haare angesengt, ein Auge blutig geschlossen. Neben ihm die Frau mit dem Dolchgriff im Ohr. Beide gezeichnet, keuchend, aber lebendig. Die Letzten. Ausgerechnet.

»Nimm ihn!«, schrie sie. »Los, los, los!«

Sie schnitten Leycon von den Seilen los und packten ihn wie ein Bündel Lumpen. Kein Wort an ihn, nur panisches Handeln. Sie schleppten ihn zwischen Trümmern hindurch, vorbei an zerbrochenen Barrikaden, an dampfenden Körperteilen, an der Leiche des Rothaarigen – oder was auch immer davon übrig war –, dessen Kette noch glühte.

Leycon drehte den Kopf im Vorüberziehen. Die Asche fiel wie Schnee. Der Himmel war schwarz. Und durch den Rauch konnte man sehen, wie einer der Drachen kehrtmachte. Sie waren bereit für eine neue Runde.

Dann wurde Leycon vom Dickicht, in das er geschleift wurde, die Sicht genommen.

XXI. RHEA

Was hatte diese Diva eines Drachen diesmal wieder für ein Problem?

Rhea starrte minutenlang auf Firor, als würde sie ihn durch reine Willenskraft dazu bringen können, sich zu bewegen und Nuvys Lebenszeit in sein Reservoir aufzunehmen. Doch es war zwecklos. Er tat es nicht. Keine Reaktion. Nichts. Nur diese verdammte Stille, die ihn umgab, die sie mehr zur Weißglut trieb als jedes Brüllen. Warum musste er sich immerzu so anstellen?

»Was ist denn jetzt schon wieder los? Was stört dich dieses Mal, du störrische Echse?«, zischte Rhea in seine Richtung.

Firor hob langsam das Haupt, wandte sich ihr zu und schnaubte leise, aber unüberhörbar.

Nicht sie, schallte seine Stimme durch ihren Kopf.

Sie schluckte, dann warf sie einen prüfenden Blick auf das Mädchen. Noch immer kniete die junge Frau dort. Zitternd. Vielleicht aus Angst, vielleicht aus einem anderen Grund. So oder so, es war Rhea einerlei.

Nuvys Lippen waren leicht geöffnet, als hätte sie selbst nicht begriffen, warum ihr Gesicht nicht schon längst von Falten durchzogen war. Wie sollte sie auch? Nicht einmal Rhea verstand so genau, was hier vorging.

Noch nie zuvor hatte Firor verweigert, die Lebenszeit anzunehmen, die sie ihm dargeboten hatte. Allein am heutigen Tag hatte er bereits über achthundert Jahre aufgenommen. Was stimmte mit diesen vierzig nicht?

»Sind deine Lebenszeitreserven voll?«, fragte Rhea.

Nein. Es liegt an ihr.

Sie seufzte und konnte die Ungeduld – vielleicht war es auch eine gewisse Ungehaltenheit – in ihrer Stimme nicht länger unterdrücken. »Wie kann es an ihr liegen? Sie ist wie all die anderen. Ein Bauernmädchen aus irgendeinem Dorf. Nichts Besonderes.«

Firor wandte sich ab, trat einige Schritte zurück und ließ sich dann wieder auf dem Boden nieder.

Es geht nicht.

Rhea platzte der Kragen. Wieso? Was war der Grund dafür, dass ihr eigener Drache dermaßen gegen sie arbeitete? Konnte er nicht verstehen, wer sie war? Sie schrie Firor so laut an, dass Nuvy merklich zusammenzuckte. »Ja, was denn nun? Geht es nicht oder willst du nicht, weil du mich einmal mehr ärgern möchtest?«

Ich darf nicht, entgegnete er mit derart ausgeglichener Stimme, dass Rhea nur noch wütender wurde.

»Warum?« Sie machte einen Schritt auf Nuvy zu und riss ihr plötzlich so fest an den langen Haaren, dass der Nacken knackte. »Gefällt dir die Haarfarbe nicht? Soll ich sie zuerst scheren lassen?« Sie rümpft die Nase. »Oder ist es ihr Gestank?«

Nein, das ist es nicht.

»Was ist es dann?« Rhea ließ Nuvys Haare los, warf das Mädchen wie Abfall auf den Boden und trat einige Schritte von ihr weg, in die Richtung des Drachen.

Kaerthas verbietet das.

Rhea atmete tief durch. »Firor, was hat er denn damit zu tun? Wo ist das Problem?« In Rheas Stimme mischte sich zunehmend Verzweiflung, aus der schäumenden Wut wurde ein Flehen, das sie von sich selbst weder kannte noch erwartet hatte. »Rede mit mir! Bitte! Sag mir, was ich tun kann, damit du ihre Lebenszeit aufnimmst.«

Wir müssen warten.

»Warten?«, wiederholte Rhea ungläubig »Worauf? Wie lange?«

Schwer zu schätzen. Firor grummelte leise. *Ich würde sagen, noch sieben Mondzyklen.*

Sieben Monde. Sie blinzelte. Das war eine ewige Zeit, in der jemand beherbergt, versorgt, bewacht, erhalten werden musste. Hohe Kosten für vierzig erbärmliche Jahre Lebenszeit irgendeines Bauernmädchens. Rheas Kiefermuskeln spannten sich an, während sie sich Firor weiter näherte, doch sie zwang sich, nicht wieder aus der Haut zu fahren. Das Verhalten dieses Drachen war völlig absurd. Irrational. Zeitverschwendung. Kaertherverschwendung.

»Wieso denn das?«, erkundigte sie sich.

Sie trägt ein neues Leben unter dem Herzen, antwortete Firor. *Es ist jung, kaum mehr als ein Funke, aber es ist da. Ich fühle es.*

Rhea schnaubte und fragte, obwohl sie die Antwort schon kannte: »Das ist das ganze Problem?«

Ja und das weißt du genau. Kaerthas würde die Aufnahme von Lebenszeit der Mutter eines Ungeborenen – vor allem durch einen Drachen – niemals verzeihen, denn das würde den Tod bedeuten, bevor sich das Leben entfaltet hätte.

Firor hatte recht. Natürlich wusste sie es. Sie hatte es von den anderen Drachenreitern gehört, aber bisher hatte sie das Glück gehabt, sich selbst noch kein solches Problem beigeschafft zu haben. Es bedeutete auch nichts als zusätzliche Arbeit.

»Vielleicht irrst du dich?«, versuchte Rhea, die Sache herunterzuspielen. »Das könnte doch sein, oder?«

Nein. Wir Drachen irren niemals, wenn es um Leben geht. Und in dieser hier wohnt eines, das noch gebraucht werden könnte. Es wäre schlicht Verschwendung, ungeborene Lebenszeit in sich aufzunehmen, ohne dass sie für Magie genutzt werden könnte. Es würde mich zu dem machen, was ich zutiefst verabscheue: einem Sklaven von Nyssari.

»Aber«, versuchte Rhea mehr mit dem Mut der Verzweiflung als mit dem Verstand zu verhandeln, »wenn es doch für sie in Ordnung ist, warum sollte es denn dann für Kaerthas ein Problem darstellen?«

Für sie sind alle gleich, ob jung, ob alt, ob schwanger oder nicht. Aber er weiß, was das Leben eines ungeborenen Kindes wert ist. Mehr als vierzig Jahre. Ich kann es nicht verschwenden.

Als hätte Rhea auch diese Antwort nicht längst gekannt. Und trotzdem hatte sie den Versuch nicht unterlassen wollen, Firor zu überzeugen. Es gab das Gerücht, dass sich hin und wieder ein Drache mit den richtigen Argumenten auf die kaertherschonendere und dadurch deutlich sinnvollere Seite ziehen ließ. Firor gehörte offensichtlich nicht dazu. Also musste sie sich die Hände schmutzig machen. Wie immer.

»Dann schneiden wir es eben aus ihr heraus«, entgegnete sie schulterzuckend. »Oder vielmehr: ich.«

Tu, was du nicht lassen kannst. Das ist deine Entscheidung. Du wendest dich damit von Kaerthas' Pfad ab, nicht ich. Aber solange die junge Frau ein Ungeborenes in sich trägt, werde ich ihre Lebenszeit nicht nehmen.

Rhea stand einen Augenblick regungslos da. Dann atmete sie durch. Wieder einmal lag es an ihr, zu tun, was getan werden musste. Also setzte sie sich in Bewegung.

Nuvy hob den Kopf, als sie näher kam. Ihre Augen wirkten leer. Sicherlich nicht aus Furcht – diese junge Frau schien dieses Gefühl zu Rheas Überraschung überhaupt nicht zu kennen oder zumindest niemals öffentlich zu zeigen –, sondern wegen dem, was einmal Hoffnung gewesen war. Es lag kein Widerstand mehr in ihrem Blick. Kein Trotz. Nur die Stille eines Mädchens, das zu oft geglaubt hatte. Vielleicht hätte sie einem anderen leidtun können. Möglicherweise wäre ein gewisses Mitleid angemessen. Aber nicht für Rhea.

In ihren Augen war Nuvy nur ein unerwarteter Kostenfaktor, der ihr zusätzliche Arbeit bescherte.

Als sie die junge Frau erreicht hatte, warf sie sie mit einem einzigen gezielten Schlag gegen den Kehlkopf rücklings auf den Boden. Das Husten des Mädchens mischte sich mit dem dumpfen Aufprall ihres Hinterkopfs auf dem Steinboden und hallte von den Wänden zurück.

Rhea kniete sich auf Nuvys Brustkorb und drückte ihr dabei ein Schienbein auf die Nase, damit sie den Kopf nicht mehr heben konnte. Während die junge Frau keuchte, hatte sie keine Eile bei dem, was jetzt zu tun war, sondern nur den festen Entschluss, dass es getan werden musste. Rhea würde ihr nehmen, was überflüssig war, sodass sie endlich geben konnte, was sie ihr schuldete.

Mit einer energischen Handbewegung zerriss sie das Leinentuch, das Nuvys Körper bedeckte. Der Stoff gab mühelos nach. Rhea zog die Überreste unter ihrem Knie hervor, ließ sie zur Seite flattern, bedeutungslos, entbehrlich wie die Trägerin selbst, im Gegensatz zu ihrer Lebenszeit.

Dann griff Rhea an ihren Gürtel und zog das kleine Messer aus der Scheide, das sie wegen seiner Präzision liebte. Die Klinge war gebogen, geschmiedet aus schimmerndem Gold, das in der Beleuchtung der Halle aufblitzte wie etwas Sakrales. Es war genauso wenig das Schlachtermesser eines Metzgers wie die Waffe einer Kriegerin im Kampf, sondern vielmehr das zarte Musikinstrument einer Künstlerin, das sie in den richtigen Momenten erklingen ließ. Und Rhea wusste nur zu gut, wie man es zu spielen hatte, zum Beispiel als sie die Welt von Mogrons Männlichkeit erlöst hatte.

Nuvy zappelte, als sie die Waffe sah, bäumte sich auf, schrie. War da doch noch ein letzter Wille? Der klägliche Rest einer Mutter, die glaubte, etwas beschützen zu müssen, das nicht beschützt werden konnte? Nicht vor ihr. Nicht vor

Rhea van Meier, der Frau, die Leben nehmen konnte, wie es ihr beliebte. Selbst wenn da noch gar kein wirkliches Leben war.

»Halt still!«, zischte sie und rammte Nuvy den Ellenbogen in den Bauch.

Wieder ein Husten. Noch immer Gegenwehr. Ein weiterer Stoß, fester, dieses Mal in die Seite. Ein Keuchen. Die Muskeln erschlafften. Endlich ließ das Mädchen seinen letzten Widerstand fahren und ergab sich seinem Schicksal.

Rhea setzte die Klinge genau dort an, wo Leben begann. Zentimetergenau. Mit genügend Abstand, um das Fleisch noch nicht zu berühren. Zwischen Nuvys Beinen.

Es regte sich ein Hauch von Bewegung unter ihrer Hand. War es ein Zittern? Vielleicht der sanfte Anflug eines Zweifels? Rhea fror für den Bruchteil eines Augenblicks ein. Das Einzige, was blieb, war ihr flacher Atem. Kein Laut. Nicht von Firor. Nicht von Nuvy. Weder Flehen noch Tränen. Und das war gut. Oder enttäuschend? Wahrscheinlich beides.

Dann wurde ihr klar: Es war keine Unsicherheit. Es konnte keine sein. Es musste die Nähe sein. Die Hitze. Die Macht, die in ihr selbst aufstieg. Rhea war die Bildhauerin, Nuvy bloß Material. Es wurde Zeit, das Kunstwerk zu vollenden.

Ein Atemzug. Noch einer. Schmerzlich langsam senkte sich die Klinge. Ein Lufthauch, als sie ausatmete. Das Gold der Spitze berührte das rosa Fleisch. Ein kaum hörbares Wimmern. Oder ein Echo im Kopf? Rhea spannte die Muskeln an und …

»Herrin van Meier!« Die Worte hallten schrill durch das hohe Gewölbe.

Sie zuckte zusammen. Dem Ruf folgte das hastige Stolpern schwerer Stiefel. Sie wandte den Kopf im selben Moment um, in dem ein junger Soldat durch das Seitentor der

Halle hetzte. Der Mann atmete fast lauter, als er geschrien hatte.

»Korlandianischer Angriff! Auf das Lager des Rothaarigen und seiner Frauen. Zwei Drachen, mindestens zweihundert Soldaten.«

Für einen Augenblick blieb die Stille in der Halle stehen. Rhea umklammerte noch immer das Messer, Firor schien nicht einmal auszuatmen, Nuvy lag einfach da.

Dann zerfiel der Moment in Bewegung. Rhea richtete sich auf, schob die goldene Klinge zurück in die Scheide an ihrem Gürtel. Ausgerechnet jetzt. Aber so war es eben. Sie wurde überall gebraucht. Das war das Schicksal, dem sie sich ergeben musste, und sie zögerte auch dieses Mal nicht. Sie dachte nicht nach. Sie funktionierte. So wie sie es gelernt hatte. Als zukünftige Königin von Thalmark.

»Bring das Bauernmädchen zurück in seine Zelle«, befahl Rhea dem Soldaten, während sie sich umwandte und mit einem eleganten Satz auf Firors Rücken sprang. »Los, du alte Diva. Aufsteigen.«

Ich freue mich schon auf den Tag, an dem du das Wort »bitte« kennenlernst.

Sie antwortete nicht und drehte sich auch nicht mehr zu Nuvy um. Mit dem Mädchen sollte sie sich nicht länger beschäftigen. Zumindest nicht in diesem Augenblick. Ihre Schulden würde sie später zahlen, wenn sie zurückkehrte. Aber jetzt war die junge Frau mit dem Kind unter dem Herzen nur ein kleines Blatt in einem Sturm, der Größeres forderte. Einer, der nach nur einem Namen schrie: Rhea van Meier.

Firor reckte den Hals, brüllte in die Halle, und mit einem imposanten Flügelschlag erhob er sich. Stein splitterte unter seinen Klauen. Der Raum erbebte, als seine gewaltigen Schwingen die Luft aufwirbelten.

Das große Tor öffnete sich. Rhea duckte sich tief in den Sattel, als sie die Schwelle passierten. Die Kraft der goldenen Bestie unter ihren Beinen pulsierte wie eine lebende Waffe. Trotz all der Herausforderungen in der Kommunikation zwischen Drache und Reiterin war Firor bereit für den Krieg.

Draußen peitschte der Wind, als sie Meierstein hinter sich ließen und über Altholm flogen. Es regnete, als würde der Himmel selbst bitterlich weinen. Am Horizont, aus der Richtung, in der das Lager des Rothaarigen lag, stiegen zumindest zwei, wenn nicht sogar vier tiefschwarze Säulen auf. Korlandia war gekommen.

Allein der Flug wird schon ungemütlicher als ein Gespräch mit dir, konstatierte Firor. *Und das dort vorne sieht nicht aus wie ein Grillfest. Glaubst du wirklich, dass wir das ohne Hilfe schaffen?*

Bevor Rhea ihm eine gallige Antwort entgegenschleudern konnte, bemerkte sie im Augenwinkel, wie sich aus dem nördlichen Hang des Berges, auf dem der Familiensitz stand, weitere Drachen erhoben. Der vordere mit silbernen Schuppen, uralt, majestätisch. Sein Reiter trug weder Helm noch Rüstung. Er brauchte beides nicht. Oder glaubte es zumindest. Es war Rheas Vater.

Raegon van Meier lenkte seinen Drachen mit einer Hand, in der anderen hielt er seine Kriegslanze, bereit, einen jeden Korlandianer niederzustrecken, der sich ihm zeigte. Er sprach kein Wort, schenkte seiner Tochter nur einen Blick, der alles sagte: *Vermassel es nicht.* Und das von diesem Schwächling eines Mannes. Einer, der in sich Behar sah, aber beileibe nicht einmal an dessen Schatten heranreichte.

Zur Rechten des Vaters, kaum eine Flügellänge entfernt, flog ein zweiter Drache auf. Er war kleiner, wendiger und seine Schuppen vollständig in Bronze getaucht. Auf seinem Rücken saß ein junger Reiter, das Haar rotbraun wie frische Glut, die Augen voller Vorfreude, beinahe siegessicher.

Rudolf, Rheas Bruder, der einige Winter nach ihr geboren worden war und erst vor wenigen Mondzyklen sein Reittier in den Höhlen von Godurun empfangen hatte. Er hatte noch keinen Kampf gesehen, zumindest nicht aus der Nähe. Heute war also sein großer Tag, an dem sich zeigen würde, ob er ein bemerkenswerter Reiter werden würde oder so klein und unbedeutend blieb wie viele vor ihm.

Rhea hatte ihre Vermutung. Er war genauso schwach wie Raegon. Kein Behar. Nicht wie sie, die in ihrem ersten Drachenkampf mit schierer Willenskraft hundert Korlandianer niedergemetzelt hatte. Ein großes Fest aus Blut und Tod. Und sie freute sich schon, dass sie heute eine neue Einladung erhalten hatte.

Dicht nebeneinander flogen die drei Drachen mit ihren Reitern als die aufsteigende Speerspitze der Familie van Meier, das Schild Thalmarks aus Fleisch und Feuer zur Verteidigung des Königreichs und der Menschen, die bald vor Rhea das Knie beugen würden.

Es wird eine Vergeltung sein, informierte Firor sie. *Für den Angriff auf sie.*

»Wie kommst du darauf?«

Lorka meint, dein Vater sei sich sicher.

Genauso wie Firor war Raegons Drachendame kein Wesen, das durch Freundlichkeit bestach. Und diese Reittiere, auch das wurde Rhea immer wieder klar, waren wie Menschen. Sie kauten jedes Thema durch wie alte Hunde einen längst ausgebleichten Knochen. Rheas Großvater hatte ihr einmal gesagt, wenn sie sichergehen wolle, dass alle in Thalmark ein Geheimnis kennenlernten, ohne dass es zuvor irgendjemandem aus dem Munde kommen sollte, müsse sie lediglich sicherstellen, dass ihr Drache davon erführe. Er trüge es weiter wie die Frucht den Samen eines Baumes. Wie recht er doch hatte.

Rhea kniff die Augen zusammen. »Aber als ich vor einigen Tagen mit ihm gesprochen habe, hat er einen Angriff auf Korlandia abgelehnt.«

Dann hat dein Vater seine Meinung wohl nach eurem Gespräch geändert.

»Und vergessen, mir Bescheid zu geben?«, schnaubte Rhea. »Ich habe Korel verteidigt. Die Menschen dort gerettet. Da wäre wenigstens eine kurze Information angebracht gewesen.«

Wir.

»Wie auch immer.« Sie schüttelte den Kopf. »Was weiß Lorka noch? Wo fand der Angriff statt?«

Auf ein Rekrutenlager ein gutes Stück hinter der Grenze. Wir haben ohne Drachen angegriffen. Sie konnten uns nicht kommen sehen.

»Und?«

Es gibt keine weiteren Berichte über das, was sich dort zugetragen hat. Zumindest weiß Lorka nichts darüber.

»Wieso?«

Offensichtlich ist bisher noch niemand aus dem Trupp zurückgekehrt.

»Wer hat den Angriff geführt?«

Merla von Altholm.

»Die Schlächterin mit den silbernen Haaren?«

Höchstselbst.

»Dann wird es ein Massaker gewesen sein. Aber wieso hat mir Vater nichts davon erzählt?« Rhea ballte die Hand zur Faust, Frustration stieg ungebremst in ihrem Inneren auf. »Ich hätte den Angriff führen können. Müssen. Er hat mir mein Vorrecht genommen, Korlandia für Korel zu bestrafen.«

Wir.

Rhea hatte keine Lust, sich länger mit Firors Einwänden abzugeben. Sie hatte dafür nicht genügend Nerven übrig. Denn es wurde mit jedem Tag deutlicher, dass ihr Vater nicht nur ein Schwächling war, sondern noch dazu ein Narr, der ihr im Weg stand. Nicht nur dieses Mal, immerzu. Wie damals, als sie den fünf Jahre älteren Jungen, der sie im Bogenschießen besiegt hatte, an einem Abend in der Dämmerung getroffen hatte. Nachdem die Folgen der Schläge ihres Großvaters abgeklungen waren und sie wieder hatte gehen können. Rhea und der Junge hatten eine Mutprobe vereinbart. Mit einer Armbrust den Apfel vom Kopf des jeweils anderen schießen. Der elende Bastard hatte sich schon aufgestellt, zweihundert Fuß von ihr entfernt, und balancierte die rote Frucht. Wie abgesprochen. Denn sie hatte den ersten Schuss.

Sie legte also den Pfeil in die gespannte Waffe ein, zielte. Natürlich nicht auf den Apfel. Dieser Idiot. Sie wollte niemals die Frucht treffen. Es hätte wie ein Unfall beim Spielen ausgesehen. Alles war vorbereitet. Ihr Finger berührte den Abzug. Doch dann kam ihr Vater, unterband die Mutprobe und nahm ihr ihre Rache.

Das sollte nicht das letzte Mal gewesen sein, dass er Rheas Pläne durchkreuzte. Er rettete ihre Freundin, die ihre Puppe gestohlen hatte, als beim Versteckenspielen eine Tür des Verlieses ins Schloss fiel. Dort, wo niemand die Schreie hätte hören können, während sie langsam verhungerte.

Raegon verhinderte außerdem, dass der Diener, der ihre Haare zu kurz geschnitten hatte, die Suppe aß, die sie ihm mit Liebe und Eisenhut zum Dank zubereitet hatte, indem er ihn aus den Ländereien der Familie van Meier verbannte.

Wahrscheinlich wäre es auch er, der ihren wohldurchdachten Plan bei Hofe verhindern würde und damit ihren rechtmäßigen Aufstieg zur einzig wahren Königin dieses Reichs. Absichtlich oder nicht.

Und genau in diesem Augenblick war die Vergangenheit mit ihrem Vater nicht länger nur eine Kränkung, keine pure Wut, sondern vielmehr die Wurzel einer Erkenntnis, die sich genauso langsam wie tief in Rheas Geist bohrte wie eine Lanze in das weiche Fleisch eines Kämpfers: Solange Raegon van Meier lebte, war sie nur die Tochter eines Mannes, der aus ihrer Sicht unerklärlicherweise zu den mächtigsten ganz Thalmarks zählte. Und der Tod ihres schwächlichen, verweichlichten Vaters würde ihr nächster Schritt auf dem Weg zum Thron des Reiches werden. Denn neben der wohltuenden Beseitigung eines unkontrollierbaren Hindernisses für ihr Vorhaben würde auch die gesamte Königsfamilie zur Beerdigung Meierstein besuchen. So konnte sie ihren Plan in Gang setzen, der sie zur Königin von Thalmark machen würde.

Mit Kaerthas' Segen. Und Behars. Und dem ihres Großvaters.

XXII. TAVIEL

Dunkelheit überall.

Erst ein leichtes Kribbeln im großen Zeh. Am linken Fuß. Dann am rechten. Ein Zucken in den Fingern.

Es war, als würde sich Taviels Körper an das Leben erinnern, bevor es sein Verstand konnte. Doch dann brach er über ihn hinein wie eine große Welle über ein Schiff, das auf dem Rauen Meer fischte: der dumpfe Schmerz. Zuerst in den Handgelenken, schließlich im Bauch, mit voller Wucht. Es kam ihm so vor, als hätte man einen glühenden Stein in seinen Nabel eingelassen.

Taviel sog die Luft zwischen den geschlossenen Zähnen ein. Ein scharfer, tief stechender Schmerz erfüllte seine Brust und zwang ihn, den Atem sofort wieder auszuhusten. Und doch bemerkte er die Veränderung. Der Geruch. Es war nicht mehr der, den er aus dem Lager kannte. Anstatt des Gestanks von modrigem Schlamm und Verwesung umgab ihn der süße Duft einer Mischung aus Rosen, Jasmin, Orangenblüten und Moschus, die für ihn schon sein ganzes Leben wie eine olfaktorische Hommage an Gleichheit, Disziplin und Selbstaufgabe rochen.

Taviel öffnete die Augen und blinzelte. Ein Raum, klein, kaum mehr als eine große Abstellkammer. Die Decke bestand aus schweren Holzbalken, zwischen denen Stofffetzen hingen. Kein Fenster. Schwach beleuchtet. Nur ein einziger Lichtstrahl fiel durch eine Ritze der Tür.

Er wollte sich bewegen, doch sein Körper protestierte aufs Heftigste. Die Seile an seinen Handgelenken waren fort, aber die Erinnerungen an sie waren geblieben. Der stechende Schmerz in seinem Bauch zwang ihn, seinen Rumpf auf der Matratze zu belassen. Und doch wollte er mehr erfahren über den Ort, an dem er aufgewacht war.

Taviel hob den Kopf und drehte sich nach links. Eine Wand. Er wandte sich in die andere Richtung, vorsichtig und langsam, kämpfte gegen das Leiden und wurde belohnt: ein zweites Bett.

Dort lag eine alte Frau. Ihre Vorderseite war ihm zugewandt, ihre Augen waren geschlossen. Die Haare gräulich, das Gesicht voller Falten. Ihren verschrumpelten Körper bedeckte ein ebenso dünnes Tuch wie den seinen.

Taviel atmete aus. Ob das hier das Vorzimmer zur Ewigen Flamme war? Anders konnte er sich nicht erklären, wie er hierhergekommen sein sollte. Er kannte die Geschichten, die man sich erzählte.

Wenn deine Zeit gekommen ist, hatte seine Großtante immer gesagt, *wirst du in den Schoß der Ewigen Flamme zurückkehren.* Aus Staub und Odem seien die Menschen erschaffen und zu Staub und Odem würden sie wieder zerfallen. Zumindest der physische Körper. Ihn brauchte man dort, wohin man nach dem Tod ging, nicht länger, so wurde Taviel immer erzählt. Durch das Feuer der Ewigen Flamme solle das Fleisch von der Seele getrennt werden, und Letztere bestehe weiter als Teil des Ganzen. Sie würde eins werden mit denen der Drachen und der Menschen, die Kaerthas und Nyssari zu Lebzeiten gut gedient hatten.

Aber diejenigen, die vom rechten Pfad abgekommen waren, ereilte ein anderes Schicksal: Sie würden wiedergeboren, in eine neue fleischliche Hülle verbannt werden und dann erneut die Wege entlangwandern, um sich wieder zu beweisen.

Und wieder. Und wieder. Bis ihre Seele schließlich rein genug sein würde, um ein Teil des Ganzen zu werden.

Taviel, da war er sich sicher, hatte sich stets an die Lehren gehalten, war niemals vom rechten Weg abgewichen. Und doch hatte er Angst vor dem, was ihm nun bevorstünde. Vielleicht war es aber auch eine gewisse Erleichterung, sich von diesem zähen Stück Fleisch, das er Körper nannte, zu trennen.

Mit einem leisen Knarzen öffnete sich die Tür. Taviel riss den Kopf herum. Zu schnell. Aber er achtete nicht auf den stechenden Schmerz, der in seinen Nacken schoss. Oder in seinen Bauch. Oder durch alle anderen Teile seines Körpers. Sein Blick galt nur der Tür. Und auf deren Schwelle stand eine Frau.

Gleißendes Sonnenlicht brach von hinten über sie herein wie flüssiges Gold, das sich durch die schmalen Ritzen der Welt selbst gegossen hatte. Ihre Silhouette war nicht nur sichtbar, sie spiegelte sich in allem, was um sie war: im Staub, der in der Luft tanzte, im leichten Zittern des Leinenstoffs, in Taviels pochender Schläfe.

Er konnte ihr Gesicht nicht erkennen, nur die langen Haare, die es umspielten, und die Umrisse des atemberaubenden Körpers, der mehr aus Licht als aus Fleisch zu bestehen schien. Das Kleid, das sie trug, schmiegte sich um sie, als wäre es eine zweite Haut: genauso weich.

Es gab keinen Zweifel: Der Tod hatte ihn geholt. Und das, was sich ihm hier darbot, musste das erste Bild der Ewigen Flamme sein, das ein jeder sah, nachdem er gestorben war und bevor das Fleisch von der Seele gebrannt wurde.

Die Frau stand einfach da, als wäre sie aus dem Spalt zwischen Diesseits und Jenseits gewachsen. Doch sie gab immer mehr preis: beispielsweise den kaum sichtbaren Schleier, der Taviels erstem Blick entgangen war. Es lag ein Hauch von

Rot in dem Stoff, der den Bogen ihres Gesichts nachzeichnete, ganz wie es Nyssaris Wunsch gewesen sein musste.

Er vermochte weder zu atmen noch zu blinzeln. Er wollte sprechen, sich ein Wort aus der Kehle zwingen, aber sein Mund war trocken wie Staub. Etwas in Taviel schrie, laut und unaufhörlich, dass er jetzt reden müsse, ohne ihm überhaupt zu erklären, was er denn sagen sollte. Er räusperte sich.

Schließlich brach es aus ihm hervor oder staubte vielmehr stotternd aus seinem ausgetrockneten Rachen. »Ich … war stets … bemüht, Nyssari zu … dienen. Habe niemals gemischt, was … die Ewige Flamme … geschieden hat.« Er hustete.

Dann Stille. Hatte er etwas Falsches gesagt? Die Sekunden wurden zu Minuten, fühlten sich an wie Stunden. Schließlich lachte die Frau laut und herzhaft. Ein vertrautes Lachen.

»Ach, Taviel, du bist wach. Und noch immer der gleiche Narr wie vor einigen Monden, als du aufgebrochen bist, um Korlandia zu dienen.«

Dann erkannte er die Stimme. »Ariara?«, platzte es aus ihm heraus.

Sie trat ein. Mit jedem Schritt wurde aus der Erscheinung mehr Mensch. Und je näher sie kam, desto klarer wurde es ihm: Es war tatsächlich Ariara, die in den kleinen Raum getreten war.

»Bist …« Taviel schüttelte den Kopf. »Bist du auch tot?«

Sie setzte sich zu ihm auf die Bettkante, ihre Stimme mit einem verspielten Ton, vielleicht sogar etwas von Spott durchtränkt. »Nein, du Trottel. Niemand ist tot. Weder du noch ich noch …« Sie atmete tief durch, dann zeigte sie auf die alte Dame im anderen Bett. »Noch Maeine.«

»Maine?«

Was? Das war nicht möglich. Niemals! Diese zerfallene Hülle sollte die schwangere Frau von Leycon sein? Nein!

Ariara nickte genauso stumm wie nachdenklich. »Sie wurde ausgelost.«

»Zu spenden?«

»Ja.«

Taviel kroch ein Schaudern über den Rücken. Eine große Ehre, die Maeine erfahren hatte. Lebenszeit für Korlandia zu geben, Teil der Vision der Fünf Schwestern zu werden, das war bedeutend, machte eine Heldin aus ihr. Auch wenn es, das musste er sich ehrlicherweise eingestehen, aus der Nähe betrachtet weder ehrenhaft noch bedeutungsvoll wirkte.

»Wie viel?«

»Sechzig Jahre.«

Taviel schluckte, seine Kehle war noch immer trockener, als sie es die ganze Zeit im Lager oder in seinem Leben davor gewesen war. So sah Heldentum in Korlandia aus. Es war zerbrechlich, voller Falten und am Ende bewusstlos auf einem Bett liegend. Und trotzdem beneidete er Maeine, zumindest in einem gewissen Maße.

»Das heißt, ihr Körper ist jetzt fünfundachtzig?«

Wieder nickte Ariara stumm.

»Sie muss unglaublich stolz sein.«

Es war der einzige Gedanke, der ihm durch den Kopf schoss. Während seine Kameraden und er kläglich geschlachtet worden waren, war Maeine auserwählt worden, mehr zu geben, als jeder von ihnen jemals hätte erhalten können. Wie gern wäre er an ihrer Stelle gewesen.

Ariaras Antwort holte ihn von seinen Schwärmereien zurück in das kleine Zimmer. »Das wissen wir nicht.«

»Wieso?«, fragte er stirnrunzelnd.

»Seit dem Ritual schläft sie. Wir waren bei ihr zu Hause, im Haus, das Leycon und ihr Vater für sie gebaut haben, das kleine, schmucke Häuschen, das uns alle miteinander befreundet hat.«

Taviel nickte. Er erinnerte sich.

»Wir haben dort auf ihre Rückkehr gewartet. Doch anstatt Maeine wurdest du dahingebracht.«

»Ich?«

»Ja.«

»Wieso das? Wie bin ich dahingekommen? Das Letzte, an das ich mich erinnere, war das Lager … und …« Seine Stimme brach.

Ariara ging auf seine Worte nicht näher ein, sondern setzte ihre Liturgie fort. »Sie haben dich gefunden, mehr tot als lebendig. In dem Trainingslager, das von den thalmarkischen Bastarden überfallen wurde.« Sie deutete auf den Verband an seinem Bauch. »Schwer verwundet. Sie kamen im letzten Moment. Deinem letzten Moment. Die beiden Reiter haben alle Thalmarkier getötet. Jeden Einzelnen. Und dein Leben gerettet.«

Taviels Körper zitterte. Er hatte also tatsächlich nicht geträumt. Es waren Drachen, die er gehört hatte, bevor er das Bewusstsein verloren hatte.

»Was ist denn mit den an…«

Ariara unterbrach ihn, ehe er die Frage vollenden konnte. »Du bist der Einzige, der es geschafft hat.« Sie schluckte schwer. »Die anderen sind alle tot.«

Für einen Moment sagte Taviel nichts. Nur das leise Tropfen von Wasser, das durch die geöffnete Tür in den Raum drang, zählte die Sekunden, wie es das in der Küche des Ausbildungslagers getan hatte. Vor seinem inneren Auge flammten die Bilder wieder auf. Die vielen Kartoffeln. Der explodierende Kopf. Die weißhaarige Frau. Seine sterbenden Kameraden. Ein Zucken durchfuhr seine Glieder. Schweiß sammelte sich auf seiner Stirn.

Und doch sprach Ariara nur das aus, was ihm längst hätte bewusst sein müssen. Niemand konnte das überleben.

Warum er? Wieso nicht Noviel? Oder Eret? Oder einer der anderen?

Taviel starrte auf Maeines Bett. Sein Blick musste leer sein, zumindest fühlte er sich so an. Und die alte Frau? Sie rührte sich nicht, nur ihr Brustkorb hob und senkte sich kaum merklich, gerade genug, um sicher zu sein, dass sie nicht schon längst zur Ewigen Flamme gegangen war.

Fünfundachtzig Sommer. Eine beachtliche Zahl für einen Körper. Wenige Menschen erreichten dieses Alter auf natürliche Art und Weise. Und Maeine war sogar noch … Moment. Nein. Das konnte nicht sein. Was war mit dem Kind?

Taviel konnte nicht aufhalten, was aus ihm hervorbrach: »War sie nicht schwanger, als ich weggegangen bin? Was ist mit …«

Maeines lautes Husten unterbrach seinen Satz. Sie stöhnte leise, ihre Finger zuckten sanft. Es war ein Zittern, kaum kräftiger als das friedliche Flattern einer Sonnenblume auf dem Feld vor der Stadt. Wieder hustete sie.

»Leycon«, hauchte Maeine, »bist du da?«

Ariara erhob sich von Taviels Bettkante, ging zu ihr und strich eine ergraute Strähne aus dem Gesicht der alten Frau. Ihre Stimme war sanft und einfühlsam. »Alles wird gut.«

Wieder hustete Maeine, nur um dann die Lider zu heben, langsam und schwerfällig wie einen Schleier, der zu lange geschlossen gewesen war.

Während Taviel den Atem anhielt, kniete sich Ariara neben das Bett der alten Frau.

»Leycon?«, flüsterte sie erneut, als suchte sie etwas, das sie verloren hatte und nicht mehr greifen konnte, »Wo bin ich?«

Ariara antwortete mit einer Miene, die genauso schmerzverzerrt wie ihre Stimme warm war. »Du bist in Sicherheit, meine Liebe.«

Maeine drehte den Kopf leicht, durchsuchte den Raum mit glasigem Blick, bis ihre Augen schließlich Taviel fanden. Sie blickte ihn an, als sähe sie ihn zum ersten Mal.

»Das ist …«, stammelte sie leise. »Du bist nicht mein Leycon. Er ist … nicht hier. Er hilft mir nicht.«

Er nickte. »Nein. Ich bin Serawyns Bruder, Taviel.«

Was wohl in ihrem Kopf vorging? Ob ihr klar war, welch großen Dienst sie Korlandia erwiesen hatte? Während seine Gedanken um diese und ähnliche Belanglosigkeiten kreisten, beobachtete er, wie Maeine ihren Bauch abtastete.

Aus ihrem Mund brach die Frage, auf die Taviel zuvor eine Antwort verwehrt geblieben war. »Was ist mit meinem Kind?«

Ariara strich ihr über die Wange, sanft und voller Anmut. So, wie er sich an sie erinnerte. Dann blickte sie der alten Frau tief in die Augen.

»Es gibt kein Kind mehr.«

Die Worte fielen in den Raum wie eine Axt aufs Schafott und der Kopf rollte von dannen. Aber hier fehlte das jauchzende Publikum. Niemand, der klatschte. Keiner, der sich freute. Nur wieder diese Stille. Eine lange, gedehnte, wabernde Geräuschlosigkeit. Nur das Kratzen von Maeines Atem war zu hören, rau und flach.

Dann – wie aus einem Abgrund geschleudert – kam ihr Schrei.

»Nein! Das kann nicht sein!«

Es fühlte sich weder nach Trauer noch nach einer Klage an, sondern vielmehr wie das zornige Aufbäumen eines wild gewordenen Pferds. Maeine schlug durch die Luft, als hätte sie die Kontrolle endgültig aufgegeben. Einer der knochigen Finger traf Ariara im Gesicht. Ein Klatschen. Dann Fingernägel, die über die Haut schrammten.

»Du lügst!«, schrie sie nicht mit der Stimme einer alten Dame, sondern der einer Mutter, die alles verloren hatte.

Einer Frau, der man das Herz aus der Brust gerissen hatte. »Wo ist unser Kind?«

Ihre Augen glühten vor Zorn, aber dahinter – kaum sichtbar – lauerte etwas anderes: Furcht. Die nackte Angst, dass es wahr sein könnte. Dass es keine Lüge war.

Sie keuchte. »Du Miststück! Gib es mir zurück! Gib mir mein Kind zurück!«

Maeine schlug erneut um sich, fahrig diesmal, als würde jede weitere Bewegung sie mehr Kraft kosten. Ihre Arme ruderten wie Äste im Sturm, ziellos, planlos, beinahe wie fremdgesteuert.

Taviel wollte aus dem Bett aufstehen, Ariara zur Hilfe eilen, aber als er versuchte, sich zu bewegen, erinnerte ihn der Schmerz in seinem Bauch sofort wieder daran, dass er besser auf der Matratze liegen bleiben sollte.

Ariara sprang derweil auf, wich zurück und tastete sich mit dem Gesicht zur Seite gedreht an die Wand. Ein unübersehbarer roter Handabdruck zog sich über ihre Wange, dort, wo die Fingernägel sie getroffen und die Haut abgeschürft hatten. Das Entsetzen war ihr deutlich anzusehen.

»Es … tut mir … leid«, stammelte Taviel in Maeines Richtung, bevor ihm die Sinnlosigkeit seines Bedauerns klar wurde. Das war sicher das Letzte, was diese Frau jetzt hören wollte.

Die schrie weiter. »Sie lügt! Es war sie, die mir mein Kind genommen hat!« Sie funkelte Ariara mit brennenden Augen an. »Du warst schon immer neidisch auf das, was ich mir mit deinem Bruder aufbauen wollte! Du Hexe!« Ihre Stimme überschlug sich, die Hände kämpften in der Luft mit einem Feind, der nicht zu sehen war. Es musste der gleiche sein, mit dem ihr Geist rang.

Ariara presste die Lippen aufeinander. Dann trat sie wieder ans Bett der Alten, langsam, mit durchgedrücktem

Rücken. Dort ergriff sie Maeines Hände, hielt sie sanft, aber bestimmt. Stärker als jede Gegenwehr.

»Liebes, hör mir zu! Ich war da, habe dich gehalten, als sie dich zurückgebracht haben. Ich habe gespürt, wie das Herz des kleinen Wunders in deinem Bauch viel zu früh zu schlagen aufhörte. Wie sich das Blut zwischen den Schenkeln sammelte. Wie das Kind – zu zart für diese Welt – aus dir hinausglitt. Wir konnten nichts tun. Niemand hätte das gekonnt.«

Maeine versuchte mit aller Kraft, sich aus ihrem Griff loszureißen. Tränen erfüllten ihren Augen, bis sie schließlich aufgab und schluchzend an Ariaras Schulter fiel.

»Du hast es gespürt?«, flüsterte sie mit gebrochener Stimme, eine Mischung aus Wut und Verzweiflung. »Seine letzten Herzschläge?«

Ariara nickte. »Und ich habe geweint. Genauso wie Serawyn.«

Eine Pause. Dann sackte Maeines alter Körper zurück, ihre Arme fielen schlaff auf die Matratze. Sie starrte an die Decke, ihre Augen leer und müde. All die Worte über Ehre, Stolz und Opfer für die Gemeinschaft, sie schienen nicht die Richtigen zu sein für die Frau, die dort lag. Er hatte ein Leben lang gelernt, wie Heldentum für Nyssari auszusehen hatte, aber ihm war nie bewusst gewesen, dass es so endete: mit Tränen, zerbrochenen Hoffnungen und einem toten Kind.

Er schluckte, bevor er kaum hörbar und mehr zu sich selbst sagte: »Nein. Am Ende wird alles gut. Muss alles gut werden. Und wenn es nicht gut ist, darf es nicht das Ende sein.«

Maeines Augen funkelten für einen Moment auf. »Du hast recht.« Ihre Miene fand mit einmal neues Leben. »Der blonde Krieger. Ich muss ihn finden.«

Ariara legte die Stirn in Falten. »Von wem sprichst du?«

»Von dem breitschultrigen Mann mit dem sanften Gesicht, den ich im Wald gesehen habe. Dort, wo die Vögel nach Kaerthas und Nyssari gerufen haben.«

»Aber du warst nur in der Magiergilde«, entgegnete Ariara, »da wachsen weder Bäume noch fliegen …«

»Du hast ihn nicht gesehen«, unterbrach Maeine sie und schüttelte energisch den Kopf. »Er hat mich zu sich gerufen. Und ich werde ihn finden. Mit deiner Hilfe oder ohne sie.« Sie kämpfte sich nach oben.

Ariara sah sie mit sorgenvoller Miene an. »Liebes, du solltest besser liegen bleiben.«

»Nein.« In Maeines Stimme war kein Platz für Widerspruch. Sie wollte tatsächlich losziehen und irgendeinen blonden Krieger finden, von dem sie scheinbar geträumt hatte. Einen Mann, den es vielleicht nicht einmal wirklich gab. Und doch, wer konnte einer Frau, die ihr Leben für Nyssari, Korlandia und die Fünf Schwestern, für die gesamte Gemeinschaft gegeben hatte, einer Heldin, einen Wunsch abschlagen?

Taviel sah Maeine und Ariara abwechselnd an. Es war nicht sein Mund, der sprach, oder sein Kopf, sondern sein Herz. Und auch wenn er nicht wusste, wohin das führen sollte, war es das Erste, was sich richtig anfühlte seit dem Moment, in dem er Eisenheim verlassen hatte.

»Ich werde mit dir gehen«, stieß er hervor.

Ariara schaute ihn mit großen Augen an. »Du scheinst dir nicht nur den Bauch, sondern auch den Kopf verletzt zu haben. Bist du völlig verrückt geworden?«

»Nein.« Taviel zuckte mit den Schultern. »Ich bin vielleicht kein Held wie dein Bruder Leycon. Wahrscheinlich bin ich nur irgendeiner, der zufälligerweise als Einziger was auch immer überlebt hat. Aber kann es nicht sein, dass das genug ist? Dass es reicht, um ein Held zu werden, wenn ich den

Mut finde, nicht einfach nur weiterzuleben, sondern etwas zu verändern? Oder jemandem dabei helfe, sich zu verändern? Ich werde an Maeines Seite stehen und gemeinsam mit ihr diesen blonden Krieger ausfindig machen, der nach ihr gerufen hat.« Er atmete tief durch. »Möglicherweise ist das alles, was ich bin: einer, der noch übrig ist. Aber vielleicht reicht das, um jemand zu sein, der gebraucht wird.«

XXIII. NUVY

Das Moos. Die Steine. Das viel zu hohe Fenster.

Nuvy saß wieder in der kleinen Zelle, starrte wieder auf die Wand gegenüber. Der weißblonde Junge lief noch immer auf und ab und wiederholte seine Worte wie ein nicht enden wollendes Gebet. Es war genauso wie vor dem Augenblick, als Rhea van Meier sie abgeholt und zu ihrem Drachen gebracht hatte.

Und doch war alles anders. Denn was hätte aus Nuvy herausgeschnitten werden sollen, wenn dort kein neues Leben war? Es gab nur eine Antwort. Eine Sicherheit. Sie war schwanger. Nicht, dass ihr das zuvor nicht auch schon gewesen war, und dennoch veränderte das Bewusstsein darüber in ihr mehr als die reine Tatsache. Möglicherweise nicht in ihrem Körper, aber in ihrem Geist.

Nuvys Herz raste seit dem Moment, in dem sie es erfahren hatte, während ihr Verstand ebenso krampfhaft wie erfolglos die Bedeutung dessen zu erfassen versuchte. In ihr wuchs ein Kind heran. Ihr Kind. Sein Kind.

Sie atmete langsam aus.

Niemals hätte sie es für möglich gehalten. Nicht im Traum. Nicht einmal in den verbotenen Gedanken, die sie in den stillsten Stunden beiseitegeschoben hatte wie ein kleines Mädchen, das sich vor dem Schatten unter dem Bett fürchtete. Und wie sehr hatte sie sich früher genau vor diesen Monstern gefürchtet?

Aber doch schien es passiert zu sein.

Albenrion.

Das Feuer dieser Erkenntnis – sooft Nuvy sie aussprach, wiederholte oder auch nur daran dachte – fraß sich jedes Mal ein wenig tiefer in ihr Innerstes. Es erinnerte Nuvy an die Rodungen, die ihr Vater früher in Esterlyn gelegentlich entzündete, um den Boden zu reinigen, damit die Saat des kommenden Jahres umso kräftiger aufgehen konnte. Kein Feuer, das Leben nahm, sondern das Neues ermöglichte.

Und in Nuvys Fall war es eines, das gegen jedes Gebot brannte. Gegen jede Lehre. Gegen jede Schrift. Denn die Glaubensgeschwister hatten es immer wieder gepredigt, als wäre es die vollkommene, absolute Wahrheit: *Die Ewige Flamme schenkt nur dort neues Leben, wo wahre Liebe ist.*

Diesen Satz verinnerlichte jeder, ob Korlandianer oder Thalmarkier, von der Wiege bis zur Bahre. Er war der Grund, wieso Edwhna von den anderen aus Esterlyn verjagt worden war. Denn wahre Liebe, die Leben schenkte, das war etwas strahlend Weißes, beinah Erhabenes, wie die Roben der Glaubensbrüder, und sie war ausschließlich bei der reinen Verbindung zweier Seelen zu finden. Nicht aber zwischen Edwhna und ihrem Geliebten. Oder bei ihr und Albenrion. Nicht bei Bruder und Schwester.

Und dennoch: Was, wenn sie sich irrten? Sie alle? Was, wenn das, was Albenrion und Nuvy fühlten, woraus jetzt sogar neues Leben erwuchs, anstatt eines Fehlers vielmehr eine tiefere Wahrheit war. Eine, die dem Geist der Ewigen Flamme näher kam als jede menschliche Schrift über sie? Was, wenn Liebe sich nicht an einfache Blutbande oder alte Eidformeln hielt, nicht an Sätze, Worte, Zeichen, sondern sich immer dort entzündete, wo zwei Herzen in der Dunkelheit zueinanderfanden, um zu brennen, wie es die Ewige Flamme seit Urzeiten tat?

Und – nur einmal für einen Moment angenommen – dem wäre so, was würde das dann für Kaerthas und Nyssari bedeuten, die nichts anderes waren als Geschwister wie Edwhna und ihr Geliebter, wie Nuvy und Albenrion? Denn konnten sie zueinanderfinden, obwohl sie unzweifelhaft genauso von der Ewigen Flamme geschieden worden waren wie all die Übrigen auf der Welt, die sich die Eltern teilten. Möglicherweise mussten sie sogar, denn konnte es nicht möglich sein, dass es genau das war, was die Ewige Flamme selbst zu prüfen gedachte? Nicht Gehorsam, sondern Mut? Nicht Reinheit, sondern Wahrhaftigkeit? Nicht Trennung, sondern Einheit?

Nuvy atmete tief durch.

Wenn das stimmen sollte – und es musste stimmen, denn wie sonst könnte sie ein Kind unter ihrem Herzen tragen –, dann bedeutete ihr Ungeborenes mehr als ein neues Leben. Es war vielmehr der Beweis, dass Liebe nicht nur dort Bestand hatte, wo sie scheinbar verboten war, sondern dass sie auch ein Ruf – oder sogar ein Schrei – in die Welt hinaus war: Das Violett existierte. Es lebte, und zwar zu Recht. Und es konnte gedeihen. Zwischen Bruder und Schwester. Zwischen Kaerthas und Nyssari. Zwischen Thalmark und Korlandia. Vielleicht war das Kind der Aufbruch in eine neue Zeit. Eine, die nicht von Drachen begründet wurde, sondern von Albenrion und ihr.

Nuvy schüttelte den Kopf. Es war gut möglich, dass sie sich etwas vormachte. Dass sie eine blühende Fantasie entwickelt hatte oder dem Wahnsinn anheimgefallen war. Wahrscheinlich war es der letzte kleine Grashalm Hoffnung, an den sie sich zu klammern versuchte, obwohl sie dieses Gefühl schon seit der Fahrt mit dem Wagen aus jeder Faser ihres Körpers verbannt hatte.

Je länger diese Geschichte in ihrem Kopf herumspukte, desto mehr klang sie wie eines der grausamen Märchen, die ihre Großmutter immer erzählt hatte. Und während Nuvys Gedanken zu der Erzählung vom Glaskind schweiften, erfüllte das Krächzen eines Eichelhähers die Zelle, das sie schließlich jäh zurück ins Hier und Jetzt holte.

Zu Nuvys Überraschung hielt sogar der weißblonde Junge inne, verstummte und drehte sich langsam um. Er hob den Kopf. Sein Blick traf ihren. Und da sah sie es: die Augen des Kindes. Sie waren nicht mehr so leer und verloren, sondern leuchteten, brannten vor Feuer und Leben.

Gerade als Nuvy ihre Stimme erheben wollte, voller Freude, möglicherweise einen neuen Freund in ihm gefunden zu haben – oder zumindest den ersten Menschen seit Esterlyn, der dazu bereit war, ein paar Worte mit ihr zu wechseln –, sagte er: »Sie ist es.«

»Was?«, fragte Nuvy erschrocken anstatt all der Dinge, die sie hätte sagen wollen. »Wer? Wovon redest du?«

Aber der Junge gab keine Antwort. Er wandte sich von ihr fort, wanderte wieder auf und ab und murmelte nur noch, was sie längst wusste. Er hatte doch bloß das Bier gebracht.

Nuvy wollte aufspringen, ihn schütteln, zur Vernunft bringen, entschied sich aber letzten Endes, ihm seine Ruhe zu lassen. Er würde ihr sowieso nicht helfen, außer wenn er sich selbst dazu entschloss. Sonst hätte er es längst getan.

Sie lehnte sich zurück, starrte erneut auf die moosige Wand. Nur dieses Mal mit Hoffnung auf Veränderung, für eine bessere Zukunft. Denn vielleicht war die Geschichte in ihrem Kopf doch nicht nur ein Grashalm, sondern eine ganze Welle.

Und dann spürte sie es, das Gefühl, das sie das letzte Mal in sich getragen hatte, als sie das Haus in Esterlyn verlassen hatte, um in den Wagen zu steigen, der mit Rhea van Meier gekommen war, um sie mitzunehmen: Edwhnas Feuer. Es brannte wieder in ihr, heller und kräftiger als jemals zuvor.

Und sie würde damit die ganze Welt in Brand setzen.

XXIV. RHEA

Die einsetzende Dämmerung mischte sich mit dem herabfallenden Regen, als wären sie gemeinsam ein nasses Grabtuch aus Schatten, das sich über die Welt legte. Unter Rhea wogte das brennende Lager des Rothaarigen wie ein jämmerlich dahinsiechender Drache. In den vier schwarzen Säulen, die sie schon aus der Entfernung gesehen hatte, verband sich der Rauch, gespeist aus den Flammen der zahlreichen Brandherde, die an den umgeworfenen Holzkonstruktionen leckten. Überall zitterten die Wipfel der Tannen, die das Lager umgaben, im Aufwind. Die Spitzen der unzähligen, über den Boden verteilten Pfeile glitzerten wie Stecknadeln im Sturm.

Ein Hornstoß ertönte. Die Fußtruppen – es mussten in der Tat wie berichtet mehr als zweihundert der diszipliniertesten Klingen Korlandias sein – formierten sich. Das rhythmische Klatschen ihrer Schritte auf dem matschigen Boden schallte durch die Welt und wurde vom Wind bis zu Rheas Ohren getragen. Augenblicke später standen sie da, Schild an Schild, Speerspitze an Speerspitze, mit durchgedrückten Rücken und unerschütterlicher Haltung wie eine lebende Mauer aus Fleisch und Stahl.

Die Soldatenkörper, die Rhea schemenhaft erkennen konnte, strahlten – selbst auf diese Distanz erkennbar – nur eines aus: Korlandia war dieses Mal nicht gekommen, um ein kleines Dorf an der Grenze zu drangsalieren oder Präsenz nach einem Angriff zu heucheln, um die eigenen

Reihen zu beruhigen. Nein, heute war jeder von ihnen aufmarschiert, um zu siegen. Zu töten. Zu vernichten. Ohne Gnade.

Korel war gegen das hier ein Kindergeburtstag, stellte Firor das Offensichtliche fest, nur um mit einem beißenden Unterton zu ergänzen: *Vergiss nicht, dass ich nicht endlos Beine habe und deshalb nur eine begrenzte Anzahl an Soldaten von dir runterholen kann, wenn du wieder auf dem Boden liegst.*

Rhea schnaubte. Da hatte er sie in Korel einmal gerettet – oder ihr vielmehr geholfen, seine Aufgabe erfüllt. Doch dieser Drache vergaß nie etwas. Womit hatte sie das nur verdient?

Weil du dich nicht bedankt hast. Bis heute habe ich nicht einmal gehört: Danke, Firor, dass du mein Leben gerettet hast. Ohne mich würdest du den Kartoffeln bereits beim Wachsen zusehen.

Bevor Rhea eine Antwort zu artikulieren vermochte, feuerten die Bogenschützen, die von den breiten Schilden ihrer mitstreitenden Soldaten geschützt wurden, eine erste Salve entzündeter Pfeile gen Himmel. Zu kurz. Keine Gefahr. Eine Zweite folgte. Dann eine dritte.

Die Schützen schossen weiter, ohne Unterlass. Immer wieder zischten Schwärme von leuchtenden Pfeilen durch die Dämmerung. Es war ein brennender Regen spitzer Dornen, der sich unaufhörlich den Weg zu den drei Drachen bahnte.

Eine der Salven kam gefährlich nah. Rhea duckte sich. Firors Flanken zitterten kurz, als ein Pfeilhagel sein goldenes Schuppenfell traf. Die meisten der Geschosse prallten wie Regen an einer Glasscheibe ab, aber dennoch bohrten sich einige wenige tief in seine Flügel. Es kam Rhea so vor, als könnte sie Firors Schmerz im Innersten spüren. Jeder Pfeil ein Nadelstich.

Ihr Herzschlag verlangsamte sich. Rheas Körper bereitete sich auf das vor, was folgen sollte. Wärme kroch ihre Wirbelsäule hinauf, wurde zu Hitze, dann zu einem grollenden Drängen, das sich unter ihrer Haut zusammenballte.

Die Welt um Rhea verblasste. Das Surren der Pfeile wurde dumpfer, die roten Farben der Flammen flackerten wie überbelichtete Bilder. In ihrem Innersten spannte sich ihr eigener Bogen aus reiner Macht.

Einhundert Jahre.

Firors Stimme donnerte wie ein Befehl durch ihren Kopf. Einer, den sie zu akzeptieren gedachte, denn er entsprach ihren Vorstellungen.

Gib ihnen Saures. Sonst muss ich mir wieder die Krallen schmutzig machen.

Er riss kurz die Flügel auseinander, als würde sein uralter Körper von der Welle erfasst. Aus seiner Kehle kam kein Laut, nur ein Vibrieren, das in Rhea widerhallte.

Sie hob den Arm. Ihre Stimme war leiser als sonst, während sie die Hand nach vorne bewegte, auf die fleischliche Mauer der Korlandianer zu, und dabei rief: »Pur-akontizo.«

Genau in dem Moment, in dem die Feuerlanze ihre Finger verließ, riss etwas an ihrem Faust getroffen. Das Feuer zischte los, doch das Ziel war weg.

Scheiße, was machen die de…

Rhea riss die Augen auf. Die Lanze verfehlte, raste an den Korlandianern vorbei. Zu hoch. Zu weit. Dann der Einschlag hinter dem Lager. Der Wald explodierte in Flammen. Tannen fielen. Glut flog. Rauch schoss nach oben. Dort, wo die Feuerlanze eingeschlagen war, brannte es lichterloh.

»Was war denn das?«, schrie Rhea Firor wütend an. »Kannst du nicht einmal …«

Sie konnte ihren Satz nicht beenden. Ein heftiger Luftzug. Im letzten Moment schaffte sie es, sich wegzuducken. Beinah hätte der Flügel von Rudolfs Drachen sie aus dem Sattel gehoben.

Bei Kaerthas! Viel zu knapp. Da bin ich Hunderte Winter alt, und dann sterbe ich fast bei einem verdammten Unfall eines Fluganfängers. Sind die denn wahnsinnig?

»Immer dasselbe mit den Männern in dieser Familie.« Rhea richtete sich wieder auf. »Deshalb erledige ich meine Korlandianer am liebsten alleine!«

Sie warf einen Blick voller Vorwurf und Zorn in Rudolfs Richtung. Gerade, als sie ihm die Meinung sagen – oder vielmehr zuschreien – wollte, sah sie, wie der nächste Pfeilhagel auf sie zuschoss. Genauer: auf ihren Bruder und seinen Drachen.

Die beiden wichen mit einem hastigen Flugmanöver aus. Dieses Mal, ohne ein anderes Familienmitglied beinah vom Himmel zu holen. Aber dennoch wieder nicht geschickt genug. Ein brennendes Geschoss entzündete den Sattel. Die Flammen breiteten sich so schnell aus, dass der herabfallende Regen ihn nicht löschen konnte.

Noch bevor Rudolf sich überhaupt umzudrehen vermochte oder Rhea selbst den Hauch eines Zaubers auf ihre Zunge bekam, blubberte es hinter ihr, als hätte jemand die Tore des Stausees nahe Altholm geöffnet.

Wasser.

Ein Strahl schoss hinter Rhea vorbei. So schnell und zielgerichtet wie ein Speer. Er streifte beinahe Firors rechten Flügel, bevor er in den brennenden Sattel einschlug. Das Feuer zischte auf. Qualm. Dampf. Dann war es gelöscht.

Rudolf riss den Kopf herum, blinzelte verdattert, nickte schlussendlich dankend. Raegon antwortete nicht. In seinem Gesicht lag lediglich dieser Ausdruck, den Rhea von ihrem

Großvater kannte. Dieser stumme Vorwurf. Der lautlose Schrei, der einem sagen sollte, dass man nicht gut genug war.

Doch es gab einen Unterschied: Bei ihrem Vater war dieser Blick gespielt, beinahe erzwungen. Nicht so natürlich, so unwiderlegbar wie bei dem alten Mann, der sie erzogen hatte. Raegon konnte damit vielleicht den genauso einfältigen Rudolf einschüchtern, aber nicht sie. Nicht die Frau, die Behars Stärke in sich trug.

Wäre es eine Option, sich mehr auf den Kampf und weniger auf die Familie zu konzentrieren?, erkundigte Firor sich. *Oder auf die Geisterflieger hier oben?*

Rhea grummelte leise. Er hatte recht.

Sie drehte sich um. Ihr Vater flog mit Lorka keine zehn Meter hinter ihr, leicht nach links versetzt. Nahe genug, um zu helfen. Und doch nicht so dicht, dass er störte. Im Gegensatz zu ihrem Bruder vorhin.

Rhea nickte zufrieden. Dann wandte sie sich auf die andere Seite um, zu Rudolf. Aber sie sah ihn nicht mehr. Er hatte die Formation verlassen. Wo war dieser Narr jetzt schon wieder?

Vor uns, stellte Firor mit einem Seufzen fest.

Rheas Kopf schnellte nach vorne. Dann hörte sie schon den lauten Schrei. Rudolf schoss mit seinem Reittier über die Reihen der Soldaten hinweg. Die bronzenen Schuppen des Drachen reflektierten den Feuerschein des Tannenwaldes, während das Tier mit einem Prankenhieb zwei Bogenschützen zerriss, die es zwischen den eng stehenden Korlandianern herausfischte, als wäre es der Angler und sie die Fische. Die beiden Männer schrien wie kleine Kinder, als sie in den Himmel aufstiegen und dann aus mehr als hundert Metern Höhe auf die Erde niedersausten.

Der Erste schlug nur Sekunden später mit dem Kopf voran ein. Von ihm blieb nichts zurück als ein dunkelroter

Farbklecks in der braunen Landschaft. Der Zweite landete auf der Brust. Sein Torso zerbarst, als hätte jemand ein Tongefäß auf Stein geschleudert. Das Blut peitschte wie Garn über das Schlachtfeld.

Rudolf riss freudig die Arme in die Höhe. Vielleicht schwang auch etwas Stolz mit. Was für ein Dummkopf. Einfache Fußtruppen – selbst mit Bögen und Lanzen ausgerüstet – stellten für die kampferprobten Thalmarkier aus der Familie van Meier niemals ein Hindernis dar. Auch nicht für die Schwächsten. Schon gar nicht, wenn kein Kollateralschaden verhindert werden musste, wie das in Korel der Fall gewesen war. Dieser Kampf wurde ganz offensichtlich sogar vom jämmerlichsten Glied in der Kette gewonnen.

Rheas Sorge war eine andere: die Drachenreiter. Sie hatten sich bisher noch nicht gezeigt. Warum? Wo waren sie? Was plante Korlandia?

Während sie sich angespannt umsah, beobachtete sie aus den Augenwinkeln, wie Rudolf mit einem triumphierenden Lächeln im Gesicht einen weiteren Angriff auf die Linie der Fußtruppen flog. Wieder hochgeschleuderte Körper. Wieder Tote. Aber immer noch keine Reiter.

Firors Nüstern weiteten sich. Er atmete mehrmals tief ein. Dann schallte seine Stimme durch Rheas Geist: *Ich rieche sie.*

»Wo?«

Es kommt mir vor … oder … Nein, die werden doch nicht …

»Firor, sprich mit mir! Wo sind sie? Was ist los?«

Dann erkannte Rhea, was ihr Drache längst gespürt zu haben schien: das Flimmern, das in der Luft lag. Das helle Licht, das ihm folgte. Blau-weiß. Es erleuchtete den ganzen Himmel.

Firor brach abrupt nach rechts weg. Sie krallte sich mit aller Kraft im Sattel fest. Keine Sekunde zu früh. Fünf

Sturmfalken, die Flügel aus zuckendem Blitzgeflecht, die Augen wie glühende Punkte aus weißem Zorn, schossen haarscharf an ihnen vorbei. Nicht von vorne, aus der Richtung, in der die Linie der Korlandianer stand, sondern von hinten, dort, wo gerade noch Raegon geflogen war.

Vorsicht. Sie sind in unserem Rücken. Wir müssen …

»Das ist eine Falle«, brach es aus Rhea hervor. »Sie wollten uns mit den Fußsoldaten beschäftigen, haben uns einen schnellen Sieg geboten, damit sie uns von hinten zermalmen können.«

Und Rudolf hat ihnen den Gefallen getan.

»Wir müssen sie finden«, entgegnete Rhea nickend.

Firor wandt den Hals. *Ich kann sie nicht sehen. Wo sind sie?*

Sie stemmte sich gegen die immer noch viel zu scharfen Flugmanöver, die er unternahm, um kein zu leichtes Ziel für Angriffe zu bieten, und blickte ebenfalls suchend nach hinten. Zuerst sah sie ihren Vater, jetzt bestimmt fünfzig Meter entfernt, so durchgeschüttelt und mit dermaßen weit aufgerissenen Augen, dass sofort klar wurde, dass Lorkas anhaltende Ausweichmanöver Firors in nichts nachstanden.

Und dann sah Rhea sie: ein riesiger Drache mit roten Schuppen und ein kleiner mit schwarzen. Auf ihren Rücken saßen je ein Reiter in den dunkelroten Metallrüstungen mit dem silbernen Siegel der Magiergilde zu Eisenheim auf der Brust, die korlandianische Magier immer trugen, wenn sie in den Kampf zogen.

Rhea erkannte nicht, wer die beiden waren, aber Sturmfalken waren starke Zauber. Sie kosteten nicht nur viele Lebensjahre – dreihundert pro Tier –, sondern verlangten von dem Menschen, der sie einsetzte, auch eine nahezu unmenschliche Kontrolle über Körper und Geist. Dagegen war Rheas Feuerlanze, obwohl sie ihr jedes Mal wieder den Schweiß auf die Stirn trieb, beinahe eine Kleinigkeit. Es konnten also keine Novizen sein, die diesen Angriff führten. Niemals hätten sie diese Kraft aufbringen können. Vielleicht war es der Vorsitzende der Magiergilde selbst.

Ein lauter Schrei, schmerzerfüllt. Die Stimme ihres Bruders. Rheas Kopf schnellte herum.

Entlang Rudolfs Körper zuckten kleine Blitze, flackerten unter der Haut wie glühende Schlangen. Sie sprangen auf seinen Drachen über, zerfledderten die bronzenen Schuppen und rissen brodelnde Narben ins Fleisch des Tieres. Für einen Moment standen sie still in der Luft. Zähne knirschten. Knochen zerbrachen. Augen platzten. Die Sturmfalken hatten Rheas Bruder getroffen.

Rudolf schrie nicht mehr. Die Blitze mussten seine Stimme genommen haben, noch bevor die Wirbelsäule knackte. Er kippte im Fallen vornüber, rutschte aus dem Sattel und stürzte vom Reittier. Sie fielen wie Steine.

Der Drache schlug zuerst auf. Ein lautes Krachen, das bis an Rheas Ohren drang. Dann folgte Rudolfs Aufschlag. Er sah aus wie eine Puppe, schlaff, dampfend. Der Brustkorb so weit geöffnet wie ein zerplatzter Apfel.

Autsch, kommentierte Firor. *Das hat bestimmt wehgetan.*

»Um Schmerzen zu empfinden«, entgegnete Rhea stoisch, »muss man leben. Und die beiden waren schon tot, lange bevor sie aufgeschlagen sind.«

Das hatte Rudolf nun davon. Hätte er mal besser nicht den großen Krieger gespielt. Aber Rhea spürte keine Trauer. Nur Zufriedenheit. Korlandia hatte sie von einem der Schwächlinge in ihrer Familie erlöst. Ihr Großvater hätte nicht weniger gejubelt. Doch jetzt hatte sie nicht die Zeit, zu feiern. Da war noch ein weiterer Schwächling. Und zwei Drachenreiter.

»Vater!«, schrie sie ihm zu, der mittlerweile auf ihre Höhe aufgeschlossen hatte, »wir teilen uns auf! Jeder einen!«

Raegon nickte kurz, dann tauchte er ab. Ein Sturzflug mit einer vollständigen Wendung, der ihm den Atem aus der Lunge pressen musste. Er ließ sich von dem großen, roten Drachen übersteigen. Gerade als er ihn passiert hatte, brach aus Lorkas Maul ein gleißender Feuerball. Nicht genau genug. Der Reiter wich mit seinem Tier mühelos aus.

Dann verlor Rhea die beiden aus dem Blick, während Firor mit kräftigen Flügelschlägen steil aufstieg, um sie hinter den schwarzen Drachen zu bringen. Erfolglos. Der Feind gewann ebenfalls schnell an Höhe.

»Wir müssen weiter hoch«, befahl sie Firor zum Ansporn. »Los!«

Er grummelte. Sein Körper vibrierte vor Anstrengung. Sie verschafften sich Abstand zu dem schwarzen Drachen. Erst fünfzig Meter, dann siebzig, schließlich hundert. Der Lärm der korlandianischen Fußsoldaten, das Surren der Pfeile, das Knistern des brennenden Waldes wurden immer leiser, je höher sie stiegen, bis die Geräusche vollständig verschwanden, als sie die Wolkendecke erreichten. In den Wolken verlor Rhea ihren Gegner aus den Augen.

Als sie den Dunst durchbrachen, schwebte nur noch der Mond über Rheas Kopf und um ihn herum funkelten die Sterne wie Diamanten auf schwarzem Samt. Hier gab es keinen Regen. Kein Feuer. Keine Schlacht. Nur die kühle Klarheit der Nacht. Der Lärm, das Wüten, das Sterben, all das war unter den dunklen Regenwolken zurückgeblieben wie ein Albtraum, den man im Erwachen für einen Moment vergaß.

Der Wind streichelte sanft über Rheas nasses Gesicht. Firors Flügelschläge wirkten ruhiger, fast heimisch vertraut, als er langsam den Aufstieg beendete und in die Horizontale wechselte. Es war ein absurder Frieden, durch den sie flogen. Grotesk beinah. Als hätte der Himmel selbst die Lider vor dem geborstenen Brustkorb ihres unfähigen Bruders geschlossen.

Rhea blickte langsam um sich, suchte nach dem schwarzen Drachen. Rechts. Links. Über ihr. Unter ihr. Doch das Einzige, was sie fand, war das Flackern der Sterne in der Düsternis, das sie an das Lichtspiel der Buntglasfenster auf Meierstein erinnerte. Es war, als würde ihr das Universum etwas sagen wollen. Sie drückte sich leicht aus dem Sattel empor, konzentrierte sich.

Dann endlich sah sie es. Die Sterne. Sie schienen ein Muster zu bilden. Ein Zeichen. Für sie. Rhea zwang sich zu einem noch genaueren Blick, betrachtete weiter. Und schließlich erkannte sie das, was sie immerzu gesucht hatte: das Leuchten von Behars Augen in den Sternen. Dunkel. Unbestechlich. Fordernd.

Mit einem Mal wurde ihr klar: Es war kein Wahn, der sie ergriffen hatte. Kein Wunschbild, das von ihr entdeckt worden war. Nein. Behar rief sie. Jetzt. Und die Sterne schauten auf sie mit dem Blick des Mannes, der nicht fragte, ob sie wollte, sondern der sich schon immer genommen hatte, was sein Recht gewesen war.

Die Kälte der Höhe und die Nässe auf der Haut ließen Rheas Körper erzittern, doch ihr Innerstes brannte. Tief. Dunkel. Wild. Rudolf war gefallen. Und was fühlte sie? Nichts außer Erleichterung. Die Schwachen mussten eben sterben. Kaerthas billigte das. Behar hätte es nicht anders gewollt. Ihr Großvater sowieso.

Für einen winzigen Augenblick glaubte Rhea, es wäre vorbei. Kein Gegner in Sicht. Niemand, der angriff. Nur Dunkelheit und das Glitzern der Sterne. Doch das wäre ein Trugbild gewesen. Dieser Himmel war kein Rückzugsort. Er war ein Thron. Für sie.

»Du willst mich«, flüsterte sie. Nicht zu Firor, nicht zu sich selbst, sondern zu jenem Echo im Wind, das aus den Sternen zurückkehrte und in dem sie Behar hörte. »Du weißt, dass ich die Einzige bin, die es wert ist, dich zu verstehen. Dein Erbe zu tragen. Den Weg zu vollenden, den du für uns begonnen hast.« Sie streckte die Hand aus, als könnte sie den Mann berühren, der gar nicht da war, indem sie einen der Sterne vom Himmel pflückte. »Ich bin bereit für dich. Für uns. Für die Macht.«

Und als sie wenige Augenblicke später aus den Augenwinkeln beobachtete, wie der schwarze Drache durch die Wolken brach, wusste sie: Jetzt begann ihr Aufstieg.

Thalmarks Königin. Behars Erbin. Kaerthas' Tochter.

XXV. Leycon

Wundervoll. Auch das noch. Es regnete.

Leycon konnte das Glück kaum fassen, das ihn verfolgte, seitdem er diesen dummen Bauernjungen aus Esterlyn aufgegabelt hatte. Und wie weit er sich von seinem eigentlichen Ziel entfernt hatte: dem Tod von Rhea van Meiers Bestie.

Die Erfüllung dieser Aufgabe konnte wahrlich nicht als erfolgreiche Heldengeschichte erzählt werden. Nicht nur, dass er immer noch von zwei scheinbar völlig wahnsinnigen Thalmarkiern über den Waldboden geschleift wurde und die weiße Robe von Bruder Sylen, die ihm als Tarnung diente, mittlerweile mehr einem dreckigen Lappen als einer angemessenen Bekleidung glich, nein, er wurde dazu jetzt auch klatschnass. Es wirkte beinahe so, als würde die Ewige Flamme ihm absichtlich Steine in den Weg legen. Oder Wagenräder. Oder dumme Bauernjungen.

Leycons Handgelenke waren noch immer fest verzurrt, sein Blick unweigerlich gen Himmel gerichtet. Ständig kratzte irgendetwas an seinem Rücken, mal ein Stein, mal ein Ast. Hin und wieder bohrte sich auch etwas tiefer in die Haut hinein und hinterließ eine Schürfwunde, die wenige Sekunden später von feuchtem Moos ausgewaschen wurde.

In einiger Entfernung kreisten die korlandianischen Drachen am Himmel. Der mächtige mit den roten Schuppen, das Reittier des Vorsitzenden der Magiergilde, und ein kleinerer, schwarzer, dessen Reiter so unbedeutend wie unbekannt war.

Verfolgt wurden die drei vom Gestank des Feuers im Lager des Rothaarigen, das nicht nur nasses Holz, sondern auch Fleisch ergriffen hatte und unaufhaltsam hinter ihnen herzog. Beinahe schien es, als hätte ein Schreiberling die dramatischsten Zutaten zusammengemischt, um krampfhaft ein episches Ende für eine der Geschichten zu finden, die Leycon als junger Schüler in Eisenheim gelesen hatte. Wie oft hatte er mit seinem Meister darüber gestritten, wie sehr diese Momente an den Haaren herbeigezogen waren. In der heutigen Nacht belehrte die Ewige Flamme ihn über seinen Irrtum. Er hätte gerne darauf verzichtet.

Nach einer gefühlten Ewigkeit durchfuhr ihn ein Ruck. Mit aller Kraft hob er den Kopf. Die Frau mit dem Dolch im Ohr hatte plötzlich angehalten, und für einen Moment wurde er nur noch an seinem rechten Bein weitergezogen.

»Was soll das, verdammt?«, fragte der Bolawerfer sie, nachdem er auch zum Stillstand gekommen war. »Willst du, dass wir hier verrecken?«

»Nein.« Die Stimme der Frau wurde von einer Ruhe getragen, die sogar Leycon frösteln ließ. Er hätte diese Zurückhaltung von keiner wilden Thalmarkierin erwartet.

Der Bolawerfer trat näher, packte sie am Arm. »Dann beweg dich!«

Leycon grinste in sich hinein. Streit zwischen Entführern war gut, denn er bedeutete oft die nahende Freiheit für den Verschleppten.

»Vielleicht nimmst du deine dreckigen Finger von mir«, sagte die Frau ruhig.

Der Bolawerfer knurrte: »Und wenn nicht?«

Dann ging alles ganz schnell. Ein harter Tritt in die Männlichkeit. Ein Messer von seinem Gürtel. Eine flinke

Bewegung. Schon lag der Einfaltspinsel rücklings auf dem Boden, schwer keuchend, eine Klinge am Hals und das Knie der Frau auf den Rippen.

»Ich bin mir sicher«, sagte sie mit einer Stimme, die sich kein bisschen erwärmt hatte, »Leycon wird mir mit Freuden dabei helfen, deinen Leichnam zu vergraben, wenn ich dir die Kehle durchtrennt habe.«

Er hätte gerne genickt, aber sein Nacken brauchte Schonung. Darüber hinaus würde er natürlich ein größeres Loch ausheben, damit nicht nur der Bolawerfer, sondern auch die Frau hineinpassen wür…

Leycons Atem stockte. Wie hatte sie ihn genannt? Hatte er sich verhört? Woher kannte sie seinen Namen?

Er blinzelte. Nein, er war sich sicher, dass er sie richtig verstanden hatte. Diese Frau mit dem Dolch im Ohr, ohne Kleidung, Anhängerin eines rothaarigen Provinzfürsten, hatte tatsächlich seinen Namen gesagt. Der Schmerz in seinen Gelenken, die Nässe auf seiner Haut, der Dreck auf seiner Robe, alles rückte für einen Moment in den Hintergrund.

»Woher …«

»Still, Leycon!« Ihre Stimme war weniger ein Flüstern als vielmehr ein Befehl.

Der Bolawerfer japste nach Luft. Das Messer schnitt sich leicht in seine Haut. Blut rann seinen Hals hinunter. Er stammelte: »Das … Bruder Sylen … wer …«

Die Hand der Frau zuckte kurz. Der Mann röchelte. Dann war er für immer still.

Leycon nötigte dieses handwerkliche Geschick einen gewissen Respekt ab. Ein feiner Schnitt, weder großes Geschrei noch viel Sauerei. Es war beinahe ein Mord aus der korlandianischen Lehrschrift für Infiltratoren. Und vielleicht war genau dieser Moment der beste Zeitpunkt, um sich aus dem Staub zu machen, denn wer so routiniert tötete, tat es meistens nicht zum ersten und sicher nicht zum letzten Mal. Und Leycon hatte kein Interesse, dem Tod so oft zu entkommen, um am Ende gefesselt im Schlamm liegend erdolcht zu werden.

Während die Frau noch ihre Arbeit überprüfte, spannte er jeden Muskel in seinem Körper an, rollte auf die Seite, winkelte die Beine an und versuchte, auf die Füße zu kommen. Zu langsam. Die Frau drehte sich zu Leycon und stellte ihm mit wissender Miene kopfschüttelnd den Fuß auf die Brust. Ihre Augen leuchteten. Vielleicht vor Freude. Vielleicht vor Genugtuung. Vielleicht aber auch vor Blutdurst. Er konnte es nicht genau sagen.

»Wenn ich du wäre«, sagte sie schließlich, »würde ich entweder so schnell wie möglich wegrennen oder – und das wäre sicher die attraktivere Option – mich töten, sobald ich die Gelegenheit dazu habe.«

»Deshalb würde ich mich an deiner Stelle gleich jetzt beseitigen.«

Leycon merkte sofort, dass er wahrlich schon bessere Antworten parat gehabt hatte. Es war sicherlich nicht die beste Idee, wenn jemand in seiner Lage sein Gegenüber zu solchen Taten ermutigte.

»Vielleicht sollte ich das tun.« Die Frau beugte sich nach vorne, das Messer kam Leycons Kehle gefährlich nah. Bevor es seinen langen Bart berührte, seufzte sie und zog die Klinge zurück. »Aber das geht nicht. Ich bin auf dich angewiesen. Wir alle sind das.«

Leycon atmete tief durch. »Beruhigend.« Er wartete darauf, dass die Frau etwas entgegnete, aber als sekundenlang nur warmer Atem über ihre Lippen kam, erkundigte er sich schließlich: »Und darf ich erfahren, wieso du, eine bewaffnete Anhängerin des Rothaarigen, auf mich, einen gefesselten Mann, der gerade so mit dem Leben davongekommen ist, angewiesen sein sollst? Dein Herr, der doch so großartig, wundervoll, einflussreich …«

»Spar dir die Luft, Schwätzer. Du solltest genau wissen, dass ich keine Sklavin eines unbedeutenden Provinzfürsten bin.« Sie spie auf den Boden. »Außer die Geschichten, die man über dich hört, sind tatsächlich nur Legenden, wie manch einer behauptet.«

»Das kommt wohl darauf an, was du gehört hast«, entgegnete er. »Man könnte vielleicht auch annehmen, dass …«

»Norara«, unterbrach sie ihn.

»Was?«

Sie nickte. »Norara. So nennt man mich.«

Leycon hörte den Namen zum ersten Mal in seinem Leben. Damit wurde ihm klar, dass sie keinesfalls eine bedeutende Frau sein konnte. Ansonsten wäre sie ihm schon einmal untergekommen.

»Und«, fuhr er fort, »ich sollte deinen Namen kennen, weil …«

»… die Fünf Schwestern mich zu diesem Lager geschickt haben, kurz nachdem du deinen Auftrag erhalten hast.«

Leycon traute seinen Ohren nicht. »Du bist aus Korlandia? Und weißt, warum ich nach Thalmark gesandt wurde?«

Das alles klang zu sehr wie ein glücklicher Zufall. Und wenn er eins in seinem Leben gelernt hatte, dann, dass Zufälle vieles sein konnten, nur nicht glücklich. Als hatte zufällig in dem Lager, in das er verschleppt worden war, eine Agentin Korlandias gesessen, die nur darauf gewartet hatte, ihm zur Seite zu springen.

»Ja!«, entgegnete Norara.

Leycon konnte es nicht glauben. Und wollte es auch nicht so recht, weshalb er sich dazu entschloss, sie zu testen, um herauszufinden, was sie wirklich wusste. »Und du weißt, dass ich ausgeschickt wurde, um Raegon van Meier zu töten?«

Während Norara lächelnd den Kopf schüttelte, spürte er, wie sich das Gewicht ihres Fußes auf seiner Brust zu erhöhen schien. Er keuchte leise, als ihm die Luft beinahe wegblieb.

»Nein, Leycon. Entweder hast du die Mission vergessen oder es ist gut, dass ich dich davor bewahre, das falsche Mitglied der Familie van Meier zu töten. Dein Ziel ist Raegons Tochter, Rhea.«

Leycon hustete. Sie schien tatsächlich mehr zu wissen, als er angenommen hatte. »Könntest du vielleicht«, röchelte er, »also … den Fuß … und die … an … Händen?«

»Oh, fällt dir das Atmen sonst zu schwer?« Norara kicherte kurz, bevor ihre Miene wieder zurück zu der Ernsthaftigkeit fand, die die ganze Zeit in ihr gelegen war. »Aber nur unter einer Bedingung.«

»Hm?«, stöhnte er.

»Du gibst mir dein Ehrenwort auf das Leben der Fünf Schwestern und die Ewige Flamme, dass du mir keinen Dolch in den Rücken stößt.« Norara hielt für einen Augenblick inne, bevor sie den Zeigefinger hob. »Selbst wenn du die beste Möglichkeit dazu hättest.«

»Natürlich!«, log Leycon. Vielleicht würde er sie nicht sofort töten, aber sollte ihn die kurze Zeit mit Albenrion eines gelehrt haben, dann, dass es besser war, sich unnötigen Ballasts im Bedarfsfall schnell zu entledigen. Und darüber hinaus war er schon immer einer gewesen, der lieber alleine umherzog. Es ersparte viele Sorgen, wenn man sich nur auf sich selbst verlassen musste. Leycon war nicht bereit, wieder dieselbe Tortur auf sich zu nehmen und am Ende im nächsten Lager in den nächsten Seilen zu landen. Dann aber vielleicht mit einem Speer in der Seite. Oder unter einem Hammer, der auf seinen Kopf hinabsauste.

Norara loszuwerden, konnte allerdings erst der zweite Schritt sein. Für den Moment – möglicherweise nur für einen sehr kurzen – war sie lebendig und unversehrt hilfreicher. Zumindest bis sie ihn befreit hatte. Er hätte gerne noch zur Bedingung gemacht, dass sie nicht so viel mit ihm redete, erkannte aber schon beim Luftholen, dass er vielleicht nicht in der Situation war, Forderungen zu stellen, und schluckte den Satz deshalb schnell wieder hinunter.

Norara lächelte knapp und hob vorsichtig ihren Fuß an. Langsam ließ der Druck auf Leycons Brust nach. Er atmete mehrmals tief durch.

»Du fragst dich sicherlich, wieso ich ausgerechnet in diesem Lager war«, setzte sie schon wieder an, noch bevor er lange genug durchgeatmet hatte. »Selbstverständlich tust du das. Du bist Leycon aus Eisenheim. Aber das ist ganz einfach erklärt: Infiltration des Feindes. Nach Ansicht der Fünf Schwestern ist Rhea van Meier eine überaus gefährliche Thalmarkierin.«

Leycon nickte. »Sonst hätten sie mir sicherlich nicht die Aufgabe gegeben, sie zu töten. Auch wenn sie lediglich die Tochter eines Mannes ist, der selbst nur einige Seelen beherrscht, aber keine Macht über das Reich hat.«

»Und doch haben die korlandianischen Ohren vernommen, dass Rhea nach dem Thron strebt. Nicht zuletzt durch die Unterstützung von einigen Kriegsfürsten wie dem Rothaarigen. Meine Aufgabe ist es, mehr über die Verbindung herauszufinden und sie wenn möglich zu stören.«

»War«, korrigierte Leycon.

Norara nickte verlegen. »Ja, war.«

»Also war dieser Angriff dein Werk?«

Sie schüttelte den Kopf. »Nein. Ich konnte noch niemanden in Korlandia darüber informieren, wo das Lager aufgeschlagen wurde. Mir ist es ein Rätsel, wie sie es finden konnten. Ich selbst habe tagelang danach gesucht.«

Leycon zuckte mit den Schultern. Fragen über Fragen. Aber die bot diese Welt ständig. Wer sich in den Schatten bewegte wie er, musste damit leben, nicht immer das Licht zu sehen, auch wenn es am Ende stets kam.

»Aber«, erkundigte Norara sich, »wie konnten sie dich denn überhaupt erwischen?«

Er grummelte. »Ich hatte einen Naivling an meiner Seite. Er dachte, er könnte helfen, einen Wagen zu reparieren.«

»Dieser Trick?« Sie legte die Stirn in Falten. »Wirklich?«

»Was soll ich sagen …«

»Vielleicht wirst du zu alt für dieses Leben?«, fragte sie mit einem spöttischen Unterton.

Leycon hätte gerne protestiert, aber möglicherweise hatte sie recht. Zwanzig Sommer ging er dieser Arbeit schon nach, tötete in manch einem mehr als nur einen Drachen, und doch war er niemals zuvor in eine solche Lage geraten. Gefangen. Verschleppt. Beinahe getötet. Und dann gerettet von seinesgleichen. Früher war es immer er gewesen, der andere gerettet hatte. Die Zeiten hatten sich wahrlich geändert.

Norara beugte sich vornüber und durchschnitt das Seil, das seine Hände aneinanderfesselte, um ihm dann mit einem kräftigen Ruck auf die Beine zu helfen.

»So, das hätten wir«, stellte sie fest, als Leycon aufrecht vor ihr stand.

Er entgegnete nur ein knappes: »Ja!« Denn möglicherweise war jetzt schon die Zeit gekommen, Norara loszuwerden, bevor das Unheil wieder seinen Lauf nahm. Sie konnte ja durchaus weiterleben, aber vielleicht wäre er in der Lage, sie zumindest so sehr zu verletzen, dass sie ihm nicht folgen konnte. Ein Schnitt in den Oberschenkel? Ein

Stich in die Wade? All das würde reichen. Er musste nur irgendwie an das Messer …

Ein lauter Knall. Vögel flatterten davon. Bäume knickten um. Eine unerträgliche Hitze kündigte an, was hinter ihr herrollte: eine Feuerwalze.

»Bei Nyssaris Namen, was …«, fluchte Leycon.

»Schnell! Weg da!«

Er reagierte instinktiv, hörte zu seiner Überraschung auf Noraras Aufforderung. Zu seinem eigenen Glück. Gerade als er einen Satz zur Seite gemacht hatte, krachte ein brennender Baumstamm genau dort ein, wo er eben noch gestanden hatte.

Leycon rannte los, stolperte, fing sich, hechtete weiter, während Rauch ihm in den Augen brannte, sich in seine Lunge biss und es überall um ihn herum knackte und splitterte. Der Wald stand in Flammen. Kein kleiner Buschbrand, sondern ein Sturm aus Feuer, wild und unerbittlich. Wie eine entfesselte Bestie aus Asche und Glut, die alles verschlang, was sich ihr in den Weg stellte.

Hinter sich hörte Leycon Noraras Schritte. Leichtfüßig. Mehr ein Tänzeln als ein Rennen. Wie konnte sie so elegant durch dieses Inferno navigieren?

Ein Ast schlug von oben herab. Er duckte sich im letzten Moment, spürte dennoch die Hitze an seiner Kopfhaut wie einen glühenden Huftritt.

»Links!« Noraras Stimme war plötzlich wieder da, so schneidend wie ein Schwerthieb durch sanftes Fleisch.

Leycon folgte auch dieses Mal der Warnung, wich aus, aber nahm gar nicht mehr wahr, was dort niedergegangen war.

»Du ziehst das Feuer an!«, rief er ihr über das Getöse mit dem Rest an Luft zu, die er noch in seiner Lunge hatte. »Und am Ende verschlingt es mich!«

»Nicht, wenn du schneller wirst, alter Mann!«

Wie frech! Aber Leycon hatte nicht einmal einen kurzen Augenblick, um darüber nachzudenken, denn vor ihm explodierte – kein anderes Wort traf es besser – ein Baum. Die Rinde platzte auf und vor Hitze rot leuchtende Glut spritzte durch die Luft. Er riss den Arm hoch, schützte Gesicht, Augen und den langen Bart, aber die Glutkörner brannten sich in seine Haut wie winzige Nadelstiche. Ein Fluch kam über seine Lippen.

Norara hatte mittlerweile ein Stück Vorsprung gewonnen. Ihre Silhouette flackerte im Feuerschein zwischen den Stämmen, wirkte so, als könnten ihr die Flammen nichts anhaben. Vielleicht hätte Leycon sich vor diesem Abenteuer auch ausziehen sollen. Möglicherweise war das die Lösung.

Nach etlichen Metern, die er gespurtet war, um der Feuerwalze zu entkommen, stolperte er über eine Wurzel und fing sich keuchend an einem halbverkohlten Stumpf.

»Warte!«, röchelte Leycon. »So wird das nichts.«

Norara drehte sich nicht um. »Wenn du stehen bleiben willst, musst du ohne mich sterben!«

Vielleicht hatte sie recht. Er rannte weiter hinter ihr her, aber das Flammenmeer schien sich vor ihnen zu schließen, als wollte es jeden Ausweg für immer versiegeln.

»Das schaffen wir nicht«, schrie Leycon und drehte sich nach links, als ihm klar wurde, dass sie dorthin nicht weiterrennen konnten. »Wir müssen da lang!«

Eine seiner klügeren Entscheidung, wie er zu seiner eigenen Zufriedenheit feststellte. Genau in dieser Richtung tat sich ein neuer Pfad auf, eine schmale Möglichkeit, den Flammen möglicherweise zu entkommen. Ein enger, steiler Hang, flankiert von brennenden Fichten.

Leycon zeigte auf ihre letzte Chance: »Da!«

Norara, die ihn schon wieder überholt hatte, sprang, rollte sich unten ab, kam in einer flüssigen Bewegung zurück auf die Beine. Er folgte, mehr rutschend als laufend, das Gleichgewicht ein ewiger Kompromiss zwischen Instinkt und Erschöpfung.

Unten angekommen prallte Leycon mit der vollen Wucht seiner Abwärtsbewegung gegen Norara. Beide taumelten, fingen sich mehr schlecht als recht und standen dann einen Moment lang still, ihre Stirnen gegeneinandergepresst, die Atemzüge schwer und synchron.

»Immer noch der Meinung, dass ich zu alt bin?«, keuchte er.

Norara trat einen Schritt zurück, ein Grinsen hatte ihr Gesicht erobert. »Nein. Aber du stinkst wie ein ganzes thalmarkisches Drecks…« Ihre Augen weiteten sich, ihr Mund klappte auf.

Leycon wandte sich um, musste sich kurz orientieren. Dann sah er ihn. Der schwarze Drache. Er fiel leblos zu Boden.

Sie stammelte: »War … das …«

»Ja«, sagte Leycon, ohne abzuwarten, bis sie ihre Frage vollends formuliert hatte, »das war einer von unseren. Aber wir müssen weiter.«

Während er wieder zu rennen begann, sah er, wie hinter dem schwarzen Drachen der goldene mit Rhea van Meier auf dem Rücken durch die Wolken schoss.

»Da!« Norara, die wieder zu ihm aufgeholt hatte, zeigte weiter nach rechts, ohne das Tempo zu verlangsamen. »Dort kämpfen noch zwei! Siehst du sie?«

Leycons Blick folgte ihrem Finger hin zu dem roten Tier, auf dem der Vorsitzende der Magiergilde zu Eisenheim saß, mit Raegon van Meier kämpfend, und schaute dann zurück zu Rhea, die auf die beiden zusteuert.

»Wenn sie ankommt …«

Er nickte. »Dann wird sie ihn töten. Und wir haben verloren. Die Fünf Schwestern. Korlandia. Aber wir können nichts dagegen tun.«

Leycon wich einem Baumstumpf aus, über den er beinahe gestolpert wäre. Die Flammen hinter im fraßen sich noch immer durch das Geäst des Waldes. Wieder krachte ein Baum links neben ihm auf den Boden. Er keuchte vor Anstrengung. Seine Lunge brannte.

Dann löste sich ein heller Strahl aus Rheas Hand, gleißender als das Licht der Flammen, die Leycon umgaben. Eine Feuerlanze. Sie flog durch die Luft. Eine Ewigkeit. Leuchtend. Näherte sich den kämpfenden Drachen immer weiter. Und traf schließlich den Reiter des silbernen.

»Sie hat nicht den Vorsitzenden getroffen, sondern ihren Vater!«, jubelte Norara und drehte sich zu ihm um. »Schau! Sie hat dem Vorsitzenden den Rückzug ermöglicht.«

Leycon schüttelte den Kopf. »Sie hat ihr Ziel nicht verfehlt. Rhea van Meier trifft immer.«

Und selbst wenn er in diesem Moment noch nicht erklären konnte, wieso, war er sich sicher, dass auch dieser Schuss keine Ausnahme darstellte. Sie musste sich vorgenommen haben, Raegon van Meier zu töten. Aber warum?

Eine Frage, die er klären konnte, wenn er endlich diesem elenden Feuer entkommen war.

XXVI. ALBENRION

Zuerst war da nur ein Laut. Ein einzelner Ton, scheinbar weit in der Ferne, kaum mehr als das Flüstern eines Luftzugs, das durch den Wald getragen wurde. Dann kam ein zweiter hinzu. Und ein dritter. Sie alle waren hell, rund, geordnet. Einfach da, als hätten sie bereits unzählige Winter hindurch ihren Platz an genau diesem Ort gehabt.

Albenrion wusste nicht, ob es Tag oder Nacht war. Ob er schlief, träumte oder schon wieder wachte. Wenigstens spürte er keine Schmerzen. Zumindest nicht mehr die Art, die sich zuvor in seinem Fleisch und seinen Gliedern festgesetzt hatte. Was aber geblieben war, war eine andere Form des Leidens, eine tiefere, und doch genauso entfernt wie der erste Ton, den er gehört hatte.

Je länger sich Albenrion auf die Töne konzentrierte, desto mehr vermischten sie sich in seinen Ohren, wurden klarer und ergaben eine Melodie. Ein Lied. Und der Gesang, der schließlich einsetzte, trug auf einmal seine Schmerzen in sich, als würde er aus seiner Seele selbst herausbrechen. Nicht wie ein Strom, reißerisch, gewaltig, sondern wie ein Gebirgsbächlein, weich, sanft plätschernd und doch unnachgiebig.

Ewige Flamme, wir hören dich sacht,
in Ruß und in Glut, in Kält und Nacht.
Brenn in uns weiter, auch wenn wir verirrt,
dass das, was zerfiel, in uns nicht stirbt.

Albenrion kannte die Worte. Irgendwo ganz tief in ihm vibrierte eine Erinnerung an den staubigen Lehmboden in der elterlichen Hütte. An die Stimme des Glaubensbruders, den er zuletzt beim Tadel von Bauer Franz gesehen hatte. An eine andere Zeit. Oder war es doch das Leben eines mittlerweile völlig fremd Gewordenen? Vielleicht gar nicht seine Eigenes?

Langsam öffnete Albenrion die Augen. Er lag in einem kunstvoll gezimmerten Bett aus geölter Eiche, dessen hohe Pfosten sich wie kleine Säulen über ihm erhoben. Es fühlte sich weicher an als alle Betten, in denen er zuvor gelegen hatte, und doch war es mit Sicherheit nicht das schönste. Nuvy. Ihre sanfte Haut. Die Sekunden, die sie dazu genutzt hatte, ihn zu mustern, während sie gedacht hatte, er würde noch schlafen. Jeden Morgen. Er vermisste diese Zeiten. Das Leben in Esterlyn, wie es gewesen war, so hart und trotzdem so erfüllt. Aber vor allem vermisste er sie, seine Rose.

Über Albenrion wölbte sich eine Decke aus goldverziertem Stein, getragen von massiven Säulen, deren Reliefs Szenen aus der Heiligen Schrift der Ewigen Flamme zeigten. Das Licht strömte sanft durch ein großes Fenster mit Buntglasfragmenten in Blau, Rubinrot und Gold. Sie warfen farbige Lichtinseln auf den Boden und über Albenrion hinweg, wie ein Gebet, das sich schweigend auf ihn niederlegte.

Direkt vor seinem Bett erhob sich ein geschnitzter Flammentisch. Das Feuer in der Schale loderte hell. Die beiden Kerzen – die rechte rot, die linke blau – waren ebenfalls entzündet. Es war ein Bild des Trostes, das Albenrions Brust mit einer unerwarteten Wärme erfüllte.

Der Duft von Bienenwachs hing in der kühlen Luft. Seine Glieder waren müde, durchdrungen von einer ungekannten Ruhe, genauso wie der Gesang, der immerzu an sein Ohr drang. Er kam nicht aus der Ferne, wie er zuerst angenommen hatte, sondern aus dem Hof unterhalb des Fensters. Es waren die Stimmen von jungen und alten, von Männern und Frauen, immer im Wechsel, mal kräftig, mal leise. Und doch war es mehr gelebtes Gebet als edelstimmiger Chor.

Langsam hob Albenrion die Hand. Sie war bandagiert. Sein linker Arm zuckte. Die Schulter schmerzte dumpf, aber gehorchte dennoch. Von irgendwoher mischte sich das leise Krächzen eines Eichelhähers unter den Gesang, als würde die Natur selbst in das Gebet einstimmen.

Die Linien sind alt, doch die Herzen sind neu,
wo ein Funke sich regt, da beginnt schon die Treu'.

Dieser Vers war kaum gesungen, eher gehaucht. Aber im Gegensatz zu den Vorherigen hatte Albenrion ihn niemals zuvor gehört. Woher stammte er? Aus einem Traum? Von einer anderen Stimme?

Nicht durch Vermessenheit werden wir ganz,
denn ein jeder wird erkennen zu seinem Glanz,
nur wer sich selbst niedersticht, reißt die Bande
und erlöst die Ewige Flamme von der Schande.

Ein leises Knarzen unterbrach die Stille zwischen den Versen. Ein junger Mann, kaum älter als Albenrion selbst, trat ein. Seine weiße Robe war viel zu groß für ihn und das Seil, das er als Gürtel nutzte, doppelt gewickelt, um irgendwo halt zu finden. In seinen Händen trug er ein schlichtes Gefäß aus Ton. Er war bereits in der Mitte des Raums, als er plötzlich stehen blieb. Sein Blick fiel auf Albenrion. Auf dessen offene Augen.

Der junge Mann zuckte zusammen. Das Gefäß entglitt seinen Fingern, zerschellte mit einem lauten Klirren auf dem Boden. Die braunen Scherben sprangen durch den Raum, das Wasser breitet sich aus wie ein flacher Schatten.

»Verzeiht!«, rief er, stolperte rückwärts und stieß beinahe gegen eine der Säulen. »Verzeiht, ich … ich rufe Bruder Jolen.«

Noch ehe Albenrion etwas entgegnen konnte – oder sich gar zu erkundigen vermochte, was denn mit ihm nicht in Ordnung sei –, war der junge Mann verschwunden. Die Tür blieb halb offen stehen. Der Gesang im Hof ging ungestört weiter. Nur der Eichelhäher war verstummt.

Nuvy. Das goldene Messer. Das Blut. Bruder Sylen. Die Axt. Sein Kopf. Es waren diese Bilder, die vor Albenrions innerem Auge abliefen wie ein nicht enden wollender Fluch. Ob er sie überhaupt retten konnte? Sicherlich nicht aus diesem Bett heraus. Er musste aufbrechen. Doch so stark sein Wille auch war, so schwach war sein Fleisch. Immer wieder versuchte er, die Muskeln anzuspannen, aber sein Körper erhob sich nicht. Seine Beine bewegten sich keinen Millimeter. Er konnte nicht weg, konnte niemanden retten. Nicht Bruder Sylen. Nicht Nuvy. Er hatte versagt.

Schließlich betrat ein älterer Mann mit dickem Bauch den Raum. Seine Schritte waren bedacht, der weiße Bart dicht, und sein Blick strahlte eine Klarheit aus, die alles zu wissen schien, aber nichts preisgeben wollte. In seinen Händen hielt auch er ein Gefäß, dessen Inhalt dampfte. Es musste der von dem jungen Mann gerufene Bruder Jolen sein.

Er trat an Albenrions Bett, stellte die nach Honig und Milch duftende Schale auf das Laken und ließ sich dann auf der Kante nieder. Sein Körper bewegte sich anmutig, beinah zu leichtfüßig für seine schiere Masse.

»Du bist also zurückgekommen«, sagte er mit dem Ton einer Feststellung, die man nur einmal im Leben trifft. »Albenrion.«

Die Härchen auf dessen Armen stellten sich auf. Woher kannte der Mann ihn, wenn er selbst ihn heute das erste Mal sah?

»Wo … wo bin ich? Warum wisst Ihr, wie ich heiße?«

Bruder Jolen lächelte sanft. »Du bist im Arkanen Refugium Silcum.«

»Ich … ich war doch im Wald. Meine Schwester. Das goldene Messer … Wie bin ich hierhergekommen? Habt Ihr Nuvy gesehen? Hat sie überlebt?«

Albenrions Fragen blieben unbeantwortet. Stattdessen entgegnete Bruder Jolen: »Du hast etwas Altes ausgelöst. Sehr Altes. Das, was wir in Silcum in den Versen singen, was wir lehren, wonach wir suchen, das wir aber nie erwarten. Und doch ist es geschehen. Beschworen von dir.«

»Wovon redet Ihr, Bruder?«, fragte Albenrion hastig.

»Kaerthas und Nyssari. Du hast sie gerufen. Ihre Bande gelöst. Hast gesehen, vollbracht, woran sich kein Thalmarkier, kein Korlandianer, nicht einmal die meisten Glaubensbrüder in den letzten neun Zyklen erinnern konnten.«

Albenrion spannte die Muskeln an, wollte sich aufrichten, aber der Schmerz in seinen Schultern zwang ihn auch dieses Mal wieder zurück ins weiche Kissen.

»Ich musste … sie retten. Nuvy. Wie …« Seine Stimme klang hohl.

Bruder Jolen beugte sich nach vorne. »Und doch hast du sie befreit. Die Ordnung. Den Wandel. Sie beide haben zu den Ihren gesprochen. Durch dich. Und genauso gestritten. Anders ist es nicht zu erklären«

»Aber …« Seine Kehle war trocken. Er schielte auf die warme Milch mit dem Honig. Nicht jetzt. Er zwang sich, weiterzusprechen: »Meine Rose … meinen Freund … Ich habe nur … verloren.«

»Nein, mein Sohn. Du hast verändert.«

Albenrion wandte den Blick ab. Das Buntglas malte einen goldenen Halbkreis über sein Laken. Ein Herz aus Licht. Beinahe lächerlich, wenn es nicht so traurig gewesen wäre. Wie so vieles in seinem Leben.

»Sagt mir doch, Bruder Jolen«, bettelte er, »was ist passiert? Was habe ich getan?«

Der Glaubensbruder schwieg einen Moment, dann legte er ihm die Hand auf die gesunde Schulter. »Die Wahrheit ist, Albenrion aus Esterlyn, ich kann es dir nicht genau sagen. Die Worte dazu sind uns nicht bekannt. Noch nicht. Nur die Lieder, die die Brüder und Schwestern im Hof singen. Wir werden die Archive der Ewigen Flamme prüfen.« Er schüttelte den Kopf. »Ich kann dir nur versichern, dass sich dein Name dort verfangen haben muss wie eine Note, die jeder singt, obwohl sie von niemandem geschrieben wurde.«

»Das ist … Wahnsinn! Verrückt! Von was redet Ihr da, Bruder?«

»Nein, mein Sohn, das ist es nicht. Wir nennen dieses Lied unsere Geschichte. Und du hast sie komponiert.«

»Und wenn ich das nicht will?« Albenrion schluckte. »Wenn ich kein Teil des Liedes sein möchte, sondern einfach nur zurück nach Esterlyn will mit der Frau, die ich von ganzem Herzen liebe – sollte sie überhaupt noch leben?«

Bruder Jolen erhob sich. Ein Lächeln lag auf seinen Lippen. »So oder so, das hier ist nicht das Ende. Es ist der Anfang. Und wie wir alle wirst auch du die nächste Strophe anstimmen müssen, um zu verstehen, was hier passiert ist.« Er hielt für einen Moment inne. »Aber dazu sollten wir warten, bis unser Pilgerreisender zurückgekehrt ist, denn nur er kennt die Geheimnisse des Waldes und der Ewigen Flamme.

Und des Liedes, das du angestimmt hast.« Er schüttelte den Kopf. »Es bleibt nur die Hoffnung, dass er uns alle an der Wahrheit und Weisheit teilhaben lässt, die er von seiner Reise zurückbringen wird.«

»Wartet!«, rief Albenrion ihm hinterher, bevor Bruder Jolen den Raum verlassen konnte. »Wie ist der Name des Mannes, der mir die Antworten geben kann, nach denen ich suche?«

Der Glaubensbruder blieb knapp hinter der Schwelle stehen. Ohne sich umzudrehen, murmelte er: »Bruder Sylen.«

Dann fiel die Tür ins Schloss.

1 Im Anfang schuf die Ewige Flamme
Zeit und Raum. 2 Doch Zeit und Raum
waren wüst und leer. 3 Finsternis lag
über dem Grund der Dinge, und der
Odem der Ewigen Flamme schwebte
über der Tiefe. 4 Und die Ewige Flamme
sprach: »Es werde Ordnung.« Und es
ward Ordnung. Und sie sah, dass die
Ordnung gut war. 5 Und die Ewige
Flamme sprach: »Es werde Wandel.«
Und es ward Wandel. Und sie sah,
dass der Wandel gut war. 6 Der Mond
ging auf, der Mond ging unter: erster
Tag. 7 Und die Ewige Flamme sprach:
»Es sei Leben in Zeit und Raum, und
es soll meinen Atem tragen« 8 Und das
Wesen des Drachen ward geschaffen.
Und die Ewige Flamme schied das
eine vom anderen. Sie nannte das
eine Kaerthas, das andere Nyssari.
Kaerthas war wie der Glanz des
Morgens. Und seine Farbe war Blau.
Nyssari war wie das Feuer des Abends.
Und ihre Farbe war Rot. Und die
Ewige Flamme sprach: »Wenn der
Drache den Himmel beherrscht, soll der
Mensch über den Boden gebieten.« Und
sie formte den Menschen aus Staub
und Odem, nach dem Maß der Stunden
und der Zahl der Jahre, nach der
Ordnung und dem Wandel in der Zeit
und dem Raum. Der Mond ging auf, der
Mond ging unter: zweiter Tag. Und der
Mensch ward geschaffen in zwei Linien
nach dem Geiste der Drachen. In der
Linie Kaerthas', die maß und ordnete.
In der Linie Nyssaris, die teilte und
einte. Kaerthas sah die Ordnung der
Leistenden und sprach: »Ein jeder mehre
nach seinem Erwerben und behalte
nach seinem Verdienst.« Nyssari
sah die Gemeinschaft der Herzen und
sprach: »Ein jeder gebe nach seinem
Vermögen und empfange nach seinem
Bedürfnis.« Der Mond ging auf, der
Mond ging unter: dritter Tag. Und wie
es kommen musste, aus dem Wesen der
Drachen und dem Geist der Geteilten
ward Uneinigkeit. Und Kampf. Da
schied die Ewige Flamme ihre Pfade,
auf dass kein Chaos werde in Zeit und
Raum. Und sie sprach: »Es sei ein
Reich für jeden: Ein Reich der Ordnung
und Zahlen, das sei Thalmark. Ein
Reich der Gabe und Gleichheit, das
sei Korlandia.« Der Mond ging auf,
der Mond ging unter: vierter Tag.
Thalmark ward das Land des Marktes,
wo Gold gemessen wurde und der Stand
sich aus der Zahl ergab. Korlandia ward
das Land des Planes, wo Gemeinschaft
heilig war und der Stand sich aus
Gleichheit ergab. Und zwischen ihnen
lag eine Grenze, aus Feuer und aus
Stein. Der Mond ging auf, der Mond
ging unter: fünfter Tag. Und die Ewige
Flamme sprach: »Mischet nicht, was
ich geschieden habe. Denn wer die
Linien kreuzt, der stört das Fundament,
auf dem Zeit und Raum, Ordnung
und Wandel, Kaerthas und Nyssari,
Thalmark und Korlandia ruhen.Und
das Violett, das aus der Kreuzung wird,
ist nicht Fruchtbarkeit, sondern
Tod.« Und so wurden zwei Drachen,
zwei Völker, zwei Wege. Und die
Trennung ward heilig. Und der Riss
ward Gesetz. Die Menschen vergaßen
den gemeinsamen Odem, aus dem sie
kamen. Und keiner sah im anderen mehr
den Bruder, nur noch den Fremden.
Aus Vergessen wuchs Misstrauen.
Aus Misstrauen wurde Feindschaft.
Aus Feindschaft wurde Krieg. Und der
Krieg wurde zur Natur von Zeit und
Raum. Und der Mond sah den Krieg,
ging auf und unter, bis in alle Ewigkeit.